O Homem de Areia

Lars Kepler

O Homem de Areia

Da série Joona Linna

TRADUÇÃO
Guilherme Miranda

3ª reimpressão

Grafia atualizada segundo o Acordo Ortográfico da Língua Portuguesa de 1990, que entrou em vigor no Brasil em 2009.

Título original
The Sandman

Capa
Jorge Oliveira

Foto de capa
Rita Varga / EyeEm / Getty Images

Preparação
Fernanda Villa Nova

Revisão
Adriana Bairrada
Clara Diament

Dados Internacionais de Catalogação na Publicação (CIP)
(Câmara Brasileira do Livro, SP, Brasil)

Kepler, Lars
O Homem de Areia : da série Joona Linna / Lars Kepler ; tradução Guilherme Miranda. – 1ª ed. – Rio de Janeiro : Alfaguara, 2018.

Título original: The Sandman.
ISBN: 978-85-5652-073-9

1. Ficção policial e de mistério 2. Ficção sueca I. Título.

18-19432 CDD-839.73

Índice para catálogo sistemático:
1. Ficção : Literatura sueca 839.73

Iolanda Rodrigues Biode – Bibliotecária – CRB-8/10014

EDITORA SCHWARCZ S.A.
Praça Floriano, 19, sala 3001 — Cinelândia
20031-050 — Rio de Janeiro — RJ
Telefone: (21) 3993-7510
www.companhiadasletras.com.br
www.blogdacompanhia.com.br
facebook.com/editora.alfaguara
instagram.com/editora_alfaguara
twitter.com/alfaguara_br

O Homem de Areia

É madrugada. O vento sopra a neve a partir do mar. Um rapaz atravessa uma ponte ferroviária rumo a Estocolmo. Seu rosto é tão pálido quanto vidro embaçado. A calça jeans está endurecida com sangue congelado. Ele caminha entre os trilhos, pisando de dormente em dormente. Cinquenta metros abaixo é possível ver o gelo na água, como uma tira de pano. Um manto de neve cobre as árvores. A neve rodopia à luz do guindaste portuário bem abaixo, e mal se veem os tanques de combustível no porto.

O sangue escorre pelo braço esquerdo do homem e pinga da ponta de seus dedos.

Os trilhos zumbem quando um trem noturno se aproxima da ponte de dois quilômetros de comprimento.

O rapaz cambaleia e se senta no trilho, depois volta a se levantar e continua andando.

O ar é turbulento na frente do trem e a visão é obscurecida pela neve sinuosa. A locomotiva já está no meio da ponte quando o maquinista avista o homem no trilho. Ele toca a buzina e a figura quase cai. O homem dá um longo passo para a esquerda, em direção à outra via férrea, e se apoia no frágil parapeito.

Suas roupas estão esvoaçando em torno do corpo. A ponte sacode violentamente sob seus pés. Ele fica parado com os olhos bem abertos, as mãos no parapeito.

Tudo é neve giratória e escuridão envolvente.

Seu nome é Mikael Kohler-Frost. Ele desapareceu há treze anos e foi declarado morto seis anos depois.

173

[illegible]

1

O portão de aço se fecha atrás do novo médico com um estrondo pesado. O som ecoa pela escada em espiral.

De repente tudo fica quieto, e Anders Rönn sente um calafrio percorrer a espinha.

Hoje é seu primeiro dia de trabalho na Unidade de Psicologia Criminal de Segurança Máxima do hospital de Löwenströmka.

Nos últimos treze anos, o bunker isolado tem sido o lar do velho Jurek Walter.

O jovem médico não sabe muito sobre o paciente, exceto os diagnósticos: esquizofrenia, não específica. Pensamento caótico. Psicose aguda recorrente, com episódios erráticos e extremamente violentos.

Anders mostra a identidade na entrada, tira o celular e pendura a chave do portão no armário antes de o guarda abrir a primeira porta de segurança de aço. Ele passa e espera a porta se fechar antes de caminhar para a próxima porta. Ao toque de um sinal, o guarda abre a segunda porta. Anders caminha pelo corredor em direção à sala de funcionários da ala de isolamento.

O médico-chefe Roland Brolin é um homem atarracado na faixa dos cinquenta anos, com os ombros caídos e o cabelo curto. Está fumando sob o exaustor da cozinha, folheando um artigo sobre a desigualdade salarial entre homens e mulheres no setor da saúde.

— Jurek Walter nunca deve ficar sozinho com nenhum membro da equipe — ele diz. — Nunca deve encontrar com outros pacientes. Nunca recebe visitas e nunca tem permissão de sair para o pátio de exercícios. Ele também não...

— Nunca? — Anders questiona. — Certamente não é comum manter alguém...

— Não, não é — Roland o corta.

— Então o que ele realmente faz?

— Nada além de coisas agradáveis — Roland responde, indo para o corredor.

Embora Jurek Walter tenha cometido crimes mais abomináveis do que todos os assassinos em série da história sueca, ele é completamente desconhecido do público. Os processos contra ele no Tribunal Central e no Tribunal de Recursos se desenrolaram a portas fechadas, e todos os arquivos são estritamente confidenciais.

Anders e Roland atravessam outra porta de segurança, e uma jovem com os braços tatuados e piercings nas bochechas pisca para eles.

— Voltem inteiros — diz, sorridente.

— Não há com o que se preocupar — Roland murmura para Anders. — Jurek Walter é um idoso tranquilo. Ele não briga e não levanta a voz. Nossa regra principal é nunca entrar em sua cela. Mas Leffe, que ontem estava no turno da noite, notou que ele tinha feito uma espécie de faca e escondido embaixo do colchão, então, obviamente, temos de confiscá-la.

— Como vamos fazer isso? — Anders pergunta.

— Vamos quebrar as regras.

— Vamos entrar na cela de Jurek?

— Você vai entrar. Para pedir educadamente a faca.

— Eu vou entrar?

Roland dá uma gargalhada e explica que vão fingir dar ao paciente sua injeção normal de risperidona, mas, na verdade, vão injetar uma overdose de Zypadhera.

O chefe passa o cartão em mais uma leitora e digita um código. Há um bipe, e a trava da porta de segurança solta um zumbido.

— Espera — Roland diz, estendendo uma caixinha com tampões de ouvido amarelos.

— Isso é para quê?

Roland lança um olhar cansado para o novo colega e suspira.

— Jurek Walter vai conversar com você, com muita calma, talvez de maneira perfeitamente sensata — responde com a voz grave. — Vai convencê-lo a fazer coisas das quais você vai se arrepender. As palavras dele vão se repetir sem parar na sua cabeça e, hoje à noite, quando estiver indo para casa, você vai entrar com o carro na contramão e bater num caminhão, ou parar numa loja de ferramentas e comprar um machado antes de buscar as crianças na pré-escola.

— É para eu ficar assustado agora? — Anders sorri e coloca um par de tampões de ouvido no bolso.

— Não, mas espero que tome cuidado — Roland diz.

Anders não se considera um homem de sorte, mas, quando viu o anúncio num jornal médico para um trabalho de longo prazo em tempo integral no hospital Löwenströmska, teve um bom pressentimento. Fica a apenas vinte minutos de carro de casa, e poderia levar a uma vaga permanente. Desde que terminara o trabalho como residente no hospital Skaraborg e num centro de saúde em Huddinge, teve de passar por trabalhos temporários na clínica regional do hospital Sankt Sigfrids. As longas jornadas a Växjö e os horários irregulares se provaram difíceis de administrar com o trabalho de Petra no Departamento de Parques e o autismo de Agnes.

Apenas duas semanas antes, Anders e Petra estavam sentados à mesa da cozinha, tentando descobrir o que iriam fazer da vida.

— Não podemos continuar desse jeito — Anders disse.

— Mas que alternativa nós temos? — ela sussurrou.

— Não sei — Anders respondeu, secando as lágrimas do rosto dela.

A monitora de Agnes na pré-escola tinha dito que ela teve um dia difícil. Ela se recusou a soltar o copo de leite, e as outras crianças riram. Ela não conseguiu aceitar que o intervalo havia acabado, porque Anders não tinha ido buscá-la como de costume. Ele tinha voltado direto de Växjö, mas só chegou à pré-escola às seis da tarde. Agnes ainda estava sentada no refeitório com as mãos em volta do copo quando ele a encontrou.

Ao voltarem para casa, Agnes ficou parada no quarto, encarando a parede ao lado da casa de bonecas, batendo palmas de seu jeito introvertido. Eles não sabem o que ela enxerga ali, mas ela diz que as varinhas cinzentas ficam aparecendo, e ela tem de contá-las e fazer com que parem. Ela faz isso quando está particularmente ansiosa. Às vezes dez minutos bastam, mas, naquela noite, ficou ali por mais de quatro horas até conseguirem levá-la para a cama.

2

A última porta de segurança se fecha e eles seguem pelo corredor para as celas de isolamento. A luz fluorescente no teto se reflete no piso de linóleo. O papel de parede texturizado tem um sulco causado pela barra do carrinho de comida.

Roland passa o cartão e deixa Anders ir na frente em direção à pesada porta de metal.

Do outro lado do vidro reforçado, Anders vê um homem magro numa cadeira de plástico. Ele está usando calça e camisa jeans. Está barbeado, e os olhos parecem extraordinariamente calmos. As muitas rugas que cobrem seu rosto pálido parecem o barro rachado no leito de um rio seco.

Jurek Walter foi considerado culpado por apenas dois homicídios e uma tentativa de homicídio, mas há evidências contundentes que o ligam a outros dezenove casos de assassinato.

Treze anos antes, fora flagrado na floresta de Lill-Jan, no Djurgården, em Estocolmo, forçando uma mulher de cinquenta anos a voltar para um caixão embaixo da terra. Ela tinha sido mantida no caixão por quase dois anos, mas ainda estava viva. A mulher sofreu lesões terríveis, estava desnutrida, os músculos tinham definhado, exibia ferimentos de pressão e queimaduras de frio, e tinha sofrido danos cerebrais graves. Se a polícia não tivesse seguido e prendido Jurek Walter ao lado do caixão, talvez ele nunca tivesse sido detido.

Roland tira três frasquinhos de vidro contendo um pó amarelo, coloca um pouco de solução salina em cada um, os chacoalha com cuidado, depois puxa o conteúdo com uma seringa.

Ele coloca os tampões de ouvido e abre a pequena abertura na porta. Há um estrépito de metal, e um cheiro forte de concreto e pó os alcança.

Com a voz impassível, Roland diz a Jurek que está na hora de sua injeção.

O homem ergue a cabeça e se levanta calmamente da cadeira, se vira para a portinhola e desabotoa a camisa enquanto se aproxima.

— Pare e tire a camisa — Roland diz.

Jurek anda devagar para a frente e Roland fecha rapidamente a portinhola. Jurek para, termina de desabotoar a camisa e a deixa cair no chão.

Seu corpo parece com o de alguém que já esteve em forma, mas agora seus músculos estão frouxos e a pele, enrugada e flácida.

Roland abre a portinhola novamente. Jurek se aproxima e estende o braço musculoso.

Anders limpa o braço com álcool. Roland enfia a seringa no músculo macio e injeta o líquido rápido demais. A mão de Jurek se contrai de surpresa, mas ele não puxa o braço antes de receber permissão. Roland fecha a portinhola às pressas, retira os tampões de ouvido, abre um sorriso nervoso e espia o lado de dentro.

Jurek cambaleia na direção da cama, onde para e se senta.

De repente, ele se vira para olhar para a porta, e Roland derruba a seringa.

Ele tenta pegá-la, mas ela rola pelo chão.

Anders dá um passo à frente e pega a seringa, e, quando os dois se levantam e se viram para a cela, veem que o lado de dentro do vidro reforçado está embaçado. Jurek Walter bafejou no vidro e escreveu "Joona" com o dedo.

— O que está escrito? — Anders pergunta com a voz fraca.

— Ele escreveu "Joona".

— Que diabos isso significa?

Quando a condensação passa, veem que Jurek Walter está sentado como se não tivesse saído do lugar. Ele olha para o braço em que recebeu a injeção, massageia o músculo, depois olha para os dois pelo vidro.

— Não diz mais nada? — Anders pergunta.

— Não.

Eles ouvem um rugido bestial do outro lado da porta pesada. Jurek escorregou da cama e está de joelhos, berrando. Os tendões de seu pescoço estão rígidos, as veias inchadas.

— Quanto você deu a ele? — Anders pergunta.

Os olhos de Jurek se reviram e ficam brancos. Ele estende a mão para se equilibrar e estica uma perna, mas tomba para trás. Bate com a cabeça no criado-mudo. Então grita, e seu corpo estremece com espasmos.

— Meu Deus — Anders sussurra.

Jurek escorrega no chão, suas pernas se debatem incontrolavelmente. Ele morde a língua e o sangue esguicha pelo peito. Fica caído de costas, arfando.

— O que fazemos se ele morrer?

— Cremamos — Roland responde.

Jurek está se contorcendo de novo, o corpo todo tremendo e as mãos se debatendo em todas as direções até de repente pararem.

Roland olha o relógio. O suor escorre por seu rosto.

Jurek Walter geme, vira de lado e tenta se levantar, mas não consegue.

— Você vai poder entrar em alguns minutos — Roland diz.

— Vou mesmo entrar lá?

— Logo ele vai estar completamente inofensivo.

Jurek está engatinhando, a baba ensanguentada escorrendo da boca. Ele oscila e desacelera até finalmente cair no chão e ficar imóvel.

3

Anders olha pela janela grossa de vidro reforçado na porta. Jurek Walter está deitado no chão sem se mexer há dez minutos. Seu corpo fica mole quando as câibras cessam.

Roland pega uma chave e a coloca na fechadura, depois para e espia pela janela antes de destrancar a porta.

— Divirta-se — ele diz.

— O que faço se ele acordar? — Anders pergunta.

— Ele não vai acordar.

Roland abre a porta e Anders entra. A porta se fecha, e a fechadura chacoalha. A cela fede a suor e alguma outra coisa. Um cheiro forte de vinagre. Jurek Walter está deitado completamente imóvel, respirando devagar.

Anders mantém distância, mesmo sabendo que ele está inconsciente.

A acústica ali é estranha, claustrofóbica, como se os sons acompanhassem os movimentos rápido demais.

Seu jaleco farfalha suavemente a cada passo.

Jurek está respirando mais rápido.

A torneira está pingando.

Anders chega à cama, depois se vira para Jurek e se ajoelha.

Vislumbra Roland observando com ansiedade através do vidro reforçado enquanto se abaixa e tenta olhar sob a cama fixada.

Nada no chão.

Ele se aproxima, olhando atentamente para Jurek antes de se deitar.

Não pode mais vigiar Jurek. Precisa dar as costas para ele e procurar a faca. Não há muita luz sob a cama. Bolas de poeira cobrem a parede.

Ele não consegue deixar de imaginar que Jurek Walter abriu os olhos.

Vê algo escondido entre as ripas de madeira e o colchão. É difícil saber o que é.

Anders estica a mão, mas não consegue alcançar. Precisa se arrastar de costas embaixo da cama. O espaço é tão estreito que ele não pode virar a cabeça. Entra mais. Sente a massa rígida do estrado da cama contra sua caixa torácica a cada respiração. Vai tateando com os dedos. Precisa chegar um pouco mais perto. Seu joelho bate em uma das ripas de madeira. Ele sopra uma bola de poeira do rosto e continua.

De repente, escuta um baque surdo atrás dele na cela. Não consegue se virar para olhar. Fica apenas ali parado, ouvindo. Sua respiração está tão ofegante que tem dificuldade para discernir qualquer outro som.

Com cuidado, ele estende a mão e toca o objeto com a ponta dos dedos, espremendo-se um pouco mais para arrancá-lo.

Jurek produziu uma faca curta com a lâmina muito afiada a partir de um pedaço do rodapé de aço.

— Rápido — Roland grita pela portinhola.

Anders tenta sair, rastejando com força, e arranha a bochecha.

De repente não consegue se mexer. Está preso. Seu jaleco ficou agarrado, ele não consegue se desvencilhar.

Ele pensa ouvir os movimentos de Jurek.

Talvez não seja nada.

Anders puxa com toda a força. As costuras se estiram mas não se rasgam. Ele percebe que vai ter de rastejar de volta para baixo da cama para soltar o jaleco.

— O que você está fazendo? — Roland grita, irritado.

A portinhola faz um ruído quando é novamente fechada.

Anders vê que um bolso do jaleco ficou preso a um suporte solto. Ele o desprende rapidamente, segura a respiração e se arrasta para sair. É tomado por uma sensação crescente de pânico. Arranha a barriga e o joelho, mas se segura na beira da cama com uma das mãos e consegue se impulsionar para fora.

Ofegante, ele se vira e se levanta cambaleante com a faca na mão.

Jurek está deitado de lado, dormindo no chão com um olho semiaberto, mas sem enxergar.

Anders corre até a porta. Encontra o olhar ansioso do chefe através do vidro reforçado e tenta sorrir, mas o estresse corta sua voz.

— Abre a porta.

Em vez disso, Roland Brolin abre a portinhola.

— Primeiro me passa a faca.

Anders olha para ele sem entender, e passa a faca.

— Você encontrou alguma outra coisa também — Roland Brolin diz.

— Não — Anders responde, olhando de relance para Jurek.

— Uma carta.

— Não tinha mais nada.

Jurek começa a se contorcer no chão, arfando um pouco.

— Olha nos bolsos dele — o médico-chefe diz.

— Por quê?

— Porque isso é uma revista.

Anders se vira e, com cautela, vai até Jurek Walter. Seus olhos estão completamente fechados de novo, mas gotas de suor começam a surgir em seu rosto enrugado.

Relutante, Anders se agacha e começa a apalpar dentro dos bolsos. A camisa jeans está puxada sobre os ombros de Jurek, e ele solta um grunhido baixo.

Há um pente de plástico no bolso de trás da calça. Tremendo, Anders apalpa o resto dos bolsos.

O suor pinga da ponta do seu nariz. Ele precisa piscar com força.

Uma das mãos grandes de Jurek se abre e se fecha várias vezes.

Não há mais nada nos bolsos dele.

Anders escuta um alarme distante e se vira na direção da porta reforçada. É impossível ver se Roland está do outro lado da porta. O reflexo da lâmpada de teto brilha como um sol cinza no vidro.

Ele precisa sair agora.

Demorou tempo demais.

Anders se levanta e corre até a porta. Roland não está lá.

Jurek Walter está respirando rápido, como uma criança tendo um pesadelo.

Anders bate na porta. Suas mãos golpeiam o metal grosso quase sem emitir som. Ele bate de novo. Não há som. Nada acontece. Ele bate no vidro com a aliança de casamento, então vê uma sombra crescer do outro lado da parede.

Anders sente um calafrio subir pelas costas e descer pelos braços. Com o coração acelerado e a adrenalina aumentando, ele se vira. Encontra Jurek Walter se sentando devagar. Seu rosto está relaxado e seus olhos claros olham fixamente para a frente. A boca ainda está sangrando, e seus lábios estão estranhamente vermelhos.

4

Jurek Walter está sentado no chão e pisca algumas vezes para Anders antes de começar a se levantar.

— É mentira — Jurek diz, com sangue pingando do queixo. — Dizem que sou um monstro, mas sou apenas um ser humano.

Ele não tem energia para ficar em pé e tomba para trás, arfando no chão.

— Um ser humano — ele repete.

Põe a mão trêmula dentro da camisa, tira um papel dobrado e o joga para Anders.

— A carta que ele estava pedindo — ele diz. — Faz sete anos que peço para ver um advogado. Não que eu tenha alguma esperança de sair daqui. Eu sou quem sou, mas ainda sou um ser humano.

Anders se agacha e alcança o papel sem tirar os olhos de Jurek. O homem caído tenta se levantar de novo, apoiando-se nas mãos, e, embora oscile um pouco, consegue colocar um pé no chão.

Anders pega o papel e finalmente ouve um ruído quando uma chave é inserida na fechadura da porta. Ele se vira e encara o vidro reforçado, sentindo as pernas tremerem.

— Vocês não deveriam ter me dado uma overdose — Jurek murmura.

Abre, abre, Anders pensa. Ele ouve a respiração às suas costas.

A porta se abre e Anders cambaleia para fora da cela, direto para a parede de concreto do corredor. Ele ouve um baque pesado quando a porta se fecha, depois um estalo conforme a poderosa fechadura responde ao giro da chave.

— O alarme soou, e a porta da cela travou automaticamente, então tive de ir desligá-lo — Roland se explica.

— Isso é loucura.

— Você encontrou mais alguma coisa? — Roland pergunta.

— Só a faca — Anders responde.

— Então ele não te deu nada?

— Não.

— Seria melhor se você entregasse para mim.

5

Anders Rönn passa o resto do dia se familiarizando com as novas rotinas — as rondas dos médicos na ala 30, os planos de tratamento individual e os exames de alta —, mas sua mente continua voltando à carta em seu bolso e ao que Jurek falou.

Às cinco e dez, Anders sai da ala de psicologia criminal e vai para o ar livre. Além do terreno iluminado do hospital, a escuridão de inverno já se instalou.

Anders mantém as mãos nos bolsos do casaco e se apressa pela calçada na direção do grande estacionamento na frente da entrada principal do hospital.

Estava cheio de carros quando ele chegou, agora está quase vazio.

Ele estreita os olhos e percebe que tem alguém atrás de seu carro.

— Oi? — Anders chama, apertando o passo.

O homem se vira e passa a mão na boca. Roland Brolin.

Anders desacelera quando se aproxima e tira a chave do bolso.

Roland estende a mão esquerda, a palma para cima.

— Me dá a carta — ele diz. — Você não sabe onde está se metendo.

— Que carta?

— A carta que Jurek te deu — ele responde. — Um bilhete, uma folha de jornal, um pedaço de cartolina.

— Encontrei a faca que era para estar lá.

— Essa era a isca — Roland diz. — Ou você acha que ele suportaria toda aquela dor a troco de nada?

Anders olha para o chefe enquanto seca o suor do lábio superior com a mão.

— O que fazemos se um paciente quer ver um advogado? — ele pergunta.

— Nada — Roland sussurra.

— Ele nunca pediu isso a você?

— Não sei. Não teria como ouvir, sempre uso os tampões de ouvido. — Roland sorri.

— Mas não entendo por quê...

— Você precisa deste emprego — Roland interrompe. — Suas notas eram baixas, você está endividado, não tem experiência nem referências.

— Já acabou?

— É melhor me dar a carta — Roland retruca, cerrando o maxilar.

— Não estou com carta nenhuma.

Roland o encara por um instante.

— Se encontrar alguma carta — ele diz —, você vai me entregá-la sem ler.

— Entendi — Anders diz, destrancando a porta do carro.

Anders tem a impressão de que o chefe parece um pouco mais relaxado quando ele entra no carro, fecha a porta e liga o motor. Quando Roland bate na janela, Anders o ignora, engata a marcha e sai dirigindo. No retrovisor, Roland continua parado observando o carro.

6

Ao chegar em casa ele fecha a porta rapidamente, depois a tranca e passa a corrente.

Consegue ouvir a voz reconfortante de Petra vindo do quarto de Agnes. Anders sorri. Ela já está lendo a *Ilha do corvo*, de Astrid Lindgren, para a filha. Normalmente leva muito mais tempo para que os rituais da hora de dormir cheguem ao momento da historinha. Hoje deve ter sido outro dia bom. Com o novo trabalho de Anders, Petra pôde reduzir as horas de trabalho e passar mais tempo com Agnes.

Há uma mancha úmida no tapete do corredor em volta das botas de inverno enlameadas de Agnes. Sua touca de lã está no chão em frente à cômoda. Anders entra e coloca a garrafa de champanhe que comprou no caminho sobre a mesa da cozinha, depois para e olha para o jardim.

Está pensando na carta de Jurek Walter, e não sabe mais o que fazer.

Os galhos do grande arbusto de lilases arranham a janela. Ele olha para o vidro escuro e vê a própria cozinha refletida. Enquanto escuta os galhos rangerem, pensa que deveria buscar a tesoura de jardinagem no depósito.

— Só um minuto — ouve Petra dizer. — Vou ler até o final antes.

Anders entra no quarto de Agnes. A luz de princesa no teto está acesa. Petra tira os olhos do livro e se volta para ele. Ela está com o cabelo castanho-claro amarrado num rabo de cavalo e usa os brincos de coração de sempre. Agnes está sentada em seu colo e repetindo que está errado e que elas têm de recomeçar a parte sobre o cachorro.

Anders entra e se agacha na frente delas.

— Oi, querida — ele diz.

Agnes olha para ele de relance, depois vira o rosto. Ele acaricia a cabeça dela, ajeita um cacho atrás da sua orelha e se levanta.

— Tem comida na geladeira se quiser esquentar — Petra diz. — Só preciso reler este capítulo antes.

— Deu tudo errado com o cachorro — Agnes repete, olhando fixamente o chão.

Anders entra na cozinha, tira o prato de comida da geladeira e o põe no balcão ao lado do micro-ondas.

Ele tira a carta do bolso de trás da calça e pensa em como Jurek ficou repetindo que era um ser humano.

Em sua minúscula letra cursiva, Jurek Walter tinha escrito algumas frases desbotadas no papel fino. No canto superior direito, a carta estava destinada a um escritório jurídico em Tensta. Jurek pede ajuda para entender por que tinha sido sentenciado a uma instituição psiquiátrica de segurança máxima. Gostaria de saber se pode ter seu veredito reconsiderado.

Anders não consegue entender por que se sente subitamente incomodado, mas há algo estranho no tom da carta e na escolha precisa de palavras, combinadas com os erros de ortografia quase disléxicos.

As palavras de Jurek ecoam em sua cabeça enquanto entra no escritório e pega um envelope. Ele copia o endereço da carta, a coloca no envelope e cola um selo.

Ele sai de casa e segue na escuridão fria, atravessando o gramado, na direção da caixa de correio perto da rotatória. Depois de deixar a carta na caixa, para e observa os carros passarem na rua Sanda antes de voltar para casa.

O vento está fazendo a grama congelada em volta da casa ondular como água. Um coelho passa saltitando pelo lado da casa na direção do quintal dos fundos.

Ele abre o portão e ergue os olhos para a janela da cozinha. Toda a estrutura parece uma casa de bonecas. Está tudo aceso e visível. Ele pode ver diretamente dentro do corredor, até o quadro azul que sempre esteve pendurado ali.

A porta de seu quarto está aberta. O aspirador de pó está no meio do piso. O fio ainda plugado na tomada da parede.

De repente, Anders vê um movimento. Leva um susto. Tem alguém no quarto — ao lado da cama deles.

Anders está prestes a entrar correndo quando percebe que na verdade a pessoa está no jardim atrás da casa. É visível apenas através das janelas do quarto.

Anders corre pela trilha pavimentada, passa pelo relógio de sol e dá a volta.

O homem deve tê-lo ouvido se aproximar, porque já está fugindo. Anders consegue ouvi-lo atravessando a cerca viva de lilases. Ele o persegue, puxando os galhos, tentando avistá-lo, mas está escuro demais.

7

Mikael se levanta no escuro quando o Homem de Areia sopra seu pó terrível no quarto. Ele aprendeu que não adianta nada prender a respiração: quando o Homem de Areia quer que as crianças durmam, elas dormem.

Ele sabe muito bem que logo vai sentir os olhos pesados, tão pesados que não vai conseguir mantê-los abertos. Sabe que vai ter de se deitar no colchão e se tornar um com a escuridão.

Sua mãe costumava falar sobre a filha do Homem de Areia, a menina mecânica, Olimpia. Ela entra no quarto das crianças quando elas estão dormindo e puxa as cobertas sobre seus ombros para que não congelem.

Mikael se apoia na parede, sente as rachaduras no concreto.

A areia fina flutua como névoa. É difícil respirar.

Ele tosse e lambe os lábios. Estão secos e parecem dormentes.

Suas pálpebras estão ficando pesadas.

Agora toda a família está balançando na rede. A luz de verão brilha através das folhas da pérgula de lilases. Os parafusos enferrujados rangem.

Mikael está com um sorriso largo.

Eles estão balançando alto, e sua mãe está tentando desacelerar, mas o pai continua empurrando. Eles trombam na mesa à frente, e os copos de suco de morango estremecem.

A rede balança para trás, e o pai ri e ergue as mãos como se estivesse numa montanha-russa.

Mikael balança a cabeça e abre os olhos na escuridão, cambaleia de lado e apoia a mão na parede fria. Ele acabou de se virar para o colchão, achando que deveria se deitar antes que desmaiasse, quando seus joelhos cedem de repente.

Ele cai com força em cima do braço, sentindo dor no punho e no ombro.

Ele se vira de bruços com dificuldade e tenta rastejar, mas não tem energia. Fica ali arfando, a bochecha encostada no chão de concreto. Tenta dizer alguma coisa, mas já não tem voz.

Enquanto mergulha no sono, escuta o Homem de Areia entrar no quarto, arrastando os pés poeirentos pelas paredes até o teto. Ele para e estende os braços para baixo, tentando pegar Mikael com as pontas dos dedos de porcelana.

Tudo fica escuro.

Quando Mikael acorda, sua boca está seca e a cabeça dói. Seus olhos estão grudados de sono. Ele está tão cansado que volta a fechar os olhos, mas uma parte de sua consciência registra que há algo diferente.

A adrenalina o atinge como uma rajada de ar quente.

Está bem desperto agora.

Ele se senta no escuro e nota pela acústica que está num quarto diferente, maior.

Não está mais na cápsula.

Está completamente sozinho.

Ele se arrasta com cuidado pelo chão e alcança uma parede. Sua mente está acelerada. Não consegue se lembrar quando foi a última vez em que pensou em fugir.

Seu corpo ainda está pesado pelo sono demorado. Ele se levanta com as pernas bambas e segue a parede até o canto, depois caminha ao longo da outra parede e sente uma placa de metal. Apalpa suas bordas e percebe que é uma porta, depois passa as mãos pela superfície e encontra uma maçaneta.

Suas mãos estão tremendo.

Com cuidado, empurra a maçaneta para baixo, e está tão preparado para encontrar resistência que quase cai para a frente quando a porta se abre.

Ele entra num cômodo iluminado e tem de fechar os olhos.

Parece um sonho.

Apenas me deixe sair, ele pensa.

Sua cabeça está latejando.

Ele estreita os olhos e vê que está num corredor, e avança com as pernas fracas. Seu coração está batendo tão rápido que mal consegue respirar.

Está tentando ficar em silêncio, mas ainda choraminga de medo.

O Homem de Areia vai voltar logo — ele nunca esquece suas crianças.

Mikael não consegue abrir os olhos direito, mas segue na direção do brilho difuso à sua frente.

Talvez seja uma armadilha, ele pensa. Talvez esteja sendo atraído como um inseto em direção a uma luz forte.

Mas continua andando com a mão na parede para se apoiar.

Ele colide com alguns rolos de isolamento, cambaleia para o lado e bate com o ombro na outra parede, mas consegue manter o equilíbrio.

Ele para e tosse o mais baixo que consegue.

A luz a sua frente está vindo de uma janelinha de vidro numa porta.

Ele cambaleia para a frente e gira a maçaneta, mas a porta está trancada.

Não, não, não...

Ele puxa a maçaneta, empurra a porta, tenta outra vez. Sente que está entrando em desespero. De repente, escuta passos baixos logo atrás, mas não tem coragem de se virar.

8

Reidar Frost vira a taça de vinho, a coloca na mesa de jantar e fecha os olhos. Um dos convidados está batendo palmas. Veronica está em pé em seu vestido azul, virada para o canto com as mãos sobre os olhos, e começa a contar.

Os convidados saem correndo em direções diferentes, e os sons de passos e risos se espalham pelos muitos cômodos da mansão.

A regra é que eles têm de ficar no andar térreo, mas Reidar se levanta devagar, vai até a porta oculta e entra no corredor de serviço. Sem fazer barulho, sobe a escada estreita dos fundos, abre a passagem secreta na parede e entra na área particular da casa.

Ele sabe que é perigoso ficar sozinho, mas atravessa os quartos mesmo assim.

Toda vez, fecha as portas atrás de si, até chegar à galeria nos fundos.

Ao longo de uma parede estão caixas com as roupas e os brinquedos das crianças. Uma caixa está aberta, revelando uma arma espacial verde-clara.

Ele escuta Veronica gritar, abafada pelo piso e pelas paredes:

— Cem! Estou indo, prontos ou não!

Pelas janelas, ele admira os campos e estábulos. Ao longe, pode ver a avenida ladeada por bétulas que liga sua propriedade, a mansão Råcksta, à estrada.

Reidar arrasta uma cadeira e pendura nela o paletó. Percebe que está bêbado quando se agacha para pegar uma corda que trouxe de um antigo balanço de pneu.

O pó paira no ar.

Ele se senta e ergue os olhos para a viga ao longo do teto.

Dá para ouvir risos e gritos abafados da festa lá embaixo, e, por alguns momentos, Reidar fecha os olhos e pensa nas crianças, os rostos pequeninos, maravilhosos, seus ombros e braços finos.

Consegue ouvir suas vozes agudas e seus passos rápidos correndo pelo piso sempre que presta atenção. A lembrança é como uma brisa de verão em sua alma, mas, quando se vai, o deixa frio e desolado de novo.

Feliz aniversário, Mikael, ele pensa.

Suas mãos estão tremendo tanto que ele não consegue amarrar um nó de forca. Ele se senta, tenta respirar com mais calma, depois recomeça, bem quando ouve uma batida em uma das portas.

Ele espera alguns segundos, solta a corda, se levanta da cadeira e pega o paletó.

— Reidar? — a voz de uma mulher chama suavemente.

É Veronica. Ela devia estar espiando enquanto contava e o viu desaparecer pelo corredor. Ela está abrindo as portas para os vários quartos, e, conforme se aproxima, sua voz fica mais nítida.

Reidar apaga as luzes e sai do quarto das crianças, abrindo a porta para o cômodo seguinte e parando ali.

Veronica vem em sua direção com uma taça de champanhe na mão. Há um brilho caloroso em seus olhos escuros e embriagados.

Ela é alta e magra, e o cabelo preto tem um corte masculino que lhe cai bem.

Veronica Klimt é a agente literária de Reidar. Ele pode não ter escrito uma única palavra nos últimos treze anos, mas os três livros que escreveu antes ainda geram uma renda considerável para os dois.

Agora eles conseguem ouvir a música da sala de jantar lá embaixo. Reidar para diante do sofá e passa a mão no cabelo grisalho.

— Você guardou um pouco de champanhe para mim, certo? — ele pergunta, sentando-se no sofá.

— Não — Veronica diz, passando a taça pela metade para ele.

— Seu marido me ligou — Reidar diz. — Ele acha que está na hora de você ir para casa.

— Não quero. Quero me divorciar dele e…

— Você não pode — ele interrompe.

— Por que você fala essas coisas?

— Porque não quero que você pense que temos um futuro juntos — ele responde.

— Eu não penso isso.

Ele esvazia a taça, fecha os olhos e sente a vertigem da embriaguez.

— Você parecia triste, e fiquei preocupada.

— Nunca me senti melhor.

Há risos agora, e a música ficou tão alta que dá para senti-la vibrar através do piso.

— Seus convidados devem estar se perguntando onde você está.

— Então vamos lá botar pra quebrar — ele diz com um sorriso exausto.

Nos últimos sete anos, Reidar se assegurou de ter pessoas ao seu redor quase vinte e quatro horas por dia. Ele tem um vasto círculo de conhecidos. Às vezes dá grandes festas na casa, às vezes jantares mais íntimos. É especialmente difícil em alguns dias, como no aniversário das crianças. Ele sabe que, sem pessoas à sua volta, pode facilmente sucumbir ao sofrimento.

9

Reidar e Veronica abrem as portas para a sala de jantar e são recebidos pela música. Há um grupo de pessoas dançando no escuro em volta da mesa. Algumas ainda estão comendo o jantar servido na mesa — carne de cervo e legumes assados.

O ator Wille Strandberg desabotoou a camisa. É impossível ouvir o que ele está dizendo enquanto atravessa a multidão dançando em direção a Reidar e Veronica.

— Tira! — Veronica grita.

Wille ri, tira a camisa e a joga para ela, dançando na sua frente com as mãos atrás do pescoço. A barriga protuberante de meia-idade balança no ritmo de seus movimentos rápidos.

Reidar esvazia outra taça de vinho, depois vai dançando até Wille, balançando os quadris.

A música entra numa fase mais calma e suave, e o antigo editor de Reidar, David Sylwan, pega seu braço e exclama algo, o rosto suado e contente.

— Quê?

— Não teve competição hoje — David repete.

— Tiro ao alvo? — Reidar pergunta. — Luta livre?

— Tiro ao alvo! — Várias pessoas gritam.

— Peguem a pistola e algumas garrafas de champanhe — Reidar diz com um sorriso.

A batida forte retorna, abafando todas as outras conversas. Reidar tira uma pintura a óleo da parede e a leva até a porta. É um retrato dele, pintado por Peter Dahl.

— Eu gosto desse quadro — Veronica diz, tentando impedi-lo.

Reidar sacode o braço para se livrar da mão dela. Quase todos os hóspedes o seguem até o estacionamento gelado. Há neve fresca caída sobre um trecho liso de terra. Ainda há flocos rodopiando sob o céu escuro.

Reidar atravessa a neve e pendura o retrato numa macieira, os galhos cobertos de neve. Wille Strandberg o segue, carregando um sinalizador que achou numa caixa no vestíbulo. Ele arranca a capa de plástico e puxa a corda. Há um estalo, e o sinalizador começa a queimar, emitindo uma luz intensa. Rindo, ele vai cambaleando e coloca o sinalizador na neve embaixo da árvore. A luz branca faz o tronco e os galhos desfolhados brilharem.

Agora todos podem ver o quadro de Reidar segurando uma caneta prateada na mão.

Berzelius, um tradutor, trouxe três garrafas de champanhe, e David Sylwan ergue o velho Colt de Reidar com um sorriso irônico.

— Não tem graça — Veronica diz, séria.

David para ao lado de Reidar, o Colt na mão. Ele coloca seis balas na câmara e gira o cilindro.

Wille Strandberg ainda está sem camisa, mas está tão bêbado que não sente frio.

— Se você vencer, pode escolher um cavalo dos estábulos — Reidar murmura, pegando o revólver de David.

— Toma cuidado, por favor — Veronica diz.

Reidar dá um passo para o lado, ergue o braço e atira, mas não acerta nada, o disparo ecoando entre as casas.

Alguns convidados aplaudem delicadamente, como se ele estivesse jogando golfe.

— Minha vez — David diz com uma gargalhada.

Veronica está parada na neve, tremendo. Seus pés ardem de frio dentro das sandálias finas.

— Eu gosto daquele retrato — ela repete.

— Eu também — Reidar diz, disparando outro tiro.

A bala acerta o canto superior da tela. Há uma nuvem de poeira quando a moldura dourada se desloca e pende torta.

David pega o revólver da mão dele com um riso baixo, tropeça e cai, disparando um tiro para o céu, depois outro enquanto tenta se levantar.

Alguns convidados batem palmas, outros riem e erguem as taças num brinde.

Reidar pega o revólver de volta e espana a neve.

— Agora tudo depende do último tiro — ele diz.

Veronica vai até ele e o beija na boca.

— Como você está?

— Ótimo — ele responde.

Veronica o fita e tira o cabelo dele da testa. As pessoas nos degraus de pedra assobiam e riem.

— Encontrei um alvo melhor — grita uma ruiva cujo nome ele não se lembra.

Ela está arrastando um boneco enorme do Homem-Aranha pela neve. De repente, sua mão escapa do boneco e ela cai de joelhos, depois volta a se levantar. Seu vestido de estampa de leopardo está todo molhado.

— Vi isso ontem; estava embaixo de uma lona suja na garagem — ela exclama, alegre.

Berzelius corre para ajudá-la a puxar. O boneco é de plástico sólido e foi pintado para parecer o Homem-Aranha. É da altura de Berzelius.

— Muito bem, Marie! — David grita.

— Atire no Homem-Aranha — grita uma das mulheres atrás deles.

Reidar ergue os olhos, vê o boneco e deixa a arma cair na neve.

— Preciso dormir — diz abruptamente.

Ele empurra a taça de champanhe que Wille está estendendo para ele e volta para a casa com as pernas trôpegas.

10

Veronica acompanha Marie enquanto ela vasculha a casa em busca de Reidar. Elas atravessam os cômodos e corredores. O paletó dele está caído na escada para o segundo andar, e elas sobem. Está escuro, mas elas conseguem ver a luz do fogo bruxuleante ao longe. Num cômodo grande, encontram Reidar sentado num sofá em frente à lareira. Suas abotoaduras caíram e suas mangas estão pendendo sobre as mãos. Na estante baixa ao lado dele há quatro garrafas de Château Cheval Blanc.

— Só queria pedir desculpas — Marie diz, encostada à porta.

— Ah, não se preocupe — Reidar murmura, ainda encarando o fogo.

— Foi idiotice levar o boneco sem perguntar primeiro — Marie continua.

— Por mim, pode botar fogo em toda aquela velharia — ele responde.

Veronica vai até ele, se ajoelha e ergue os olhos para seu rosto com um sorriso.

— Já lhe apresentaram a Marie? — ela pergunta. — Ela é amiga do David. Acho.

Reidar ergue a taça para a ruiva, depois dá um longo gole. Veronica pega a taça dele, experimenta o vinho e se senta na outra ponta do sofá.

Veronica tira os sapatos, se recosta e apoia os pés no colo dele.

Suavemente, ele acaricia sua panturrilha, o hematoma feito pelo estribo novo na sela de couro, depois a parte interna da coxa em direção à virilha. Ela deixa acontecer, sem se importar com o fato de que Marie ainda está na sala.

As chamas estão queimando com força na enorme lareira. O calor é intenso, e o rosto dela está tão quente que parece queimar.

Marie se aproxima com cautela. Reidar olha para ela. Seu cabelo ruivo começou a ondular no calor da sala. Seu vestido de estampa de leopardo está amassado e manchado.

— Uma admiradora — Veronica diz, afastando a taça de Reidar quando ele tenta pegá-la.

— Adoro seus livros — Marie diz.

— Que livros? — ele pergunta bruscamente.

Ele se levanta, busca outra taça no aparador e serve um pouco de vinho. Marie entende errado o gesto e estende a mão para pegá-la.

— Imagino que você consiga ir ao banheiro sozinha — Reidar diz, tomando o vinho.

— Não precisa...

— Se quer vinho, pega a porra do vinho — ele interrompe.

Marie fica vermelha e respira fundo. Com a mão trêmula, pega a garrafa e se serve de uma taça. Reidar suspira fundo, pede desculpas e diz, em um tom de voz mais gentil:

— Acho que essa é uma das melhores safras.

Levando a garrafa, ele volta para seu lugar.

Sorrindo, observa Marie se sentar entre ele e Veronica no sofá, girar o vinho na taça e experimentá-lo.

Reidar volta a encher a taça de Marie, a encara sério e a beija nos lábios.

— O que você está fazendo? — ela pergunta.

Reidar beija Marie novamente com delicadeza. Ela afasta a cabeça, mas não consegue evitar um sorriso. Ela toma um pouco de vinho, depois se aproxima e o beija.

Ele acaricia a nuca dela, embaixo do cabelo, e passa a mão sobre seu ombro direito; consegue sentir como a alça estreita do vestido afundou em sua pele.

Ela coloca a taça de lado, o beija outra vez e pensa que deve ter perdido a cabeça enquanto o deixa acariciar um de seus seios.

A garganta de Reidar dói quando ele segura o impulso de cair no choro. Ele afaga a coxa dela por baixo do vestido, sentindo o adesivo de nicotina, e move a mão até seu traseiro.

Marie bate na mão dele quando tenta baixar sua calcinha, depois se levanta e limpa a boca.

— Talvez seja melhor descer e voltar para a festa — diz ela, tentando parecer neutra.

— Sim — ele responde.

Veronica está imóvel no sofá e não responde ao seu olhar questionador.

— Vocês vêm?

Reidar faz que não com a cabeça.

— Certo — Marie sussurra e vai até a porta.

Seu vestido cintila enquanto ela sai do quarto. Reidar fica olhando através da porta aberta. A escuridão parece um veludo imundo.

Veronica se levanta, pega a taça da mesa e bebe. Está com manchas de suor embaixo dos braços.

— Você é um canalha — ela diz.

— Se é algum consolo, eu também me odeio — ele concorda baixinho.

Então pega a mão dela e a leva ao rosto, olhando em seus olhos tristes enquanto a segura ali.

11

O fogo se apagou e a sala está gelada quando Reidar acorda no sofá. Seus olhos estão coçando e o fazem lembrar da história de sua esposa sobre o Homem de Areia. O homem que joga areia nos olhos das crianças para que elas peguem no sono e durmam a noite toda.

— Merda — Reidar murmura, e se senta.

Ele está pelado, e derramou vinho no estofado de couro. Ao longe, escuta o barulho de um avião. A luz da manhã bate sobre as janelas empoeiradas.

Reidar se levanta e vê Veronica encolhida no chão na frente da lareira. Está enrolada numa toalha de mesa. A festa lá embaixo continua rolando, ainda que mais comedida. Reidar pega a garrafa de vinho pela metade e sai da sala. Sente uma dor de cabeça latejante quando começa a subir a escada de carvalho rangente até o quarto. Para no patamar, suspira e desce de novo. Com cuidado, pega Veronica e a deita no sofá, cobrindo-a, depois tira a taça dela do chão e a põe sobre a mesa.

Reidar Frost tem sessenta e dois anos e é autor de três best-sellers internacionais, a aclamada série Santuário.

Treze anos antes, Reidar Frost ficou sozinho. O que aconteceu com ele foi o que nunca deveria acontecer a ninguém. Seu filho e sua filha desapareceram sem deixar vestígio numa noite depois de saírem às escondidas para encontrar um amigo. As bicicletas de Mikael e Felicia foram encontradas numa trilha perto de Badholmen. Exceto por um detetive com sotaque finlandês, todos achavam que as crianças tinham brincado muito perto da água e se afogado no fiorde Erstaviken.

A polícia parou com as buscas, ainda que nenhum corpo tenha sido encontrado. A mulher de Reidar, Roseanna, não conseguiu lidar com a perda. Ela se mudou temporariamente para a casa da irmã, pediu o divórcio e usou o dinheiro do acordo para se mudar para o exterior. Meses depois, foi encontrada na banheira de um hotel em Paris. Havia cometido suicídio. No chão estava um desenho que Felicia lhe dera no Dia das Mães.

As crianças foram declaradas mortas e seus nomes gravados numa lápide que Reidar raramente visita. No dia em que os filhos foram declarados mortos, ele convidou os amigos para uma festa, e seguiu assim desde então.

Reidar Frost está convencido de que vai beber até morrer, mas, ao mesmo tempo, sabe que provavelmente se mataria se fosse deixado sozinho.

12

Um trem passa com estrondo pela paisagem noturna de inverno. A locomotiva puxa quase trezentos metros de vagões.

O maquinista está na cabine com as mãos nos controles. O barulho do motor e dos trilhos é rítmico e monótono.

A neve flutua pelo túnel de luz formado pelos dois faróis. O resto é escuridão.

Quando o trem emerge da curva larga em torno de Vårsta, o maquinista aumenta a velocidade.

Ele acha a neve tão pesada que pensa em parar em Hallsberg, se não antes, para verificar a distância de frenagem.

Ao longe na névoa, dois cervos saltam para fora dos trilhos e atravessam os campos brancos. Eles se movem pela neve com uma facilidade mágica e desaparecem noite adentro.

O maquinista freia suavemente quando o trem sobe pela ponte elevada. Parece estar voando. A neve gira e rodopia diante dos faróis.

O trem já está no meio da ponte, bem acima do gelo do Hallsfjärden, quando ele vê uma sombra trêmula através da névoa. Tem alguém nos trilhos. O maquinista aperta a buzina e observa o vulto dar um passo longo para a direita, para o outro trilho.

O trem está se aproximando muito rápido. Por meio segundo o homem é iluminado pelos faróis. Ele pisca. Um jovem com o rosto pálido. As roupas estão esvoaçantes em seu corpo magro, e ele some.

O maquinista não percebe que acionou os freios e que o trem está desacelerando. Há um som trovejante e o guincho agudo de metal, e ele não sabe se atropelou o rapaz.

Está tremendo e consegue sentir a adrenalina atravessar seu corpo quando liga para o número de emergência.

— Sou um maquinista. Acabei de passar por alguém na ponte Igelsta. Ele estava no meio dos trilhos, mas acho que não o atropelei.

— Alguém se feriu? — a telefonista pergunta.

— Acho que não o atropelei. Só o vi por alguns segundos.

— Onde exatamente você o viu?

— No meio da ponte Igelsta.

— Nos trilhos?

— Só tem trilhos aqui em cima... é uma maldita ponte ferroviária.

— Ele estava parado ou andando em uma direção em particular?

— Não sei.

— Meu colega está alertando a polícia e uma ambulância em Södertälje. Vamos interromper toda a circulação ferroviária sobre a ponte.

13

A sala de controle de emergência imediatamente manda viaturas da polícia para as duas extremidades da extensa ponte. Nove minutos depois a primeira viatura sai da rodovia de Nyköping com as luzes piscando e sobe pela estrada de cascalho estreita ao longo dos trilhos ferroviários. A estrada é uma subida íngreme e coberta de neve. Flocos soltos rodopiam sobre o para-brisa.

Os policiais deixam o carro à beira da ponte e seguem andando pelos trilhos com as lanternas acesas. Não é fácil. Os carros passam na rodovia lá embaixo. As quatro vias ferroviárias se reduzem a duas e se estendem sobre os complexos industriais de Björkudden e a enseada congelada.

O primeiro policial para e aponta. Alguém claramente havia andado ao longo do trilho da direita à frente deles. Os feixes trêmulos das lanternas iluminam pegadas e rastros de sangue.

Eles apontam as lanternas à distância, mas até onde podem ver não há ninguém sobre a ponte. As luzes no porto lá embaixo fazem a neve entre os trilhos parecer fumaça.

A segunda viatura chega ao outro lado da ribanceira íngreme, a mais de um quilômetro e meio de distância.

Os pneus rangem sobre o cascalho quando o policial Jasim Muhammed para ao longo da linha ferroviária. Seu parceiro, Fredrik Mosskin, acabou de entrar em contato com os colegas na ponte pelo rádio. O vento faz tanto barulho no microfone que é difícil escutar, mas eles entendem que alguém havia andado pela ponte ferroviária muito recentemente.

Os faróis iluminam uma encosta rochosa e íngreme. Fredrik finaliza a chamada e olha vagamente para a frente.

— O que está acontecendo? — Jasim pergunta.

— Parece que estava vindo nesta direção.

— O que falaram sobre o sangue? Era muito?

— Não escutei.

— Vamos lá dar uma olhada — Jasim diz, abrindo a porta.

As luzes azuis de emergência iluminam os galhos de pinheiro cobertos de neve.

— A ambulância está a caminho — Fredrik diz.

Não há mancha sobre a neve, e Jasim se ajoelha. Ele tira a lanterna e a aponta para os trilhos. Fredrik está escorregando no leito da ferrovia, mas continua subindo.

— Que tipo de animal tem um cu a mais no meio das costas? — Jasim pergunta.

— Não sei — Fredrik murmura.

— Um cavalo da polícia — Jasim diz.

— Mas que...?

— É o que minha sogra fala para as crianças. — Jasim sorri e sobe na ponte.

Não há pegadas na neve. Ou o homem ainda está na ponte ou pulou. Os cabos acima deles sibilam de maneira sinistra.

As luzes da prisão Hall brilham através da névoa lá embaixo.

Fredrik tenta entrar em contato com os colegas, mas o rádio só emite estalidos.

Eles seguem adiante pela ponte. Fredrik caminha atrás de Jasim com a lanterna na mão. Jasim consegue ver a própria sombra se movendo pelo chão, balançando estranhamente de um lado para o outro.

É curioso que não consigam ver os colegas do outro lado.

Sobre a ponte exposta, o vento que vem do mar é cortante. A neve sopra em seus olhos. Suas bochechas ficam dormentes pelo frio.

Jasim estreita os olhos para enxergar do outro lado da ponte. Ela desaparece na escuridão rodopiante. De repente, vê algo à margem da luz. Um boneco palito alto e sem cabeça.

Jasim tropeça e estende a mão até o parapeito baixo. Vê a neve cair a cinquenta metros sobre o gelo.

Sua lanterna bate em alguma coisa e se apaga.

O coração está acelerado, e ele olha para a frente, mas já não consegue ver o vulto.

Fredrik chama Jasim, ele se vira. O parceiro está apontando para ele, mas é impossível ouvir o que está dizendo. Fredrik parece assustado e começa a se atrapalhar com o coldre da pistola. Jasim entende que Fredrik tentava alertá-lo, apontando para alguém atrás dele.

Jasim gira o corpo e perde o ar.

Alguém está rastejando pelo trilho em sua direção. Jasim dá um passo para trás e tenta sacar a pistola. A pessoa se levanta e balança. É um jovem. Está encarando os policiais com os olhos vazios. Seu rosto barbudo é magro; as maçãs do rosto protuberantes. Ele está cambaleando e parece ter dificuldade para respirar.

— Você está ferido?

O jovem tenta falar, mas tosse e cai de joelhos outra vez.

— O que ele está dizendo? — Fredrik pergunta com a mão na arma.

— Você está ferido? — Jasim volta a perguntar.

— Não sei, não consigo sentir nada, eu…

— Venha comigo, por favor.

Jasim o ajuda a se levantar e vê que sua mão direita está coberta de gelo vermelho.

— Não consigo… O Homem de Areia nos pegou… Não consigo acordar…

14

As portas da entrada de emergência do Hospital Södermalm se fecham. Uma enfermeira de bochechas coradas ajuda os paramédicos a tirá-lo da maca e levá-lo para o pronto-socorro.

— Não conseguimos encontrar qualquer identificação. Nada.

O paciente é entregue à enfermeira da triagem e levado a uma das salas de tratamento. Após verificar os sinais vitais, a enfermeira percebe que o paciente está em condições críticas.

Quatro minutos depois, a dra. Irma Goodwin entra no pronto--socorro, e a enfermeira lhe passa um resumo rápido.

— Vias aéreas livres, nenhum traumatismo agudo, mas está com baixo oxigênio no sangue, febre, sinais de concussão e circulação fraca.

A médica olha os gráficos e se aproxima do homem magro. Suas roupas foram rasgadas. Sua caixa torácica se ergue e afunda com a respiração rápida.

— Ainda nenhum nome?

— Não.

— Deem oxigênio para ele.

O jovem fica deitado com as pálpebras cerradas, tremendo, enquanto a enfermeira coloca uma máscara de oxigênio nele.

Ele parece estranhamente desnutrido, mas não há qualquer marca de agulha em seu corpo. A dra. Goodwin nunca viu alguém tão pálido. A enfermeira verifica a temperatura outra vez.

— Quarenta graus. Febre alta.

A dra. Goodwin assinala o teste que quer fazer no paciente, depois volta a observá-lo. O peito chacoalha ao tossir e ele abre os olhos por um breve momento.

— Não quero, não quero — ele sussurra. — Preciso ir para casa, preciso, preciso…

— Onde você vive? Consegue me dizer onde você mora?

— Moro? — ele pergunta, e engole em seco.

— Ele está delirando — a enfermeira diz baixinho.

— Você está com dor?

— Sim — ele responde com um sorriso confuso.

— Consegue me dizer...

— Não, não, não, não, ela está gritando dentro de mim, não aguento, não aguento, não...

Ele revira os olhos, tossindo e murmurando algo sobre dedos de porcelana, depois fica engasgando para tentar respirar.

Irma Goodwin decide dar ao paciente uma injeção de vitamina B, antipiréticos e um antibiótico intravenoso, benzilpenicilina, até chegar o resultado do teste.

Ao sair pela porta à sua frente, consegue ouvir a equipe de enfermagem falando ao telefone. Outra ambulância está a caminho — um caso de insuficiência renal. O pessoal de enfermagem está montando uma equipe de emergência e ligando para um cirurgião.

Irma Goodwin para e volta à sala de tratamento do paciente não identificado. A enfermeira de bochechas coradas está ajudando a outra a limpar uma ferida aberta na coxa do homem. Parece que o rapaz foi espetado por um galho afiado enquanto corria.

Ela para à soleira da porta.

— Acrescente um macrolídeo aos antibióticos — diz, decidida. — Um grama de eritromicina, intravenoso.

A enfermeira ergue os olhos.

— Você acha que ele está com a doença dos legionários? — ela pergunta, surpresa.

— Vamos ver o que o teste...

Irma Goodwin fica em silêncio quando o corpo do paciente começa a estremecer. Ela olha para o rosto pálido e o vê abrir os olhos devagar.

— Preciso voltar para casa — ele sussurra. — Meu nome é Mikael Kohler-Frost, e preciso voltar para casa...

— Mikael Kohler-Frost — Irma diz. — Você está no hospital Södermalm, e...

— Ela está gritando, o tempo todo!

Irma sai da sala de tratamento e quase corre até o consultório. Ela fecha a porta, põe os óculos, se senta diante do computador e faz login. Não consegue encontrá-lo na Base de Dados do Serviço de Saúde, e tenta o Registro da População Nacional.

Ela o encontra.

Irma Goodwin relê as informações sobre o paciente na sala de emergência.

Mikael Kohler-Frost está morto há sete anos, e foi enterrado no cemitério Malsta.

15

O detetive-inspetor Joona Linna está numa salinha onde as paredes e o chão são de concreto. Está de joelhos enquanto um homem de roupa camuflada aponta uma pistola para a cabeça de Joona, uma Sig Sauer preta. A porta é protegida por outro homem, que mantém o fuzil de assalto belga apontado para ele o tempo todo.

No chão perto da parede há uma garrafa de coca-cola. A luz vem de uma lâmpada no teto com um quebra-luz de alumínio amassado.

Um celular vibra. Antes de atender, o homem com a pistola grita para Joona abaixar a cabeça.

O outro homem coloca o dedo no gatilho do fuzil e se aproxima.

O homem com a pistola fala ao telefone, depois escuta, sem tirar os olhos de Joona. Pedrinhas são esmagadas por suas botas. Ele assente, diz alguma coisa, depois fica escutando de novo.

Após um tempo, o homem com o fuzil de assalto suspira e se senta na cadeira ao lado da porta.

Joona continua ajoelhado, completamente imóvel. Está usando calças de corrida e uma camiseta branca empapada de suor. As mangas estão justas nos músculos de seus braços. Ele ergue ligeiramente a cabeça. Os olhos são cinzentos, como granito polido.

O homem com a pistola fala agitado ao telefone, depois desliga e parece pensar por alguns segundos antes de dar quatro passos rápidos para a frente e encostar o cano da pistola na testa de Joona.

— Estou prestes a vencer você — Joona diz, sorridente.

— Quê?

— Precisei esperar — ele explica. — Até ter a oportunidade de contato físico direto.

— Acabei de receber ordens para executar você.

— Sim, a situação é bem grave, considerando que tenho de tirar a pistola da minha cara e, de preferência, usá-la contra você em cinco segundos.

— Como? — O homem ao lado da porta pergunta.

— Para pegá-lo de surpresa, não posso reagir a nenhum dos movimentos — Joona explica. — É por isso que o deixei vir até aqui, parar e respirar exatamente duas vezes. Então, espero até que expire pela segunda vez antes de...

— Por quê? — pergunta o homem com a pistola.

— Ganho alguns centésimos de segundo, porque é praticamente impossível fazer qualquer coisa sem inspirar antes.

— Mas por que a segunda respiração em particular?

— Porque é cedo para você estar esperando e bem no meio da contagem regressiva mais comum do mundo: três, dois, um...

— Entendi. — O homem sorri, revelando um dente da frente marrom.

— A primeira coisa que vai se mover é minha mão esquerda — Joona explica para a câmera de vigilância perto do teto. — Ela vai se mover para cima em direção ao cano da pistola e para longe do meu rosto em um movimento fluido. Preciso pegar a pistola, girar para cima e me levantar, usando o corpo dele como escudo. Num único movimento. Minhas mãos precisam priorizar a arma, mas, ao mesmo tempo, tenho de ficar de olho no homem com o fuzil de assalto. Porque, assim que eu tiver controle da pistola, ele passa a ser a ameaça principal. Uso meu cotovelo para bater no queixo e no pescoço dele o máximo de vezes possível até tomar a pistola, depois disparo três tiros, giro e disparo mais três.

Os homens na sala começam de novo. A situação se repete. O homem com a pistola recebe as ordens pelo telefone, hesita, depois caminha até Joona e encosta o cano em sua testa. O homem expira e está prestes a inspirar para dizer alguma coisa quando Joona pega o cano da pistola com a mão esquerda.

A cena toda chegou a ser impressionante de tão rápida e grandiosa, ainda que esperada.

Joona golpeia a arma, girando-a na direção do teto em um único movimento e se levantando. Ele dá quatro cotoveladas no pescoço do homem, pega a pistola e atira no tronco do outro.

Os três tiros certeiros ecoam pelas paredes.

O primeiro oponente ainda está cambaleando para trás quando Joona gira e atira em seu peito.

Ele cai contra a parede.

Joona vai até a porta, pega o fuzil de assalto e a munição extra e sai da sala.

16

A porta bate na parede de concreto com força, abrindo-se novamente. Joona entra trocando o pente de munição. As oito pessoas na sala ao lado tiram os olhos da grande tela e olham para ele.

— Seis segundos e meio para o primeiro disparo — uma delas informa.

— Devagar demais — Joona comenta.

— Mas Markus teria soltado a pistola antes se você tivesse batido o cotovelo nele de verdade — diz um homem alto com a cabeça raspada.

— Sim, você perdeu um tempo aí — uma policial concorda.

A cena já está se repetindo na tela. O ombro firme de Joona, o movimento fluido para a frente, seu olho se alinhando à mira quando o gatilho é puxado.

— Muito impressionante — o comandante do grupo diz, pousando as palmas das mãos na mesa.

— Para um policial — Joona completa.

Eles riem, se recostando, e o comandante enrubesce e coça a ponta do nariz.

Joona aceita um copo d'água.

Joona Linna está na fortaleza Karlsborg para instruir o Grupo de Operações Especiais em combate corpo a corpo. Não porque seja um instrutor formado, mas porque tem mais experiência prática nas técnicas que eles precisam aprender do que qualquer outra pessoa na Suécia. Aos dezoito anos, Joona prestara serviço militar em Karlsborg como paraquedista e fora recrutado logo após o treinamento básico para uma unidade de Operações Especiais.

Embora um longo tempo tenha se passado desde que saíra do Exército para estudar na Academia de Polícia, ele ainda sonhava com sua época de paraquedista. Ele voltara ao avião de transporte, ouvindo o rugido ensurdecedor e olhando fixamente pela escotilha hidráulica na traseira da aeronave. A sombra do avião passando pela água clara lá embaixo como uma cruz cinza. Em seu sonho, ele descia a rampa correndo e saltava no ar frio, ouvindo o lamento das cordas, sentindo o puxão do arreio quando o paraquedas se abre. A água se aproximando em alta velocidade. O barco inflável preto criando espuma nas ondas lá embaixo.

Joona fora treinado na Holanda para efetivo combate corpo a corpo com baionetas, facas e pistolas. Aprendera a explorar situações diversas e a usar técnicas inovadoras de krav magá.

— Certo, vamos pegar essa situação como ponto de partida e torná-la cada vez mais difícil ao longo do dia — Joona diz.

— Como acertar duas pessoas com uma bala só?

O homem alto de cabeça raspada sorri.

— Impossível — Joona responde.

— Ouvimos dizer que você já fez — a mulher comenta com curiosidade.

— Ah, não. — Joona ri, passando a mão no cabelo loiro desalinhado.

Seu celular toca no bolso interno. Ele vê na tela que é Nathan Pollock, do Departamento Nacional de Investigação Criminal. Nathan sabe onde Joona está, só ligaria se fosse importante.

— Com licença — Joona pede, atendendo a ligação.

Ele bebe o copo d'água e escuta com um sorriso que vai sumindo. De repente, toda cor se esvai de seu rosto.

— Jurek Walter ainda está detido? — ele pergunta.

Sua mão está tremendo tanto que ele precisa colocar o copo na mesa.

17

A neve rodopia no ar enquanto Joona corre até o carro e entra. Ele atravessa o grande pátio de exercícios onde treinou quando era um jovem recruta. Os pneus cantam quando ele vira a esquina e sai do forte.

Gotas de suor surgiram em sua testa, e suas mãos não param de tremer.

Ele ultrapassa um comboio de caminhões na rodovia E20 pouco antes de Arboga. Precisa segurar o volante com as duas mãos, porque o deslocamento de ar provocado pelos caminhões faz seu carro chacoalhar.

Ele não consegue parar de pensar no telefonema.

A voz de Nathan Pollock estava calma ao explicar que Mikael Kohler-Frost ainda estava vivo.

Joona estava certo de que o menino e a irmã mais nova foram duas das muitas vítimas de Jurek Walter. Agora Nathan estava lhe dizendo que Mikael fora encontrado pela polícia numa ponte ferroviária e levado para o Hospital Södermalm.

Pollock dissera que o estado de Mikael era sério, mas não havia risco de vida. E ele ainda não tinha sido interrogado.

— Jurek Walter ainda está detido? — Fora a primeira pergunta de Joona.

— Sim, ainda está em regime de isolamento — Pollock respondeu.

— Tem certeza?

— Sim.

— E o garoto? Como sabem que é Mikael Kohler-Frost? — Joona perguntou.

— Parece que ele repetiu o próprio nome várias vezes. É tudo que sabemos. E a idade bate — Pollock disse. — Claro que mandamos uma amostra de saliva para o Laboratório Forense Nacion…

— Mas avisaram ao pai dele?

— Temos que confirmar o DNA antes. Quer dizer, não podemos cometer nenhum erro.

— Estou a caminho.

18

O carro se move pela estrada preta e lamacenta, e Joona Linna se esforça para não acelerar.

Mikael Kohler-Frost, pensa.

Mikael Kohler-Frost foi encontrado vivo depois de todos esses anos.

Basta o nome Frost para fazer Joona reviver tudo.

Ele ultrapassa um carro branco sujo e mal nota a criança acenando para ele com um boneco de pelúcia pela janela. Ele está imerso nas próprias lembranças.

Treze anos antes Joona embarcou numa investigação preliminar que mudaria completamente a sua vida. Junto com o colega Samuel Mendel, começou a investigar o caso de duas pessoas desaparecidas em Sollentuna.

O primeiro caso era de uma mulher de cinquenta e cinco anos que desaparecera certa noite quando saíra para caminhar. Seu cachorro foi encontrado num beco atrás de um supermercado, arrastando a coleira. Dois dias depois, a sogra dela desapareceu enquanto percorria a pequena distância entre o asilo e o bingo.

Descobriu-se que o irmão da mulher havia desaparecido em Bangcoc cinco anos antes. Tinham chamado a Interpol e o Ministério do Exterior, mas ele nunca fora localizado.

Não há dados abrangentes sobre o número de pessoas desaparecidas no mundo por ano, mas é de conhecimento geral que o total é perturbadoramente alto. Nos Estados Unidos, cerca de cem mil pessoas desaparecem por ano; na Suécia, cerca de sete mil. A maioria reaparecia, mas ainda havia um número alarmante que não. Apenas uma parcela muito pequena daqueles que nunca eram encontrados tinha sido sequestrada ou assassinada.

Tanto Joona como Samuel eram relativamente novos no Departamento Nacional de Investigação Criminal quando começaram a investigar o caso das duas mulheres desaparecidas. Certos aspectos eram similares ao desaparecimento de duas pessoas em Örebro quatro anos antes.

Naquela ocasião, os desaparecidos foram um homem de quarenta anos e seu filho. Eles estavam a caminho de um jogo de futebol em Glanshammar, mas nunca chegaram lá. O carro deles foi encontrado abandonado numa estradinha de uma floresta que não ficava nem perto do campo de futebol.

No começo foi só uma ideia, uma sugestão casual: e se houvesse uma relação direta entre os eventos, apesar das diferenças de horário e local? Nesse caso, não era impossível que outros desaparecimentos pudessem estar relacionados a esses quatro.

A investigação preliminar consistiu no tipo mais comum de trabalho policial, aquele diante do computador. Joona e Samuel reuniram e organizaram informações sobre todos os desaparecimentos não solucionados na Suécia na última década. A ideia era ver se havia alguma semelhança nesses outros casos que não pudesse ser descartada como coincidência. Compararam os diversos casos entre si, ponto a ponto — e, aos poucos, algo como uma constelação começou a surgir a partir da vaga ligação entre os pontos conectados. O padrão inesperado que surgiu era que, em muitos dos casos, mais de um membro da mesma família havia desaparecido.

Joona conseguia se lembrar do silêncio que assomou à sala quando recuaram e olharam os resultados. Quarenta e cinco pessoas desaparecidas atendiam a esse critério específico. Muitas possivelmente poderiam ser descartadas nos próximos dias, mas quarenta e cinco ainda era muito mais do que poderia ser explicado pelo acaso.

19

A parede da sala de Samuel no Departamento Nacional de Investigação Criminal estava coberta por um grande mapa da Suécia, pontilhado por alfinetes para indicar as pessoas desaparecidas.

Era óbvio que não podiam partir do pressuposto de que todas as quarenta e cinco haviam sido assassinadas, mas, por enquanto, também não podiam descartar nenhuma delas.

Como nenhum criminoso conhecido pôde ser associado ao horário dos desaparecimentos, eles começaram a buscar motivos e um modus operandi. Não havia semelhanças com casos já solucionados. O assassino com que eles estavam lidando não deixara nenhum rastro e escondera muito bem os corpos das vítimas.

A escolha da vítima normalmente divide os serial killers em dois grupos. Um de assassinos organizados, que sempre buscam uma vítima ideal que se encaixa o máximo possível em suas fantasias. Esses assassinos focam um tipo específico de pessoa, indo atrás, por exemplo, exclusivamente de meninos loiros pré-púberes. O outro grupo consiste em assassinos desorganizados: para eles, a disponibilidade das vítimas é o que importa. Basicamente, as vítimas desempenham um papel nas fantasias do assassino, e não importa exatamente quem são ou qual é a sua aparência.

Mas o serial killer que Joona e Samuel estavam começando a desenhar não se encaixava nessas categorias. Por um lado, era desorganizado, pois suas vítimas eram muito variadas, mas, por outro, nenhuma delas tinha sido especialmente fácil de capturar.

Eles estavam procurando um serial killer praticamente invisível. Não deixava evidências nem uma assinatura visível.

Dias se passaram e as mulheres de Sollentuna continuaram desaparecidas.

Joona e Samuel não tinham provas concretas de um serial killer. Simplesmente achavam que não poderia haver nenhuma outra explicação para tantos desaparecimentos. Dois dias depois, a investigação preliminar foi arquivada e os recursos realocados.

Mas Joona e Samuel não conseguiram abandonar o caso, e começaram a dedicar seu tempo livre à busca.

Eles se concentraram no padrão que sugeria que, se duas pessoas da mesma família haviam sumido, maior era o risco de que mais membros da família desapareceriam num futuro próximo.

Enquanto ficavam de olho na família das mulheres que haviam sumido em Sollentuna, duas crianças desapareceram em Tyresö. Mikael e Felicia Kohler-Frost. Filhos do famoso escritor Reidar Frost.

20

Ele se lembrava de conversar com Reidar Frost e a esposa, Roseanna Kohler, três dias depois do desaparecimento das crianças. Ele não mencionou aos pais suas desconfianças — de que as crianças tinham sido mortas por um serial killer que a polícia havia desistido de procurar, um assassino cuja existência só conseguiam afirmar em tese. Joona fizera apenas as perguntas de praxe e deixara que os pais acreditassem que as crianças haviam se afogado.

A família vivia na estrada Varvs, numa bela casa que dava para uma praia com uma grande faixa de areia. As últimas semanas tinham sido amenas, e boa parte da neve havia derretido. As ruas e trilhas estavam escuras e úmidas. Mal havia gelo na costa, e o que restou era uma neve cinzenta derretida.

Joona se lembra de andar pela casa, passando por uma cozinha grande, e se sentar a uma enorme mesa branca perto de uma janela. Mas Roseanna tinha fechado todas as cortinas, e, embora sua voz estivesse calma, sua cabeça tremia o tempo todo.

A busca pelas crianças não dera resultados. Houvera inúmeras buscas por helicóptero, mergulhadores foram trazidos, e a água fora dragada à procura pelos corpos. Os arredores tinham sido vasculhados por grupos de voluntários e unidades de cães especialistas.

Mas ninguém tinha visto nem ouvido nada.

Reidar Frost parecia um animal enjaulado. Só queria sair para continuar procurando.

Joona se sentara diante dos pais, fazendo perguntas de rotina sobre se haviam recebido alguma ameaça, se alguém vinha se comportando de maneira estranha ou diferente, se tiveram a impressão de estar sendo seguidos.

— Todos acham que eles caíram na água — Roseanna disse, a cabeça começando a tremer de novo.

— Você comentou que às vezes eles saem pela janela depois das orações na hora de dormir — Joona continuou.

— É óbvio que não deveriam — Reidar disse.

— Mas vocês sabiam que às vezes eles pegavam as bicicletas para ver um amigo?

— Rikard.

— Rikard van Horn, estrada Björnbärs, 7 — Joona confirmou.

— Tentamos conversar com Micke e Felicia sobre isso, mas… enfim, são crianças, e não achamos que fosse perigoso — Reidar respondeu, pousando a mão carinhosamente sobre a da mulher.

— O que eles fazem na casa de Rikard?

— Eles nunca ficam muito lá, só jogam um pouco de Diablo.

— Todos fazem isso — Roseanna sussurrou, retirando a mão.

— No sábado, eles não foram de bicicleta para a casa de Rikard. Em vez disso, foram para Badholmen — Joona continuou. — Eles fazem muito isso à noite?

— Achamos que não — Roseanna respondeu, levantando-se da mesa, inquieta, como se não conseguisse controlar a tremedeira interna.

Joona assentiu com a cabeça. Ele descobriu que o menino, Mikael, havia atendido o telefone pouco antes de ele e a irmã saírem da casa, mas o número se revelou impossível de ser rastreado.

Tinha sido insuportável ficar diante dos pais daquelas crianças. Joona não disse nada, mas ficou cada vez mais convencido de que as crianças eram vítimas do serial killer. Ele ouviu e fez suas perguntas, mas não pôde revelar suas suspeitas.

21

Se as duas crianças foram vítimas desse serial killer, e eles estavam corretos em pensar que ele logo tentaria matar um dos pais também, precisavam fazer uma escolha.

Joona e Samuel decidiram concentrar os esforços em Roseanna Kohler.

Ela tinha saído de casa para morar com a irmã em Gärdet, no nordeste de Estocolmo. A irmã morava com a filha de quatro anos em um condomínio de apartamentos na alameda Lanfors, 25, perto da floresta de Lill-Jan.

Joona e Samuel se revezaram para vigiar o prédio durante a noite. Por uma semana, um deles ficava estacionado por perto e sentado no carro até o amanhecer.

No oitavo dia, Joona estava recostado no banco, observando os moradores do prédio se prepararem para dormir como sempre. As luzes iam se apagando seguindo um padrão que ele estava começando a reconhecer. Uma mulher de jaqueta prateada e acolchoada saiu para dar o habitual passeio com seu golden retriever; depois, as últimas janelas se apagaram.

O carro de Joona estava estacionado nas sombras da estrada Porjus, entre uma picape branca suja e um Toyota vermelho. Pelo retrovisor, podia ver os arbustos cobertos de neve e uma cerca alta em volta de uma usina elétrica. A área residencial a sua frente estava completamente silenciosa. Pelo para-brisa, ele observava o brilho estático dos postes de luz.

Ele sorriu ao se lembrar do jantar daquela noite com a esposa e a filha pequena. Lumi estava com pressa para terminar e voltar a examinar Joona.

— Gostaria de terminar de comer primeiro — ele havia sugerido.

Mas Lumi tinha assumido sua expressão séria e falado com a mãe por sobre a cabeça dele, perguntando se ele já escovava os dentes sozinho.

— Ele é muito bonzinho — Summa respondeu.

A esposa explicou com um sorriso que todos os dentes de Joona já haviam nascido. Lumi colocou um papel-toalha embaixo do queixo dele e tentou enfiar um dedo em sua boca, pedindo para que a abrisse bem.

Seus pensamentos sobre Lumi desapareceram quando uma luz se acendeu de repente no apartamento da irmã. Joona viu Roseanna lá dentro de camisola de flanela falando ao telefone.

A luz se apagou de novo.

Uma hora se passou, mas a região continuou deserta.

Estava começando a esfriar dentro do carro quando Joona avistou um vulto pelo retrovisor. Alguém curvado, aproximando-se pela rua vazia.

22

Joona abaixou mais o corpo no banco e acompanhou o avanço da figura pelo retrovisor, tentando ter um vislumbre de seu rosto.

Os galhos de uma sorveira balançaram quando ele passou.

Sob as luzes cinzentas da usina, Joona viu que era Samuel.

Seu colega estava quase meia hora adiantado.

Samuel abriu a porta do carro e se sentou no banco de passageiro, que empurrou para trás para poder esticar as pernas; ele suspirou.

— Certo, você é alto e loiro, Joona, e é realmente ótimo ficar dentro do carro e tudo. Mas ainda acho que prefiro passar a noite com Rebecka. Quero ajudar meus filhos com a lição de casa.

— Você pode me ajudar com a minha lição de casa — Joona disse.

— Obrigado. — Samuel riu.

Joona olhou para o prédio de portas fechadas do outro lado da rua, as sacadas enferrujadas, as janelas pretas.

— Vamos dar mais três dias — ele disse.

Samuel pegou uma garrafa térmica prateada de caldo de frango, que ele chamava de *yoch*.

— Não sei, andei pensando muito — ele disse, sério. — Nada nesse caso faz sentido. Estamos tentando achar um serial killer que pode nem existir.

— Ele existe — Joona insistiu.

— Mas ele não se encaixa no que descobrimos, não se encaixa com nenhum aspecto da investigação, e...

— É por isso... é por isso que ninguém jamais o viu — Joona disse. — Ele só é visível porque projeta uma sombra sobre as estatísticas.

Eles ficaram ali em silêncio. Samuel soprou para esfriar a sopa, e gostas de suor brotaram em sua testa. Joona cantarolou um tango e deixou os olhos vagarem da janela do quarto de Roseanna para os pingentes de gelo nas calhas, depois para as chaminés e saídas de ar cobertas de neve no alto.

— Tem alguém atrás do prédio — Samuel sussurrou de repente. — Tenho certeza de que vi um movimento.

Samuel apontou, mas estava tudo num estado de paz onírica.

Um instante depois, Joona viu neve cair de um arbusto perto da casa. Alguém tinha passado por ali.

Discretamente, eles abriram as portas do carro e se esgueiraram para fora.

A área residencial adormecida estava em silêncio. Tudo que conseguiam ouvir eram os próprios passos e o zumbido elétrico da usina.

Houvera um degelo por algumas semanas; depois começara a nevar de novo.

Eles se aproximaram da lateral sem janelas do prédio, andando silenciosamente pela faixa de grama, passando por uma loja de papéis de parede no térreo.

A luz do poste mais próximo atravessava a neve lisa até o espaço aberto atrás das casas. Eles pararam no canto e se agacharam, procurando algum movimento no denso bosque que seguia até o Royal Tennis Club e a floresta de Lill-Jan.

A princípio, Joona não conseguiu ver nada na escuridão entre as árvores velhas e torcidas. Estava prestes a dar a Samuel o sinal para seguir em frente quando percebeu o vulto.

Havia um homem entre as árvores, tão imóvel quanto os galhos cobertos de neve.

O coração de Joona acelerou.

Como um fantasma, o homem magro não tirava os olhos da janela onde Roseanna Kohler dormia.

O homem não demonstrava qualquer sinal de urgência, parecia não ter um objetivo concreto.

Joona foi tomado por uma fria certeza de que o homem no jardim era o serial killer cuja existência eles haviam especulado.

O rosto sombrio era fino e enrugado. O homem estava simplesmente parado, como se a visão da casa lhe desse uma sensação de calma e satisfação, como se já tivesse pego sua vítima.

Eles sacaram suas armas, mas não sabiam como proceder. Não tinham conversado sobre isso previamente. Mesmo tendo observado Roseanna por dias, não haviam falado sobre o que fariam se descobrissem que estavam certos. Não podiam se afobar e prender um homem que estava apenas olhando para uma janela escura. Poderiam até descobrir quem ele era, mas provavelmente seriam obrigados a soltá-lo.

23

Joona olhou fixamente para a figura imóvel. Ele podia sentir a pistola semiautomática e o ar frio da noite nos dedos. Podia ouvir a respiração de Samuel ao seu lado.

A situação estava começando a parecer um pouco absurda quando, de repente, o homem deu um passo adiante. Eles conseguiram ver que ele segurava um saco.

Depois, foi difícil saber exatamente o que os convencera de que o homem era quem eles estavam procurando.

Ele ficou apenas encarando a janela do quarto de Roseanna, então desapareceu entre os arbustos. Quando eles o seguiram, seus passos geravam ruídos ao pisar na neve sobre a grama. Eles acompanharam as pegadas recentes pela floresta até chegarem à velha via férrea.

Ao longe, à direita, puderam observar o vulto sobre o trilho. Ele passou sob uma torre elétrica, atravessando o emaranhado de sombras projetadas por sua estrutura. Aquela era uma via férrea ainda em funcionamento, partindo do porto de Värta através da floresta de Lill-Jan.

Joona e Samuel foram adiante, mantendo-se na neve espessa ao lado dos trilhos para não serem vistos. A ferrovia continuava sob um viaduto e entrava na extensão da floresta. De repente, tudo ficou muito mais quieto e escuro.

As árvores sombrias eram próximas umas das outras.

Joona e Samuel apertaram o passo em silêncio, para não perdê-lo de vista.

Quando saíram da curva em torno do pântano Uggleviken, a ferrovia diante deles estava vazia. O homem magro tinha saído dos trilhos em algum ponto e entrado na floresta.

Eles subiram nos trilhos e examinaram a paisagem branca, então começaram a voltar. A neve recém-caída estava praticamente intocada. Eles encontraram um par de pegadas que não tinham visto. Dez minutos antes, elas estavam brancas e invisíveis sob a luz fraca, mas o chão embaixo da neve estava úmido, e as marcas deixadas pelos sapatos dele agora eram escuras como chumbo.

Eles seguiram os trilhos floresta adentro, na direção da grande barragem. A escuridão entre as árvores era quase absoluta. As pegadas do assassino foram cruzadas três vezes pelas pegadas mais leves de um coelho. Em determinado momento ficou tão escuro que eles perderam o rastro outra vez. Eles pararam, avistaram novamente as pegadas e se apressaram.

De repente, começaram a ouvir gemidos estridentes, como os de um animal chorando, mas de um jeito que eles jamais haviam escutado. Seguiram as pegadas e chegaram mais perto da origem do som.

O que eles viram entre os troncos de árvore era algo saído de uma história medieval grotesca. O homem que eles tinham seguido estava em frente a uma cova rasa. O chão a sua volta estava coberto por terra recém-revirada. Uma mulher imunda e raquítica tentava sair do caixão, chorando e se debatendo para subir pela beirada. Mas, toda vez que ela subia, o homem a empurrava de volta para baixo.

Por alguns segundos, Joona e Samuel não conseguiram fazer nada além de encarar; então, soltaram as travas de segurança das armas e desataram a correr.

O homem não estava armado, e Joona sabia que deveria mirar nas pernas, mas não pôde deixar de mirar no coração. Eles correram pela neve suja, obrigaram o homem a deitar de bruços e algemaram seus punhos e pés.

Samuel parou ofegante, apontando a pistola para o homem enquanto ligava para o Controle de Emergências. Joona conseguia ouvir o soluço em sua voz.

Eles haviam capturado um até então desconhecido serial killer. Seu nome era Jurek Walter.

Com cuidado, Joona ajudou a mulher a sair do caixão e tentou acalmá-la. Ela ficou deitada no chão, arfando. Enquanto Joona explicava que a ajuda estava a caminho, vislumbrou um movimento entre as árvores. Algo grande saiu correndo. Um galho estalou, os abetos chacoalharam, e a neve caiu suavemente como um pano.

Talvez fosse um cervo.

Mais tarde Joona se deu conta de que devia ser um cúmplice de Jurek Walter, mas, naquele momento, só conseguia pensar em salvar a mulher e levar o homem sob custódia para a prisão preventiva Kronoberg.

Descobriu-se que a mulher estava no caixão havia quase dois anos. Jurek Walter lhe trazia água e comida regularmente, depois cobria a cova novamente. A mulher tinha ficado cega e estava gravemente desnutrida. Seus músculos se atrofiaram, e as feridas de pressão a deixaram deformada. Suas mãos e seus pés estavam congelados.

No começo, eles pensaram que ela estava apenas traumatizada, mas, com o passar do tempo, ficou claro que o frio e a desnutrição haviam ocasionado lesões cerebrais graves.

24

Joona trancou a porta quando voltou para casa às quatro e meia da madrugada. Seu coração estava acelerado, e ele empurrou o corpo quente e suado de Lumi para o meio da cama, antes de colocar o braço em volta dela e de Summa. Ele sabia que não conseguiria dormir, mas só precisava ficar deitado com sua família.

Ele voltou à floresta de Lill-Jan às sete horas. A área tinha sido isolada e estava sob vigilância, mas a neve em volta da cova já fora tão remexida pela polícia, pelos cães e pelos paramédicos que não havia por que tentar encontrar os rastros de um possível cúmplice.

Às dez, uma unidade de cães da polícia havia identificado um local perto da barragem Uggleviken, a apenas duzentos metros da cova da mulher. Uma equipe de especialistas forenses e analistas de cenas de crime foi convocada, e, algumas horas depois, os restos de um homem de meia-idade e de um adolescente de cerca de quinze anos haviam sido exumados. Ambos foram enfiados em um barril de plástico azul, e a análise forense indicou que haviam sido enterrados quatro anos antes. Eles não tinham sobrevivido por muitas horas no barril, embora houvesse um tubo levando oxigênio para eles.

Jurek Walter estava registrado como morador da estrada Björnö, parte de um grande projeto habitacional construído no início dos anos 1970, no distrito Hovsjö de Södertälje. Era o único endereço em seu nome. De acordo com os registros, não havia morado em nenhum outro lugar desde que imigrara da Polônia para a Suécia em 1994 e conseguira um visto de trabalho. Ele tinha aceitado um emprego como mecânico de uma pequena empresa, a oficina mecânica Menge, onde consertava caixas de câmbio de trens e restaurava motores a diesel. Todas as evidências sugeriam que ele levava uma vida solitária e pacata.

Joona, Samuel e os outros policiais não sabiam o que poderiam encontrar no apartamento de Jurek Walter: uma câmara de tortura ou armário com objetos das vítimas usados como troféu, jarras de formol, partes de corpos congeladas em freezers, estantes abarrotadas de documentações fotográficas?

A polícia havia isolado as imediações do condomínio e todo o segundo andar. Eles colocaram roupas de proteção, abriram a porta e começaram a espalhar tábuas para que pudessem andar sobre elas e não estragar qualquer evidência.

Jurek Walter morava num apartamento de dois cômodos de trinta e três metros quadrados.

Havia uma pilha de lixo postal embaixo da entrada de correspondências. O corredor estava completamente vazio. Não havia sapatos nem roupas no armário ao lado da porta.

Eles foram entrando.

Joona estava pronto para encontrar alguma pessoa escondida lá dentro, mas estava tudo completamente parado, como se o tempo tivesse abandonado o lugar.

As cortinas estavam fechadas. O apartamento cheirava a luz do sol e pó.

Não havia móveis na cozinha. A geladeira estava aberta e desligada. Nada sugeria que já tivesse sido usada. As panelas em cima do fogão estavam um pouco enferrujadas. No forno, as instruções de funcionamento ainda estavam coladas na lateral. A única comida que encontraram nos armários foram duas latas de abacaxi em conserva.

No quarto, havia uma cama estreita sem lençóis e, no guarda-roupa, uma camisa limpa pendurada num cabide de metal.

Era tudo.

Joona tentou entender o que o apartamento vazio significava. Era óbvio que Jurek Walter não morava ali. Talvez o usasse apenas como endereço postal. Não havia nada no apartamento que lhes desse alguma pista. As únicas digitais eram do próprio Jurek.

Ele não tinha ficha criminal e nunca tinha sido suspeito de nenhum crime. Jurek Walter não possuía seguro privado e nunca havia pegado um empréstimo. Seus impostos eram deduzidos diretamente do salário, e ele nunca havia solicitado qualquer dedução fiscal.

Havia muitos registros diferentes — mais de trezentos, todos abarcados pela Lei de Registros Pessoais. Jurek Walter estava listado apenas naqueles que nenhum cidadão conseguia evitar.

Fora isso, era invisível.

Nunca pegou um atestado, nunca procurou atendimento médico ou odontológico.

Não estava no registro de armas de fogo ou de habilitação para dirigir. Não havia registros escolares nem afiliações políticas ou religiosas.

Era como se tivesse passado a vida com a clara intenção de ser o mais invisível possível. As poucas pessoas que haviam tido contato com ele em seu local de trabalho não sabiam nada a seu respeito. Só podiam afirmar que ele não falava muito, mas era um ótimo mecânico.

Quando o Departamento Criminal recebeu uma resposta da Policja, sua correspondente polonesa, descobriu-se que Jurek Walter estava morto havia muitos anos. Como esse Jurek Walter tinha sido encontrado assassinado num banheiro público na estação central, Kraków Główny, eles puderam enviar fotografias e digitais.

Nem as fotos nem as digitais correspondiam ao serial killer sueco. Ao que parecia, ele havia roubado a identidade do verdadeiro Jurek Walter.

O homem que haviam capturado na floresta de Lill-Jan estava se tornando um enigma cada vez maior. Vasculharam a floresta por mais três meses, mas, depois do homem e do menino no barril, nenhuma outra vítima de Jurek Walter foi encontrada.

Não até Mikael Kohler-Frost aparecer, andando por uma ponte, a caminho de Estocolmo.

25

Um promotor assumiu a responsabilidade pela investigação preliminar, mas Joona e Samuel conduziram os interrogatórios, dos procedimentos de custódia até o interrogatório principal. Jurek Walter não confessou nada, mas também não negou nenhum dos crimes. Em vez disso, filosofou sobre a morte e a condição humana. Por falta de provas de apoio, foram as circunstâncias em torno de sua prisão, o fato de ele não oferecer explicação e a avaliação do psiquiatra forense que o levaram à condenação no tribunal de Estocolmo. Seu advogado recorreu da condenação, e, embora estivessem esperando que o caso fosse ouvido no Tribunal de Recursos, os outros interrogatórios foram realizados na prisão Kronoberg.

Os funcionários da prisão quase nunca se deixavam abalar, mas a presença de Jurek Walter os perturbava. Ele os deixava apreensivos. Onde quer que estivesse, conflitos irrompiam subitamente; numa ocasião, dois guardas começaram a brigar, e um deles foi parar no hospital. Uma reunião de crise foi realizada e novos procedimentos de segurança foram definidos. Jurek Walter não teria mais permissão para entrar em contato com outros prisioneiros ou usar o pátio de exercícios.

Samuel estava doente, por isso Joona se viu caminhando sozinho pelo corredor, passando pela fileira de garrafas térmicas brancas, uma à frente de cada porta verde. O piso de linóleo reluzente tinha longos riscos negros.

A porta da cela de Jurek Walter estava aberta. Não havia nada nas paredes e a janela era protegida por grades. A luz da manhã se refletia no colchão gasto coberto por plástico na cama fixa e na pia de aço inoxidável.

Mais à frente no corredor, um policial de suéter azul-escuro estava conversando com um padre ortodoxo sírio.

— Eles o levaram para a sala de interrogatório dois — o policial avisou Joona.

Um guarda estava na frente da sala de interrogatório, e, pela janela, Joona pôde ver Jurek Walter sentado numa cadeira, olhando para o chão. Na frente dele, estavam seu representante legal e dois guardas.

— Estou aqui para escutar — Joona disse ao entrar.

Houve um silêncio breve. Em seguida Jurek Walter trocou algumas palavras com o advogado. Ele falou baixo e não ergueu os olhos quando pediu para o advogado sair.

— Podem esperar no corredor — Joona disse aos guardas.

Quando ficou a sós com Jurek Walter na sala de interrogatório, pegou uma cadeira e a puxou tão perto que conseguia sentia o cheiro do suor do homem.

Jurek Walter continuou parado na cadeira, a cabeça pendendo para a frente.

— Seu advogado de defesa alega que você estava na floresta de Lill-Jan para libertar a mulher — Joona disse em um tom neutro.

Jurek fitou o chão por mais alguns minutos, depois, sem o menor movimento, disse:

— Eu falo demais.

— Basta falar a verdade — Joona disse.

— Mas realmente não me importo se me julgarem culpado de algo que não fiz — Jurek disse.

— Você vai ser preso.

Jurek ergueu os olhos para Joona e disse, pensativo:

— Perdi minha mulher há muito tempo. Não tenho medo de nada. Nem da dor. Nem da solidão ou do tédio.

— Mas estou buscando a verdade — Joona disse, com uma ingenuidade intencional.

— Não precisa buscar. É o mesmo com a justiça, ou os deuses. Escolhemos o que serve a nossos propósitos.

— Mas não escolhemos as mentiras — Joona disse.

As pupilas de Jurek se contraíram.

— No Tribunal de Recursos, a descrição dos meus atos pelo promotor vai ser considerada prova inequívoca — ele disse, sem a mínima sombra de apelo na voz.

— Você está dizendo que isso é errado?

— Não vou me apegar a detalhes, porque não há muita diferença entre cavar uma cova e voltar a enchê-la.

Quando Joona saiu da sala de interrogatório, estava mais convencido do que nunca de que Jurek Walter era um homem extremamente perigoso. Ao mesmo tempo, não pôde deixar de considerar a ideia de que Jurek havia tentado dizer que estava sendo punido pelos crimes de outra pessoa. Claro, ele entendeu que tinha sido a intenção de Jurek Walter plantar uma semente de dúvida, mas não podia ignorar a possibilidade de que realmente houvesse uma falha no argumento da promotoria.

26

Na véspera do recurso, Joona, Summa e Lumi foram jantar com Samuel e a família dele. O sol ainda brilhava através das cortinas de linho quando começaram a comer, mas agora era noite. Rebecka acendeu uma vela sobre a mesa e soprou o fósforo. A luz tremulava sobre seus olhos luminosos, e sua pupila esquisita. Ela havia explicado certa vez que tinha uma doença chamada discoria, e que não era um problema: ela conseguia ver tão bem com esse olho como com o outro.

O jantar descontraído terminou com um bolo de mel. Joona pegou um quipá emprestado para a oração, a "Birkat Hamazon".

Foi a última vez que ele viu a família de Samuel.

Os meninos brincaram tranquilamente com a pequena Lumi antes de Joshua ficar imerso num video game e Reuben desaparecer no quarto dele para praticar o clarinete.

Rebecka saiu para fumar, e Summa lhe fez companhia com sua taça de vinho.

Joona e Samuel tiraram a mesa. Assim que ficaram sozinhos, começaram a conversar sobre o trabalho e o recurso do dia seguinte.

— Eu não vou — Samuel disse, sério. — Sei lá, não que eu fique assustado, mas parece que minha alma fica suja, e fica mais a cada segundo que passo perto dele.

— Tenho certeza de que ele é culpado — Joona disse.

— Mas?

— Acho que ele tem um cúmplice.

Samuel suspirou e colocou os pratos na pia.

— Prendemos um serial killer — ele disse. — Um lunático solitário que...

— Ele não estava sozinho na cova quando chegamos lá — Joona interrompeu.

— Sim, estava. — Samuel começou a enxaguar os pratos.

— Não é raro serial killers trabalharem com outras pessoas — Joona contestou.

— Não, mas não há nada que sugira que Jurek Walter faça parte dessa categoria — Samuel disse. — Nosso trabalho está feito. Terminamos.

27

O sol brilhava pelo vidro manchado nas janelas do palácio Wrangelska. O advogado de Jurek Walter explicou que seu cliente tinha sido tão gravemente afetado pelo julgamento que não era capaz de explicar por que estava na cena do crime quando foi preso.

Joona foi convocado como testemunha e descreveu seu trabalho de vigilância e prisão. Então, o advogado de defesa perguntou se Joona podia ver algum motivo para suspeitar que o relato dos acontecimentos da promotoria era baseado em uma falsa premissa.

— Meu cliente pode estar sendo condenado por um crime cometido por outra pessoa?

Joona encarou o olhar ansioso do advogado e, em sua mente, viu Jurek Walter empurrando calmamente a mulher de volta ao caixão toda vez que ela tentava sair.

— Estou perguntando a você porque você estava lá — o advogado de defesa continuou. — Jurek Walter poderia na verdade estar tentando resgatar a mulher na cova?

— Não — Joona respondeu.

Depois de duas horas de deliberação, o juiz declarou que o veredito do tribunal de Estocolmo seria mantido. O rosto de Jurek Walter não se moveu um músculo quando a sentença mais rigorosa foi proferida. Ele ficaria encarcerado em uma clínica psiquiátrica de segurança máxima com condições extraordinárias aplicadas a quaisquer eventuais processos de liberdade condicional. Como ele estava intimamente ligado a diversas investigações em andamento, também seria submetido a restrições fora do comum.

Quando o juiz terminou, Jurek Walter se voltou para Joona. Seu rosto estava coberto por rugas finas, e seus olhos claros olharam no fundo dos olhos de Joona.

— Agora, os dois filhos de Samuel Mendel vão desaparecer — Jurek disse com a voz pausada. — E a esposa de Samuel, Rebecka, vai desaparecer. Mas... Não, escute, Joona Linna. A polícia vai procurar por eles e, quando desistir, Samuel vai continuar procurando, mas quando, depois de um certo tempo, ele perceber que nunca mais vai rever a família, ele vai se matar.

Joona se levantou para sair do tribunal.

— E sua filhinha — Jurek Walter continuou, olhando para as unhas.

— Cuidado com o que vai falar — Joona alertou.

— Lumi vai desaparecer — Jurek sussurrou. — E Summa vai desaparecer. E, quando você perceber que nunca vai encontrá-las... vai se enforcar.

Ele ergueu a cabeça e olhou diretamente nos olhos de Joona. Sua expressão era calma, como se as coisas tivessem se resolvido do jeito que ele queria.

Normalmente, os condenados são levados a uma cela nos fundos até seu destino e transporte para a prisão permanente terem sido organizados. Mas os funcionários de Kronoberg estavam tão ansiosos para se livrar de Jurek Walter que haviam providenciado o transporte direto do palácio Wrangelska para a Unidade de Psicologia Criminal de Segurança Máxima, vinte quilômetros ao norte de Estocolmo.

Jurek Walter seria mantido em estrito isolamento na prisão de maior segurança da Suécia por período indeterminado. Samuel Mendel havia encarado a ameaça de Jurek como palavras vazias de um homem derrotado, mas Joona não conseguira se livrar da sensação de que a ameaça havia sido apresentada como uma verdade, um fato.

A investigação foi arquivada quando nenhum outro corpo foi encontrado. Embora não tivesse sido abandonada por completo, foi esquecida.

Joona se recusou a desistir, mas havia peças demais do quebra-cabeça, e as poucas linhas de investigação que tinha se revelaram becos sem saída. Embora Jurek Walter tivesse sido detido e condenado, eles agora não sabiam mais sobre ele do que antes.

Ele ainda era um mistério.

* * *

Numa tarde de sexta-feira, dois meses depois da sessão de recurso, Joona estava sentado com Samuel no Il Caffè, perto do quartel da polícia, tomando um expresso duplo. Eles estavam ocupados com outros casos agora, mas ainda se encontravam regularmente para conversar sobre Jurek Walter. Embora tivessem repassado todo o material a respeito dele inúmeras vezes, não haviam encontrado qualquer coisa que sugerisse que ele tinha um cúmplice. A coisa toda estava prestes a virar uma piada interna, com os dois avaliando os transeuntes inocentes como possíveis suspeitos. Então, algo terrível aconteceu.

28

O celular de Samuel tocou na mesa, perto da xícara de expresso. A tela exibiu uma foto de sua mulher, Rebecka. Joona escutou a conversa sem querer enquanto mexia no açúcar cristalizado de seu rolinho de canela. Ficou evidente que Rebecka e os meninos estavam indo para Dalarö antes do planejado, e Samuel concordou em comprar comida no caminho. Ele pediu que ela dirigisse com cuidado e terminou a ligação com um monte de beijos.

— O carpinteiro que está consertando nossa varanda quer que a gente olhe o trabalho dele o quanto antes — Samuel explicou. — O pintor pode começar neste fim de semana se estiver pronto.

Joona e Samuel regressaram a suas salas no Departamento Nacional de Investigação Criminal e não voltaram a se ver pelo resto do dia.

Cinco horas depois, Joona estava jantando com a família quando Samuel ligou. Ele estava ofegando e falando tão rápido que era difícil entender o que estava dizendo, mas, aparentemente, Rebecka e os meninos não estavam na casa em Dalarö. Não tinham passado por lá e não estavam atendendo o telefone.

— Deve haver alguma explicação — Joona disse.

— Liguei para a polícia e todos os hospitais e...

— Onde você está? — Joona perguntou.

— Estou na estrada Dalarö. Voltando para casa.

— O que posso fazer?

Ele já havia pensado, mas os pelos de sua nuca se arrepiaram mesmo assim quando Samuel disse:

— Confirme se Jurek Walter não fugiu.

Joona ligou imediatamente para a Unidade de Psicologia Criminal de Segurança Máxima do hospital Löwenströmska e falou com o chefe Roland Brolin. Foi informado de que não havia ocorrido nada fora do comum na unidade de segurança máxima. Jurek Walter estava em sua cela e tinha passado o dia todo completamente isolado.

Quando Joona ligou para Samuel, a voz do amigo estava diferente, aguda e atordoada.

— Estou na floresta. — Samuel estava quase gritando. — Encontrei o carro da Rebecka. Está no meio de uma estradinha que vai para a península, mas não tem ninguém aqui. Não tem ninguém aqui!

— Estou a caminho — Joona respondeu na hora.

A polícia empreendeu uma busca intensa pela família de Samuel. Todos os rastros de Rebecka e dos meninos haviam desaparecido na estrada de cascalho a cinco metros do carro abandonado. Os cães não identificaram nenhum cheiro, apenas andaram de um lado para o outro, farejando e rodeando sem encontrar nada. As florestas, estradas, casas e hidrovias foram vasculhadas por dois meses. Depois que a polícia desistiu, Samuel e Joona continuaram a busca por conta própria. Eles procuraram com determinação e com uma angústia que cresceu até chegar à beira do insuportável. Em nenhum momento discutiram do que aquilo se tratava. Ambos se recusavam a revelar seus medos sobre o que havia acontecido a Joshua, Reuben e Rebecka. Eles haviam testemunhado a crueldade de Jurek Walter.

29

Durante todo esse período, Joona sofreu de uma ansiedade tão terrível que não conseguia dormir. Ele vigiava sua família, seguindo-a por toda parte, buscando-a e deixando-a de carro, e tomando providências especiais com a pré-escola de Lumi, mas foi obrigado a aceitar que isso não seria suficiente a longo prazo.

Joona teve de confrontar seu pior medo.

Ele não podia falar com Samuel, mas não podia mais negar a verdade a si mesmo.

Jurek Walter não tinha cometido seus crimes sozinho. A aura de poder tranquilo de Jurek Walter sugeria que ele era o líder. Mas, depois que a família de Samuel foi sequestrada, não podia haver dúvidas de que Jurek Walter tinha um cúmplice.

Esse cúmplice tinha recebido ordens de levar a família de Samuel, e tinha feito isso sem deixar uma única evidência.

Joona se deu conta de que sua família seria a próxima. Foi apenas a sorte que o havia poupado até então.

Jurek Walter não demonstrava qualquer piedade.

Joona comentou isso com Summa em várias ocasiões, mas ela se recusava a levar a ameaça tão a sério quanto ele. Embora fizesse sua vontade, aceitando sua preocupação e suas medidas de precaução, ela achava que os medos do marido passariam com o tempo.

Ele tinha esperança de que a investigação policial após o desaparecimento da família de Samuel levasse à captura do cúmplice. Quando a busca começou, Joona se via como o caçador, mas, com o passar das semanas, a dinâmica mudou. Ele sabia que ele e sua família eram a presa, e a calma que tentava demonstrar a Summa e Lumi era apenas uma fachada.

* * *

Eram dez e meia da noite, e ele e Summa estavam deitados na cama lendo quando um barulho no térreo fez o coração de Joona acelerar. A máquina de lavar ainda não havia terminado seu ciclo, e dava para ouvir um zíper batendo no tambor. Ele se levantou e checou se todas as janelas do andar de baixo estavam intactas e as portas trancadas.

Quando voltou, Summa tinha desligado o abajur e estava deitada o observando.

— O que você estava fazendo? — ela perguntou com ternura.

Ele forçou um sorriso, e estava prestes a dizer algo quando ouviram passinhos. Joona se virou e viu a filha entrar no quarto. O cabelo dela estava arrepiado, e a calça de pijama estava torcida em volta da cintura.

— Lumi, você deveria estar dormindo — ele suspirou.

— Esquecemos de dar boa-noite ao gato — ela disse.

Toda noite, Joona lia uma história para Lumi e, antes de cobri-la para dormir, eles sempre olhavam pela janela e acenavam para o gato cinza que dormia na janela da cozinha do vizinho.

— Volta para a cama agora — Summa mandou.

— Já vou lá com você — Joona prometeu.

Lumi murmurou algo e balançou a cabeça.

— Quer que eu te leve? — ele perguntou, e a pegou no colo.

Ela se agarrou a ele, e ele notou de repente que o coração dela estava acelerado.

— Aconteceu alguma coisa? Você teve um pesadelo?

— Só queria dar tchau para o gato — ela sussurrou. — Mas tinha um esqueleto lá fora.

— Na janela?

— Não, estava no chão — ela respondeu. — Bem onde a gente encontrou o porco-espinho morto. Ele estava me encarando.

Joona a colocou na cama com Summa.

— Fica aqui — disse.

Ele correu para o andar de baixo, sem se importar em pegar a pistola do armário de armas, sem se importar em calçar sapatos, só abriu a porta da cozinha e correu para o ar frio da noite lá fora.

Não havia ninguém lá.

Ele correu para trás da casa, pulou a cerca dos vizinhos e entrou no jardim ao lado. Toda a área estava calma e silenciosa. Ele voltou para a árvore no jardim onde ele e Lumi haviam encontrado um porco-espinho morto no verão passado.

A grama alta perto da cerca tinha sido pisoteada. Alguém com certeza havia estado ali. Daquele lugar, dava para ver perfeitamente pela janela de Lumi.

Joona entrou, trancou a porta, pegou a arma e vasculhou a casa inteira antes de voltar para a cama. Lumi pegou no sono quase imediatamente entre ele e Summa, e, um pouco depois, sua mulher também adormeceu.

30

Joona já havia tentado convencer Summa a se esconder e começar uma vida nova, mas ela nunca havia ficado frente a frente com Jurek Walter. Não sabia a extensão do que ele havia feito e tinha dúvidas de que estivesse por trás do desaparecimento de Rebecka, Joshua e Reuben.

Com uma concentração febril, Joona começou a confrontar o inevitável. Um foco gélido o consumia enquanto examinava todos os detalhes, todos os aspectos e traçava um plano. Um plano que salvaria sua família.

O Departamento Nacional de Investigação Criminal não sabia quase nada sobre Jurek Walter. O desaparecimento da família de Samuel Mendel após a sua prisão era uma forte evidência a favor da teoria de que ele tinha um cúmplice. Mas esse cúmplice não havia deixado nenhum rastro. Era a sombra de uma sombra.

Os colegas de Joona disseram que era impossível, mas ele não desistiria. Ele sabia que não seria fácil encontrar esse cúmplice invisível, poderia levar muitos anos, e Joona era uma pessoa só. Não podia investigar e proteger Summa e Lumi ao mesmo tempo, não a todo momento. Se contratasse dois guarda-costas para acompanhá-las a toda parte, as economias da família se esgotariam em seis meses.

O cúmplice de Jurek havia esperado meses para capturar a família de Samuel. Esse homem não tinha pressa, aguardando o momento certo até estar pronto para atacar.

Joona tentou encontrar uma forma de permanecerem juntos. Poderiam se mudar, arranjar novos empregos e trocar de identidade, levar uma vida pacata em outro lugar. Nada era mais importante do que ficar com Summa e Lumi.

Mas, como policial, ele sabia que identidades protegidas não são infalíveis; só oferecem uma pausa para respirar. Quanto mais longe você for, mais chance tem, porém, na lista das possíveis vítimas de Jurek Walter, estava um homem que desaparecera em Bangcoc, sumindo sem deixar vestígio de um elevador no hotel Sukhothai.

Não havia escapatória.

Com o tempo, Joona foi obrigado a admitir que havia algo mais importante para ele do que estar com Summa e Lumi. A vida delas era mais importante.

Se ele fugisse ou desaparecesse com elas, seria um desafio direto para Jurek os encontrar. E Joona sabia que, depois que começasse a procurar, mais cedo ou mais tarde encontraria suas presas, por mais que tentassem se esconder.

Jurek Walter não deveria procurar, ele pensou. Era a única maneira de não serem encontrados.

Só havia uma solução. Jurek e seu cúmplice tinham de pensar que Summa e Lumi estavam mortas.

31

Quando Joona chegou aos subúrbios de Estocolmo, o trânsito estava mais intenso. Flocos de neve caíam ao redor antes de desaparecerem no asfalto úmido da rodovia.

Ele não suportava lembrar de como providenciara as mortes de Summa e Lumi para lhes proporcionar uma vida nova. Nils Åhlén o ajudou, mas não gostara nada disso. Ele entendia que estavam fazendo a coisa certa, caso o cúmplice realmente existisse. Mas, se Joona estivesse enganado, seria um erro de proporções catastróficas.

Ao longo dos anos, essa dúvida pairou sobre a figura esguia do patologista como uma grande tristeza.

O carro passa pelas grades do Cemitério do Norte, e Joona se lembra do dia em que as urnas de Summa e Lumi foram enterradas. A chuva caía sobre as fitas de seda de suas coroas de flores e tamborilava sobre os guarda-chuvas pretos.

Tanto Joona como Samuel mantiveram a busca, mas não juntos. Eles perderam o contato. Seus caminhos diferentes os transformaram em estranhos. Onze meses depois que a família desapareceu, Samuel desistiu da busca e retornou ao serviço. Ele durou três semanas depois de abandonar a esperança. No começo da manhã de um dia glorioso de março, Samuel foi para sua casa de veraneio. Caminhou até a bela praia onde os filhos costumavam nadar, sacou a pistola de trabalho, colocou uma bala na câmara e disparou um tiro na cabeça.

Quando Joona recebeu a ligação de seu chefe contando que Samuel estava morto, ele sentiu uma apatia profunda e inquietante.

Joona nunca havia pensado que perderia sua família para sempre. Sabia que tinha de evitar encontrá-las, vê-las, tocar nelas por um tempo. Sabia que poderia levar anos. Ainda assim, sempre tinha se convencido de que encontraria e prenderia o cúmplice de Jurek Walter. Mas, após dez anos, não havia progredido mais do que nos dez primeiros dias. A única evidência de que o cúmplice existia era que a profecia de Jurek para Samuel tinha se concretizado.

Oficialmente, não havia ligação entre o desaparecimento da família de Samuel e Jurek Walter. Isso foi considerado uma fatalidade. Joona era o único que acreditava que o parceiro de Jurek os havia levado. Ele estava convencido de que estava certo, embora tivesse começado a se resignar que não encontraria o cúmplice.

Mas o importante era que sua família ainda estava viva.

Ele parou de falar sobre o caso, porque era impossível ignorar a possibilidade de que estivesse sendo vigiado. Ele se sentia condenado a uma vida solitária.

Os anos se passaram, e as mortes forjadas pareciam cada vez mais reais.

Ele realmente havia perdido a mulher e a filha.

Joona estaciona atrás de um táxi diante da entrada principal do hospital Södermalm, sai e caminha pela neve até a porta giratória de vidro.

32

Mikael Kohler-Frost foi transferido do pronto-socorro para a ala 66 do hospital Södermalm, especializada em casos agudos e crônicos de infecção.

A dra. Irma Goodwin está caminhando pelo piso de vinil cintilante ao lado de Joona. Uma luz tremula sobre uma gravura emoldurada.

— Seu estado geral é muito frágil — ela explica enquanto caminham. — Ele está desnutrido e com pneumonia. O laboratório encontrou antígenos da legionários na urina.

— Doença dos legionários?

Joona para no corredor e passa a mão no cabelo desgrenhado. A médica nota que os olhos dele ficaram de um cinza intenso, quase como prata queimada, e se apressa em lhe garantir que a doença não é contagiosa.

— Está relacionada a lugares específicos com…

— Eu sei — Joona responde, voltando a andar.

Ele se lembra de que o homem encontrado morto no barril de plástico tinha sofrido de doença dos legionários. Para contrair a doença, era preciso estar em algum lugar com água infectada. Casos de infecção na Suécia eram extremamente raros. A bactéria *Legionella* cresce em piscinas aquecidas, reservatórios de água e canos, mas não consegue sobreviver se a temperatura for muito baixa.

— Ele vai ficar bem? — Joona pergunta.

— Acho que sim. Dei um macrolídeo para ele — ela responde, tentando acompanhar as passadas do detetive alto.

— E está ajudando?

— Vai demorar alguns dias… ele ainda está com febre alta, e tem risco de embolias sépticas — ela diz, abrindo uma porta e conduzindo-o para dentro antes de também entrar no quarto do paciente.

A luz do sol atravessava a bolsa no suporte de medicamentos intravenosos, fazendo-a brilhar. Um homem magro e muito pálido estava deitado na cama com os olhos fechados, murmurando:

— Não, não, não. Não, não, não, não.

Seu queixo tremia, e as gotas de suor na testa se fundiam e escorriam pelo rosto. Uma enfermeira estava sentada ao lado dele, segurando sua mão esquerda e limpando cuidadosamente as lacerações.

— Ele falou alguma coisa? — Joona pergunta.

— Está delirando, e é difícil entender o que diz — a enfermeira responde, colocando uma compressa sobre a ferida na mão dele.

A enfermeira sai do quarto, e Joona se aproxima com cautela do paciente. Quando olha para seus traços definhados, não tem dificuldade em identificar o rosto infantil que havia estudado nas fotografias: a boca delicada, os cílios escuros e longos. Joona se lembra do retrato mais recente de Mikael. Ele tinha dez anos, sentado na frente de um computador com o cabelo caindo sobre os olhos, um sorriso divertido nos lábios.

O jovem no leito de hospital tosse forte, faz algumas inspirações irregulares com os olhos fechados, depois murmura:

— Não, não, não…

Não há dúvida de que o homem deitado na cama à sua frente é Mikael Kohler-Frost.

— Agora você está a salvo, Mikael — Joona diz.

A dra. Goodwin está atrás dele em silêncio, olhando para o paciente esquelético.

Ele balança a cabeça e estremece, tensionando todos os músculos do corpo. O líquido na bolsa de soro fica vermelho de sangue. Ele treme e começa a choramingar baixo.

— Meu nome é Joona Linna. Sou detetive-inspetor, e fui uma das pessoas que procuraram você quando não voltou para casa.

Mikael abre um pouco os olhos, mas parece de início não ver nada. Então, pisca algumas vezes e estreita os olhos para Joona.

— Você acha que estou vivo…

Ele tosse, volta a se recostar, ofegante, e olha para Joona.

— Onde você esteve, Mikael?

— Não sei. Não sei de nada. Não sei onde estou.

— Você está no hospital Södermalm em Estocolmo — Joona diz.

— A porta está trancada? Está?

— Mikael, preciso saber onde você estava.

— Não entendo — ele sussurra.

— Preciso saber…

— O que vocês estão fazendo comigo? — ele pergunta com a voz desesperada e começa a chorar.

— Vou dar um sedativo para ele — a médica diz e sai do quarto.

— Agora você está a salvo — Joona diz novamente. — Todos aqui estão tentando ajudá-lo e…

— Não quero. Não quero.

Ele sacode a cabeça e tenta arrancar a intravenosa do braço com os dedos frágeis.

— Onde você esteve esse tempo todo, Mikael? Onde morou? Estava se escondendo? Estava aprisionado ou…

— Não sei. Não entendo.

— Você está cansado e com febre — Joona diz com a voz suave. — Mas precisa tentar se lembrar.

33

Mikael Kohler-Frost fala sozinho em voz baixa, umedecendo os lábios e erguendo os olhos grandes e cheios de perguntas para Joona.

— Não sei. É tão difícil pensar — o jovem sussurra. — Não tem o que lembrar. É só escuro, eu fico confuso. Confundo o que veio antes e como era no começo. Não consigo pensar, é tanta areia, não consigo acordar.

Ele recosta a cabeça e fecha os olhos.

— Você disse alguma coisa sobre como era no começo — Joona diz. — Pode tentar…

— Não encosta em mim. Não quero que você encoste em mim — ele interrompe.

— Não vou encostar.

— Não quero… Não quero…

Ele revira os olhos e inclina a cabeça de um jeito estranho e torto, depois fecha os olhos e seu corpo estremece.

— Não tem perigo — Joona repete. — Não tem perigo.

Depois de um tempo, o corpo de Mikael volta a relaxar, e ele tosse e ergue os olhos.

— Consegue me dizer como era no começo? — Joona repete suavemente.

— Quando eu era pequeno, a gente ficava junto no chão — ele diz, de modo quase inaudível.

— Então tinha vários de vocês? — Joona pergunta, um calafrio percorrendo a espinha.

— Estava todo mundo com medo. Eu ficava chamando minha mãe e meu pai, e tinha uma mulher adulta e um velho no chão. Eles ficavam sentados no chão atrás do sofá. Ela tentava me acalmar, mas… mas eu conseguia ouvir que ela vivia chorando.

— O que ela dizia? — Joona pergunta.

— Não lembro. Não lembro de nada. Talvez tenha sido tudo um sonho…

— Lembra de algum nome?

Ele tosse e balança cabeça.

— Todo mundo só ficava chorando e gritando, e a mulher do olho ficava me perguntando sobre dois meninos — ele diz, os olhos vidrados.

— Lembra de algum nome?

— Quê?

— Você lembra dos nomes da…

— Não quero. Não…

— Não estou tentando chatear você, mas…

— Todos sumiram. Simplesmente sumiram — Mikael diz, a voz mais alta. — Todos sumiram… — A voz de Mikael embarga, e não dá mais para entender o que ele diz.

Joona repete que vai ficar tudo bem. Mikael olha em seus olhos, mas está tremendo tanto que não consegue falar.

— Você está seguro aqui — Joona diz. — Sou policial, e vou garantir que nada vai acontecer a você.

A dra. Goodwin entra no quarto com uma enfermeira. Elas se aproximam do paciente e, delicadamente, colocam o tubo de oxigênio de volta em seu nariz. A enfermeira injeta a solução sedativa na intravenosa enquanto explica com calma o que está fazendo.

— Ele precisa descansar agora — a médica diz a Joona.

— Preciso saber o que ele viu.

Ela inclina a cabeça.

— É muito urgente?

— Não — Joona admite. — Na verdade, não.

— Então volte amanhã — a dra. Goodwin diz. — Porque acho…

O celular dela toca, e ela tem uma conversa rápida que faz com que saia correndo do quarto. Joona é deixado ao lado da cama enquanto a escuta andar pelo corredor.

— Mikael, o que você quis dizer sobre o olho? Você mencionou a mulher do olho… o que quis dizer? — ele pergunta devagar.

— Era como… como uma lágrima preta.

— A pupila dela?

— Sim — Mikael sussurra.

Joona olha para o jovem na cama, sentindo a cabeça latejar, e sua voz é fraca e metálica quando pergunta:

— Ela se chamava Rebecka?

34

Mikael está chorando quando o sedativo entra em sua corrente sanguínea. Seu corpo relaxa, e os soluços vão ficando mais exaustos, depois param totalmente, segundos antes de ele cair no sono.

Joona se sente estranhamente vazio ao sair do quarto do paciente e pegar o celular. Ele para um momento para respirar, depois liga para o amigo, o professor Nils "a Agulha" Åhlén, que realizou as autópsias nos corpos encontrados na floresta de Lill-Jan.

— Nils Åhlén — ele diz ao atender o telefone.

— Você está na frente do computador?

— Joona Linna, que prazer falar com você — o Agulha responde com a voz anasalada. — Estava aqui sentado na frente do monitor com os olhos fechados, aproveitando o calorzinho. Estava fantasiando que tinha comprado um bronzeador artificial.

— Fantasia elaborada.

— Bom, de grão em grão...

— Pode pesquisar uns arquivos antigos?

— Fala com o Frippe; ele vai te ajudar.

— Não dá.

— Ele sabe tanto quanto...

— É sobre Jurek Walter — Joona interrompe.

Um longo silêncio se segue.

— Já disse que não quero mais falar sobre esse caso — o Agulha diz.

— Uma das vítimas apareceu viva.

— Sério?

— Mikael Kohler-Frost. Está com a doença dos legionários, mas parece que vai sobreviver.

— Em que arquivos você está interessado? — o Agulha pergunta com uma intensidade nervosa na voz.

— O homem no barril tinha doença dos legionários — Joona continua. — Mas o menino que foi encontrado com ele exibia algum sinal da doença?

— Por que quer saber isso?

— Se houver uma conexão, deve dar para montar uma lista de lugares em que a bactéria possa estar presente. Então…

— Estamos falando de milhões de lugares — o Agulha diz.

— Certo.

— Joona. Você sabe que, mesmo se a *Legionella* for mencionada nos outros relatórios, isso não significa que Mikael foi uma das vítimas de Jurek Walter.

— Então tinha bactérias *Legionella*?

— Sim, encontrei anticorpos contra a bactéria no sangue do menino, então provavelmente ele tinha febre de Pontiac, uma forma branda da legionários — diz o Agulha com um suspiro. — Sei que você quer estar certo, mas nada que você disse é suficiente para…

— Mikael Kohler-Frost falou que conheceu Rebecka — Joona interrompe.

— Rebecka Mendel? — pergunta o Agulha.

— Eles foram mantidos juntos em cativeiro — Joona confirma.

Há um longo silêncio. Depois:

— Então… então você estava certo sobre tudo, Joona — o Agulha diz. — Você não faz ideia em como ouvir isso me deixa aliviado. — Ele engole em seco do outro lado da linha e sussurra que eles fizeram a coisa certa afinal.

— Sim — Joona diz.

Eles dois haviam organizado o falso acidente de carro para a mulher e a filha de Joona.

Dois corpos foram cremados e enterrados no lugar de Lumi e Summa. Usando prontuários odontológicos falsos, o Agulha havia identificado os corpos. Ele acreditava em Joona, e confiava nele, mas tinha sido uma decisão difícil, tão marcante que nunca deixou de o afligir.

Joona não ousa deixar o hospital até que dois policiais uniformizados chegam para proteger o quarto de Mikael. Ao sair andando pelo corredor, telefona para Nathan Pollock e diz que precisam mandar alguém para buscar o pai do rapaz.

— Tenho certeza de que é Mikael — ele diz. — E tenho certeza de que ele foi mantido em cativeiro por Jurek Walter durante todos esses anos.

Joona entra no carro e dirige devagar para fora do hospital enquanto os limpadores de para-brisa vão tirando a neve da sua visão.

Mikael Kohler-Frost tinha dez anos quando desapareceu, e voltou a ser um homem livre aos vinte e três.

Às vezes prisioneiros conseguem escapar, como Elisabeth Fritzl na Áustria, que fugiu depois de vinte e quatro anos como escrava sexual no porão do pai. Ou Natascha Kampusch, que escapou de seu sequestrador depois de oito anos.

Joona torce para que, assim como Elisabeth Fritzl e Natascha Kampusch, Mikael tenha visto o homem que o manteve prisioneiro. De repente, um fim para tudo isso parece possível. Em poucos dias, assim que ele estiver bem o suficiente, Mikael deve conseguir mostrar o caminho para o lugar onde foi mantido em cativeiro.

Os pneus do carro ressoam quando Joona atravessa a crista de neve no meio da pista para ultrapassar um ônibus. Quando ele passa pela Casa da Nobreza, a cidade se abre diante dele novamente, a neve intensa caindo entre o céu escuro e a água escura sob a ponte.

O cúmplice deve saber que Mikael escapou e é capaz de identificá-lo, Joona pensa. Provavelmente, já tentou encobrir seus rastros e mudou de esconderijo, mas, se Mikael conseguir guiá-los para o cativeiro, a perícia poderia encontrar algum tipo de evidência, e a caçada recomeçaria.

Há um longo caminho pela frente, mas o coração de Joona já bate mais rápido de ansiedade.

A possibilidade é tão forte que ele precisa entrar no acostamento da ponte Vasa e parar o carro. Outro motorista aperta a buzina, irritado. Joona sai e sobe na calçada, inspirando o ar frio até o fundo dos pulmões.

Uma enxaqueca súbita o faz cambalear, e ele se segura no parapeito para se equilibrar. Fecha os olhos por um momento, espera e sente a dor diminuir antes de voltar a abrir os olhos.

É cedo demais para ter este pensamento, mas ele sabe muito bem o que isso significa. Seu corpo parece pesado pela constatação. Se ele conseguir capturar o cúmplice, não haverá mais nenhuma ameaça contra Summa e Lumi.

35

Está quente demais na sauna para conversar. A luz dourada brilha sobre seus corpos nus e a madeira clara de sândalo. Está escaldante agora, e o ar queima os pulmões de Reidar Frost quando ele inspira. Gotas de suor pingam de seu nariz sobre os pelos brancos em seu peito.

A jornalista japonesa Mizuho está sentada no banco perto de Veronica. Seus corpos estão corados e lustrosos. O suor escorre entre os seios delas, pela barriga, e descendo até os pelos pubianos.

Mizuho olhava séria para Reidar. Ela viera de Tóquio para entrevistá-lo. Ele respondeu bem-humorado que nunca dava entrevistas, mas que ela era muito bem-vinda na festa. Ela provavelmente ainda tinha esperança de que ele comentasse algo sobre a série Santuário ser transformada num anime. Ela já estava há quatro dias na casa.

Veronica suspira e fecha os olhos.

Mizuho não havia tirado o colar de ouro antes de entrar na sauna, e Reidar pode ver que está começando a queimar. Marie durou apenas cinco minutos antes de ir para a ducha, e agora a jornalista japonesa também sai da sauna.

Veronica se inclina para a frente e pousa os cotovelos nos joelhos, respirando pela boca entreaberta enquanto gotas de suor pingam de seus mamilos.

Reidar sente uma ternura frágil por ela. Mas não sabe explicar o quanto se sente desolado. Não sabe explicar que tudo que faz agora, tudo em que se joga, é apenas uma busca indiscriminada por algo que o ajude a sobreviver mais um minuto.

— Marie é muito bonita — Veronica diz.

— Sim.

— Peitos grandes.

— Pare — Reidar murmura.

Ela olha para ele com uma expressão séria enquanto continua:

— Por que não posso simplesmente pedir divórcio?

— Porque esse seria o nosso fim — Reidar responde.

Os olhos de Veronica se enchem de lágrimas, e ela está prestes a dizer algo quando Marie volta e se senta perto de Reidar com uma risadinha.

— Meu Deus, que calor — ela exclama. — Como vocês aguentam ficar aqui?

Veronica joga um punhado de água nas pedras. Há um chiado alto, e nuvens quentes de vapor sobem e os cercam por alguns segundos. Então, o calor volta a ficar seco e estático.

Reidar está caído sobre os joelhos. Seu cabelo está tão quente que ele quase se queima quando passa a mão nele.

— Chega — ele expira e desce.

As duas mulheres o seguem para a neve macia lá fora. O anoitecer espalha sua escuridão sobre a neve, que cintila azul-clara.

Flocos pesados de neve caem enquanto os três, nus, afundam até as panturrilhas na neve espessa.

David, Wille e Berzelius estão jantando com os outros membros do comitê de bolsas Santuário, e é possível ouvir as canções de bebedeira vindas do jardim dos fundos.

Reidar se vira e olha para Veronica e Marie. Vapor se ergue de seus corpos corados. Eles são envolvidos por véus de bruma enquanto a neve cai ao redor. Ele está prestes a falar algo quando Veronica se agacha e joga um punhado de neve nele. Ele recua, rindo, e cai, mergulhando na neve macia.

Fica ali deitado de costas, ouvindo as risadas das duas.

A neve parece libertadora. Seu corpo ainda arde. Reidar olha para o céu, para a neve hipnótica caindo do centro de sua criação, uma eternidade de branco flutuante.

Uma lembrança o toma de surpresa. Ele está tirando os trajes de neve das crianças. Pegando as toucas com neve presa na lã. Consegue se lembrar das bochechas frias, do cabelo suado e do cheiro de botas úmidas.

Sente uma falta tão intensa dos filhos que a saudade parece puramente física.

Ele queria estar sozinho para ficar deitado na neve até perder a consciência, cercado pelas lembranças de Felicia e Mikael.

Ele se levanta com dificuldade e olha para os campos brancos. Marie e Veronica estão rindo, fazendo anjos na neve e rolando de um lado para o outro por uma distância curta.

— Há quanto tempo estas festas acontecem? — Marie grita para ele.

— Não quero falar sobre isso — Reidar murmura.

Ele está prestes a sair e se embebedar, mas Marie está diante dele, as pernas abertas.

— Você nunca quer falar. Não sei de nada — ela diz, rindo.

— Me deixa em paz, porra! — Reidar berra e a empurra para passar. — O que é que você quer?

— Desculpa, eu...

— Porra, me deixa em paz — ele grita e desaparece dentro da casa.

As duas mulheres voltam, tremendo, para a sauna. O vapor desaparece de seus corpos quando o calor as envolve novamente, como se nunca tivesse saído.

— Qual é o problema dele? — Marie pergunta.

— Tem muita coisa que você não sabe — Veronica responde simplesmente.

36

Reidar Frost está usando uma calça listrada nova e uma camisa aberta. A parte de trás de seu cabelo está úmida. Ele segura uma garrafa de Château Mourton Rothschild em cada mão.

Naquela manhã, acordou com o coração doendo de saudade. Ele se obrigou a descer e acordar os amigos. Serviu schnapps temperados em copos de cristal e preparou ovos cozidos com caviar russo.

Reidar está atravessando o corredor descalço, cercado por retratos escuros. A neve lá fora lança uma luz indireta. Na sala de leitura, com seus móveis de couro brilhante, ele para e olha pela janela enorme. A vista é como um conto de fadas, como se o rei do inverno em pessoa tivesse soprado neve sobre os campos.

De repente, ele vê luzes difusas na longa via que vai dos portões até a frente da casa. Os galhos das árvores parecem renda bordada sob a luz. Um carro se aproximando. A neve rodopia no ar tingida de vermelho pelas luzes traseiras do veículo.

Reidar não se lembra de ter convidado mais ninguém para a festa.

Está pensando que Veronica vai ter de cuidar dos recém-chegados quando vê que é uma viatura policial. Reidar para e coloca as garrafas em cima de um baú, depois desce as escadas dos fundos e calça as botas de inverno forradas de feltro atrás da porta. Sai para o ar frio e vai ao encontro do carro que entra no amplo círculo de entrada.

— Reidar Frost? — uma mulher à paisana pergunta ao sair do carro.

— Sim — ele responde.

— Podemos entrar?

— Pode ser aqui — ele diz.

— Quer entrar no carro?

— Pareço querer?

A mulher faz uma pausa.

— Encontramos seu filho — ela diz, dando alguns passos na direção dele.

— Entendo. — Ele ergue a mão para silenciar a policial.

Ele respira e se recompõe, depois abaixa lentamente a mão.

— Então, onde encontraram o Mikael? — ele diz, a voz estranhamente calma.

— Ele estava andando numa ponte...

— Quê?! Que merda você está falando? — Reidar berra.

A mulher se encolhe. Ela é alta, e tem um longo rabo de cavalo caindo pelas costas.

— Estou tentando lhe dizer que ele está vivo — ela diz.

— Como assim? — Reidar pergunta, sem entender.

— Ele foi levado para o hospital Södermalm e está em observação.

— Não é meu filho. Ele morreu muitos anos...

— Não há dúvidas de que é ele.

Reidar a encara.

— Mikael está vivo?

— Ele voltou.

— Meu filho?

— Sei que é um choque, mas...

— Eu pensei...

O queixo de Reidar treme enquanto a policial explica que o DNA de Mikael é cem por cento compatível. O chão embaixo dele balança como uma onda, e ele tateia o ar em busca de apoio.

— Meu Deus — ele sussurra. — Meu bom Deus, obrigado.

Ele parece completamente acabado. Ergue os olhos quando as pernas cedem sob ele. A policial tenta segurá-lo, mas um de seus joelhos bate no chão e ele tomba de lado.

A policial o ajuda a se levantar, e ele está segurando o braço dela quando vê Veronica descalça descer a escada correndo, enrolada em seu grosso casaco de inverno.

— Tem certeza de que é ele? — ele diz, olhando nos olhos da policial.

Ela faz que sim com a cabeça.

— É cem por cento compatível — ela repete. — É Mikael Kohler-Frost, e está vivo.

Ele segura o braço de Veronica enquanto segue a policial de volta ao carro.

— O que está acontecendo, Reidar? — Veronica pergunta, parecendo preocupada.

Ele olha para ela. Sua expressão é confusa e ele de repente parece mais velho.

— Meu garotinho — ele diz.

37

De longe, os tijolos brancos do hospital Södermalm parecem lápides despontando na neve grossa.

Como um sonâmbulo, Reidar Frost abotoa a camisa no caminho para Estocolmo e a enfia dentro da calça. Ele escuta a policial dizer que o paciente identificado como Mikael Kohler-Frost foi transferido da unidade de tratamento intensivo para um quarto particular. Nada parece real.

O filho de Reidar foi declarado morto sete anos atrás.

Agora Reidar está seguindo a policial por um longo corredor e fitando as pegadas entrecruzadas no chão pelas rodas de inúmeras macas. Ele tenta dizer a si mesmo para não ter esperança demais, que a polícia pode ter se enganado.

Treze anos atrás, seus filhos desapareceram quando brincavam à noite. A polícia achou que um dos irmãos havia caído na água fria de março e que o outro tinha sido arrastado enquanto tentava socorrer o primeiro.

Reidar havia contratado em segredo uma agência de detetives particulares para investigar outras pistas possíveis, em particular todas as pessoas próximas às crianças: todos os professores, treinadores de futebol, vizinhos, o carteiro, motoristas de ônibus, jardineiros, assistentes de lojas, funcionários do café e qualquer um com quem as crianças tivessem interagido pelo telefone ou pela internet. Os pais de seus colegas foram investigados, e até os parentes de Reidar.

Foi só muito depois que a polícia parou de procurar, e quando todos com a mais ligeira ligação com as crianças tinham sido investigados, que Reidar começou a entender que havia chegado ao fim. No entanto, por vários anos depois, ele caminhava ao longo da costa todos os dias, à espera de que seus filhos fossem trazidos à terra.

* * *

Reidar e a policial à paisana esperam enquanto uma senhora é empurrada de cadeira de rodas para o elevador. Eles seguem para as portas da ala e colocam os protetores azuis para os sapatos.

Reidar cambaleia e se apoia na parede. Ele se perguntou várias vezes se está sonhando e tenta não se deixar levar por seus pensamentos.

Eles passam por enfermeiras de uniformes brancos.

Ele consegue ouvir o barulho do hospital, mas, dentro dele, não há nada além de um silêncio enorme.

Ao fim do corredor, à direita, está o quarto 4. Ele esbarra em um carrinho de comida, fazendo uma pilha de copos cair no chão.

É como se estivesse fora da realidade quando entra no quarto e vê o rapaz deitado na cama, um cateter enfiado na dobra do braço e oxigênio introduzido em seu nariz. Uma bolsa intravenosa está pendurada no suporte ao lado do monitor cardíaco branco conectado ao seu indicador esquerdo.

Reidar para e sente que está perdendo o controle. A realidade volta com uma torrente ensurdecedora de emoções.

— Mikael — Reidar fala com carinho.

O jovem abre os olhos, e Reidar pode ver como ele se parece com a mãe. Ele coloca a mão na bochecha de Mikael. Sua boca está tremendo tanto que ele mal consegue falar.

— Onde você esteve? — Reidar pergunta, aos prantos.

— Pai — Mikael sussurra.

Seu rosto está assustadoramente pálido e seus olhos, cansados. Treze anos se passaram, e o rosto da criança que Reidar enterrou na memória se tornou o rosto de um homem muito magro.

— Agora posso ser feliz de novo — Reidar murmura, acariciando a cabeça do filho.

38

Disa está finalmente de volta a Estocolmo depois de uma expedição arqueológica no Norte da Suécia. Ela espera em seu apartamento, a cobertura do 31 da rua Wallin. Joona está a caminho de casa depois de comprar uns filés de peixe que planeja fritar e servir com molho rémoulade.

Todas as luzes da cidade parecem lanternas nebulosas. Ao passar pela rua Kammakar, ouve vozes agitadas à frente. Essa é a parte escura da cidade. Fileiras de carros estacionados lançam sombras. Prédios embotados, riscados de neve derretida.

— Quero meu dinheiro — uma voz áspera está gritando.

Há dois vultos distantes, movendo-se devagar ao longo do corrimão em direção à escada de Dala. Joona caminha na direção deles.

Os dois homens estão ofegantes, se encarando, curvados, bêbados e furiosos. Um está usando um casaco xadrez e um chapéu de pele. Em sua mão, há uma pequena faca cintilante.

— Filho da puta — ele grita. — Filho da puta do...

O outro tem a barba cerrada e um sobretudo preto com um rasgo no ombro e empunha uma garrafa de vinho vazia diante do corpo.

— Quero meu dinheiro de volta, com juros — o barbudo repete.

— Sai de perto de mim — o outro diz, cuspindo sangue na neve.

Uma mulher troncuda na casa dos sessenta está recostada numa caixa azul de sal-gema, usado para derreter a neve da escada. A ponta de seu cigarro brilha, iluminando seu rosto inchado.

O homem com a garrafa recua sob os galhos cobertos de neve da grande árvore. O outro o persegue cambaleante. A lâmina da faca cintila ao cortar o ar. O barbudo volta, balançando a garrafa e acertando o outro na cabeça. A garrafa se quebra e o vidro verde voa em torno do chapéu de pele. Joona leva a mão à pistola por instinto, mesmo sabendo que ela está guardada no armário de armas.

O homem com a faca tropeça, mas consegue continuar em pé. O outro segura os restos pontiagudos da garrafa.

Ouve-se um grito. Joona pula em cima do monte de neve no meio-fio.

O barbudo escorrega em algo e cai de costas no chão. Tateia o corrimão no alto da escada.

— Meu dinheiro — ele repete com uma tosse.

Joona junta um pouco de neve de cima de um carro estacionado e forma uma bola.

O homem do casaco xadrez com a faca na mão oscila ao se aproximar do homem caído.

— Vou cortar você e enchê-lo com seu dinheiro…

Joona atira a bola de neve e acerta a nuca do homem com a faca. Há um baque surdo quando a neve se parte e voa para todo lado.

— Merda — o homem diz, confuso, enquanto se vira.

— Guerra de bola de neve, senhores! — Joona grita, formando outra bola.

O homem com a faca olha para ele com um brilho nos olhos.

Joona lança de novo e acerta o homem no chão no meio do peito, espalhando neve em seu rosto.

O homem com a faca olha para ele, depois solta uma gargalhada áspera:

— O boneco de neve.

O homem no chão joga um pouco de neve solta nele. O homem com a faca recua e guarda a arma. Está formando uma bola de neve. O barbudo se levanta cambaleante, se segurando ao corrimão.

— Vou pegar você — diz o homem formando a bola de neve.

Ele mira no barbudo, mas se vira abruptamente e a lança em Joona, acertando seu ombro.

Durante vários minutos, bolas de neve voam para todo lado. Joona escorrega e cai. O barbudo perde o chapéu, e o outro homem corre até ele e o enche de neve.

A mulher bate palmas, e é recompensada com uma bola de neve na testa que fica grudada feito um caroço branco. O barbudo cai na gargalhada e tomba para trás numa pilha de árvores de Natal velhas. O homem de casaco xadrez chuta neve em cima dele, mas desiste. Está ofegante quando se vira para Joona.

— De onde você surgiu? — ele pergunta.

— Departamento Criminal — Joona responde, tirando a neve das roupas.

— Polícia?

— Vocês levaram meu filho — a mulher murmura.

Joona pega o chapéu de pele e sacode a neve antes de entregá-lo ao homem de casaco.

— Obrigado.

— Eu vi a estrela cadente — a mulher bêbada continua, olhando nos olhos de Joona. — Vi quando tinha sete anos. E desejei que você queimasse no fogo do inferno e gritasse como...

— Cala a boca — grita o homem de casaco xadrez. — Que bom que não esfaqueei meu irmãozinho, e...

— Quero meu dinheiro — o outro grita com um sorriso.

39

A luz do banheiro está acesa quando Joona chega em casa. Ele abre um pouco a porta e vê Disa deitada na banheira de olhos fechados. Ela está cercada por bolhas e cantarola sozinha. Suas roupas enlameadas estão em uma grande pilha no piso do banheiro.

— Pensei que tinham botado você na cadeia — Disa diz. — Estava pronta para ficar com seu apartamento.

Durante o inverno, Joona tinha sido investigado pela unidade nacional de investigações internas da Procuradoria, acusado de destruir uma operação de vigilância antiga e colocar em risco a unidade de resposta rápida dos serviços de segurança.

— Pelo visto, sou culpado — ele responde, pegando as roupas dela do chão e colocando na máquina.

— Eu avisei.

— Pois é...

Os olhos de Joona ficaram cinza como o céu chuvoso.

— Tem mais alguma coisa?

— Dia longo — ele responde e vai para a cozinha.

— Não vá.

Como ele não volta, ela sai da banheira, se seca e veste um robe fino. A seda bege adere ao seu corpo quente.

Joona está na cozinha, fritando umas batatinhas douradas, quando ela entra.

— O que aconteceu?

Joona olha para ela.

— Uma das vítimas de Jurek Walter foi encontrada viva. Passou todo esse tempo em cativeiro.

Ela leva um tempo para processar o que ele diz.

— Então você estava certo... existia um cúmplice.

— Sim — ele suspira.

Disa dá um passo na direção dele, depois pousa a mão de leve nas suas costas.

— Vai conseguir capturá-lo?

— Espero que sim — Joona diz, sério. — Não tive a chance de interrogar o menino direito. Ele não está num bom estado. Mas deve conseguir nos levar lá.

Joona tira a frigideira do fogo, depois se vira e olha para ela.

— Que foi? — ela pergunta, espantada.

— Disa, você precisa aceitar aquele projeto de pesquisa arqueológica no Brasil.

— Já falei que não quero ir — ela diz, depois entende o que ele quer dizer. — Você não pode pensar assim. Não dou a mínima para Jurek Walter. Não estou assustada. Não vou ser vencida pelo medo.

Com carinho, ele tira o cabelo úmido que caiu sobre o rosto dela.

— Só por um tempinho — ele diz. — Até eu resolver isso.

Ela se encosta no peito dele e escuta o batimento abafado de seu coração.

— Nunca houve ninguém além de você — ela diz. — Quando você ficou comigo depois do acidente da sua família, foi... sabe, foi quando... me apaixonei por você. É verdade.

— Fico preocupado com você.

Ela acaricia o braço dele e sussurra que não quer ir. Quando a voz dela embarga, ele a puxa para perto e a beija.

— Mas estivemos juntos todo esse tempo — Disa diz, olhando no rosto dele. — Quero dizer, se tem um cúmplice que é uma ameaça para nós, por que nada aconteceu? Não faz sentido.

— Eu sei. Eu concordo, mas... preciso fazer isso. Vou atrás dele, e vou agora.

Disa sente um soluço subindo pela garganta. Ela segura o choro e vira o rosto. Ela havia sido amiga de Summa. Foi assim que se conheceram. E, quando a vida dele veio abaixo, ela estava lá.

Ele se mudou para a casa dela e ficou com ela por um tempo quando estava no fundo do poço. À noite, ele dormia no sofá, e ela conseguia ouvi-lo andar de um lado para o outro e sabia que Joona sabia que ela estava acordada no quarto ao lado. Sabia que ele estava olhando para a porta do quarto e pensando nela deitada ali, cada vez mais confusa e magoada pelo fato de ele estar sendo tão distante e frio. Até que, certa noite, ele se levantou, se vestiu e saiu do apartamento dela.

— Vou ficar. — Disa seca as lágrimas do rosto.

— Você precisa ir.

— Por quê?

— Porque eu te amo — ele responde. — Você sabe disso.

— Acha mesmo que eu iria agora? — ela pergunta com um sorriso.

40

Jurek Walter pode ser visto em um dos nove quadrados do monitor gigante. Ele anda de um lado para o outro da sala, dando a volta no sofá, virando à esquerda depois da televisão. Dá a volta na esteira, vira à esquerda de novo e volta para o quarto.

Anders Rönn o observa.

Jurek lava o rosto e se senta na cadeira de plástico sem se secar. Olha fixamente para a porta do corredor enquanto a água goteja sobre sua camisa e seca.

My, a enfermeira, está sentada na cadeira de controle. Ela verifica a hora, espera mais trinta segundos, olha para Jurek, anota a localização dele no computador e tranca a porta do quarto de Jurek para a sala.

— Ele vai receber cigarros hoje à noite. Ele gosta — ela comenta.

— É mesmo?

Anders Rönn já acha que as rotinas em torno desse paciente são tão repetitivas e estáticas que seria difícil distinguir os dias se não fosse pela reunião diária na ala 30. Os outros médicos falam sobre seus pacientes e planos de tratamento. Ele não tem o que dizer. Ninguém espera que ele repita que a situação na unidade de segurança máxima continua igual.

— Já tentou conversar com esse paciente? — Anders pergunta.

— Com Jurek? Não podemos — ela responde, e coça o braço tatuado. — É porque... bom, ele fala coisas que você não consegue esquecer.

Anders não fala com Jurek Walter desde aquele primeiro dia. Só garante que o paciente tome sua injeção regular de medicamentos neurolépticos.

— Sabe se o sistema de computador está funcionando? — Anders pergunta. — Não consegui assinar as fichas médicas.

— Nesse caso, você não pode voltar para casa — ela diz.

— Mas eu...

— É brincadeira — ela diz rindo. — Os computadores aqui embaixo vivem quebrando.

Ela se levanta, pega a garrafa de Fanta da mesa e vai para o corredor. Anders vê que Jurek ainda está sentado completamente imóvel com os olhos abertos.

Ele segue My. Quando ela chega à sala fortemente iluminada, ele nota que dá para ver sua calcinha vermelha através do tecido branco do uniforme.

— Agora, vejamos — ela murmura, sentando-se na cadeira dele e tirando o computador do modo de espera. Com um sorriso irônico, força o programa a fechar e faz login novamente.

Anders agradece e pede para ela reabastecer o carrinho de medicação se tiver tempo.

— Lembra de assinar os pedidos de requisição depois — ele diz, antes de sair.

Ele vira para entrar no vestiário. A ala está em completo silêncio. Ele não sabe o que o leva a fazer isso, mas abre o armário de My e começa a revirar sua bolsa de academia com mãos trêmulas. Desdobra uma camiseta úmida e uma calça de corrida cinza-claro e encontra uma calcinha suada. Pega a calcinha, a aproxima do rosto e sente o cheiro dela. De repente, percebe que My poderia vê-lo pelo monitor assim que voltasse à sala de controle.

41

Quando Anders chega, a casa está em silêncio e a luz do quarto de Agnes está apagada. Ele tranca a porta e entra na cozinha. Petra está na frente da pia, enxaguando o liquidificador.

Ela está usando roupas folgadas de ficar em casa: uma camiseta do Chicago White Sox grande demais para ela e uma legging amarela que ela puxou até o joelho. Anders chega por trás e a abraça, sentindo o cheiro de seu cabelo e do desodorante. Ela está prestes a se afastar quando ele ergue as mãos para pegar seus seios fartos.

— Como está a Agnes? — ele pergunta, soltando-a.

— Ela tem um amigo novo na escola — Petra diz. — Um menininho que começou na semana passada. Ele parece apaixonado por ela. Não sei se é recíproco, mas ela deixou que ele desse uns Legos para ela.

— Parece amor — ele diz, sentando-se.

— Cansado?

— Não recusaria uma taça de vinho... quer uma? — ele pergunta.

— Quer uma?

Ela abre um sorriso mais largo do que abria em muito tempo.

— O que quer dizer com isso? — ele pergunta.

— O que eu quero importa? — ela sussurra.

Ele faz que não com a cabeça, e ela olha para ele com um brilho nos olhos. Eles saem da cozinha e vão em silêncio para o quarto. Anders tranca a porta para o corredor e observa enquanto Petra abre a porta espelhada do guarda-roupa e puxa uma gaveta. Ela tira um monte de calcinhas e sutiãs e pega uma sacola.

— Então é aí que você guarda tudo?

— Você não deveria me fazer sentir vergonha agora — ela diz.

Ele puxa o edredom de lado, e Petra esvazia a sacola, todas as coisas que eles compraram depois que ela leu *Cinquenta tons de cinza*.

Ele pega a corda macia e amarra as mãos dela, dá um nó em volta de uma das ripas da cabeceira e o aperta, fazendo-a cair de costas com as mãos sobre a cabeça. Ele amarra a corda ao pé da cama com dois nós simples. Ela abre as pernas e se contorce enquanto ele tira sua legging e a calcinha.

Ele afrouxa a corda de novo, enrola no tornozelo esquerdo dela e a amarra ao pé da cama, depois puxa a corda até o outro pé e amarra o tornozelo direito.

Ele puxa a corda, fazendo as pernas dela se abrirem devagar.

Ela está olhando para ele, as bochechas coradas.

Ele puxa mais forte e obriga as coxas dela a se separarem o máximo possível.

— Cuidado — ela diz rápido.

— Fica quieta — ele manda, e a vê sorrir.

Ele aperta a corda, depois sobe na cama e puxa a camiseta dela sobre o rosto de forma que ela não possa vê-lo. Os seios balançam enquanto ela tenta tirar o tecido do rosto.

Ela não tem como se soltar — está completamente indefesa nessa posição, com os braços sobre a cabeça e as pernas tão abertas que a parte interna de suas coxas deve estar doendo.

Anders fica parado, observando-a sacudir a cabeça, e sente o coração bater mais rápido, mais forte. Devagar, tira a calça enquanto percebe que ela está molhada.

42

Joona entra no quarto do paciente e vê um homem mais velho sentado ao lado da cama do garoto. Demora alguns segundos para reconhecer Reidar Frost. Embora tenham se passado anos desde que o viu pela última vez, Reidar parece ter envelhecido muito mais. O jovem está dormindo, mas Reidar está sentado segurando a mão esquerda dele com as duas mãos.

— Você nunca acreditou que meus filhos tinham se afogado — o pai diz com a voz abafada.

— Não — Joona responde.

O olhar de Reidar passa pelo rosto adormecido de Mikael. Ele se vira para Joona e diz:

— Obrigado por não me contar sobre o assassino.

A suspeita de Joona de que Mikael e Felicia Kohler-Frost estavam entre as vítimas de Jurek Walter tinha sido fortalecida pelo fato de que fora pelo desaparecimento das crianças que Walter havia sido localizado e preso: fora visto pela primeira vez embaixo da janela da mãe deles.

Joona olha o rosto fino do rapaz, a barba desgrenhada, as maçãs do rosto encovadas e as gotas de suor na testa.

Quando Mikael comentou como as coisas eram no começo, quando Rebecka Mendel estava lá, ele estava falando sobre o período pouco após seu desaparecimento. Teria coincidido com as primeiras semanas da prisão de Jurek Walter, pensa Joona.

Desde então, mais de uma década de cárcere se passou. Mas Mikael conseguiu escapar — tinha de ser possível descobrir onde ele fora mantido.

— Nunca parei de procurar — Joona fala baixo para Reidar.

Reidar olha o filho, e seu rosto se abre em um sorriso. Ele está sentado assim há horas, e ainda não se cansa de olhar para o filho.

— Estão dizendo que ele vai ficar bem. Juraram... juraram que não tem nada de errado com ele — diz, a voz rouca.

— Você conversou com ele? — Joona pergunta.

— Ele tomou muitos anestésicos, então está quase sempre dormindo, mas dizem que isso é bom, é do que ele precisa.

— Tenho certeza que sim — Joona concorda.

— Ele vai ficar bem. Mentalmente, quero dizer. Só vai levar um tempo.

— Ele falou alguma coisa?

— Nada que eu consiga entender — Reidar diz. — Só parece confuso. Mas me reconheceu.

Joona sabe que é importante fazê-lo falar desde o início. Lembrar é uma parte crucial do processo de cura. Mikael precisa de tempo, mas ele não pode ser deixado sozinho. Com o tempo, ele pode ir aprofundando as perguntas, mas há sempre o risco de pessoas traumatizadas se fecharem completamente.

Pode levar meses para mapear tudo que aconteceu, mas ele precisa fazer a pergunta mais importante hoje. Se conseguir apenas um nome ou uma descrição razoável do cúmplice, esse pesadelo pode chegar ao fim.

— Preciso falar com ele assim que ele acordar — Joona diz. — Preciso fazer algumas perguntas muito específicas, mas talvez seja um pouco difícil para ele.

— Desde que não o assuste — Reidar diz. — Não posso deixar isso acontecer.

Uma enfermeira entra para verificar o pulso e os níveis de oxigênio de Mikael.

— A mão dele ficou fria — Reidar diz a ela.

— Vou dar logo alguma coisa para a febre — a enfermeira o tranquiliza.

— Ele está tomando antibióticos, não?

— Sim, mas pode levar alguns dias para começarem a surtir efeito — a enfermeira diz, pendurando outra bolsa no suporte de intravenosa.

Reidar a ajuda, levantando-se e tirando o tubo do caminho para deixar mais fácil para ela, depois a acompanha até a porta.

— Quero falar com a médica — ele diz.

Mikael suspira e sussurra alguma coisa. Reidar para e dá meia-volta. Joona se abaixa e tenta escutar o que o rapaz diz.

43

A respiração de Mikael está acelerada, e ele balança a cabeça, a boca se movendo. Ele abre os olhos e encara Joona com a expressão atormentada.

— Você precisa me ajudar. Não posso ficar aqui — ele diz. — Não aguento, não aguento, minha irmã está me esperando, posso sentir, posso sentir…

Reidar se apressa, pega a mão do filho e a segura junto ao rosto.

— Mikael, eu sei — ele sussurra, depois engole em seco.

— Pai…

— Eu sei, Mikael. Penso nela o tempo todo.

— Pai — Mikael grita de angústia. — Não posso, não posso, não…

— Calma — Reidar murmura.

— Ela está viva, a Felicia está viva — ele grita. — Não posso ficar aqui, tenho que…

Ele tem um acesso forte e longo de tosse. Reidar ergue a cabeça dele e tenta ajudar. Ele continua dizendo palavras reconfortantes para o filho, mas os olhos de Mikael estão ardendo de intenso pânico.

Ele afunda de volta no travesseiro e lágrimas escorrem por suas bochechas.

— O que você estava dizendo sobre a Felicia? — Reidar pergunta baixinho.

— Não quero — Mikael arfa. — Não posso ficar aqui…

— Mikael — Reidar interrompe. — Você precisa ser mais claro.

— Não aguento…

— Você disse que Felicia está viva — Reidar diz com cautela. — Por que diria uma coisa dessas?

— Eu deixei. Deixei minha irmã para trás — Mikael chora. — Fugi, e deixei ela para trás.

— Você está dizendo que a Felicia ainda está viva? — Reidar pergunta, pela terceira vez.

— Sim, pai — Mikael murmura.

— Meu Deus — seu pai sussurra, acariciando a cabeça do filho. — Meu bom Deus.

Mikael tosse violentamente. Uma nuvem de sangue invade o tubo, e ele tenta tomar ar, depois tosse de novo e para, ofegante.

— Ficamos juntos o tempo todo, pai. No escuro, no chão. Mas deixei ela.

Mikael fica em silêncio, como se até a última gota de força tivesse se exaurido. É impossível ler seus olhos.

— Você precisa nos dizer…

A voz embarga. Ele respira fundo e então continua:

— Mikael, você sabe que precisa nos dizer onde ela está, para que eu possa procurá-la.

— Ela ainda está lá. Felicia ainda está lá — Mikael diz fracamente. — Ela ainda está lá. Consigo sentir. Ela está com medo.

— Mikael — Reidar implora.

— Ela está com medo, porque está sozinha. Ela sempre acorda à noite chorando até perceber que estou lá.

Reidar sente o peito se apertar. Grandes manchas de suor se formaram sob suas axilas.

44

Enquanto Reidar escuta Mikael, um pensamento consome sua mente: ele precisa encontrar Felicia. Não pode deixá-la sozinha.

Ele vai até a janela e olha ao longe. Lá embaixo alguns pardais estão pousados nas roseiras desfolhadas. Cães mijaram na neve sob um poste. No ponto de ônibus, há uma luva caída embaixo do banco.

Em algum lugar atrás dele, ele escuta Joona Linna fazer perguntas a Mikael. A voz grossa de Joona se mistura à batida pesada do coração de Reidar.

Só é possível ver seus erros em retrospecto, e alguns são tão dolorosos que a gente não consegue conviver com eles. Reidar sabe que foi um pai injusto. Nunca foi sua intenção, apenas aconteceu. As pessoas sempre dizem amar os filhos igualmente, ele pensa. Mas sempre os tratamos de maneira diferente.

Mikael era seu favorito.

Felicia sempre o irritava e, às vezes, ela o deixava tão bravo que ele a assustava. Agora parece incompreensível. Afinal, ele era um adulto e ela apenas uma criança.

Eu não deveria ter gritado com ela, ele pensa, olhando para o céu nublado. Sua axila esquerda está começando a doer.

— Consigo sentir — Mikael está dizendo a Joona. — Ela está deitada no chão. Está muito apavorada.

Reidar solta um gemido ao sentir uma pontada de dor no peito. O suor escorre por seu pescoço. Joona vai correndo até ele, pega a parte de cima de seu braço e fala alguma coisa.

— Não é nada — Reidar diz.

— Seu peito dói? — Joona pergunta.

— Só estou cansado — ele responde rápido.

— Você parece...

— Preciso encontrar a Felicia — ele diz.

A dor ardente no peito sobe até seu queixo, e ele sente outra pontada. Ele cai, batendo a bochecha no aquecedor, mas tudo em que consegue pensar é como, no dia em que Felicia desapareceu, ele gritou com ela e lhe disse que ela não merecia morar numa boa casa.

Ele se ajoelha e tenta rastejar quando ouve Joona voltar correndo para o quarto com um médico.

45

Joona conversa com a médica de Reidar, depois volta ao quarto de Mikael, pendura o paletó no gancho atrás da porta, puxa a única cadeira e se senta.

Ele tem de fazer Mikael falar sobre o que se lembra.

Uma hora depois, Mikael acorda. Abre os olhos devagar e os estreita contra a luz. Quando Joona repete que seu pai não corre risco, ele fecha os olhos de novo.

— Preciso fazer uma pergunta — Joona fala, sério.

— Minha irmã — ele diz.

Joona coloca o celular na mesa de cabeceira e começa a gravar.

— Mikael, preciso perguntar: você sabe quem estava mantendo você em cativeiro?

— Não era assim.

— Como era?

— Ele só queria que a gente dormisse, só isso. A gente tinha de dormir.

— Quem?

— O Homem de Areia — Mikael sussurra.

— O que você disse?

— Nada... não consigo continuar...

Joona olha para o celular e confirma que está gravando a conversa.
— Pensei que você tinha mencionado o Homem de Areia? — ele insiste. — O dos contos de fada, o que coloca as crianças para dormir?

Mikael olha em seus olhos.

— Ele existe — ele diz. — Tem cheiro de areia... Vende barômetros de dia.

— Como ele é?

— Está sempre escuro quando ele vem.

— Você deve ter visto alguma coisa, não?

Mikael balança a cabeça, chorando baixinho, as lágrimas escorrendo sobre o travesseiro.

— O Homem de Areia tem outro nome? — Joona pergunta.

— Não sei. Ele nunca diz uma palavra. Nunca falou com a gente.

— Consegue descrevê-lo?

— Só ouvia no escuro. As pontas dos dedos dele eram de porcelana e, quando ele tira a areia do saco, elas tilintam umas nas outras, e...

A boca de Mikael se move, mas não sai som algum.

— Não consigo ouvir o que você está falando — Joona diz.

— Ele joga areia na cara das crianças e, um segundo depois, você está dormindo.

— Como você sabe que é um homem? — Joona pergunta.

— Ouvi a tosse dele — Mikael responde.

— Mas nunca o viu?

— Nunca.

46

Uma mulher muito bonita com traços indianos está em pé olhando para Reidar quando ele volta a si. Ela explica que ele sofreu um espasmo coronário.

— Pensei que estava tendo um infarto — ele murmura.

— Naturalmente, estamos considerando fazer o raio X das artérias coronárias, e...

— Sim — ele suspira, sentando-se.

— Você precisa descansar.

— Descobri... que minha... — ele diz, mas sua boca começa a tremer tanto que ele não consegue completar a frase.

Ela toca a bochecha dele e sorri como se ele fosse uma criança triste.

— Preciso ver meu filho — ele explica com a voz um pouco mais firme.

— Entenda que não pode sair do hospital até investigarmos seus sintomas — ela explica.

Ela dá um pequeno spray rosa de nitroglicerina para ele espirrar embaixo da língua ao primeiro sinal de dor no peito.

Reidar vai até a ala 66, mas, antes de chegar ao quarto de Mikael, para no corredor e se recosta na parede.

Quando entra no quarto, Joona se levanta e lhe oferece a cadeira. Seu celular ainda está ao lado da cama.

— Mikael, você precisa me ajudar a encontrá-la — Reidar diz enquanto se senta.

— Pai, o que aconteceu? — o filho pergunta.

— Não foi nada — Reidar responde, tentando sorrir. — A médica diz que tem algum problema com as minhas artérias, mas não acredito nela. Enfim, não importa. Precisamos encontrar Felicia.

— Ela tinha certeza de que você não se importava. Falei que não era verdade, mas ela estava convencida de que você só procuraria por mim.

Reidar fica imóvel. Ele sabe o que Mikael quer dizer, porque nunca se esqueceu daquele último dia. O filho coloca a mão esquelética sobre a de Reidar, e seus olhos se encontram mais uma vez.

— Você estava vindo a pé de Södertälje... é lá que devo começar a procurar? — Reidar pergunta. — É lá que ela pode estar?

— Não sei — Mikael responde.

— Mas você deve se lembrar de algo — Reidar continua.

— Não lembro. Desculpe — seu filho diz. — Não tem o que lembrar.

Joona está apoiado ao pé da cama. Os olhos de Mikael estão entreabertos, e ele aperta a mão do pai com força.

— Você disse antes que você e a Felicia estavam juntos, no chão, no escuro — Joona começa.

— Sim — Mikael sussurra.

— Há quanto tempo eram só vocês dois? Quando os outros sumiram?

— Não sei — ele responde. — Não sei dizer. O tempo não funciona como vocês acham.

— Descreva o quarto.

Mikael olha nos olhos cinza de Joona com uma expressão aflita.

— Nunca vi o quarto — ele diz. — Tirando no começo, quando eu era pequeno... tinha uma luz forte que às vezes acendia, quando dava para a gente olhar uns para os outros. Mas não lembro como era o quarto. Só estava com medo.

— Mas você lembra de alguma coisa?

— A escuridão. Quase não tinha nada além de escuridão.

— Devia ter um chão — Joona diz.

— Sim — Mikael sussurra.

— Continue — Reidar encoraja, com suavidade.

Mikael desvia os olhos dos dois. Fica olhando para o nada quando começa a falar sobre o quarto em que ficou preso por tanto tempo.

— O chão... Era duro, e frio. Talvez uns cinco metros num sentido, três do outro. E as paredes eram de concreto sólido. Não tinha eco quando a gente batia nelas.

47

Reidar aperta a mão do filho. Mikael fecha os olhos e deixa as imagens e lembranças guiarem suas palavras.

— Tem um sofá, e um colchão que afastamos do ralo quando precisamos usar a torneira — ele diz, engolindo em seco.

— A torneira — Joona repete.

— E a porta… É feita de ferro, ou aço. Nunca se abre. Nunca vi a porta aberta. Não tem fechadura do lado de dentro, nem maçaneta… e do lado da porta tem um buraco na parede. É onde aparece o balde de comida. É pequeno, mas, se enfiar o braço e esticar para cima, dá para sentir uma portinha de metal com a ponta dos dedos.

Reidar chora enquanto escuta Mikael.

— Tentamos economizar comida — ele diz —, mas às vezes acabava. Às vezes demorava tanto que a gente só ficava lá deitado tentando ouvir a portinha e, quando a gente recebia alguma coisa, terminava passando mal… e às vezes não tinha nem água na torneira… A gente ficava com sede e o ralo começava a feder.

— Que tipo de comida era? — Joona pergunta.

— Quase só restos. Pedaços de linguiça, batata, cenoura, cebola. Macarrão.

— O homem que dava comida para vocês… nunca falou nada?

— No começo, a gente gritava por socorro sempre que a portinha abria, mas aí ela fechava e a gente ficava sem comida. Depois disso, tentamos conversar com quem abria, mas nunca tínhamos resposta. A gente sempre tentava ouvir… Dava para escutar a respiração, sapatos num chão de concreto… os mesmos sapatos toda vez.

Joona verifica se a gravação ainda está funcionando. Mal consegue imaginar o isolamento extremo que os irmãos sofreram.

— Vocês o ouviam se movimentando — Joona diz. — Chegaram a ouvir alguma outra coisa do lado de fora?

— Como assim?

— Pássaros, cachorros latindo, carros, trens, vozes, aviões, TV, risadas, gritos, sirenes? Qualquer coisa?

— Só o cheiro de areia.

Agora o céu está escuro, e o granizo bate contra o vidro.

— O que vocês faziam quando estavam acordados?

— Nada. Quer dizer, quando a gente ainda era pequeno, consegui soltar um parafuso do fundo do sofá. A gente usava para riscar um buraco na parede. O parafuso ficava tão quente que quase queimava nossos dedos. Continuamos fazendo isso por anos. Não tinha nada além de cimento no começo, mas, depois de uns cinco centímetros mais ou menos, chegamos a uma malha de metal. Continuamos furando por um dos buracos e, um pouco depois, chegamos a mais malha. Era impossível... Era impossível fugir da cápsula.

— Por que você chama o quarto de "cápsula"?

Mikael sorri de um jeito que o faz parecer incrivelmente solitário.

— Foi a Felicia quem começou isso. Ela imaginava que estávamos no espaço, que estávamos numa missão... Isso foi no começo, mas continuei chamando o quarto de cápsula.

Reidar leva a mão trêmula à boca, o rosto tomado de emoção.

— Você diz que era impossível escapar, mas foi exatamente o que você fez — Joona diz.

48

Carlos Eliasson, chefe do Departamento Nacional de Investigação Criminal, atravessa uma nevasca leve saindo de uma reunião em Rådhuset e conversando com a esposa pelo telefone. Agora, a sede da polícia parece um palácio de veraneio em meio a um parque invernal. A mão que segura o telefone está tão fria que seus dedos doem.

— Vou empregar muitos recursos.

— Tem certeza de que Mikael vai melhorar?

— Fisicamente, com certeza.

Carlos bate os pés no chão para tirar a neve quando chega à calçada.

— Isso é fantástico — ela murmura.

Ele consegue ouvir o suspiro dela enquanto ela se senta numa cadeira.

— Não posso contar para eles da minha última conversa com a mãe de Mikael — ele diz depois de uma pausa breve. — Simplesmente não posso, certo?

— Certo — ela responde.

— E se isso se revelar crucial para a investigação? — ele pergunta.

— Você não pode — ela diz, séria.

Carlos continua a subir a rua Kungsholms e espia o relógio; ouve a mulher dizer que precisa ir.

— Até de noite — ela se despede.

Ao longo dos anos, a sede de polícia foi se estendendo, uma parte de cada vez. As várias seções refletem as mudanças na moda. A parte mais recente é perto do parque Kronoberg. É lá que fica o Departamento Nacional de Investigação Criminal.

Carlos atravessa duas portas diferentes de segurança, passa pelo pátio interno coberto e pega o elevador para o oitavo andar. Está com o semblante preocupado quando tira o casaco e passa pela fileira de portas fechadas. Um recorte de jornal num quadro de avisos esvoaça atrás dele. Está lá desde a noite em que o coral da polícia foi rejeitado no *Got Talent* da Suécia.

Há cinco outros agentes na sala de reunião. Na mesa de pinheiro estão copos e garrafas d'água. As cortinas amarelas foram abertas, e as copas das árvores são visíveis pelas janelas baixas. Todos os policiais estão se esforçando para parecer animados, mas, sob a aparência, seus pensamentos tomaram um rumo sombrio. A reunião que Joona convocou está marcada para começar em dois minutos. Benny Rubin tirou os sapatos e está falando para Magdalena Ronander sua opinião sobre as novas avaliações de segurança.

Carlos aperta as mãos de Nathan Pollock do Departamento Criminal. Como sempre, Nathan está usando um paletó cinza-escuro e seu rabo de cavalo grisalho pende nas costas. Ao lado dele está Anja Larsson, de blusa prateada e saia azul-clara.

— Anja está tentando nos modernizar. Temos de aprender a usar o programa Analyst's Notebook. — Nathan sorri. — Mas somos velhos demais para isso.

— Fale por você — Tommy Kofoed, o técnico forense, murmura, rabugento.

— Você cheira a naftalina — Anja brinca. — Todos vocês já passaram da flor da idade.

Carlos se levanta na ponta da mesa, e a expressão grave em seu rosto faz até Benny se calar.

— Sejam todos bem-vindos — Carlos diz, sem seu sorriso habitual. — Como devem ter ficado sabendo, surgiram informações novas relativas a Jurek Walter e, bem, a investigação preliminar não pode mais ser dada como concluída.

— Eu avisei — diz uma voz baixa com sotaque finlandês.

49

Carlos se vira e encontra Joona Linna parado na soleira da porta. O casaco preto do detetive alto cintila com neve.

— Joona nem sempre está certo, claro — Carlos diz. — Mas devo admitir que, desta vez…

— Então Joona foi a única pessoa que achou que Jurek Walter tinha um cúmplice? — Nathan Pollock pergunta.

— Bom, sim.

— E muita gente ficou contrariada quando ele disse que a família de Samuel Mendel estava entre as vítimas — Anja comenta baixinho.

— Verdade — Carlos concorda. — Joona fez um excelente trabalho, sem dúvida. Eu tinha acabado de assumir o cargo na época e talvez não tenha dado ouvidos às pessoas certas, mas agora sabemos. E agora podemos continuar…

Ele fica em silêncio e olha para Joona, que entra na sala.

— Acabei de chegar do hospital Södermalm — ele diz bruscamente.

— Falei algo errado? — Carlos pergunta.

— Não.

— Talvez você ache que tenha alguma outra coisa que eu deva falar? — Carlos pergunta, parecendo envergonhado ao olhar de relance para os outros. — Joona, isso foi há treze anos. São águas passadas, não?

— Sim.

— Você estava totalmente certo na época, como acabei de dizer.

— Sobre o que eu estava certo? — Joona pergunta, olhando para o chefe.

— Sobre o que você estava certo? — Carlos repete a contragosto. — Você estava certo de que Jurek tinha um cúmplice. Estava certo sobre tudo, Joona. É o suficiente agora? Eu acho que é.

Anja vira o rosto para esconder o sorriso. Joona faz que sim com a cabeça, e Carlos se senta com um suspiro.

— O estado geral de Mikael Kohler-Frost já é bem melhor, e o interroguei um pouco. Obviamente, tinha esperança de que Mikael conseguisse identificar o cúmplice.

— Talvez seja cedo demais — Nathan diz.

— Não. Mikael não consegue nos dar um nome nem uma descrição. Não consegue nem dizer qual é a voz do homem, mas...

— Ele está traumatizado? — Magdalena Ronander pergunta.

— Está, mas, além disso, ele simplesmente nunca viu o cúmplice — Joona responde, encontrando os olhos dela.

— Então não temos nenhuma pista para seguir? — Carlos sussurra.

Joona dá um passo à frente. Sua sombra se projeta sobre a mesa.

— Mikael chama seu sequestrador de Homem de Areia. Perguntei a Reidar Frost sobre isso, e ele explicou que o nome vem de uma história de ninar que a mãe contava para as crianças. O Homem de Areia é um tipo de personificação do sono. Joga areia nos olhos das crianças para fazê-las dormir.

— Isso mesmo — Magdalena diz com um sorriso. — E a prova de que o Homem de Areia esteve lá são os grãozinhos no canto do olho quando a gente acorda.

— O Homem de Areia — Pollock diz, pensativo, e anota algo em seu caderno preto.

— Anja, pode tocar essa gravação para mim? — Joona pede.

Ela pega o celular de Joona e o conecta ao sistema de som sem fio.

— Mikael e Felicia Kohler-Frost são metade alemães. Roseanna Kohler se mudou de Schwabach para a Suécia quando tinha oito anos — Joona explica.

— Fica ao sul de Nuremberg — Carlos acrescenta.

— O Homem de Areia é a personificação deles do sono — Joona continua. — E toda noite, antes de as crianças fazerem sua oração, ela contava um pouco mais sobre ele. Ao longo dos anos, ela misturou a história de sua infância com muitas coisas que ela mesma inventou e com fragmentos do conto original de E. T. A. Hoffmann sobre o vendedor de barômetros e as meninas mecânicas. Mikael e Felicia tinham só dez e oito anos na época, e acharam que o Homem de Areia os tinha levado.

Os homens e mulheres em volta da mesa observam Anja preparar a gravação do relato de Mikael. Os rostos solenes estavam prestes a ouvir pela primeira vez uma vítima sobrevivente de Jurek Walter contar o que aconteceu.

— Em outras palavras, não temos como identificar o cúmplice — Joona diz. — Assim, resta a localização. Se Mikael puder nos levar lá, então…

50

Enquanto eles escutam, Nathan Pollock toma notas e Magdalena Ronander digita sem parar no laptop.

Há um chiado nos alto-falantes, e alguns sons, como o farfalhar de papéis, são mais fortes, enquanto outros são quase inaudíveis. Em certos momentos, dá para ouvir o choro de Reidar.

— Você diz que era impossível escapar — eles escutam Joona dizer —, mas foi exatamente o que você fez.

— É impossível. Não foi o que aconteceu — Mikael Kohler--Frost responde.

— Então o que aconteceu?

— O Homem de Areia soprou a poeira sobre nós, e, quando acordei, percebi que não estava mais na cápsula — Mikael conta. — Estava completamente escuro, mas dava para ouvir que o quarto era diferente, e deu para sentir que Felicia não estava mais lá. Fui apalpando meu caminho até chegar a uma porta com uma maçaneta, e abri e fui parar num corredor. Não acho que eu tinha noção de que estava fugindo, só sabia que precisava continuar andando. Cheguei a uma porta trancada e pensei que tinha caído numa armadilha, porque o Homem de Areia podia voltar a qualquer momento... Entrei em pânico e quebrei o vidro com a mão, e enfiei o braço para destrancar. Atravessei correndo um depósito cheio de caixas e sacos de cimento, e aí vi que a parede da direita era só um lençol de plástico fixado com grampos. Eu não conseguia respirar, e pude sentir meus dedos sangrando enquanto tentava arrancar o plástico. Eu sabia que tinha me machucado no vidro, mas não liguei, só continuei atravessando o longo piso de concreto. O depósito não acabava, e continuei correndo até ver que estava andando na neve. O céu ainda não tinha escurecido completamente. Vi que o mundo existia de verdade. Sabe, antes, a ideia do mundo parecia um sonho, mas então parecia natural: o ar, a paisagem. Passei correndo por uma escavadeira com uma estrela azul e entrei na floresta, e comecei a entender que eu estava livre. Corri entre as árvores e os arbustos e fiquei coberto de neve. Nunca olhei para trás, só continuei correndo, atravessei um campo e entrei num arvoredo e, de repente, não consegui andar mais. Um galho quebrado tinha se enfiado na minha coxa. Fiquei completamente preso, não conseguia me mexer. O sangue pingava na neve, e doía muito. Tentei me soltar, mas estava preso… Pensei que talvez conseguisse quebrar o galho, mas estava fraco demais, não dava. Então fiquei ali. Tinha certeza de que conseguia ouvir o Homem de Areia estalando os dedos de porcelana. Quando virei para olhar para trás, escorreguei e o galho saiu. Não sei se desmaiei… depois disso eu fiquei muito mais lento, mas consegui me levantar e subi uma encosta. Eu estava tropeçando e pensava que não conseguiria mais. Aí estava rastejando, e vi que estava num trilho de trem. Não faço ideia do quanto caminhei. Eu estava congelando, mas continuei em frente. Às vezes, via casas ao longe, mas estava tão exausto que continuei nos trilhos. Nevava cada vez mais forte, mas era como se estivesse andando em transe; parar nunca passou pela minha cabeça, só queria fugir.

51

Quando Mikael para de falar e o chiado dos alto-falantes cessa, a sala de reunião cai em silêncio. Carlos se levanta. Está roendo a unha do polegar enquanto olha para o nada.

— Abandonamos duas crianças — ele diz finalmente. — Estavam desaparecidas, mas dissemos que estavam mortas e seguimos com as nossas vidas.

— Mas tínhamos certeza de que era verdade — Benny diz suavemente.

— Joona tentou continuar — murmura Anja.

— Mas, no fim, nem eu acreditava que elas estavam vivas — diz Joona.

— E não havia nenhuma pista para seguir — Pollock ressalta. — Nenhuma evidência, nenhuma testemunha.

As bochechas de Carlos estão pálidas quando ele leva a mão ao pescoço e tenta abrir o botão de cima da camisa.

— Mas estavam vivas — ele diz, quase num sussurro.

— Sim — Joona responde.

— Já vi muita coisa na vida, mas isso... — Carlos diz, puxando a gola de novo. — Não entendo o porquê. Quero dizer, por quê, caramba? Não entendo, só...

— Não tem o que entender — Anja diz, compreensiva.

— Por que alguém manteria duas crianças trancadas por todos esses anos? — ele continua, erguendo a voz. — Fazendo questão de que sobrevivessem, mas nada além disso, nem resgate, nem violência, nem abuso...

Anja tenta tirá-lo da sala, mas ele resiste e segura o braço de Nathan Pollock.

— Encontrem a menina — ele diz. — Custe o que custar, encontrem essa menina hoje.

— Não sei se…

— Encontrem! — Carlos interrompe, depois deixa Anja guiá-lo para fora da sala de reunião.

Anja volta pouco depois. Os membros do grupo murmuram e analisam seus papéis. Benny está sentado de boca aberta, cutucando distraidamente com os pés a bolsa de ginástica de Magdalena.

— Qual é o problema de vocês? — Anja pergunta, ríspida. — Não ouviram o que o chefe falou?

O grupo entra em acordo rapidamente de que Magdalena deve montar uma equipe de resposta rápida e uma unidade forense enquanto Joona tenta identificar uma área de busca preliminar ao sul da estação Södertälje Syd.

Joona examina uma cópia da última foto tirada de Felicia. Ele perdeu a conta de quantas vezes já olhou a foto. Os olhos dela são grandes e escuros, e seu cabelo preto e comprido cai sobre o ombro numa trança frouxa. Ela está segurando um chapéu de equitação e sorrindo de forma travessa para a câmera.

— Mikael Kohler-Frost diz que começou a andar pouco antes do anoitecer — Joona começa, olhando para o mapa em grande escala na parede. — Quando exatamente o maquinista soou o alarme?

Benny olha o laptop.

— Às três e vinte e dois — ele responde.

— Foi aqui que encontraram Mikael — Joona diz, traçando um círculo em volta da extremidade norte da ponte Igelsta. — É difícil imaginar que ele possa ter andado mais rápido do que cinco quilômetros por hora, se estava ferido e sofrendo da doença dos legionários.

Anja usa uma régua para medir a maior distância que ele pode ter andado vindo do sul, naquela velocidade e em um mapa dessa escala, depois traça um círculo usando um compasso grande. Vinte minutos depois, já conseguiram identificar cinco projetos de construção que poderiam corresponder à descrição de Mikael.

Uma tela de plasma de setenta e duas polegadas exibe um híbrido de mapa e foto de satélite. Benny ainda está inserindo dados meticulosamente no computador conectado à tela de plasma. Ao lado dele, Anja está sentada com dois telefones, coletando informações suplementares, enquanto Nathan e Joona discutem os vários canteiros de obras.

Cinco círculos vermelhos no mapa marcam os projetos de construção em andamento dentro da área de busca preliminar. Três são em zonas residenciais.

Joona está na frente do mapa, os olhos seguindo a linha ferroviária. Ele aponta para um dos dois círculos, na floresta perto de Älgberget.

— É este aqui — ele diz.

Benny clica no círculo e encontra as coordenadas, enquanto Anja lê uma breve descrição das obras. Estão construindo uma nova torre de servidores para o Facebook, mas as obras estão paralisadas há um mês por questões ambientais.

— Quer que eu pegue as plantas? — Anja pergunta.

— Vamos partir imediatamente — Joona diz.

52

A neve repousa impassível no trilho acidentado que corre pela floresta. Uma grande área foi desmatada. Canos e fios já estão prontos, e ralos foram instalados. Uma área de quatro hectares de bases de concreto foi construída, e vários prédios complementares estão mais ou menos completos, enquanto outros são apenas cascas. Há uma camada espessa de neve sobre as escavadeiras e os caminhões basculantes.

Durante o trajeto para Älgberget, Joona recebeu plantas detalhadas no celular. Anja as obteve do departamento de planejamento municipal.

Magdalena Ronander examina o mapa com a unidade de resposta rápida antes de saírem dos veículos e se aproximarem do local a partir de três direções.

Eles estão atravessando a borda da floresta em silêncio. Está escuro entre os troncos de árvores. Eles assumem suas posições rapidamente, aproximando-se com cautela enquanto observam a área descampada.

Uma atmosfera estranha e sonolenta paira sobre o lugar. Uma escavadeira grande está estacionada na frente de um poço aberto.

Marita Jakobsson, uma experiente superintendente de polícia de meia-idade, corre e se agacha ao lado de uma pilha de pneus. Ela examina os prédios com cautela através dos binóculos antes de fazer sinal para o resto do grupo avançar.

Joona saca a pistola e segue com os outros em direção ao prédio baixo. A neve cai do telhado e flutua pelo ar.

Todos estão usando coletes à prova de balas e capacetes, e dois carregam fuzis de assalto Heckler & Koch.

Eles passam por uma parede inacabada e dirigem-se às fundações de concreto.

Joona aponta para uma folha protetora de plástico que bate ao vento. Está solta entre duas hastes.

O grupo segue Marita através de um depósito até uma porta cuja janela foi quebrada. Há manchas pretas de sangue no chão e na soleira da porta.

Não há dúvida de que foi desse lugar que Mikael escapou.

O vidro se estilhaça sob suas botas. Eles entram no corredor em silêncio, abrindo porta após porta e verificando um cômodo por vez.

Está vazio.

Numa sala há um engradado de garrafas vazias, mas, fora isso, não há nada.

Até então, é impossível dizer em que cômodo Mikael esteve quando acordou, mas tudo sugere que foi em uma das salas ao longo desse corredor.

A unidade de resposta rápida vasculha cada cômodo com eficiência antes de voltar para seus veículos.

Agora os peritos forenses podem trabalhar.

A floresta também é vasculhada com patrulhas de cães.

Joona está parado segurando o capacete, olhando para a neve que cintila no chão. Sabia que não encontraríamos Felicia aqui, ele pensa. O quarto que Mikael chamou de cápsula tinha paredes grossas e reforçadas, uma torneira de água e uma comporta para comida. Foi construído para manter pessoas em cativeiro.

Joona leu a ficha médica de Mikael, e sabe que os médicos encontraram vestígios do anestésico sevoflurano em seus tecidos moles. Agora ele começa a suspeitar que Mikael deve ter sido drogado e levado para lá inconsciente. Condiz com a descrição dele de simplesmente acordar em um lugar diferente. Ele adormeceu na cápsula e acordou aqui.

Por algum motivo, Mikael fora trazido para cá, depois de todos aqueles anos. Será que conseguira fugir justamente na hora em que seria morto?

A temperatura está caindo quando Joona observa os policiais voltarem a seus veículos.

Se Mikael foi drogado, então não tem como guiá-los para a cápsula. Ele nunca viu nada.

Nathan Pollock acena para Joona para avisar que é hora de partir. Joona começa a erguer a mão, mas desiste.

Não pode acabar dessa forma. Não pode ter chegado ao fim, ele pensa, passando a mão no cabelo.

O que falta fazer?

Enquanto volta ao carro, ele já sabe a assustadora resposta a sua pergunta.

53

Joona entra no estacionamento, pega um tíquete, depois desce a rampa e estaciona. Ele se mantém sentado enquanto um homem do armazém de tapetes do andar de cima reúne carrinhos de compra.

Quando não vê mais ninguém no estacionamento, Joona sai do carro e vai a um furgão preto com os vidros fumê, abre a porta lateral e entra.

A porta se fecha em silêncio, e Joona diz um oi abafado para Carlos Eliasson, chefe do Departamento Criminal, e o diretor da Polícia de Segurança, Verner Zandén.

— Felicia Kohler-Frost está sendo mantida num quarto escuro — Carlos começa. — Esteve lá durante mais de dez anos com o irmão mais velho. Agora está completamente sozinha. Vamos abandoná-la? Dá-la como morta e a deixar lá?

— Carlos — Verner diz com voz apaziguadora.

— Eu sei, perdi todo o distanciamento. — Ele sorri, erguendo as mãos como quem pede desculpa. — Mas quero de verdade que façamos absolutamente todo o possível desta vez.

— Preciso de uma equipe maior — Joona diz. — Se puder ter cinquenta pessoas, podemos tentar retomar todas as linhas antigas, todos os casos de pessoas desaparecidas. Pode não levar a nada, mas é nossa única chance. Mikael não chegou a ver o cúmplice em momento nenhum, e foi drogado antes de ser transferido. Não tem como nos dizer onde é a cápsula. Vamos continuar conversando com ele, mas não acho que ele saiba onde foi mantido nos últimos treze anos.

— Mas, se Felicia está viva, provavelmente continua na cápsula — Verner diz com a voz grave.

— Sim — Joona concorda.

— Como é que vamos encontrá-la? É impossível — Carlos diz. — Ninguém sabe onde fica esse lugar.

— Ninguém além de Jurek Walter — Joona diz.

— Que não pode ser interrogado — Verner contesta.

— Não — Joona concorda.

— Porque é completamente psicótico e…

— Não, isso ele nunca foi — Joona interrompe.

— Tudo que sei é o que diz no relatório médico forense — Verner diz. — Escreveram que ele era esquizofrênico, psicótico, propenso ao pensamento caótico e extremamente violento.

— Só porque é o que Jurek queria que o relatório dissesse — Joona responde.

— Então você acha que ele é saudável? É o que quer dizer, que não há nada de errado com ele? — Verner pergunta. — Que porra é essa? Por que não foi interrogado, então?

— Há restrições rígidas. Ele deve ser mantido em isolamento total — Carlos diz. — No veredito da Suprema Corte…

— Deve haver um jeito de contornar os termos da sentença. — Verner suspira, esticando as pernas compridas.

— Talvez — Carlos diz.

— E tenho pessoas muito talentosas que interrogaram suspeitos de terrorismo…

— Joona é o melhor — Carlos interrompe.

— Não, não sou — Joona responde.

— Foi você quem localizou e prendeu Jurek, e você deve ser a única pessoa com quem ele conversou antes do julgamento.

Joona balança a cabeça e olha para o estacionamento deserto pelos vidros fumê.

— Eu tentei — ele diz devagar. — Mas é impossível enganar Jurek. Ele não é como os outros. Não é infeliz. Não precisa de empatia. Não vai falar nada.

— Quer tentar? — Verner pergunta.

— Não posso — diz Joona.

— Por que não?

— Porque tenho medo — ele responde simplesmente.

Carlos olha para ele.

— Sei que você não está falando sério — ele diz, apreensivo.

Joona se vira para encará-lo. Seus olhos são duros e cinzentos como ardósia molhada.

— É claro que não temos motivo para ter medo de um velho que já está preso — Verner diz, coçando a cabeça. — Ele é que deveria ter medo da gente. Pelo amor de Deus, podemos entrar, jogar o cara no chão e matar o velho de susto. Sério, é só pegar pesado.

— Não vai funcionar — Joona responde.

— Há métodos que sempre funcionam — Verner continua. — Tenho um grupo secreto que esteve envolvido em Guantánamo.

— Obviamente, esta reunião nunca aconteceu — Carlos diz com pressa.

— É muito raro eu ter reuniões que aconteceram — Verner diz, depois se inclina para a frente. — Meu grupo sabe tudo sobre afogamento simulado e eletrochoques.

Joona balança a cabeça.

— Jurek não tem medo de dor.

— Então vamos desistir?

— Não — Joona diz. Seu assento range enquanto ele se recosta.

— O que você pensa que devemos fazer? — Verner pergunta.

— Se entrarmos e conversarmos com Jurek, a única coisa de que podemos ter certeza é que ele vai mentir. Ele vai guiar a conversa e, quando descobrir o que queremos dele, vai começar a barganhar e vamos acabar dando a ele algo de que vamos nos arrepender.

Carlos baixa os olhos e coça o joelho com irritação.

— O que nos resta então? — Verner pergunta.

— Não sei nem se é possível — Joona diz —, mas, se conseguir colocar um agente como paciente na mesma unidade psiquiátrica de segurança máxima…

— Não quero mais escutar — Carlos interrompe.

— Para chamar a atenção de Jurek em primeiro lugar, teria de ser alguém completamente convincente, um agente com uma verdadeira raiva interior — Joona continua.

— Meu Deus — Verner murmura.

— Um paciente — Carlos sussurra.

— Alguém que pudesse ser útil para ele. Alguém que ele pudesse explorar — Joona continua.

— O que você está dizendo?

— Precisamos encontrar um agente que seja tão excepcional que deixe Jurek Walter curioso.

— Você tem uma pessoa em mente? — Carlos pergunta.

— Só existe uma — Joona diz.

54

O saco de boxe faz um ruído, e a corrente chacoalha. Saga Bauer se move agilmente de lado, segue o movimento do saco com o corpo e bate de novo. Dois golpes, provocando um som que ecoa pelas paredes da academia de boxe vazia.

Ela está treinando uma combinação de dois cruzados rápidos de esquerda — um alto, um baixo — seguidos por um gancho forte de direita.

O saco de boxe preto balança e o gancho range. Sua sombra cruza o rosto de Saga, e ela soca de novo. Três golpes rápidos. Ela gira os ombros, recua, dá a volta pelo saco de pancada e o acerta mais uma vez.

Seu cabelo loiro e comprido voa com o movimento rápido dos quadris, esvoaçando sobre o rosto.

Saga perde a noção do tempo quando treina, e todos os pensamentos desaparecem de sua cabeça. Faz duas horas que está sozinha na academia. Os últimos saíram enquanto ela pulava corda. As lâmpadas no alto do ringue de boxe estão apagadas, mas o brilho forte da máquina de vendas automática lança uma luz através da porta aberta. Do lado de fora das janelas a neve cai em volta da placa da lavanderia a seco e sobre a calçada.

Pelo canto do olho, Saga vê um carro parar na rua na frente do clube de boxe, mas continua com a mesma combinação de golpes, tentando aumentar a potência deles. Gotas de suor pingam no chão perto de um saco de pancada menor que foi tirado do cabo.

Stefan entra. Tira a neve dos sapatos, depois fica parado em silêncio por um momento. Seu casaco está aberto, mostrando o terno claro e a camisa branca por baixo.

Ela continua a dar socos enquanto o vê tirar os sapatos e se aproximar.

Os únicos sons são as pancadas no saco e o chacoalhar da corrente. Saga quer continuar treinando. Ainda não está pronta para perder a concentração. Ela baixa a cabeça e ataca o saco com uma série rápida de socos, embora Stefan esteja logo atrás dele.

— Mais forte — ele diz, mantendo o saco no lugar.

Ela dá um cruzado de direita, tão forte que o faz dar um passo para trás. Ela não consegue conter o riso, mas, antes que ele recupere o equilíbrio, dá outro soco.

— Resiste um pouco pelo menos — ela diz, com um traço de impaciência na voz.

— Poxa, Saga. Vamos logo.

Ela dispara outra saraivada de socos, permitindo-se deixar levar por uma torrente de raiva. Essa raiva a faz se sentir fraca, mas é também o que a faz seguir lutando, muito depois de outros terem desistido.

Os golpes fortes chacoalham a corrente do saco de pancadas. Ela diminui o ritmo, embora pudesse continuar por horas.

Ofegante, dá dois passos curtos para trás. O saco continua a balançar. Uma leve chuva de pó de concreto cai da argola no teto.

— Certo, agora estou feliz. — Ela sorri, tirando as luvas de boxe com os dentes.

Ele a segue até o vestiário feminino e a ajuda a tirar as faixas das mãos.

— Você se machucou — ele murmura.

— Não é nada — ela diz, olhando para a mão.

Suas roupas de ginástica estão úmidas de suor. Seus mamilos aparecem pelo sutiã encharcado, e seus músculos estão inchados e pulsando com sangue.

Saga Bauer é inspetora da Polícia de Segurança e já trabalhou com Joona Linna em dois casos de destaque. Ela não é apenas uma boxeadora de alto nível como também uma excelente franco-atiradora, e foi especialmente treinada em técnicas avançadas de interrogatório.

Tem vinte e sete anos, olhos azuis como o céu de verão, usa fitas coloridas amarradas nas tranças do cabelo loiro comprido e é dona de uma beleza improvável. Quase todos que a veem são tomados por uma sensação estranha e inconsolável de desejo.

O chuveiro quente embaça os espelhos. Saga fica imóvel com as pernas abertas e os braços pendendo nas laterais do corpo enquanto a água cai. Um grande hematoma se forma em uma de suas coxas, e os nós dos dedos da mão direita estão sangrando.

Ela ergue os olhos, tirando a água do rosto, e vê Stefan a observando com intensidade.

— O que você está pensando? — Saga pergunta.

— Que estava chovendo na primeira vez que transamos — ele responde baixinho.

Ela se lembra bem daquela tarde. Eles tinham ido a uma matinê no cinema, e, quando saíram na rua, estava caindo um temporal. Mesmo correndo até a quitinete dele, eles ficaram encharcados. Stefan comentou como ela não teve vergonha quando se despiu e pendurou as roupas no aquecedor, depois ficou ali, apertando teclas do piano dele. Ele disse que sabia que não deveria olhar, mas que ela iluminava o cômodo, uma princesa de um conto de fadas.

— Vem para o chuveiro — Saga diz.

— Não temos tempo. Já estamos atrasados para nossa reserva.

Ela franze um pouco a testa.

— É isso que importa para você? — ela pergunta.

Ele sorri, hesitante.

— Como assim?

— Quero saber o que importa para você.

Stefan estende a toalha e diz:

— Agora não é o momento para isso.

55

Está nevando quando eles saem do táxi para o clube de jazz Fasching. Saga ergue o rosto para o céu e sente a neve cair em sua pele quente.

A boate já está lotada. Velas tremulam em lamparinas congeladas e a neve escorre pelas janelas que dão para a rua Kungs.

Stefan pendura o casaco no encosto da cadeira e vai até o balcão para fazer o pedido.

O cabelo de Saga ainda está úmido, e ela sente um calafrio ao tirar o casaco verde, a parte de trás escura de tão molhada.

Stefan coloca duas vodcas martínis e uma tigela de pistaches na mesa. Eles se sentam um de frente para o outro e fazem um brinde silencioso. Saga está prestes a dizer que está morrendo de fome quando um homem magro de óculos se aproxima.

— Jacky — Stefan diz, surpreso.

— Pensei ter sentido cheiro de mijo de gato. — Jacky sorri.

— Esta é minha namorada — Stefan diz.

Jacky olha para Saga e a cumprimenta com a cabeça, depois sussurra algo para Stefan, que ri.

— Não, sério, você precisa tocar com a gente — Jacky diz. — Tenho certeza de que a sua senhora pode se virar sozinha por alguns minutos.

Ele aponta para o canto, onde um contrabaixo quase preto e uma guitarra semiacústica Gibson estão preparados.

Saga não consegue ouvir direito o que estão conversando em meio ao falatório do público. Estão falando sobre um show lendário, um contrato que é o melhor que arranjaram até agora e um quarteto habilmente reunido. Seus olhos vagueiam pelo bar enquanto ela espera. Stefan diz algo a ela enquanto Jacky o puxa para se levantar.

— Você vai tocar? — Saga pergunta.

— Só uma música — Stefan responde com um sorriso.

Ela faz sinal para que ele vá. O barulho no bar diminui quando Jacky assume o microfone.

— Senhoras e senhores, Stefan Johansson — ele apresenta.

Stefan se senta ao piano.

— "April in Paris" — diz ele, e começa a tocar.

56

Saga observa Stefan semicerrar os olhos. Sua pele se arrepia quando a música toma conta e parece encolher o salão. A luz é suave e difusa.

Jacky começa a tocar harmonias floreadas com delicadeza, depois entra o baixo.

Saga sabe que Stefan ama isso. Mas não consegue esquecer o fato de que prometeram só sentar e conversar, como nunca faziam. Ela passou a semana toda ansiosa para isso.

Ela vai comendo os pistaches devagar, juntando um montinho de cascas vazias e esperando. Fica angustiada pela forma como ele a deixou. Ela sabe que está sendo irracional, e diz a si mesma para não ser tão infantil. Quando o drinque termina, ela pega o de Stefan. Não está mais gelado, mas ela bebe mesmo assim.

Ela olha para a porta na mesma hora em que um homem de bochechas coradas tira uma foto dela com o celular. Ela está cansada, e está considerando ir para casa dormir, mas queria muito conversar com Stefan antes.

Saga perdeu a conta de quantas músicas eles já tocaram. John Scofield, Mike Stern, Charles Mingus, Dave Holland, Lars Gullin, e uma versão longa de uma música cujo nome ela não sabe, daquele álbum com Bill Evans e Monica Zetterlund.

Saga olha para o monte de cascas de pistache, os palitos de dente nas taças de martíni e a cadeira vazia à frente dela. Ela vai até o bar e pega uma cerveja Grolsch e, quando termina a garrafa, vai ao banheiro.

Algumas mulheres estão retocando a maquiagem na frente do espelho. As cabines estão todas ocupadas e ela precisa esperar na fila. Quando uma das cabines finalmente fica livre, ela entra, tranca a porta, se senta e fica olhando para a porta branca.

Uma lembrança antiga surge em sua cabeça: a mãe de cama, o rosto marcado pela doença. Saga tinha apenas sete anos e estava tentando confortá-la, dizendo que tudo ficaria bem, mas a mãe não queria segurar a mão dela.

— Para — Saga murmura, mas a lembrança não se esvai.

A mãe piorou, e Saga precisou encontrar o remédio dela, ajudá-la a tomar os comprimidos e segurar o copo d'água.

Saga ficou sentada no chão ao lado da cama da mãe, olhando para ela, buscando um cobertor quando ela sentia frio, tentando ligar para o pai toda vez que a mãe pedia.

Quando a mãe por fim pegou no sono, Saga se lembra de apagar o pequeno abajur, subir na cama e se envolver nos braços da mãe.

Ela não costuma pensar nisso — consegue se distanciar da memória —, mas, dessa vez, simplesmente está lá, e seu coração está batendo forte quando sai do banheiro.

A mesa deles ainda está vazia; as taças ainda estão lá, e Stefan ainda está tocando. Ele mantém contato visual com Jacky, e eles estão respondendo alegremente às improvisações um do outro.

Ela abre caminho até os músicos. Stefan está no meio de um longo e sinuoso solo quando ela coloca a mão em seu ombro.

Ele se assusta, olha para ela, depois balança a cabeça, irritado. Ela segura seu braço.

— Vamos — ela diz.

— Estou tocando — Stefan diz entre dentes.

— Mas nós combinamos — ela começa.

— Pelo amor de Deus — ele sussurra, ríspido.

Saga dá um passo para trás e derruba um copo de cerveja de cima de um dos amplificadores. Ele cai e se estilhaça no chão, espirrando cerveja na roupa de Stefan.

Ela fica imóvel, mas os olhos dele estão fixados nas teclas do piano.

Ela espera um momento, depois volta para a mesa. Alguns homens se sentaram nas cadeiras. Seu casaco verde está caído no chão. Ela o pega e sai com pressa para a neve lá fora.

57

Saga Bauer passa toda a manhã seguinte numa das amplas salas de reunião da Polícia de Segurança com quatro outros agentes, três analistas e duas pessoas do administrativo. A maioria tem laptops ou tablets diante de si, exibindo uma tela cinza com um diagrama que ilustra a extensão de comunicações sem fio através das fronteiras do país ao longo da última semana.

Na pauta estão a base analítica de dados da unidade de informações sobre transmissões, novos métodos de busca e a radicalização aparentemente rápida de cerca de trinta extremistas islâmicos.

— Mesmo se o Al-Shabaab tiver feito um uso intenso da rede Al-Qimmah — Saga diz —, não acho que ela possa nos oferecer muita coisa. Está claro que precisamos continuar o que estamos fazendo, mas ainda acho que devemos tentar infiltrar o grupo de mulheres no entorno deles, como já mencionei, e…

A porta se abre e o diretor da Polícia de Segurança, Verner Zandén, entra, erguendo a mão para pedir desculpas.

— Não queria interromper — diz com sua voz retumbante ao encontrar os olhos de Saga. — Mas estava pensando em dar uma volta, e adoraria a sua companhia.

Ela assente e faz logout, mas deixa o laptop na mesa ao sair da sala de reunião com Verner.

Está um frio rigoroso quando saem à rua, e os cristaizinhos no ar são iluminados pela luz nebulosa do sol. Verner caminha a passos largos, e Saga se apressa para acompanhar o ritmo.

Eles passam pela rua Fleming em silêncio, entram no portão para o centro de saúde, atravessam o parque circular em volta da capela e descem a escada em direção ao gelo do canal Barnhusviken.

A situação vai ficando cada vez mais estranha, mas Saga evita fazer perguntas.

Verner sinaliza com a mão e vira à esquerda numa ciclovia. Alguns coelhinhos correm para se esconder embaixo dos arbustos quando os dois passam perto. Os bancos do parque cobertos de neve são figuras delicadas na paisagem branca. Eles viram entre dois prédios altos na margem Kungsholms e param diante de uma porta. Verner digita um código, abre a porta e a leva para o elevador.

No espelho riscado, Saga pode ver flocos de neve cobrindo seu cabelo. Estão derretendo, formando gotas cintilantes de água. Quando o elevador barulhento para, Verner tira do bolso uma chave amarrada a um cartão de plástico e destranca uma porta que exibe os sinais reveladores de tentativas de arrombamento. Ele acena para que ela o siga.

Eles entram num apartamento completamente vazio. Alguém acabou de se mudar dali. As paredes estão cheias de buracos onde antes havia quadros e prateleiras. Há grandes bolas de poeira no chão e uma chave Allen da IKEA esquecida.

Alguém dá descarga no banheiro, e de lá sai Carlos Eliasson, chefe do Departamento Criminal. Ele seca as mãos nas calças e aperta a mão de Saga Bauer.

— Posso te oferecer algo para beber? — Carlos pergunta.

Ele enche dois copos plásticos com água da torneira e os estende.

— Você estava esperando um almoço? — Carlos diz ao ver a perplexidade no rosto dela.

— Não, mas...

— Tenho algumas pastilhas para tosse — ele diz, tirando uma caixinha do bolso.

Saga balança a cabeça, mas Verner pega a caixa da mão de Carlos, tira duas e as coloca na boca.

— Que festa — Verner diz.

Carlos limpa a garganta.

— Saga, como você deve ter percebido, esta é uma reunião totalmente extraoficial.

— O que aconteceu? — Saga pergunta.

— Já ouviu falar de Jurek Walter?

— Não.

— Poucas pessoas ouviram, e é melhor que seja assim — Verner diz.

58

Um raio de sol cintila pela janela suja da cozinha enquanto Carlos Eliasson entrega um dossiê a Saga Bauer. Ela abre a pasta e se vê encarando os olhos claros de Jurek Walter. Ergue a fotografia e começa a ler o relatório de treze anos atrás. Seu rosto fica pálido, e ela se senta no chão com as costas no aquecedor, ainda lendo, olhando as fotos, espiando os relatórios post mortem e lendo os detalhes da única sentença dele.

Quando fecha a pasta, Carlos diz que Mikael Kohler-Frost foi encontrado vagando sobre a ponte Igelsta depois de estar desaparecido por treze anos.

Verner pega o celular e toca a gravação do rapaz descrevendo seu cativeiro e sua fuga. Saga escuta a voz angustiada, e, quando o ouve falar sobre a irmã, suas bochechas ficam coradas. Ela olha para a fotografia na pasta. A menininha está em pé com a trança frouxa e o chapéu de equitação, sorrindo como se estivesse planejando uma travessura.

Quando a voz de Mikael silencia, ela se levanta e anda de um lado para o outro da cozinha vazia, depois para na frente da janela.

— Não temos mais com que trabalhar agora do que tínhamos treze anos atrás — Verner diz. — Não sabemos nada. Mas Jurek Walter sabe. Ele sabe onde Felicia está, e sabe quem é o cúmplice.

Verner explica que é impossível arrancar a verdade de Jurek Walter num interrogatório convencional.

— Nem mesmo tortura funcionaria — Carlos diz, recostando-se no peitoril da janela.

— Mas como assim? Por que não fazemos o que costumamos fazer, então? — Saga pergunta. — É óbvio que o que precisamos fazer é simplesmente recrutar um maldito informante. Uma das enfermeiras, ou um psiquiatra que possa…

— Joona diz… desculpe interromper — Verner intervém. — Mas

Joona diz que talvez Jurek já tenha certa influência sobre a equipe médica. É isso que Jurek faz. É arriscado demais correr riscos, já que não sabemos a quem ele pode ter chegado.

— Então o que é que vamos fazer?

— Nossa única opção é infiltrar um agente treinado como paciente na mesma instituição — ele responde.

— Por que ele falaria com um paciente? — Saga pergunta, cética.

— Joona acha que precisamos de um agente que seja tão excepcional que Jurek Walter fique curioso a ponto de querer saber mais.

— Curioso como?

— Curioso sobre o paciente como pessoa, e não apenas porque representa a possibilidade de escapar — Carlos responde.

— Joona me mencionou? — ela pergunta, séria.

— Você é nossa primeira opção — Verner diz com firmeza.

— Quem é a segunda?

— Não temos — Carlos responde.

— Como isso seria organizado, em termos puramente práticos? — ela pergunta.

— A máquina burocrática já está em funcionamento — Verner diz. — Uma decisão leva à outra, e, se você aceitar a missão, é só subir na prancha.

— Tentador — ela murmura.

— Vamos providenciar para que você seja sentenciada ao hospital psiquiátrico de segurança máxima no Tribunal de Recursos e transferida imediatamente para o hospital Karsudden.

Verner vai até a torneira e volta a encher o copo plástico.

— Encontramos algo que pode nos ser vantajoso, uma formulação no alvará do conselho do condado, o que foi concedido quando a unidade psiquiátrica do hospital Löweströmska foi criada.

— Ela afirma muito claramente que a ala é projetada para oferecer tratamento a três pacientes — Carlos acrescenta. — Mas, nos últimos treze anos, só tiveram um paciente, Jurek Walter.

Verner bebe, depois amassa o copo e o joga na pia.

— Os administradores do hospital sempre tentaram rechaçar outros pacientes — Carlos continua. — Mas sabem perfeitamente que precisam aceitar mais se receberem uma solicitação direta.

— Que é exatamente o que vai acontecer. O Comitê de Serviço Penitenciário convocou uma reunião extraordinária em que será tomada a decisão de transferir um paciente da unidade psiquiátrica de segurança máxima de Säter para Löwenströmska, e outro do hospital Karsudden.

— Em outras palavras, você seria paciente do Karsudden — Carlos explica.

— Então, se eu aceitar, serei admitida como uma paciente perigosa? — ela pergunta.

— Sim.

— Vão me dar uma ficha criminal?

— Uma decisão da Administração Judiciária Nacional deve ser suficiente — Verner responde. — Mas precisamos criar toda uma identidade, com sentenças de tribunal e avaliações psiquiátricas.

59

Saga está no apartamento vazio com os dois chefes de polícia. Cada fibra de seu ser está gritando para ela dizer não.

— Isso é legal? — ela pergunta. Sua boca ficou seca.

— Sim, claro. E extremamente confidencial — Carlos responde.

— Extremamente? — ela responde, o canto da boca se curvando.

— No Departamento Criminal, vamos declarar a missão como confidencial para que a Polícia de Segurança não possa ver o arquivo.

— E vou garantir para que ele seja declarado como confidencial para que o Departamento Criminal não possa vê-lo — Verner continua.

— Ninguém vai saber sobre isso a menos que haja uma solicitação direta do governo — Carlos diz.

Saga olha pela janela para a fachada apainelada do prédio vizinho. Uma abertura de chaminé cintila para ela, e ela se volta para os dois homens.

— Por que estão fazendo isso? — ela questiona.

— Para salvar a menina — Carlos diz, com um sorriso triste.

— E devo acreditar que os diretores do Departamento Criminal e da Polícia de Segurança estão trabalhando juntos para...

— Eu conhecia Roseanna Kohler — Carlos interrompe.

— A mãe?

— Estudamos juntos na Escola de Música Adolf Fredrik. Éramos muito próximos. Nós... foi muito difícil, muito...

— Então é pessoal? — Saga pergunta, dando um passo para trás.

— Não, é... é só a coisa certa a fazer. Você pode ver isso com seus próprios olhos — ele responde, apontando para a pasta.

Como a expressão de Saga não mudou, ele continua:

— Mas, se quer que eu seja sincero... Não sei se teríamos uma reunião como essa se o caso não fosse pessoal.

Ele começa a mexer na torneira da pia. Saga o observa e tem a impressão de que ele não está contando toda a verdade.

— Em que sentido é pessoal? — ela pergunta.

— Isso não importa — ele responde, rápido.

— Tem certeza?

— O que importa é que levemos isso a cabo. É a coisa certa a fazer, a única coisa certa, porque acreditamos que a menina ainda possa ser salva.

— Mas devemos nos apressar. É possível que ela tenha a doença dos legionários assim como o irmão — Verner diz. — Então o plano é infiltrar um agente o mais rápido possível... só isso, nenhuma operação de grande escala.

— Obviamente, não sabemos se Jurek Walter vai revelar algo, mas existe uma possibilidade. E tudo sugere que seja nossa única chance.

Saga fica completamente imóvel, de olhos fechados por um longo tempo.

— O que acontece se eu me recusar? — ela pergunta por fim. — Vão deixar a menina morrer naquele lugar maldito?

— Vamos encontrar outro agente — Verner diz.

— Então encontrem — Saga diz, e começa a caminhar na direção do corredor.

— Não quer considerar um pouco? — Carlos diz atrás dela.

Ela para de costas para os dois chefes de polícia e balança a cabeça. A luz atravessa seu cabelo espesso com as fitas entrelaçadas.

— Não — ela responde, e sai do apartamento.

60

Saga pega o metrô para Slussen, depois caminha pelo curto trajeto até a quitinete de Stefan na rua Sankt Pauls. Ela tinha telefonado algumas vezes, mas ele não atendera.

Ela se sente aliviada por ter recusado a difícil missão de se infiltrar no Löwenströmska e se envolver no caso Jurek Walter.

Ela sobe a escada e destranca a porta com a chave que Stefan lhe deu. Consegue ouvir o som do piano. Entra, vê Stefan sentado ao piano, e para. Ele está com a camisa azul desabotoada. Tem uma garrafa de cerveja perto, e o cômodo cheira a fumaça de cigarro.

— Desculpa por deixar você ontem — ela diz depois de uma pausa breve.

Ele continua tocando, baixo, radiante.

— A gente pode conversar? — ela tenta de novo.

O rosto de Stefan está voltado para o outro lado, mas ela não tem problemas em escutar o que ele diz:

— Não quero ter essa conversa agora.

— Olha, me desculpa — ela repete. — Mas você…

— Estou tocando — ele interrompe.

— Mas a gente precisa conversar sobre o que aconteceu.

— Só vai embora — ele diz, se levantando para olhar para ela.

Saga lhe dá um empurrão tão forte que ele tropeça para trás e derruba o banco do piano. Ele fica ali parado com as mãos ao lado corpo, encarando-a.

— Isso não está dando certo — ele diz simplesmente.

Ele ergue o banco do piano e ajeita a partitura.

— Você está exagerando — ela diz.

— Não quero que fique chateada — ele diz com uma apatia na voz que transforma a raiva dela em pavor.

— O quê? — ela pergunta.

— Não está dando certo. A gente vive brigando. Não podemos ficar juntos, não...

Ele fica em silêncio. Ela está começando a se sentir enjoada.

— Porque eu queria passar um tempo com você ontem à noite? — ela consegue dizer.

Stefan ergue os olhos para ela.

— Você é a mulher mais bonita que já conheci, é inteligente e engraçada, e eu deveria ser o homem mais feliz do mundo. Talvez eu me arrependa disto pelo resto da minha vida, mas não acho que possamos continuar juntos.

— Não entendo — ela sussurra. — Porque eu fiquei brava? Porque incomodei você quando estava tocando?

— Não, é...

Ele se senta e balança a cabeça.

— Eu posso mudar — ela diz, e olha para ele por um momento antes de continuar. — Já é tarde demais, não é?

Quando ele assente, ela se vira e vai embora. Sai para o corredor do apartamento, pega um banco velho e o atira no espelho. Os cacos caem no chão, estilhaçando-se de novo ao bater nos ladrilhos duros. Ela abre a porta e desce as escadas correndo, diretamente para a luz azul radiante de inverno.

61

Saga corre pelo pavimento, entre os prédios e os bancos de neve que cobrem a estrada. Inspira o ar gelado tão fundo que seus pulmões doem. Atravessa a rua, corre pela praça Maria, depois para do outro lado da rua Horns. Junta um pouco de neve do capô de um carro e a pressiona contra os olhos quentes e ardidos, depois corre o resto do caminho para casa.

Suas mãos estão tremendo quando destranca a porta. Ela solta um suspiro ao entrar no corredor e fechar a porta. Deixa as chaves caírem no chão, tira os sapatos e atravessa o apartamento direto para o quarto.

Saga pega o telefone e disca o número, depois espera em pé. Após seis toques, é transferida para a caixa postal de Stefan. Ela não escuta a mensagem, apenas atira o telefone na parede com toda a força.

Ainda completamente vestida, ela se deita na cama de casal e abraça as pernas. No fundo, entende por que se sente assim. Quando era pequena, acordou nos braços da mãe morta.

Saga Bauer não se lembra quantos anos tinha quando sua mãe ficou doente. Mas, quando tinha cinco anos, descobriu que a mãe sofria de um tumor cerebral grave. A doença mudou sua mãe de maneiras terríveis. As células envenenadas a tornaram distante e cada vez mais irritadiça.

Seu pai quase nunca estava em casa. Ela odeia se lembrar de como ele as decepcionou. Quando adulta, tentou dizer a si mesma que ele era apenas humano; não podia evitar ser fraco. Ela repete isso como um mantra, mas sua fúria contra ele não diminui. Não dá para entender que ele tenha partido e deixado o fardo para a filha pequena. Ela não quer pensar nisso, e nunca fala sobre o assunto. Só a enche de fúria.

Na noite em que foi levada pela doença, a mãe estava tão cansada que precisou de ajuda para tomar os remédios. Saga lhe deu um comprimido atrás do outro e correu para buscar mais água.

— Não aguento mais — sua mãe sussurrou.

— Você precisa aguentar.

— Só liga para o papai e diz que preciso dele.

Saga obedeceu, e disse ao pai que ele tinha de voltar para casa agora.

— Mamãe sabe que eu não posso — ele respondeu.

Naquela noite, sua mãe estava muito fraca. Não conseguiu engolir nada além da medicação e gritou com Saga quando ela derrubou o frasco de comprimidos no tapete. A mãe estava sentindo muita dor, e Saga tentou consolá-la.

Sua mãe simplesmente pediu para Saga ligar para o pai e dizer a ele que ela estaria morta antes do amanhecer.

Saga chorou e disse à mãe que ela não podia morrer, que não queria viver se a mãe morresse, as lágrimas escorrendo. Ela se sentou no chão, escutando o barulho do próprio choro e a secretária eletrônica do pai.

Quando sua mãe finalmente pegou no sono, Saga apagou o pequeno abajur e ficou ao lado da cama. Os lábios da mãe estavam brilhando e ela respirava com dificuldade. Saga se deitou em seu abraço quente e adormeceu, exausta. Dormiu ao lado da mãe até acordar cedo na manhã seguinte, paralisada.

Saga sai da cama, tira o casaco e o deixa cair no chão. Pega uma tesoura da cozinha e se observa no espelho do banheiro. Não enxerga a princesa de contos de fada que todos dizem que ela parece.

Talvez eu seja a única pessoa capaz de salvar Felicia, ela pensa, olhando com firmeza para o próprio reflexo.

62

Uma reunião foi realizada apenas duas horas depois que Saga Bauer avisou o chefe que tinha mudado de ideia e aceitado o trabalho.

Agora, Carlos Eliasson, Verner Zandén, Nathan Pollock e Joona Linna estão esperando num apartamento no último andar do número 71 da rua Tanto, com vista para o arco multicolorido da ponte ferroviária.

O apartamento é decorado em estilo moderno, com móveis brancos e iluminação embutida. Na grande mesa de jantar na sala estão pratos de sanduíches de um restaurante da vizinhança.

— Sou responsável por Saga. Quero levar pelo menos mais um agente para a ala, disfarçado como funcionário, um que fique na sala de controle e se mantenha de olho em todos os movimentos — Verner diz.

— Jurek vai saber — Joona diz. — Nunca o subestime. Ele vai saber, e vai ver a conexão com a paciente nova e…

— Vou correr o risco — Verner interrompe.

— Então Saga e Felicia vão morrer.

Carlos está prestes a dizer algo quando Saga entra. Verner olha para ela, parecendo quase assustado, e Nathan Pollock se afunda à mesa com uma cara triste.

Saga raspou o cabelo comprido. Tem vários arranhões na escápula. Sua linda cabeça pálida é graciosa, com suas orelhas pequenas e seu longo pescoço fino. Seus olhos estão inchados de tanto chorar.

Joona Linna vai até ela e a abraça. Ela o aperta com força por um tempo, encostando o rosto em seu peito e ouvindo a batida do seu coração.

— Não precisa fazer isso — ele diz encostado à cabeça dela.

— Quero salvar a menina — ela responde baixo.

Ela o abraça por mais alguns segundos, depois entra na cozinha.

— Você conhece todos aqui — Verner diz, puxando uma cadeira para ela.

— Sim. — Saga cumprimenta com a cabeça.

Ela joga seu casaco verde-escuro no chão e se senta. Está usando as roupas de sempre: uma calça jeans preta e um moletom de zíper da academia de boxe.

— Se estiver mesmo preparada para se infiltrar na mesma unidade que Jurek Walter, precisamos agir logo — Carlos diz, sem conseguir esconder seu entusiasmo.

— Revisei seu contrato conosco, e tem algumas coisas que podem ser melhoradas — Verner acrescenta rapidamente.

— Ótimo — ela murmura.

— Podemos ter espaço para aumentar seu salário e...

— Estou pouco me lixando para isso agora — ela interrompe.

— Você está ciente de que há certos riscos associados a esta missão? — Carlos pergunta.

— Eu quero fazer isso — ela diz com firmeza.

Verner tira um celular cinza da bolsa, o coloca sobre a mesa ao lado do seu celular habitual, digita uma breve mensagem de texto e olha para Saga.

— Vamos começar então? — ele pergunta.

Quando ela assente, ele envia a mensagem, que emite um barulhinho baixo.

— Temos algumas horas para preparar você para o que vai enfrentar — Joona diz.

— Vamos começar — ela diz calmamente.

Os homens pegam pastas, abrem laptops, espalham seus papéis. A mesa está coberta por grandes mapas da área em volta do hospital Löwenströmska, os ralos e uma planta detalhada da unidade psiquiátrica. Saga sente um calafrio percorrer seus braços quando vê como as preparações são extensas.

— Você vai receber uma sentença do Tribunal do Distrito de Uppsala e vai ser enviada para a ala feminina da prisão Kronoberg amanhã de manhã — Verner explica. — À tarde, será levada ao hospital Karsudden, nos arredores de Katrineholm. Isso vai demorar cerca de uma hora. A essa altura, o Comitê do Serviço Penitenciário estará avaliando a proposta para transferi-la para Löwenströmska.

— Comecei a esboçar um diagnóstico em que você vai precisar dar uma olhada — Nathan Pollock diz, abrindo um sorriso hesitante para Saga. — Você vai receber um histórico médico com um registro psiquiátrico juvenil, tratamentos de emergência, diagnósticos e todo tipo de medicação, chegando até hoje.

— Entendi — ela diz.

— Tem alguma alergia ou doença de que não saibamos?

— Não.

— Nenhum problema no fígado ou no coração?

— Não — Saga responde.

63

Na estante de madeira clara do apartamento emprestado, há um porta-retratos de uma família na piscina. O nariz do pai está vermelho de sol, e as duas crianças estão rindo enquanto seguram crocodilos infláveis.

— Temos muito pouco tempo — Nathan Pollock diz.

— A pior das hipóteses é que Felicia já tenha sido abandonada — Joona diz, sem conseguir esconder o nervosismo na voz.

— Como assim? — Saga pergunta.

— Uma possível explicação para Mikael ter conseguido escapar é que o cúmplice de Jurek esteja doente ou…

— Pode ter morrido, ou simplesmente ido embora — Carlos intervém.

— Não vamos conseguir chegar a tempo — Saga sussurra.

— Temos de conseguir — Carlos diz.

— Se Felicia não tiver acesso a água, não há nada que possamos fazer… ela morre hoje ou amanhã — Pollock diz. — Se estiver tão doente quanto Mikael, provavelmente não vai sobreviver mais do que uma semana, mas, pelo menos, isso nos dá uma chance. Ainda que pequena.

— Se ela só estiver tendo de sobreviver sem comida, podemos ter mais três ou quatro semanas — Verner diz.

— Temos pouco em que nos basear — Joona diz. — Não sabemos se o cúmplice está continuando como se nada tivesse acontecido ou se enterrou Felicia viva. Só sabemos que ela ainda estava lá quando Mikael escapou.

— Não aguento isso — Carlos diz, se levantando. — Minha vontade é de chorar quando penso…

— Não temos tempo para lágrimas agora — Verner interrompe.

— Só estou dizendo que...

— Eu sei, sinto a mesma coisa — Verner diz, levantando a voz. — Mas daqui a uma hora o Comitê do Serviço Penitenciário vai realizar uma reunião extraordinária para tomar a decisão oficial de transferir os pacientes para a unidade de segurança máxima do Löweströmska, então...

— Não sei nem o que eu deveria fazer — Saga diz.

— Até lá, precisamos ter definido sua identidade nova — Verner continua. — Precisamos ter seu histórico médico completo e o relatório de psicologia forense. O julgamento do tribunal distrital terá de ser acrescentado à base de dados da Administração Judiciária Nacional, e precisamos organizar sua transferência temporária para Karsudden.

— É melhor seguirmos em frente — Pollock diz.

— Mas Saga quer saber qual é a missão — Joona diz.

— É só que é difícil para mim... quero dizer, como posso ter uma opinião sobre o que vocês estão discutindo se nem sei o que esperam de mim? — Saga diz.

— Ainda dá para cancelar a operação — diz Verner.

— Não. Não é isso. Entendo que preciso me virar sozinha — Saga responde.

— No seu primeiro dia, você vai precisar colocar um microfone minúsculo na sala de recreação, com um receptor e um transmissor — Verner diz.

— Parece arriscado.

— Não temos como fazer isso por você. Não importa como organizemos isso, com uma manutenção falsa do sistema de ventilação ou algo assim, ainda vai parecer suspeito junto com a chegada da paciente nova — explica Joona.

— E tudo estará acabado — Saga diz.

— Todas as câmeras de segurança na prisão estão conectadas a uma sala de controle separada, que é completamente impossível hackearmos — diz Pollock.

— Quer dizer que nossa equipe não consegue...

— Escuta, não é uma rede sem fio. É um sistema fechado de cabos em paredes de concreto. Não há como ter acesso no tempo que temos.

— Entendi — Saga diz em voz baixa.

— Você precisa fazer com que ele fale — diz Pollock, e estende para ela um envelope plástico com o microfone.

— Entro com ele escondido no traseiro? — ela pergunta.

— Não, eles são obrigados a conduzir uma revista completa de cavidades corporais — Verner responde.

— Você vai ter de engolir, depois vomitar antes que chegue ao duodeno e, se necessário, engolir de novo — Pollock explica.

— Nunca o mantenha dentro do corpo por mais de quatro horas — Verner diz.

— E continuo fazendo isso até ter uma chance de plantar o microfone na sala comum — Saga diz.

— Vamos ter pessoas posicionadas num furgão que vão estar ouvindo tudo em tempo real — Pollock diz.

— Certo, essa parte eu entendi — Saga diz. — Mas me dar uma sentença do Tribunal Distrital, um monte de avaliações psiquiátricas e tudo mais...

— Precisamos disso porque...

— Me deixa terminar — ela interrompe. — Vou ter um histórico coerente, vou estar no lugar certo e vou plantar o microfone, mas...
A expressão nos olhos dela é dura e os lábios estão pálidos enquanto olha para cada um.

— Mas por que é que Jurek Walter me contaria alguma coisa?

64

Nathan se levanta, Carlos está com as mãos sobre o rosto e Verner mexe no celular.

— Não entendo por que Jurek Walter falaria comigo — Saga repete.

— Obviamente, estamos assumindo um risco — Joona diz.

— Na unidade, há três celas separadas de segurança máxima. É por isso que a prisão pode ser mista. As celas de segurança máxima se abrem para uma sala de recreação em comum com uma esteira e uma televisão protegida por vidro reforçado — Verner explica. — Jurek está mantido em isolamento há treze anos, então não sei o quanto a sala de recreação foi usada.

Nathan Pollock estende a planta da unidade de segurança máxima e aponta para a cela de Jurek e a sala de recreação perto dela.

— Se tivermos muito azar, a equipe pode não permitir que os pacientes vejam um ao outro, assim não haveria nada que pudéssemos fazer — Carlos admite.

— Como dissemos, é perigoso demais envolver a equipe do hospital — Joona afirma.

— Entendo — Saga diz. — Mas estou pensando mais no fato de que não faço ideia, não tenho porra de noção nenhuma, de como abordar Jurek se chegar a encontrar com ele.

— Você vai pedir para ver um representante da corte administrativa e exigir uma nova avaliação de risco — Carlos diz.

— Por quê?

— Jurek está à procura de uma forma de sair do isolamento — Joona responde.

— Ele é cercado por restrições — Pollock diz. — Então vai acompanhar você de perto, e provavelmente vai fazer perguntas, já que a sua visita vai ser uma espécie de janela para o mundo.

— O que devo esperar dele? O que ele quer? — Saga pergunta.

— Ele quer escapar — Joona responde com firmeza.

— Escapar? — Carlos repete, incrédulo, batendo o dedo numa pilha de relatórios. — Ele não fez nenhuma tentativa de fuga em todo o tempo em que ficou…

— Ele não vai tentar se sabe que não tem chance de conseguir — Joona diz.

— E você acha que nessas circunstâncias ele pode dizer algo que leve vocês à cápsula? — Saga pergunta, sem tentar esconder seu ceticismo.

— Sabemos agora que Jurek tem um cúmplice, o que significa que ao menos ele tem a capacidade de confiar em outras pessoas — Joona diz.

— Então ele não é paranoico — Pollock acrescenta.

Saga sorri.

— Isso torna tudo mais fácil.

— Nenhum de nós acha que Jurek vai simplesmente confessar — Joona diz. — Mas, se você conseguir convencê-lo a falar, mais cedo ou mais tarde ele pode dizer algo que nos leve mais perto de Felicia.

— Você já conversou com ele — Saga diz a Joona.

— Sim, ele falou comigo porque tinha esperança de que eu mudasse meu depoimento, mas nunca chegou perto de nada pessoal.

— Então por que chegaria comigo?

— Porque você é excepcional — Joona responde, olhando nos olhos dela.

65

Saga se levanta e passa os braços em torno do corpo, olhando para o granizo através da janela.

— Nossa tarefa mais difícil agora é justificar a transferência para a unidade de segurança em Löwenströmska enquanto selecionamos um crime e um diagnóstico que não exijam medicações pesadas — Verner diz.

— Toda a missão vai por água abaixo se puserem você numa camisa de força ou lhe derem eletrochoque — Pollock diz, sem rodeios.

— Merda — ela sussurra, e volta o rosto para eles de novo.

— Jurek é um homem inteligente — Joona diz. — Não é fácil manipulá-lo, e vai ser muito perigoso mentir para ele. Mas ele não tem desejos homicidas. Não mata por prazer.

— Precisamos criar uma identidade perfeita — Verner diz, os olhos fixos em Saga.

— Andei pensando nisso, e acho que faz sentido te dar um transtorno de personalidade esquizofrênica — Pollock diz, olhando para ela com os olhos pretos estreitados.

— Vai ser suficiente? — Carlos pergunta.

— Se incluirmos ataques psicóticos recorrentes com acessos de raiva…

— Certo. — Saga assente, mas suas bochechas começam a ficar vermelhas.

— Você é mantida calma com oito miligramas de Trilafon três vezes ao dia — ele diz.

— Qual é o grau de perigo dessa missão? — Verner pergunta finalmente, vendo que Saga não tinha levantado a questão.

— Jurek é extremamente perigoso, o outro paciente que vai chegar ao mesmo tempo que Saga também, e não vamos ter controle sobre o tratamento dela depois que ela estiver lá — Pollock diz.

— Então vocês não podem garantir a segurança da minha agente? — Verner questiona.

— Não — Carlos responde.

— Você está ciente disso, Saga? — Verner pergunta.

— Sim.

— Apenas um grupo seleto vai saber dessa missão, e não teremos nenhuma imagem do que acontece dentro da unidade de segurança — Pollock diz. — Então, se, por algum motivo, não ouvirmos você pelo microfone, vamos cancelar a missão em vinte e quatro horas… mas, até lá, você vai ter de se virar sozinha.

Joona coloca a planta detalhada da unidade de segurança na frente de Saga e aponta para a sala de recreação com a caneta.

— Como você pode ver, tem travas de segurança aqui e três portas automatizadas aqui — Joona diz. — Não vai ser fácil, mas, em caso de emergência, você pode tentar se barricar aqui dentro, ou talvez também aqui ou aqui. E, se estiver do lado de fora da trava de segurança, as salas de controle e esse almoxarifado são claramente as melhores opções.

— Dá para atravessar esse corredor? — ela pergunta, apontando.

— Sim, mas não por aqui — ele diz, riscando as portas que não podem ser arrombadas sem cartões e códigos.

— Se tranque do lado de dentro e espere ajuda.

Carlos começa a folhear os papéis em cima da mesa.

— Mas, se algo der errado mais para a frente, quero te mostrar…

— Espera um minuto — Joona interrompe. — Você decorou a planta?

— Sim — Saga responde.

Carlos tira o mapa grande da área ao redor do hospital.

— Se a situação exigir, vamos enviar veículos de emergência a partir daqui — ele diz, indicando a estrada atrás do hospital. — Vamos parar aqui, perto do pátio grande de exercício. Mas, se você não conseguir chegar lá, suba para dentro da floresta até chegar neste ponto.

— Certo — ela diz.

— As unidades de resposta provavelmente vão estar aqui e no sistema de esgoto, dependendo da natureza do alarme.

— Se você não for desmascarada, podemos tirar você e tudo volta ao normal — Verner diz. — Nada vai ter acontecido. Vamos mudar os registros da Administração Judiciária Nacional de volta a como eram antes. Você não vai ter nenhuma sentença criminal e nunca vai ter recebido tratamento em lugar nenhum.

Um silêncio recai sobre a sala. De repente se tornou claro que a chance de sucesso é mínima.

— Quantos de vocês acham que minha missão realmente vai ser bem-sucedida? — Saga pergunta baixinho.

Carlos assente com hesitação e murmura qualquer coisa.

Joona só balança a cabeça.

— Talvez — Pollock diz. — Mas vai ser difícil… e perigoso.

— Dê o melhor de si — Verner diz, colocando a mão no ombro dela por um momento.

66

Saga pega o perfil abrangente de personalidade das mãos de Nathan Pollock e o leva para um quarto rosa com fotos de ídolos pop nas paredes. Quinze minutos depois, volta para a cozinha. Caminha devagar e para no meio do cômodo. As sombras de seus cílios longos tremulam sobre as bochechas. Os homens ficam em silêncio e se voltam para olhar a figura esguia de cabelo raspado.

— Meu nome é Natalie Andersson, tenho transtorno de personalidade esquizofrênica, o que me deixa um pouco introvertida — ela diz, se sentando numa cadeira. — Mas também tive episódios psicóticos recorrentes, com acessos extremamente violentos. É por isso que me prescreveram Trilafon. Fico bem agora com oito miligramas, três vezes ao dia. Os comprimidos são brancos e pequenininhos, fazem meus peitos doerem tanto que não consigo dormir de bruços. Também tomo Cipramil, trinta miligramas, ou Seroxat, vinte miligramas.

Enquanto fala, ela tira às escondidas o microfone minúsculo do forro da calça.

— Quando eu estava muito mal, me davam injeções de Risperdal, e Oxascand para os efeitos colaterais.

Sob o tampo da mesa, ela remove o plástico protetor da cola e gruda o microfone embaixo da mesa.

— Antes de Karsudden e da sentença do Tribunal do Distrito de Uppsala, fugi de uma ala de segurança mínima da unidade psiquiátrica Bålsta e matei um homem no parquinho atrás da escola Gredelby em Knivsta e, dez minutos depois, outro na entrada da casa dele na alameda Dagg.

O microfone pequeno se solta da mesa e cai no chão.

— Depois que fui presa, me transferiram para a unidade de tratamento psiquiátrico intensivo no hospital universitário em

Uppsala. Me deram vinte miligramas de Stesolid e cem miligramas de Cisordinol injetados nas nádegas. Me deixaram amarrada por onze horas, depois me deram uma solução de Heminevrin. Estava muito frio, e fiquei com o nariz todo entupido e uma dor de cabeça muito forte.

Nathan Pollock bate palmas. Joona se agacha e pega o microfone do chão.

Ele sorri e o estende para ela.

— A cola precisa de quatro segundos para firmar.

Saga pega o microfone e o vira na mão.

— Estão todos de acordo com essa identidade? — Verner pergunta. — Em sete minutos, tenho de registrá-la na base de dados da Administração Judiciária Nacional.

— Me parece boa — Pollock diz. — Mas, Saga, ainda hoje você vai precisar memorizar as regras de Bålsta e decorar os nomes e traços físicos da equipe e dos outros pacientes.

Verner assente.

— Você tem de se tornar uma só com sua identidade nova, então não pode parar para pensar antes de repetir números de telefone e parentes imaginários, datas de nascimento, endereços antigos, animais de estimação falecidos, números de identidade, escolas, professores, locais de trabalho, colegas, os hábitos pessoais deles e…

— Não sei se essa é a melhor estratégia — Joona interrompe.

Verner para no meio da frase e olha para Joona. Nervoso, Carlos puxa algumas migalhas da mesa com a mão. Nathan Pollock se recosta com expectativa.

— Eu consigo decorar tudo isso — Saga diz.

Os olhos de Joona ficam escuros como chumbo.

— Agora que Samuel Mendel não está mais entre nós — Joona diz —, posso revelar que ele tinha um conhecimento extraordinário de técnicas de infiltração a longo prazo para serviços secretos de alto risco.

— Samuel? — Carlos pergunta, cético.

— Não posso explicar como, mas ele sabia do que estava falando — Joona diz.

— Ele era do Mossad? — Verner pergunta.

— Só posso dizer que, quando ele me contou sobre seu método, percebi que ele tinha razão e, por isso, nunca esqueci o que ele disse — Joona continua.

— Já determinamos o melhor método — Verner diz, um tom de estresse na voz.

— Quando está trabalhando infiltrado, você fala o mínimo possível, e apenas em frases curtas — Joona diz.

— Por que frases curtas? — Carlos questiona.

— Para parecer autêntico — Joona continua, falando diretamente com Saga. — Nunca finja sentir coisas, nunca finja raiva ou felicidade, e sempre fale a sério.

— Certo — Saga diz, com cautela.

— E, mais importante — Joona continua —, nunca diga algo além da verdade.

— A verdade — Saga repete.

— Vamos garantir que você receba seus diagnósticos — Joona explica. — Mas você precisa alegar ser saudável.

— Porque é verdade — Verner murmura.

— Você não precisa nem saber dos crimes que cometeu... porque precisa alegar que é tudo mentira.

— Porque não seria uma mentira — Saga diz.

— Puta merda — Verner diz.

Saga fica vermelha ao entender o que Joona está dizendo. Engole em seco, depois fala devagar:

— Então, se Jurek me perguntar onde moro, só respondo que moro na rua Tavast em Södermalm?

— Assim, você vai se lembrar da sua resposta se ele perguntar mais de uma vez.

— E, se perguntar do meu ex-namorado, conto a verdade?

— É o único jeito de você parecer sincera e se lembrar do que disse.

— E se ele perguntar do meu trabalho? — ela diz, rindo. — Digo que sou inspetora da Polícia de Segurança?

— Numa unidade psiquiátrica de segurança máxima, até que poderia dar certo. — Joona sorri. — Mas, caso ele pergunte algo que você realmente não queira revelar, sempre pode ignorar. Seria uma reação perfeitamente sincera: você não quer responder.

Verner sorri enquanto coça a cabeça. A atmosfera na sala se desanuvia de repente.

— Estou começando a acreditar nisso — Pollock diz para Saga. — Vamos dar suas avaliações psicológicas e seu registro criminal, mas você só vai responder às perguntas com honestidade.

Saga se levanta da mesa e sua expressão está serena quando diz:

— Meu nome é Saga Bauer, sou perfeitamente saudável e completamente inocente.

67

Pollock está sentado perto de Verner enquanto faz o login na base de dados da Administração Judiciária Nacional e insere a senha de doze dígitos. Juntos, eles acrescentam as datas em que foram feitas as acusações, quando foi feito o pedido de julgamento e quando a audiência principal foi realizada. Classificam os crimes, formulam o relatório de psiquiatria forense e inserem que o Tribunal do Distrito de Uppsala considerou a ré culpada de dois casos extremamente violentos de homicídio premeditado. Ao mesmo tempo, Carlos acrescenta os crimes, a sentença e as sanções de Saga Bauer no registro de fichas criminais da Autoridade de Polícia Nacional.

Verner passa para a base de dados do Instituto Nacional de Medicina Forense e envia uma cópia do relatório de psiquiatria forense.

— Como estamos em termos de tempo? — Saga pergunta.

— Até que bem, eu acho — Verner diz, olhando o relógio. — Em precisamente dois minutos o Comitê do Serviço Penitenciário vai se encontrar para uma reunião extraordinária. Eles vão verificar a base de dados da Administração Judiciária Nacional e tomar a decisão de transferir dois pacientes para a unidade psiquiátrica de segurança máxima de Löwenströmska.

— Vocês não explicaram por que precisa ter dois pacientes novos — Saga comenta.

— Para que você fique menos exposta — Pollock responde.

— Imaginamos que Jurek ficaria desconfiado se uma paciente nova aparecesse do nada depois de tantos anos — Carlos explica. — Mas, se antes aparecer um paciente da unidade de segurança máxima de Säter e, um dia ou dois depois, outra de Karsudden, se tivermos sorte, você não vai chamar tanta atenção.

— Você está sendo transferida porque é perigosa e tem chances de fugir, e o outro paciente solicitou a transferência — Pollock diz.

— Agora é hora de deixar Saga partir — Verner diz.

— Amanhã à noite, você vai dormir no hospital Karsudden — Pollock diz.

— Vai ter de dizer à sua família que está numa missão secreta no exterior — Verner começa. — Vai precisar de alguém para cuidar das suas contas, animais de estimação, plantas...

— Vou dar um jeito — ela interrompe.

Joona pega o casaco dela no chão onde ela o largou e o estende.

— Você se lembra das regras? — ele pergunta baixinho.

— Falar pouco, em frases curtas, falar a sério e me limitar à verdade.

— Tenho mais uma — Joona diz. — Talvez varie de pessoa para pessoa, mas Samuel dizia que você deve evitar falar dos seus pais.

Ela dá de ombros.

— Tudo bem.

— Não sei por que ele achava que essa era tão importante.

— Acho que seria sensato escutar os conselhos de Samuel — Verner concorda.

— Sim, acho que sim.

Carlos coloca dois sanduíches num saco e os entrega para Saga.

— Devo lembrar a você que, lá dentro, você vai ser só uma paciente, nada além disso. Não terá acesso a informações ou direitos de policial — ele diz, com seriedade.

Saga o encara.

— Eu sei.

— É importante que entenda isso — Verner diz.

— Vou para casa descansar um pouco — Saga diz, e caminha para o corredor.

Quando se senta num banquinho, amarrando o cadarço das botas, Joona se aproxima. Ele se agacha ao lado dela.

— Logo vai ser tarde demais para mudar de ideia — ele sussurra.

— Eu quero fazer isso, Joona. — Ela sorri, olhando nos olhos dele.

— Eu sei — Joona diz. — Vai ficar tudo bem, desde que não se esqueça de que Jurek é perigoso. Ele afeta as pessoas, muda o que elas são, arranca suas almas como…

— Não vou deixar Jurek me atingir — ela diz.

Ela se levanta e começa a fechar o casaco.

— Ele é como…

— Já sou crescidinha — ela interrompe.

— Eu sei.

Joona segura a porta aberta para ela e a acompanha para o patamar. Ele hesita, e ela se encosta na parede.

— O que você queria dizer? — ela pergunta com a voz branda.

Alguns segundos de silêncio. O elevador espera no andar. Uma viatura de polícia passa em alta velocidade lá fora, as sirenes altas.

— Jurek vai fazer de tudo para fugir — Joona diz com a voz sombria. — Você não pode deixar isso acontecer. Você é como uma irmã para mim, Saga, mas seria melhor você morrer a deixar que ele escape.

68

Anders Rönn está sentado na grande mesa de conferência, esperando. Já passou das cinco e meia da tarde. A sala clara e impessoal está cheia com os habituais membros do comitê do hospital, dois representantes da psiquiatria geral, o médico-chefe Roland Brolin e o chefe de segurança, Sven Hoffman.

O diretor do hospital, Rikard Nagler, ainda está ao telefone enquanto sua secretária lhe serve um copo de chá gelado.

A neve cai do lado de fora da janela.

Todas as conversas na sala param quando o diretor do hospital coloca o copo vazio na mesa, seca a boca e começa a reunião.

— Que bom que todos puderam vir — ele diz. — Recebi um telefonema do Comitê de Serviço Penitenciário há uma hora.

Ele pausa. As pessoas se remexem nas cadeiras e olham para ele.

— Foi decidido que a unidade de segurança máxima vai admitir dois novos pacientes em breve — ele continua. — Ficamos acostumados demais com apenas um paciente, muito velho e quieto, por sinal.

— Porque ele está ganhando tempo — Roland diz, com gravidade.

— Convoquei esta reunião para ouvir suas ideias sobre o que isso significa em termos de segurança e de nossos procedimentos atuais — o diretor continua, ignorando o comentário de Roland.

— Que tipo de pacientes vão mandar? — Anders pergunta.

— Naturalmente, os dois são de alto risco — o diretor responde. — Um está na unidade de segurança máxima do Säter, e a outra, na unidade psiquiátrica de Karsudden depois...

— Não vai funcionar — Roland diz.

— Nossa unidade de segurança foi construída para abrigar três pacientes — o diretor do hospital rebate. — Os tempos mudaram. Todos temos de fazer o possível para reduzir os custos, e não podemos...

— Sim, mas Jurek é…

Roland fica em silêncio.

— O que você ia dizer?

— É impossível tratarmos mais pacientes — Roland diz.

— Mesmo tendo recebido uma ordem direta para aceitar os dois.

— Arranje alguma desculpa.

O diretor ri, cansado, e balança a cabeça.

— Você sempre o viu como um monstro, mas ele…

— Não tenho medo de monstros — Roland interrompe. — Mas sou inteligente o bastante para ter medo de Jurek Walter.

O diretor sorri para Roland e depois sussurra algo para a secretária.

— Ainda sou relativamente novo — Anders diz. — Jurek Walter já causou algum problema aqui?

— Ele fez Susanne Hjälm desaparecer — Roland responde.

Um silêncio cai sobre a sala. Um dos médicos da psiquiatria geral tira os óculos, depois volta a colocá-los.

— Soube que ela tirou uma licença… para um projeto de pesquisa, não foi? — Anders diz.

— Estamos chamando de licença — Roland diz.

— Gostaria de saber o que aconteceu — Anders diz, um nervosismo vago crescendo dentro dele.

— Susanne levou uma carta de Jurek Walter às escondidas, mas se arrependeu depois — Roland explica. — Ligou para mim e me contou tudo. Estava completamente… sei lá… estava chorando e jurando que tinha botado fogo na carta. Estava com medo e ficava dizendo que não queria voltar a ver Jurek de novo.

— Ela tirou uma licença — o diretor do hospital diz categórico.

Algumas pessoas riem, enquanto outras parecem perturbadas. Sven Hoffman projeta na tela branca uma imagem da unidade de segurança máxima.

— Em termos de segurança, não temos problemas em tratar mais pacientes — ele diz. — Mas vamos precisar de um nível maior de alerta para começar.

— Não podemos permitir que Jurek Walter interaja com outras pessoas — Roland insiste.

— Bom, vamos ter de permitir. Vocês só vão precisar garantir que a segurança não seja comprometida — o diretor diz, olhando para os outros.

— Não vai dar certo. E quero nas atas que estou abdicando da responsabilidade pela unidade de segurança máxima. Ela vai ter de recair sob a proteção da psiquiatria geral, ou se tornar uma parte separada...

— Você não acha que está exagerando?

— É exatamente isso que Jurek Walter está esperando há todos esses anos — Roland diz, a voz esbaforida de agitação.

Ele se levanta e sai da sala sem dizer mais uma palavra.

— Tenho certeza de que dou conta de três pacientes, sejam quais forem os diagnósticos — Anders se oferece, recostando-se na cadeira.

Os outros se voltam surpresos para ele. O diretor do hospital coloca a caneta na mesa.

— Não entendo qual é o problema — Anders continua, olhando para a porta pela qual Roland desapareceu.

— Elabore — o diretor diz, assentindo.

— É só uma questão de medicação — Anders diz.

— Não podemos simplesmente mantê-los sedados. — Hoffman ri.

— É claro que podemos, se for absolutamente necessário — Anders diz com um sorriso infantil. — Pegue o caso do Sankt Sigfrids, por exemplo. Estávamos tão restringidos que não conseguimos resolver muitos dos incidentes.

O diretor do hospital o observa atentamente. Anders arqueia as sobrancelhas e encolhe os ombros.

— Sabemos que medicações pesadas podem ser... desagradáveis para o paciente — ele diz. — Mas se eu fosse responsável pela unidade de segurança máxima, preferiria não correr nenhum risco.

69

Agnes está sentada no chão usando um pijama azul com abelhinhas. Está segurando a pequena escova branca de cabelo e tateando as cerdas com a ponta dos dedos, uma a uma, como se as contasse. Anders se senta na frente dela, estendendo a boneca Barbie e esperando.

— Escova o cabelo da boneca — ele sugere.

Agnes não ergue os olhos. Continua a tocar cada cerda individual, uma fileira após a outra, devagar e com total concentração.

Ele sabe que ela não brinca espontaneamente como as outras crianças, mas brinca da sua própria maneira. Ela tem dificuldade para entender o que as outras pessoas veem e pensam. E nunca deu nome para as bonecas Barbie. Apenas testa a mecânica delas, curvando seus braços e pernas e girando suas cabeças.

Mas ele aprendeu nos cursos da Associação de Autismo e Asperger que ela pode ser treinada a brincar se as várias partes do jogo forem divididas de maneira sequencial.

— Agnes? Escova o cabelo da boneca — ele repete.

Ela para de mexer com a escova, a estende e a passa no cabelo loiro da boneca, depois repete o movimento mais duas vezes.

— Ela está linda agora — Anders diz.

Agnes volta a mexer na escova.

— Você viu como ela está linda? — ele pergunta.

— Sim — ela diz, sem olhar.

Anders tira uma boneca Sindy e, antes que tenha tempo de dizer alguma coisa, Agnes estende o braço e escova o cabelo dela, sorrindo.

Três horas depois, quando Agnes está dormindo, Anders se acomoda no sofá diante da televisão e assiste a *Sex and the City*. Na frente da casa, flocos pesados de neve caem sob a luz amarela dos postes. Petra está numa festa do trabalho. Victoria, uma colega, a buscara às cinco da tarde. Ela dissera que não chegaria tarde, mas já são quase onze horas.

Anders dá um gole do chá gelado e manda uma mensagem para Petra dizendo que Agnes escovou o cabelo das bonecas.

Ele está cansado, mas queria contar para ela sobre a reunião no hospital, e que assumiu a responsabilidade pela unidade de segurança máxima e tem uma garantia de emprego permanente.

Durante o intervalo comercial, Anders vai apagar a luz no quarto de Agnes. O abajur tem o formato de um coelho em tamanho real. Emite uma bela luz rosa, lançando um brilho claro sobre os lençóis e o rosto relaxado de Agnes.

O chão está coberto de peças de Lego, bonecas, móveis de casinha de boneca, comidinhas de plástico, canetas, tiaras de princesa e todo um jogo de chá de porcelana.

Anders não entende como o quarto ficou tão bagunçado.

Tem de ir arrastando os pés para não pisar em nada. Os brinquedos fazem um leve ruído ao deslizarem pelo piso de madeira. Quando ele chega ao interruptor, tem a impressão de ver uma faca no chão ao lado da cama.

A grande casa da Barbie está na frente, mas ele consegue distinguir um brilho de aço através da porta em miniatura.

Anders se aproxima na ponta dos pés e se agacha. Seu coração começa a bater mais forte quando vê que a faca é idêntica à que encontrou na cela de segurança máxima.

Ele não entende. Entregou a faca para Roland Brolin.

Agnes começa a choramingar durante o sono agitado.

Anders rasteja pelo chão e enfia a mão no térreo da casa de boneca, escancara a portinha e tenta pegar a faca.

O piso range, e Agnes tosse baixo.

Algo está brilhando na escuridão embaixo da cama. Poderiam ser os olhos reluzentes de um urso de pelúcia. É difícil ver através das janelinhas coloridas da casa de bonecas.

— Ai — Agnes sussurra enquanto dorme. — Ai, ai.

Anders acabou de conseguir tocar a faca com a ponta dos dedos quando encontra os olhos cintilantes de um rosto enrugado embaixo da cama.

É Jurek Walter — e ele se move rápido como um raio, pegando a mão de Anders e puxando.

Anders acorda quando puxa a mão de volta. Está ofegante quando percebe que caiu no sono no sofá em frente à televisão. Desliga o aparelho e se senta, o coração acelerado.

Faróis de carro brilham através da janela. Um táxi faz a curva e desaparece. Então a porta da frente se abre suavemente.

É Petra.

Ele a ouve ir ao banheiro e fazer xixi. Ele se aproxima devagar, na direção da luz do banheiro que ilumina o corredor.

70

Anders para no escuro, observando Petra pelo espelho em cima da pia. Ela escova os dentes, cospe, leva um pouco de água à boca com as mãos em concha, depois cospe de novo.

Leva um susto quando o vê.

— Você está acordado.

— Estava esperando por você — Anders diz.

— Que fofo.

Ela apaga a luz, e ele a segue para o quarto. Ela se senta na beira da cama e passa creme nas mãos e nos cotovelos.

— Você se divertiu?

— Mais ou menos. Foi a festa de despedida da Lena.

Anders pega a mão esquerda dela e a segura com força pelo punho. Ela o encara.

— Você sabe que a gente precisa acordar cedo amanhã.

— Cala a boca — ele diz.

Ela tenta se soltar, mas ele pega a outra mão dela e a joga na cama.

— Ai…

— Cala essa boca!

Ele força um joelho entre as coxas dela, que tenta se virar, depois fica parada.

— Estou falando sério… luz vermelha. Preciso dormir um pouco — ela diz suavemente.

— Fiquei esperando você.

Ela olha para ele por um instante, depois assente.

— Tranca a porta.

Ele sai da cama e tenta ouvir sons no corredor, mas a casa está em silêncio, então ele tranca a porta. Petra já tirou a camisola e está abrindo a caixa. Com um sorriso, tira a corda macia e o saco com o chicote, o vibrador e o consolo grande, mas ele a joga na cama.

Ela fala para ele parar. Ele arranca a calcinha dela com violência, deixando marcas vermelhas em seus quadris.

— Anders, eu…

— Não olha para mim — ele interrompe.

— Desculpa.

Ela não resiste enquanto ele a amarra com mais força do que o normal. Pode ser que a bebida a tenha deixado menos sensível. Ele amarra a corda aos pés da cama e obriga as coxas dela a se abrirem.

— Ai — ela geme.

Ele pega a venda, e ela faz que não com a cabeça enquanto ele cobre o rosto dela. Ela tenta se soltar, puxando as cordas com tanta força que os seios fartos balançam.

— Você está linda — ele sussurra.

São quatro da madrugada quando eles terminam e ele desfaz os nós. Petra tira a calcinha rasgada que ele enfiou na boca dela quando ela pediu para ele parar. Ela está quieta, o corpo tremendo enquanto massageia os punhos doloridos. Seu cabelo está suado, as bochechas riscadas de lágrimas, e a venda caiu em volta do seu pescoço.

71

Saga desiste de dormir às cinco da manhã. Noventa minutos para partir. Ela sente o corpo pesado quando veste a calça de corrida e sai do apartamento.

Faz jogging por alguns quarteirões, depois acelera o passo em direção à rua Söder Mälarstrand. Não tem trânsito a essa hora da madrugada. Ela corre pelas ruas silenciosas. A neve recém-caída é tão leve que ela mal a sente sob os pés.

Ela sabe que ainda pode mudar de ideia, mas aquele é o dia em que vai abrir mão da sua liberdade.

O distrito de Södermalm está adormecido. O céu é preto sobre a luz dos postes.

Saga pensa sobre o fato de que não recebeu um codinome, que está sendo admitida com seu próprio nome e não precisa se lembrar de nada além dos medicamentos, antigos e atuais. Injeções intramusculares de Risperdal, ela repete em silêncio. Oxascand para os efeitos colaterais. Stesolid e Heminevrin.

Pollock tinha explicado que não importava qual fosse o diagnóstico. "Você ainda vai ter de saber exatamente que medicações vai tomar", ele disse. "É uma questão de vida ou morte. A medicação é o que ajuda você a sobreviver."

Um ônibus vazio entra no terminal deserto mas bem iluminado das balsas para a Finlândia.

— Trilafon, oito miligramas, três vezes ao dia — ela sussurra enquanto corre. — Cipramil, trinta miligramas. Seroxat, vinte miligramas.

Logo antes de chegar ao Museu da Fotografia, Saga vira na escada íngreme que sai do ancoradouro Stadsgårdsleden. Chega ao último degrau e olha para Estocolmo enquanto repassa as regras de Joona mais uma vez.

Preciso me resguardar, falar pouco e apenas em frases curtas. Falar a sério e dizer apenas a verdade.

Isso é tudo, ela pensa.

Ela tenta dar um sprint no trecho final ao longo da rua Tavast até seu prédio.

Saga sobe a escada correndo, deixa os sapatos no capacho do corredor e vai direto tomar um banho.

É estranho conseguir se secar tão rápido depois do banho, sem todo aquele cabelo comprido. Basta esfregar a toalha na cabeça.

Ela pega a lingerie mais básica que tem: um top branco e uma calcinha que só usa quando está menstruada. Uma calça jeans, uma camiseta preta e um moletom desbotado.

De repente sente um frio na barriga.

São quase seis e vinte. Vão pegá-la em onze minutos. Ela coloca o relógio de pulso de volta na mesa de cabeceira, perto do copo d'água. Aonde ela vai, o tempo não existe.

Primeiro ela vai à prisão Kronoberg, mas só vai ficar lá por algumas horas antes de ser transferida para Katrineholm. Depois vai passar mais ou menos um dia no hospital Karsudden antes de a transferirem para a unidade psiquiátrica de segurança máxima do Löwenströmska.

Ela caminha devagar pelo apartamento, apagando as luzes e puxando os fios das tomadas, antes de entrar no corredor e vestir o casaco verde.

Não é uma missão tão difícil assim, ela repete a si mesma.

Jurek Walter é um idoso. Deve estar fortemente medicado e não muito bem da cabeça.

Ela sabe que ele é culpado de crimes terríveis, mas basta manter a calma, aguardar que ele a aborde e esperar que diga algo que possa ser útil.

Ou vai dar certo ou não.

Já está na hora de ir.

Saga apaga a luz do corredor e sai para a escada.

Ela jogou fora todos os alimentos perecíveis da geladeira, mas não se deu ao trabalho de pedir para alguém cuidar do apartamento, regar as flores ou pegar a correspondência.

72

Saga dá duas voltas na fechadura e desce a escada para a entrada principal. Sente uma onda de ansiedade ao ver o furgão do Serviço Penitenciário esperando na rua escura. Ela abre a porta e entra ao lado de Nathan Pollock.

— É perigoso dar carona para desconhecidos — ela diz, tentando sorrir.

— Conseguiu dormir?

— Um pouco — ela responde e prende o cinto de segurança.

— Eu sei que você já sabe disto — Pollock diz, olhando para ela —, mas tenho de lembrar que você não deve tentar manipular Jurek a revelar qualquer informação.

Ele engata a marcha e sai pela rua silenciosa.

— Essa é a parte mais difícil — Saga diz. — E se ele só quiser conversar sobre futebol? E se não quiser conversar sobre nada?

— Vai ser o jeito. Não há nada que você possa fazer em relação a isso.

— Mas Felicia pode não sobreviver por mais do que alguns dias.

— Não é responsabilidade sua — Pollock responde. — Essa infiltração é um risco. Todos sabemos disso. Todos concordamos com isso. Não podemos adivinhar os resultados. O que você está fazendo está inteiramente separado da investigação preliminar em andamento. Vamos continuar conversando com Mikael Kohler-Frost, dando sequência a todas as antigas linhas de investigação e...

— Mas ninguém acredita que vamos conseguir salvar Felicia a menos que Jurek comece a falar comigo.

— Você não pode pensar dessa maneira — Pollock diz.

— Certo. Vou parar agora. — Ela tenta sorrir.

— Ótimo.

Ela começa a bater os pés. Seus olhos azul-claros estão vidrados, como se estivesse perdida em pensamentos.

Prédios escuros passam rapidamente pelo furgão.

Saga coloca suas chaves, carteira e outras posses numa sacola para pertences pessoais do Serviço Penitenciário.

Antes de chegarem à prisão Kronoberg, Pollock estende o microfone para ela dentro de uma cápsula de silicone e uma pequena porção de manteiga.

— A digestão de alimentos gordurosos demora mais — ele diz. — Mas acho que você não deve esperar mais do que quatro horas.

Ela abre o pacote de manteiga, engole o conteúdo, depois examina o microfone na cápsula macia. Parece um inseto em âmbar. Ela se ajeita, coloca a cápsula na boca, vira a cabeça para trás e engole. Sua garganta dói, e ela sente que começa a suar enquanto o objeto desce devagar.

73

A manhã ainda está escura como se fosse meia-noite, e todas as luzes estão acesas na ala feminina da prisão Kronoberg.

Saga dá dois passos à frente e para quando ordenam. Ela tenta se isolar do mundo em volta dela e não olhar para ninguém.

Os aquecedores estão vibrando.

Nathan Pollock coloca sua bolsa de pertences pessoais sobre o balcão e entrega os documentos de Saga. Ele pega um recibo por escrito e depois vai embora.

De agora em diante, ela está sozinha, aconteça o que acontecer.

Os portões automáticos zumbem, depois ficam em silêncio.

Ninguém olha para ela, mas ela não deixa de notar como a atmosfera fica tensa quando as guardas percebem que ela tem a mais alta classificação de segurança. Deve ser mantida em isolamento rigoroso até sua transferência.

Saga mantém os olhos fixos no piso de vinil amarelo, sem responder a qualquer pergunta.

Ela é apalpada antes de ser levada por um corredor para a revista de corpo inteiro.

Duas mulheres corpulentas estão discutindo uma nova série de televisão quando a guiam por uma porta sem janelas. A sala parece um pequeno consultório de exame médico, com uma maca estreita coberta por um rolo de papel e armários trancados cobrindo uma das paredes.

— Tire todas as roupas — uma das mulheres diz com a voz inexpressiva enquanto coloca um par de luvas de látex.

Saga obedece e deixa as roupas caírem em um montinho no chão. Quando fica nua, para sob a luz fluorescente com os braços pendendo nas laterais.

Seu corpo é esguio como o de uma menina, definido e atlético. A guarda de luvas para no meio da frase e encara Saga.

— Certo — uma delas suspira depois de alguns segundos.

— O quê?

— Vamos logo fazer o que temos de fazer.

Com cuidado, começam a examinar Saga, apontando uma lanterna para a boca, o nariz e as orelhas. Elas vão ticando os itens de uma lista, depois a instruem a se deitar na maca.

— Deita de lado e puxa um joelho para cima o máximo que conseguir — diz a mulher de luvas.

Saga obedece, sem pressa, e a mulher se move entre a maca e a parede atrás das costas dela. Ela tem um calafrio e sente a pele se arrepiar.

O papel seco roça em sua bochecha quando vira a cabeça. Ela fecha os olhos com força enquanto o lubrificante é tirado de um frasco.

— Você vai sentir um geladinho agora — a mulher diz, enfiando dois dedos o mais fundo possível dentro da vagina de Saga.

Não dói, mas é extremamente desconfortável. Saga tenta manter a respiração normal, mas não consegue conter um grito sufocado quando a mulher enfia um dedo em seu ânus.

O exame acaba em segundos, e a mulher tira as luvas rapidamente e as joga fora. Entrega um papel para Saga se limpar e explica que ela vai receber roupas novas enquanto estiver ali.

Usando um traje verde largo e um par de tênis brancos, ela é levada para a cela na ala 8:4. Antes de fecharem e trancarem a porta, perguntam com simpatia se ela quer um sanduíche de queijo e uma xícara de café. Saga faz que não com a cabeça.

Depois que as mulheres vão embora, ela fica parada na cela por um momento.

É difícil saber que horas são, mas, antes que seja tarde demais, ela vai até a pia. Enche as mãos de água, toma um pouco e enfia os dedos na garganta. Ela tosse e o estômago se contrai. Depois de alguns espasmos duros e dolorosos, o microfone volta a subir.

Seus olhos lacrimejam enquanto ela lava a cápsula e enxagua o rosto.

Ela fica deitada no colchão e espera, escondendo o microfone na mão.

O corredor lá fora está em silêncio.

Saga consegue sentir o cheiro do vaso sanitário e do ralo no chão enquanto olha fixamente para o teto e lê as mensagens e os nomes gravados nas paredes ao longo dos anos.

Retângulos de luz do sol se moveram à esquerda, na direção do piso, e Saga escuta passos do lado de fora. Ela enfia a cápsula na boca, se levanta e engole enquanto a fechadura vira e a porta se abre.

Está na hora de ir para o hospital Karsudden.

A guarda de uniforme assina sua saída, junto com a de seus pertences e documentos de transferência. Saga permite que algemem suas mãos e seus calcanhares.

74

A equipe de polícia consiste em trinta e duas pessoas, a maioria civis e agentes das unidades de vigilância e detecção do Departamento Nacional de Investigação Criminal e do Departamento Criminal.

Numa das grandes salas de conferência do quinto andar, as paredes estão cobertas por mapas assinalando os locais relacionados ao caso Jurek Walter. Fotografias coloridas dos desaparecidos são rodeadas por constelações de seus familiares, colegas e amigos.

Depoimentos antigos de parentes das vítimas são reexaminados, e novos interrogatórios são conduzidos. Relatórios médicos e forenses são verificados, e qualquer um que saiba algo sobre as vítimas é interrogado, por mais distante que seja a relação.

Joona Linna e sua equipe estão sob a luz invernal perto da janela, lendo uma transcrição do último depoimento de Mikael Kohler-Frost. Enquanto leem, uma atmosfera sombria assoma ao grupo. Não há nada no relato de Mikael que avance com a investigação. Os analistas olharam as evidências tangíveis e encontraram pouca coisa de valor.

— Nada — Petter Näslund murmura, enrolando a transcrição.

— Ele diz que consegue sentir os movimentos da irmã, que ela procura por ele toda vez que acorda no escuro — Benny Rubin diz com uma expressão comovida. — Ele pode sentir como ela espera que ele volte.

— Não acredito em nada disso — Petter interrompe.

— Temos de considerar que Mikael está falando a verdade, pelo menos em certo sentido — Joona diz.

— Mas essa história do Homem de Areia — Petter diz. — Quer dizer...

— Até com o Homem de Areia — Joona responde.

— Ele está falando de um personagem de um conto de fadas — Petter retruca. — Vamos questionar todos que vendem barômetros ou…

— Na realidade, já compilei uma lista de produtores e comerciantes — Joona diz com um sorriso.

— Como é que é?

— Sei que havia um vendedor de barômetros no conto de E. T. A. Hoffman sobre o Homem de Areia — Joona continua. — E sei que a mãe de Mikael contava uma história de ninar sobre o Homem de Areia. Mas nada disso exclui a possibilidade de que exista uma versão dele no mundo real.

— Não temos porra nenhuma, e é melhor admitir isso de uma vez — Petter diz, jogando a transcrição na mesa.

— Quase nada — Joona o corrige com a voz branda.

— Mikael estava sedado quando foi transferido para a cápsula, e sedado quando foi levado embora dela. — Benny suspira, passando a mão na careca. — É impossível até mesmo começar a identificar um local. Tudo indica que Felicia esteja na Suécia, mas nem isso é certo.

Magdalena Ronander vai até o quadro branco e lista as poucas informações que eles têm sobre a cápsula: concreto, eletricidade, água, bactérias *Legionella*.

Como Mikael nunca viu nem ouviu a voz do cúmplice, eles não sabem nada além do fato de que é um homem. Só isso. Mikael tinha certeza de que a tosse que ouviu vinha de um homem.

Todo o resto na descrição pode ser remontado às fantasias infantis sobre o Homem de Areia.

Joona sai da sala, desce de elevador, sai da delegacia e continua pela rua Fleming, atravessa a ponte Sankt Erik e entra em Birkastan.

É no sótão do número 19 da rua Rörstrands que está instalada a Atena Promacos.

Quando a deusa Palas Atena é representada como uma mulher bonita de lança e escudo, ela é conhecida como Atena Promacos, a deusa da guerra.

Atena Promacos também é o nome de um grupo secreto reunido para investigar o material que Saga Bauer deve fornecer enquanto trabalha disfarçada. O grupo não existe em nenhum registro oficial, e não tem orçamento nem do Departamento Nacional de Investigação Criminal nem da Polícia de Segurança sueca.

Atena Promacos consiste em Joona, Nathan e Corinne Meilleroux da Polícia de Segurança, e o perito forense Johan Jönson.

Assim que Saga for transferida para a unidade de segurança do Löwenströmska, eles vão trabalhar vinte e quatro horas por dia para receber, compilar e analisar as gravações de vigilância.

Atena Promacos será auxiliada por três outros agentes responsáveis por gravar as transmissões do microfone. Eles vão trabalhar em um micro-ônibus pertencente ao Departamento de Parques do conselho municipal estacionado dentro do hospital. Todo o material será salvo em discos rígidos, criptografado e enviado para os computadores de Atena Promacos com um atraso de não mais do que um décimo de segundo.

75

Anders verifica a hora de novo. O novo paciente da unidade de segurança máxima da prisão Säter está a caminho de sua unidade de isolamento. O transporte do Serviço Penitenciário ligou para avisar a Anders que o homem é agitado e agressivo. Deram a ele dez miligramas de Stesolid no caminho, e Anders já preparou uma seringa com mais dez. Um guarda mais velho da prisão chamado Leif Rajama joga fora a embalagem da seringa e espera com os pés afastados numa postura combativa.

— Não acho que ele vai precisar de mais do que isso — Anders diz, quase sem conseguir esboçar um sorriso.

— Normalmente depende do quanto a revista os incomoda — Leif diz. — Tento dizer a mim mesmo que meu trabalho é ajudar pessoas que estão passando por dificuldades, ainda que eles não queiram essa ajuda.

O guarda do outro lado do vidro reforçado é avisado de que o paciente está a caminho. Ouve-se um tinido metálico através das paredes, depois um grito abafado.

— Esse é apenas o segundo paciente — Anders diz. — Só vamos saber como vão ser as coisas quando os três estiverem aqui.

— Vai ficar tudo bem — Leif o tranquiliza.

O monitor de segurança exibe uma imagem da escada com dois guardas de segurança apoiando um paciente que não consegue andar sem ajuda. O paciente é um homem corpulento de bigode loiro e óculos que deslizaram para a ponta de seu nariz fino. Seus olhos estão fechados e o suor escorre por seu rosto.

Anders olha para Leif. Eles conseguem ouvir o paciente balbuciar coisas sem sentido — algo sobre escravos mortos e o fato de ter feito xixi nas calças.

— Estou com mijo até o joelho e…

— Fica parado — os guardas ordenam e o deitam no chão.

— Ai, isso machuca — ele choraminga.

O guarda atrás do vidro recebe os documentos de transferência do agente de transporte mais velho.

O paciente fica deitado no chão com os olhos fechados, arfando. Anders diz a Leif que não será necessário administrar outra dose de Stesolid, depois passa o cartão na leitora para liberar a porta.

76

Jurek Walter está andando num ritmo moderado na esteira. Ele está de costas para a câmera.

Anders Rönn e o chefe de segurança, Sven Hoffman, estão na sala de vigilância, observando-o pelo monitor.

— Você sabe soar e desligar o alarme — Hoffman diz. — Sabe que alguém com um cartão de passe deve acompanhar os guardas quando interagem com os pacientes.

— Sim — Anders diz, com um tom de impaciência na voz. — E que precisa trancar a porta de segurança atrás da gente antes de abrir a próxima.

Sven assente.

— Se o alarme soar, os guardas vão aparecer em menos de cinco minutos.

— Não vamos soar nenhum alarme — Anders diz.

No monitor, ele vê o paciente novo entrar na sala de recreação.

Eles observam o paciente enquanto ele se senta no sofá marrom com a mão sobre a boca como se tentasse não vomitar. Anders pensa nas anotações da Säter escritas à mão, detalhando agressão, psicose recorrente, narcisismo e transtorno de personalidade antissocial.

— Vamos ter de conduzir nossa própria avaliação — Anders diz. — E vou aumentar a medicação dele se houver qualquer necessidade.

O monitor principal na frente dele é dividido em nove quadrados, um para cada câmera da unidade. Câmaras de ar, portas de segurança, corredores, a sala de recreação e as celas dos pacientes são todos filmados. Não há funcionários suficientes para monitorar as câmeras a todo momento, mas sempre há alguém com conhecimento operacional do sistema de segurança de plantão na unidade.

— Você vai passar muito tempo na sala, mesmo assim precisa saber como essas coisas funcionam — Sven diz, apontando para os monitores.

— Todos temos de colaborar agora que temos mais pacientes — Anders responde.

— O princípio básico é que todos na equipe devem saber onde todos os pacientes estão a todo momento.

Sven clica em um dos quadrados, e uma imagem do vestiário surge imediatamente no segundo monitor ao lado da tela principal. Anders pode ver a enfermeira My tirando o casaco molhado.

O vestiário é refletido na tela com uma clareza inesperada. São cinco armários amarelos de metal, um chuveiro e portas para o banheiro e o corredor.

Dá para ver o contorno dos seios de My sob a camiseta preta com uma estampa do anjo da morte. Ela pega o uniforme e o coloca no banco, depois põe um par de sandálias Birkenstock no chão.

Sven tira da imagem do vestiário e, no lugar dela, amplia a imagem da sala de recreação. Anders se obriga a não olhar para o quadrado menor quando My começa a desabotoar a calça jeans preta.

Ele se senta e tenta soar indiferente ao perguntar se os vídeos são armazenados.

— Não temos permissão para isso, nem em circunstâncias excepcionais. — Sven dá uma piscadela para ele.

— Pena — Anders diz, passando a mão no cabelo castanho curto.

Sven começa a passar pelas várias câmeras, verificando os corredores e as travas de segurança.

— Cobrimos tudo onde…

Uma porta se abre ao longe. Eles escutam o zumbido da máquina de café e, depois, My entra na sala de vigilância.

— O que vocês estão fazendo juntinhos aqui? — ela pergunta com um sorriso.

— Sven está me explicando o sistema de segurança — Anders responde.

— E eu achando que estavam me espiando no vestiário — ela brinca com um suspiro.

77

Eles ficam em silêncio e se concentram na tela que exibe a sala de recreação. Jurek Walter ainda está caminhando na esteira com passadas longas e regulares. Bernie Larsson vai escorregando devagar do sofá até estar caído no chão com o pescoço apoiado na almofada do assento. Sua camisa desliza para cima, e sua barriga redonda se movimenta no ritmo de sua respiração. Seu rosto está suado. Ele agita uma perna, inquieto, e parece estar falando para o teto.

— O que ele está fazendo? — My pergunta, olhando para os outros. — O que ele está falando?

Anders dá de ombros.

— Não faço ideia.

O único som audível na sala de vigilância é o balanço de um gato japonês dourado acenando a pata.

Anders se lembra das anotações médicas da Säter sobre Bernie Larsson. Vinte e um anos atrás, fora sentenciado ao tratamento psiquiátrico de segurança máxima e à castração química pelo que foi descrito como uma série de ataques bestiais.

Agora, ele voltou para cima do sofá, gritando para o teto. A saliva espirra de sua boca. Ele faz gestos agressivos com as mãos e atira a almofada ao seu lado no chão.

Jurek Walter faz o que sempre fez. Quando completa nove quilômetros na esteira, sai e continua na direção de sua cela.

Bernie grita alguma coisa para ele enquanto ele sai. Jurek para na porta e se vira para a sala de recreação.

— O que está acontecendo agora? — Anders pergunta, preocupado.

Sven pega o rádio, chama dois colegas e sai às pressas. Anders se inclina para a frente e observa quando Sven aparece numa das telas.

Ele está seguindo pelo corredor, falando com os outros guardas. Para do lado de fora da trava de segurança, avaliando a situação.

Nada acontece.

Jurek continua parado na soleira da porta, entre as salas, num lugar em que seu rosto fica nas sombras. Ele não se move, mas Anders e My conseguem ver que ele está falando. Bernie está esparramado no sofá, os olhos fechados enquanto escuta. Toda a cena se dá em pouco mais de um minuto. Jurek se vira e desaparece dentro da cela.

— De volta à toca — My murmura.

Um dos monitores de cima exibe Jurek. Devagar, ele entra na cela, se senta na cadeira de plástico logo abaixo da câmera e fica olhando para a parede.

Depois de um tempo, Bernie Larsson se levanta do sofá. Seca a boca algumas vezes antes de ir para o quarto arrastando os pés.

Outro monitor exibe Bernie Larsson indo até a pia, se inclinando e jogando água no rosto. Depois, ele volta para a sala de recreação, coloca o polegar na parte de dentro do batente e bate a porta nele com toda a sua força. A porta ricocheteia, e Bernie cai de joelhos, aos berros.

78

Petter Näslund está diante de um mapa em grande escala da área residencial onde as crianças Kohler-Frost desapareceram. Ele franze a testa enquanto fixa fotografias da investigação antiga. Magdalena entra e o cumprimenta com um oi rápido, indo até o quadro branco. Ela risca as linhas de investigação a que conseguiram dar sequência no dia anterior. Benny Rubin, Johnny Isaksson e Fredrik Weyler estão sentados em volta da mesa de conferência, tomando notas.

— Precisamos dar outra olhada em todos os empregados da Oficina Mecânica do Menge da época de Jurek Walter — ela diz.

— Compilei os depoimentos de ontem do Rikard van Horn, o amigo das crianças Kohler-Frost — Johnny diz.

— Quem vai ligar para Reidar Frost hoje? — Petter pergunta, girando uma caneta entre os dedos.

— Posso cuidar disso — Magdalena se oferece.

— Será que querem que a gente procure o Homem de Areia? — Benny pergunta.

— Joona quer que a gente leve toda a história do Homem de Areia a sério — Petter o lembra.

— Achei esse vídeo ótimo no YouTube — Benny diz, procurando no celular.

— Isso é mesmo necessário? — Magdalena suspira, pegando uma pasta pesada da mesa.

— Mas já viu aquela do palhaço que se esconde de policiais idiotas? — Benny pergunta, soltando o celular.

— Não — Petter responde.

— Deve ser porque sou o único nesta sala que viu o palhaço. — Benny ri.

Magdalena está sorrindo ao abrir o arquivo.

— Quem vai me ajudar a encontrar as últimas pessoas relacionadas a Agneta Magnusson? — ela pergunta.

Agneta foi a mulher encontrada viva na cova na floresta de Lill-Jan quando Jurek foi capturado. Os dois corpos no barril de plástico enterrado nas proximidades eram de seu irmão e seu sobrinho.

— A mãe dela desapareceu anos atrás, e o pai sumiu logo depois que ela foi encontrada.

— Sobrou alguém? — Fredrik Weyler pergunta.

— O marido — Magdalena diz, espiando o arquivo.

— Esse caso todo é tão nojento — Fredrik diz.

79

Na entrada, Magdalena Ronander cumprimenta a mulher grande que acabou de abrir a porta. Ela tem finas rugas de expressão no canto dos olhos e o nome Sonja tatuado no ombro.

Todos com a mais tênue conexão com Agneta Magnusson foram interrogados pela polícia treze anos antes. Todas as suas casas foram revistadas pelos peritos forenses, bem como seus depósitos, carros, barcos e outras propriedades.

— Liguei mais cedo — Magdalena diz, mostrando seu distintivo.

— Ah, sim. — A mulher assente. — Bror está esperando por você na sala.

Magdalena segue a mulher pela casinha estilo anos 1950. Tem um cheiro de bife acebolado vindo da cozinha. Um homem de cadeira de rodas está sentado na sala de cortinas escuras.

— É a polícia? — ele pergunta com a voz seca.

— Sim, é a polícia — Magdalena responde, puxando o banquinho do piano e sentando a sua frente.

— Já não falamos o bastante?

Faz treze anos que ninguém interroga Bror Engström sobre o que aconteceu na floresta de Lill-Jan e, nesse meio-tempo, ele envelheceu, pensa ela.

— Preciso saber mais — Magdalena diz gentilmente.

Bron Engström balança a cabeça.

— Não há mais nada a dizer. Todos sumiram. Em poucos anos, todos sumiram. Minha Agneta e... o irmão e o sobrinho dela... e depois Jeremy, meu sogro. Ele parou de falar quando... quando eles sumiram, os filhos e o neto dele.

— Jeremy Magnusson — Magdalena diz.

— Eu gostava muito dele. Mas ele sentia uma falta terrível dos filhos.

— Sim — Magdalena diz baixinho.

Os olhos tristes de Bror Engström se fecham com a lembrança.

— Um dia ele simplesmente desapareceu também. Então tive minha Agneta de volta. Mas ela nunca mais foi a mesma.

— Não — Magdalena diz.

— Não — ele sussurra.

Ela sabe que Joona fez inúmeras visitas à mulher na ala de tratamento contínuo. Ela nunca recuperou a fala e morreu quatro anos atrás. A lesão cerebral era grave demais para que conseguissem se comunicar com ela novamente.

— Acho que eu deveria vender o terreno do Jeremy — o homem diz —, mas não consigo. Aquelas florestas eram tudo para ele. Ele vivia tentando me fazer ir até a cabana de caça com ele, mas nunca dava certo. E agora é tarde demais.

— Onde fica a cabana? — ela pergunta, pegando o celular.

— No norte de Dalarna, depois do monte Tranuberget, não muito longe da fronteira com a Noruega. Ainda tenho os mapas do Registro de Imóveis em algum lugar, se Sonja conseguir achar.

A cabana de caça não está na lista de locais revistados pela perícia forense. Embora não deva ser nada, ignorá-la parece um grande descuido. Joona disse que eles não deveriam deixar nenhuma ponta solta.

80

Um policial e um perito forense atravessam a neve profunda com snowmobiles entre os troncos escuros dos pinheiros. Em algumas áreas conseguem se mover mais rápido usando linhas de divisa desmatadas e trilhas da guarda florestal, deixando pelo caminho uma nuvem de fumaça e neve.

Estocolmo queria que eles investigassem uma cabana de caça depois do monte Tranuberget. Aparentemente, era propriedade de um tal Jeremy Magnusson, desaparecido treze anos atrás. Pediram para conduzir uma análise forense exaustiva da cabana, incluindo vídeos e fotografias. Todas as possíveis evidências e matérias biológicas deveriam ser checadas.

Os dois sabem que a Polícia de Estocolmo tem esperança de encontrar algo na cabana que possa ajudar a esclarecer o desaparecimento de Magnusson e de outros membros de sua família. Ela deveria ter sido revistada treze anos antes, mas, na época, a polícia não sabia de sua existência.

Roger Hysén e Gunnar Ehn estão dirigindo as snowmobiles lado a lado enquanto descem a encosta em volta da floresta sob a luz ofuscante. Eles saem para uma planície ensolarada onde tudo é branco reluzente, completamente intocado, e continuam em alta velocidade através do gelo antes de virarem para o norte de volta à floresta mais densa.

A mata cresceu tão selvagem na encosta sul do Tranuberget que eles quase não veem a cabana. A choupana de madeira baixa está envolta pela neve, que se empilhou mais alta que as janelas e forma uma camada de quase um metro no telhado, deixando visíveis apenas algumas tábuas de madeira cinza-prateadas.

Eles descem das snowmobiles e começam a desencavar a cabana.

Cortinas desbotadas estão penduradas do lado de dentro das janelas pequenas.

O sol toca a copa das árvores enquanto se põe no horizonte.

Quando a porta é finalmente descoberta, eles estão suando. O perito forense, Gunnar Ehn, consegue sentir sua cabeça coçar sob a touca.

Galhos de árvore raspam uns nos outros sob o vento e enchem o ar com um rangido desolado.

Em silêncio, os dois desenrolam uma folha de plástico em frente à porta e desembrulham tábuas para andarem por cima. Vestem os trajes e as luvas de proteção.

A porta está trancada, e não tem chave no gancho sob o beiral.

— A filha foi encontrada enterrada viva em Estocolmo — Roger Hysén diz, olhando de relance para o colega.

— Ouvi falar — Gunnar diz. — Não me incomoda.

Roger encaixa um pé de cabra na fenda perto da fechadura e empurra. O caixilho range. Ele enfia mais e empurra com mais força. O caixilho se estilhaça e ele dá um leve puxão na porta, antes de puxar com toda a força. A porta se abre e cai para trás.

— Merda — Roger sussurra de trás da máscara.

A rajada de ar pelo movimento súbito fez todo o pó acumulado dentro da casa flutuar. Gunnar murmura que não tem problema. Entra na cabana escura e coloca duas tábuas no chão.

Roger passa a câmera de vídeo. Gunnar se curva sob a verga baixa da porta e entra.

Está tão escuro lá dentro que ele não consegue ver nada. O pó no ar é sufocante.

Gunnar coloca a câmera para gravar, mas sua luz não acende. Ele tenta gravar o cômodo mesmo assim, mas tudo que consegue captar são silhuetas vagas.

Toda a cabana parece um aquário mofado. Tem uma sombra estranha no meio do cômodo, como um relógio grande de pêndulo.

— O que está acontecendo? — Roger grita lá fora.

— Me dá a outra câmera.

Gunnar troca a câmera de vídeo pela máquina fotográfica. Olha pelo visor, mas tudo que vê é preto. Tira uma foto ao acaso. O flash enche o cômodo de uma luz branca.

Gunnar grita quando vê o vulto longo e esguio a sua frente. Dá um passo para trás, perde o equilíbrio e deixa a câmera cair. Estende um braço para recuperar o equilíbrio e derruba um cabideiro.

— Que porra é aquela?

Ele anda para trás, batendo a cabeça na verga da porta e se cortando nas lascas soltas saindo do batente.

— O que está acontecendo? O que houve? — Roger pergunta.

— Tem alguém lá dentro — Gunnar diz, entre dentes.

Roger consegue acender a luz da câmera de vídeo e entra devagar. O chão range. A luz da câmera ilumina o pó e os móveis. Um galho arranha a janela como se alguém batesse.

— Ah — ele exclama.

Sob a luz fraca, ele vê que um homem se pendurou em uma viga no teto. Muito tempo atrás. O corpo é magro, e a pele ressecou e está esticada sobre o rosto. A boca está escancarada e negra. As botas de couro estão no chão.

A porta se abre com um rangido quando Gunnar volta a entrar.

O sol se pôs atrás das copas das árvores e as janelas estão escuras. Com cuidado, eles abrem um saco de corpo sob o cadáver.

O galho bate na janela de novo e risca o vidro.

Roger estende o braço para segurar o corpo enquanto Gunnar corta a corda, mas, assim que ele encosta no cadáver oscilante, a cabeça se solta do pescoço. O corpo cai aos pés deles. O crânio bate no piso de madeira, levantando poeira no cômodo mais uma vez, e o laço antigo balança sem fazer barulho.

81

Saga está olhando pela janela do furgão. As correntes das algemas chacoalham com o movimento do veículo.

Ela não queria pensar em Jurek Walter. Desde que aceitou a missão, conseguiu mantê-lo fora de sua cabeça. Mas já não dá para fazer isso. Depois de três dias de monotonia no hospital Karsudden, ela está a caminho da unidade de segurança máxima do Löwenströmska. Seu encontro com Jurek se aproxima.

Em sua mente, ela consegue visualizar claramente a fotografia que estava na frente da ficha dele: o rosto enrugado e aqueles olhos claros e lívidos.

Jurek trabalhou como mecânico e levou uma vida solitária e retraída antes da prisão. Não havia nada em seu apartamento que pudesse ser associado aos seus crimes, mas ele foi pego em flagrante.

Saga estava encharcada de suor quando terminou de ler os relatórios e olhar as imagens das cenas do crime. Uma grande fotografia exibia as diversas e brilhantes placas numeradas da equipe forense na clareira perto de um monte de terra úmida, uma cova e um caixão aberto.

O Agulha havia produzido um relatório completo sobre os ferimentos da mulher depois que ela tinha ficado enterrada viva por dois anos.

Saga se sente enjoada e olha para a estrada e as árvores passando em alta velocidade. Ela pensa em como a mulher estava desnutrida e nas feridas de pressão e de congelamento e em seus dentes perdidos. Joona havia descrito como a mulher raquítica tentava sair do caixão sem parar, mas Jurek a empurrava para baixo.

Saga sabe que não deveria ficar pensando nisso.

Um calafrio de tensão se espalha a partir de sua barriga.

Ela diz a si mesma que, em nenhuma circunstância, pode se permitir ter medo. Está no controle da situação.

O furgão freia, e as algemas chacoalham.

Tanto o barril de plástico como o caixão estavam equipados com tubos de ar que subiam até o nível do solo.

Por que não matá-los simplesmente?

Não dá para entender.

Saga considera o que Mikael Kohler-Frost havia dito sobre seu cativeiro e pensa em Felicia sozinha na cápsula, a garotinha com a trança frouxa e o chapéu de equitação.

Parou de nevar, mas não há nem sinal do sol. O céu continua nublado. O furgão sai da antiga estrada principal e diminui a velocidade ao entrar no terreno do hospital. Uma mulher na casa dos quarenta está sentada no ponto de ônibus com duas sacolas de compras nas mãos, tragando fundo um cigarro.

É preciso aprovação do governo para fundar uma unidade de segurança máxima, mas Saga sabe que a legislação permite muita margem de manobra para as instituições conduzirem suas próprias avaliações. As leis e os direitos normais deixam de existir dentro daquelas portas trancadas. Não há análise ou supervisão real. Os funcionários são os senhores de seu próprio Hades, desde que nenhum de seus pacientes escape.

82

As mãos e os pés de Saga ainda estão algemados quando ela é conduzida por dois guardas armados por um corredor vazio. Os dois estão andando rápido e segurando seus braços com força.

É tarde demais para mudar de ideia — ela está prestes a conhecer Jurek Walter.

O papel de parede texturizado está riscado, e os rodapés arranhados. As portas fechadas que eles atravessam têm plaquetas de plástico numeradas.

Saga sente uma dor de barriga e tenta parar, mas é empurrada para a frente.

— Continue andando — um dos guardas diz.

A unidade de isolamento no hospital Löwenströmska tem um nível muito alto de segurança, bem acima das exigências da maioria dos hospitais psiquiátricos. É quase impossível invadir ou escapar do prédio. Os quartos têm portas de aço à prova de fogo, forros internos fixados e paredes reforçadas com três centímetros de placa de metal.

Um portão pesado se fecha com estrondo atrás deles enquanto descem a escada.

O guarda na porta de segurança que dá para as celas tira o saco de pertences de Saga, verifica sua documentação e registra sua entrada no computador. Dá para ver um homem mais velho com um cassetete pendurado na cintura do outro lado da porta. Ele usa óculos grandes e tem o cabelo ondulado. Saga olha para ele através do vidro reforçado cheio de riscos.

O homem com o cassetete pega os documentos de Saga, folheia, olha para ela por um instante, depois volta a ler.

Saga sente espasmos no estômago. Precisa se deitar. Tenta respirar normalmente, mas sente uma pontada súbita de dor e se inclina para a frente.

— Fique parada — o guarda diz com a voz neutra.

Um homem mais jovem de jaleco aparece atrás da porta. Ele passa um cartão na leitora, digita um código e sai para encontrá-la.

— Meu nome é Anders Rönn. Sou médico-chefe interino aqui — ele diz.

Depois de uma revista superficial, Saga segue o médico e o guarda de cabelo ondulado pelas portas de segurança. Ela consegue sentir o odor corporal deles no espaço confinado antes de a segunda porta se abrir.

Saga reconhece a disposição da ala pelas plantas que memorizou.

Eles viram numa esquina e entram na estreita sala de vigilância. Uma mulher com piercing nas bochechas está sentada na frente dos monitores. Ela enrubesce ao ver Saga, mas a cumprimenta com um oi simpático antes de baixar os olhos e escrever algo no livro de registros.

— My, poderia tirar as algemas dos tornozelos da paciente? — o jovem médico pergunta.

A mulher faz que sim com a cabeça, se ajoelha e solta as algemas. O cabelo dela se arrepia de leve pela estática nas roupas de Saga.

O jovem médico e o guarda levam Saga para fora da sala de controle e até uma das três portas no corredor.

— Destranca a porta — o médico fala para o homem de cassetete.

O guarda pega uma chave, abre a porta, depois manda que ela entre e fique parada na cruz vermelha no chão, de costas para a porta.

Ela obedece e ouve o estalo da fechadura quando a chave é girada novamente.

A sua frente está outra porta de metal. Ela sabe que essa é trancada e leva diretamente para a sala de recreação.

A cela é mobiliada com o único intuito de segurança e funcionalidade. Contém apenas uma cama fixada à parede, uma cadeira e uma mesa de plástico e um vaso sanitário, sem assento ou tampa.

— Vire-se, mas sem sair da cruz.

Ela obedece e vê que a portinhola na porta está aberta.

— Venha até aqui devagar e estenda as mãos.

Saga caminha até a porta, une as mãos firmemente e as coloca na abertura estreita. As algemas são removidas, e ela se afasta da porta outra vez.

Ela se senta na cama enquanto o guarda a informa sobre as regras e rotinas da unidade.

— Você pode assistir à televisão e socializar com os outros pacientes na sala de recreação entre uma e quatro da tarde — ele conclui, depois olha para ela por alguns instantes antes de fechar e trancar a portinhola.

Saga permanece sentada. Ela sabe que está em posição agora, que sua missão começou. A seriedade do momento faz com que seu estômago formigue, e a sensação se espalha por seus braços e pernas. Ela é uma paciente fortemente vigiada na unidade de segurança máxima e sabe que o serial killer Jurek Walter está muito próximo.

Ela se deita de lado, depois vira de costas e olha para a câmera de circuito fechado no teto. Tem um formato hemisférico, tão preta e brilhante quanto o olho de uma vaca.

Faz muito tempo que engoliu o microfone, e não se atreve a deixá-lo no corpo por mais tempo. Ela não pode deixar o microfone descer demais por seu trato digestivo. Quando vai à torneira e bebe um pouco de água, sua dor de barriga volta a ficar mais forte.

Respirando devagar, Saga se ajoelha perto do ralo, vira de costas para a câmera e enfia dois dedos no fundo da garganta. Vomita a água de volta. Enfia os dedos mais fundo e regurgita a pequena cápsula com o microfone, escondendo-a rapidamente na mão.

83

A equipe de investigação secreta, Atena Promacos, está há duas horas ouvindo os sons da barriga de Saga Bauer desde que ela chegou ao Löwenströmska.

— Se alguém entrasse agora, acharia que fazemos parte de alguma seita New Age — Corinne diz com um sorriso.

— Até que é poético, na verdade — Johan Jönson diz.

— Relaxante. — Pollock sorri.

Toda a equipe está sentada com os olhos semicerrados, ouvindo os sons levemente borbulhantes e gasosos.

De repente, há um estrondo que quase estoura os alto-falantes quando Saga vomita o microfone. Johan Jönson derruba a lata de coca-cola, e Nathan Pollock se levanta de um salto da cadeira.

— Bom, pelo menos agora a gente acordou. — Corinne ri e seu bracelete de jade balança com um som agradável enquanto ela passa um indicador numa sobrancelha.

— Vou ligar pro Joona — Nathan diz.

— Boa.

Corinne Meilleroux abre o laptop e anota a hora no arquivo de registros. Corinne tem cinquenta e quatro anos, com ascendência franco-caribenha. Ela usa o cabelo preto com fios grisalhos amarrado com uma presilha na altura da nuca.

Joona está no quarto de hospital de Mikael Kohler-Frost. Reidar está sentado numa cadeira, segurando a mão do filho. Os três conversam há quatro horas, tentando identificar qualquer novo detalhe que possa ajudar a localizar onde Mikael foi mantido em cativeiro com a irmã. Mas as lembranças do rapaz são fragmentadas e muitas vezes incoerentes. Seus treze anos de confinamento o deixaram profundamente traumatizado.

Nada de novo surgiu, e Mikael parece muito cansado.

— Você precisa descansar um pouco — Joona diz a ele.

— Não — Mikael diz.

— Só um pouco. — O detetive sorri enquanto desliga o gravador. Ele tira um jornal do bolso do casaco e o coloca na frente de Reidar.

— Sei que pediu para eu não fazer isso — Reidar diz, encarando-o sem vacilar. — Mas como poderia viver comigo mesmo se não fizesse absolutamente tudo que está ao meu alcance?

— Eu entendo — Joona diz. — Mas isso pode causar problemas, e você precisa estar preparado para isso.

Uma página inteira do jornal exibe uma imagem digital de como Felicia pareceria hoje. Uma jovem muito semelhante a Mikael, com maxilares altos e olhos escuros. Seu cabelo preto é mostrado solto em volta do rosto pálido e sério. Letras grandes anunciam que Reidar está oferecendo uma recompensa de vinte milhões de coroas suecas a quem possa fornecer informações que levem ao resgate de Felicia.

— Já estamos inundados de e-mails e ligações — Joona explica. — Estamos tentando averiguar todas, mas... Tenho certeza de que a maioria tem boas intenções. Pensam que viram alguma coisa. Mas ainda tem muitos que só querem ficar ricos.

Reidar dobra o jornal devagar.

— Joona, estou fazendo o que posso. Eu... minha filha está em cativeiro há tanto tempo, e ela pode morrer sem nunca...

A voz embarga, e ele desvia os olhos por um momento.

— Você tem filhos? — ele pergunta, a voz quase inaudível.

Antes que Joona tenha tempo para mentir, seu telefone toca no paletó. Ele pede desculpas, atende e escuta a voz de Pollock o informando de que a transmissão de áudio de Atena Promacos está ao vivo.

84

Saga se deita na cama de costas para a câmera e tira com cuidado a cobertura de silicone do microfone. Quase sem se mexer, esconde o microfone na bainha da calça.

De repente há um zumbido eletrônico da porta para a sala de recreação. A fechadura estala. Está aberta. Saga se senta, o coração batendo forte.

O microfone precisa ser imediatamente instalado numa posição adequada. Talvez ela só tenha uma chance, não pode deixá-la escapar. Vai ser descoberta se for revistada.

Ela não sabe como é a sala de recreação, se haverá outros pacientes lá ou se há câmeras ou guardas.

Talvez a sala não seja nada além de uma armadilha onde Jurek Walter está a sua espera.

Não, não tem como ele saber sobre a missão.

Saga joga os pedaços de silicone no vaso e dá descarga. Vai até a porta, abre uma fresta e escuta batidas rítmicas, vozes animadas da televisão.

Ela se lembra dos conselhos de Joona e se obriga a voltar para a cama e sentar.

Nunca demonstre nenhuma urgência, ela pensa. Nunca faça nada a menos que tenha um motivo válido para isso, uma justificativa.

Pela fresta na porta ela consegue ouvir música da televisão, o zumbido da esteira e passos pesados.

Um homem com uma voz fina e estressada fala de tempos em tempos, mas nunca é respondido.

Os dois pacientes estão lá.

Saga sabe que precisa entrar e instalar o microfone.

Vai até a porta de novo e para, tentando controlar a respiração.

O cheiro de loção pós-barba a atinge.

Ela aperta a maçaneta, respira fundo, olha para o chão e empurra a porta. Consegue ouvir as batidas rítmicas mais claramente enquanto entra na sala de recreação, a cabeça ainda baixa. Ela não sabe se está sendo observada, mas decide deixar que se acostumem a olhar para ela antes de erguer os olhos.

Um homem com a mão enfaixada está sentado no sofá em frente à televisão, e outro está andando na esteira. O homem na esteira não está virado para ela, mas ela tem certeza de que é Jurek.

O homem no sofá arrota e engole em seco várias vezes. Limpa o suor das bochechas e agita a perna, ansioso. Ele tem sobrepeso e está na casa dos quarenta, com o cabelo fino, um bigode loiro e óculos.

— Obrahiim — ele murmura, olhando para a televisão.

De repente, ele aponta para a tela.

— Lá está ele — ele fala alto. — Eu o transformaria no meu escravo, meu escravo esqueleto. Puta que pariu... Olha aquela boca... Eu...

Ele fica em silêncio abruptamente quando Saga atravessa a sala, para num canto e se vira para a televisão. É uma reprise do Campeonato de Patinação Artística Europeu em Sheffield. O som e a imagem perdem a qualidade pelo vidro reforçado. Embora consiga sentir o homem no sofá olhando para ela, ela não retribui o olhar.

— Primeiro ia chicotear — ele continua, ainda olhando para Saga. — Deixaria o cara assustado, como uma putinha... Assim, puta que pariu...

Ele tosse, se recosta, fecha os olhos e faz uma careta como se esperasse a dor passar, aperta o pescoço com as mãos, depois se deita ofegante.

Jurek ainda está na esteira. Ele parece maior e mais forte do que ela imaginava. Há uma palmeira artificial num vaso perto da máquina. Suas folhas empoeiradas balançam enquanto ele caminha.

Saga olha ao redor em busca de um lugar onde esconder o microfone — de preferência longe da televisão, para minimizar o ruído de fundo. Atrás do encosto do sofá faria sentido, mas ela não imagina Jurek como o tipo que senta e assiste à televisão.

O homem no sofá tenta se levantar e parece prestes a vomitar pelo esforço. Coloca as mãos em concha diante da boca e engole em seco algumas vezes antes de voltar a afundar no sofá.

— Começar pelas pernas — ele diz. — Cortar tudo, tirar a pele, os músculos, os tendões… Ele pode ficar com os pés, para andar sem fazer barulho.

85

Jurek para a esteira e sai da sala sem nem olhar para eles. O outro paciente se levanta devagar.

— Zyprexa me faz me sentir um lixo... e Stemetil não funciona comigo. Só fode com as minhas tripas.

Saga continua onde está, de frente para a televisão, observando o patinador artístico acelerar e ouvindo o ruído das lâminas de metal cortando o gelo. Ela consegue sentir os olhos do outro paciente enquanto ele caminha com dificuldade na direção dela.

— Meu nome é Bernie Larsson — ele diz em tom de conspiração. — Eles acham que não consigo trepar, com toda a merda do Suprefact no meu sistema, mas não sabem de porra nenhuma.

Ele cutuca um dedo no rosto dela, mas ela se mantém firme, o coração acelerado.

— Não sabem de porra nenhuma — ele repete. — São lesados pra caralho.

Ele cambaleia para o lado e arrota alto. Saga está considerando os riscos de colocar o microfone na palmeira artificial perto da esteira.

— Como você se chama? — Bernie pergunta, respirando com dificuldade.

Ela não responde, só fica parada com os olhos baixos, voltados para a televisão. Seu tempo está se esgotando. Bernie se move por trás dela, coloca a mão em volta do seu corpo e lhe belisca o mamilo. Ela empurra a mão dele. A raiva começa a fervilhar dentro dela.

— Branquinha de Neve. — O rosto suado de Bernie está perto do dela. — Qual é o seu problema? Posso apalpar sua cabeça? Parece tão macia. Igual a uma boceta depilada.

Pelo pouco que ela viu de Jurek, a esteira é o maior interesse dele na sala de recreação. Ele ficou nela por pelo menos uma hora e depois voltou direto para a cela.

Saga caminha até a esteira e sobe nela. Bernie vai atrás, roendo a unha e tirando um fragmento afiado.

— Você depila a boceta? Tem que fazer isso, né?

Saga se vira e o encara com atenção. As pálpebras dele estão pesadas, os olhos têm um ar vidrado. Seu bigode loiro esconde uma cicatriz deixada por uma fenda palatina.

— Nunca encoste em mim de novo — ela diz.

— Posso matar você — ele diz, arranhando o pescoço dela com a unha afiada.

Ela sente a ferida arder quando uma voz é transmitida pelo alto-falante:

— Bernie Larsson, para trás.

Ele tenta tocar entre as pernas dela. As portas se abrem, e um guarda de cassetete entra. Bernie se afasta de Saga e ergue as mãos num gesto de rendição.

— Sem encostar — o guarda diz com firmeza.

— Certo, já entendi, porra.

Bernie vai andando exaurido até o braço do sofá e se senta jogando todo o seu peso. Fecha os olhos e arrota.

Saga sai da esteira e vira para o guarda.

— Quero ver um representante legal — ela diz.

— Fique onde está — o guarda diz, olhando para ela.

— Pode passar a mensagem?

Sem responder, o guarda vai até a porta de segurança e é liberado. É como se ela não tivesse dito nada, como se suas palavras tivessem estancado no ar antes de chegar a ele.

Saga se vira e vai até a palmeira artificial. Ela se senta na beira da esteira, bem ao lado da planta, e olha para uma de suas folhas de baixo. A face inferior não está tão suja e a cola do microfone deve conseguir se firmar em quatro segundos.

Bernie está olhando para o teto, lambendo os beiços. Saga fica de olho nele enquanto passa o dedo na barra da calça e pega o microfone. Ela tira um sapato e se debruça para ajustar a palmilha, escondendo a mão da câmera. Ela se mexe um pouco e está quase encostando na folha para fixar o microfone quando o sofá range.

— Estou de olho em você, Branca de Neve — Bernie diz.

Ela baixa a mão calmamente, coloca o pé de volta no sapato e vê Bernie a observar quando ela fixa o velcro.

86

Saga sobe na esteira, achando que vai ter de esperar até que ele volte para a cela antes de plantar o microfone. Bernie dá uns passos na direção dela e estende o braço para se apoiar na parede.

— Venho de Säter — ele murmura com um sorriso.

Ela não olha para ele, mas está ciente de que ele está chegando mais perto.

— Onde você estava antes de vir para cá? — ele pergunta.

Ele para, dá um soco na parede com força antes de olhar para ela de novo.

— Karsudden — ele diz com a voz aguda. — Eu estava em Karsudden, mas me transferi para cá porque queria ficar com Bernie...

Saga avista uma sombra cruzando o terceiro batente enquanto alguém recua. Ela se dá conta de que Jurek Walter está ali, escutando a conversa dos dois.

— Você deve ter conhecido Yekaterina Ståhl em Karsudden — Bernie diz com a voz normal.

Ela faz que não com a cabeça. Não consegue se lembrar de ninguém com esse nome. Não sabe se ele está falando de uma paciente ou de uma guarda.

— Não — ela responde.

É uma resposta sincera.

— Porque ela estava no Sankt Sigfrids. — Ele sorri e cospe no chão. — Então, quem você conheceu?

— Ninguém.

Ele murmura algo sobre escravos esqueletos, depois para na frente da esteira e a observa.

— Certo, mas posso encostar na sua boceta se estiver mentindo — ele diz, coçando o bigode. — Fechado?

Ela para a esteira, fica imóvel por um momento e considera sua estratégia de ser fiel à verdade. Ela realmente estivera em Karsudden.

— E Micke Lund, então? Deve ter conhecido Micke Lund se estava lá — ele diz, abrindo um sorriso. — Cara alto. Cicatriz na testa.

Ela assente, sem saber o que dizer. Pode deixar por isso mesmo, mas diz:

— Não.

— Estranho pra cacete.

— Eu ficava no quarto assistindo à TV.

— Não tem TVs nas celas de lá, você está mentindo, porra, é uma...

— Tem no isolamento — ela interrompe.

Ela não sabe se ele sabia disso. Ele respira com dificuldade e a encara. Passa a língua nos lábios e se aproxima mais.

— Você é minha escrava — ele solta devagar. — Puta que pariu, é perfeito. Fica deitada, chupando meus dedos dos pés...

Saga sai da esteira e volta para a cela. Fica deitada no catre e escuta Bernie parar na porta dela por um tempo, chamando por ela.

— Merda — ela sussurra.

Ela vai ter de ser rápida amanhã. Vai sentar na ponta da esteira, ajeitar os sapatos e fixar o microfone. Vai usar a esteira, não vai olhar para ninguém e, quando Jurek entrar, só vai descer da esteira e sair da sala de recreação.

Saga visualiza o ângulo da parede adjacente ao vidro reforçado sobre a televisão. A visão da câmera deve ser parcialmente coberta pela parte saliente. Ela vai ter de ficar atenta àquele ponto cego. Era lá que ela estava quando Bernie beliscou seu mamilo. Foi por isso que a equipe médica não reagiu.

Ela está em Löwenströmska há apenas cinco horas e já está exausta. A sala revestida de metal parece mais claustrofóbica agora. Ela fecha os olhos e lembra a si mesma do motivo de estar ali. Em sua mente, consegue ver a menina na fotografia. Tudo isso é por ela, por Felicia.

87

O grupo Atena está completamente absorto escutando a transmissão da sala de recreação em tempo real. A qualidade do som é baixa, abafada e distorcida por ruídos altos de arranhões.

— Vai ser assim sempre? — Pollock pergunta.

— Ela ainda não posicionou o microfone. Está com ela — Johan Jönson responde.

— Desde que não seja revistada...

Eles voltam a escutar a gravação. Conseguem ouvir o chiado das roupas de Saga, sua respiração superficial, os passos fortes na esteira e o barulho da televisão. Os membros do Atena Promacos estão sendo guiados pelo mundo fechado da unidade de segurança máxima tendo apenas o apoio do áudio.

— Obrahiim — diz uma voz enrolada.

O grupo todo fica concentrado de repente. Johan Jönson ergue um pouco o volume e aplica um filtro para reduzir o chiado.

— Lá está ele. Eu o transformaria no meu escravo, meu escravo esqueleto.

— Pensei que fosse o Jurek — diz Corinne.

— Puta que pariu... Olha aquela boca... Eu...

Eles escutam em silêncio a torrente de palavras agressivas do paciente, e ouvem um guarda entrar e separar o confronto. Depois da intervenção, há um breve período de silêncio. Então o paciente começa a questionar Saga sobre Karsudden com desconfiança.

— Ela está indo bem — Pollock diz entre dentes.

Em seguida, escutam Saga sair da sala de recreação. Ela não conseguiu posicionar o microfone.

Ela murmura um palavrão.

Há um silêncio antes de a trava eletrônica da porta se fechar.

— Bom, pelo menos sabemos que a tecnologia funciona — Pollock diz.

— Pobre Saga — Corinne sussurra.

— Ela deveria ter instalado o microfone — Johan Jönson murmura.

— Ela não teve a chance.

— Mas se estragar o disfarce...

— Ela não vai estragar o disfarce — Corinne diz.

— Jurek não falou nada até agora — Pollock diz, olhando para Joona.

— E se ele ficar em silêncio? Tudo terá sido em vão — Jönson suspira.

Joona não fala nada, mas está pensando que algo foi transmitido no breve trecho da gravação. Por alguns minutos, foi como se conseguisse sentir a presença física de Jurek, como se Jurek estivesse na sala de recreação, mesmo sem ter dito nada.

— Vamos ouvir mais uma vez — ele diz, olhando a hora.

— Vai a algum lugar? — Corinne pergunta, erguendo as sobrancelhas pretas impecáveis.

— Vou encontrar uma pessoa — Joona diz, retribuindo o sorriso dela.

— Finalmente, um pouquinho de romance, hein?

88

Joona entra numa sala de ladrilhos brancos com uma pia comprida na parede. Água escorre de uma mangueira laranja para um ralo no chão. O corpo da cabana de caça em Dalarna está deitado numa mesa de autópsia coberta de plástico. O peito marrom encovado foi aberto com uma serra, e um líquido amarelo goteja pelo tubo de aço inoxidável.

— Tra-la-la-la-laa… *we'd catch the rainbow* — o Agulha canta sozinho. — Tra-la-la-la-laa… *to the sun…*

Ele tira um par de luvas de látex e está soprando dentro delas quando vê Joona na soleira.

— Você deveria gravar um álbum com todo o pessoal da Forense. — Joona sorri.

— O Frippe é um ótimo guitarrista — o Agulha responde.

As luzes das lâmpadas potentes no teto se refletem em seus óculos de aviador. Ele está usando uma polo branca sob o jaleco.

Eles escutam passos no corredor. Instantes depois, Carlos Eliasson entra, usando protetores de sapato azul-claros nos pés.

— Conseguiu identificar o corpo? — pergunta ele, parando abruptamente quando vê o cadáver na mesa.

As bordas erguidas fazem a mesa de autópsia parecer um escorredor em que deixaram um pedaço de carne-seca, ou algum tipo estranho de raiz enegrecida. O cadáver está dissecado e retorcido, sua cabeça cortada colocada sobre o pescoço.

— Não há dúvida de que é Jeremy Magnusson — o Agulha responde. — Nosso dentista forense comparou as características orais do corpo com os registros dentários de Magnusson.

O Agulha se inclina, pega a cabeça nas mãos e abre o buraco negro que já foi a boca de Jeremy Magnusson.

— Ele tinha um dente do siso impactado e…

— Por favor — Carlos pede, gotas de suor brilham em sua testa.

— O palato já se decompôs — o Agulha continua, forçando a boca a abrir um pouco mais. — Mas, se encostar o dedo…

— Fascinante — Carlos interrompe, depois olha o relógio. — Temos alguma ideia de quanto tempo ele ficou pendurado lá?

— O processo de ressecamento deve ter sido um pouco refreado pelas temperaturas baixas — o Agulha responde. — Mas, se olharmos os olhos, a conjuntiva ressecou muito rápido, assim como as faces inferiores das pálpebras. A textura fina da pele é uniforme, tirando em volta do pescoço, onde estava em contato com a corda.

— O que significa? — Carlos diz.

— O processo post mortem forma uma espécie de diário, uma vida contínua depois da morte, à medida que o corpo muda. Eu estimaria que o sr. Magnusson se enforcou…

— Treze anos, um mês e cinco dias atrás — Joona diz.

— É um bom palpite — responde o Agulha.

— Acabei de receber uma imagem de uma carta de suicídio da equipe forense — Joona diz, pegando o telefone.

— Suicídio — repete Carlos.

— Tudo aponta para isso, mesmo sendo possível que Jurek Walter estivesse lá na época — o Agulha responde.

— Jeremy Magnusson estava na lista de vítimas mais prováveis de Jurek — Carlos diz. — E, se pudermos descartar a morte como suicídio…

Um pensamento perpassa a mente de Joona. É como se houvesse algum tipo de associação oculta, mas que repercute nessa conversa — algo que não consegue compreender direito.

— O que dizia no bilhete? — Carlos pergunta.

— Ele se enforcou três semanas antes de eu e Samuel encontrarmos a filha dele, Agneta, na floresta de Lill-Jan — Joona diz, abrindo a imagem da carta.

Não sei por que perdi todo mundo. Meus filhos, meu neto e minha esposa.

Sou como Jó, mas sem nenhuma restituição.

Esperei, e essa espera deve chegar ao fim.

Ele tirou a vida convencido de que todos que ele amava haviam sido tirados dele. Se tivesse suportado a solidão um pouco mais, teria tido a filha de volta.

89

Reidar Frost pediu comida de um restaurante chinês para ser entregue no hospital. O vapor sobe dos bolinhos de carne com coentro, rolinhos primavera com cheiro forte de gengibre, *bifum* com legumes picados e pimenta, costeletas de porco fritas e sopa de frango. Ele pediu oito pratos diferentes porque não sabe mais do que Mikael gosta.

Assim que sai do elevador e começa a atravessar o corredor, seu telefone toca.

Reidar coloca as sacolas no chão, vê que a ligação é de um número confidencial e atende rápido:

— Reidar Frost.

O telefone está mudo exceto por um som crepitante.

— Quem é? — ele pergunta.

Alguém geme no fundo.

— Alô?

Ele está prestes a desligar quando alguém sussurra:

— Papai?

— Alô? — ele repete. — Quem é?

— Papai, sou eu — sussurra uma voz estranha e aguda. — É a Felicia.

O chão começa a ceder sob os pés de Reidar.

— Felicia?

É quase impossível escutar a voz dela agora.

— Papai? Estou tão assustada, papai...

— Onde você está? Por favor, filha...

Ele ouve risinhos e sente um calafrio perpassar todo o seu corpo.

— Papai querido, me dá vinte milhões de coroas.

Fica óbvio que é um homem disfarçando a voz e tentando deixá-la mais aguda.

— Me dá vinte milhões de coroas que vou sentar no seu colo e...

— Você sabe alguma coisa sobre a minha filha? — Reidar pergunta.

— Você é um escritor tão ruim que me dá vontade de vomitar.

— Sim, eu sou. Mas se você sabe alguma coisa sobre...

A ligação termina, e as mãos de Reidar estão tremendo tanto que ele não consegue nem digitar o número da polícia. Ele tenta se recompor e diz a si mesmo que vai denunciar a ligação, ainda que não leve a lugar nenhum, e que a polícia com certeza vai pensar que a culpa é toda dele.

90

É noite, mas Anders Rönn ainda está no hospital. Leif foi para casa, e uma mulher musculosa chamada Pia Madsen está trabalhando como guarda noturna. Ela não fala muito, só fica sentada lendo thrillers e bocejando. Anders quer dar uma olhada na terceira paciente, a jovem.

Ela veio diretamente do hospital Karsudden e não demonstra sinal de querer se comunicar com a equipe. A medicação dela é bastante moderada, tendo em vista os resultados da avaliação psiquiátrica. Ela é considerada perigosa e um risco de fuga. Os crimes dos quais foi acusada no Tribunal Distrital são profundamente desagradáveis.

Enquanto a observa, Anders não consegue acreditar que os relatórios sejam verdadeiros, embora saiba que devam ser.

Anders se pega encarando a paciente na tela de novo.

Ela é esguia como uma bailarina e sua cabeça raspada a faz parecer frágil.

É incrivelmente linda.

Talvez tenham prescrito apenas Trilafon e Stelosid no hospital Karsudden porque ela era tão bonita.

Depois da reunião com a diretoria do hospital, Anders recebeu autoridade quase completa sobre a unidade de segurança máxima.

No futuro próximo, é ele quem vai tomar as decisões sobre os pacientes.

Ele pediu conselhos para a dra. Maria Gomez da ala 30. Normalmente, seria recomendável um período inicial de observação, mas ele pode entrar lá e aplicar uma injeção intramuscular de Haldol agora mesmo. O pensamento o faz sentir um formigamento, e ele é tomado por uma sensação rara e inebriante de anseio.

Pia Madsen volta do banheiro. Um pedaço de papel higiênico grudou num de seus sapatos e se arrasta atrás dela. Ela se aproxima pelo corredor a passos vagarosos, o rosto letárgico. As pálpebras estão semicerradas, até que ergue a cabeça e encontra os olhos dele.

— Não estou tão exausta assim — ela diz com um sorriso. Tira o papel higiênico e o joga no lixo, depois se senta à mesa de controle perto dele e olha a hora. — Vamos cantar uma canção de ninar? — ela suspira, antes de olhar para o computador e apagar as luzes nos quartos dos pacientes.

A imagem dos três pacientes continua na retina de Anders por um tempo. Antes de tudo ficar escuro, Jurek já estava deitado de costas na cama, Bernie estava sentado no chão com a mão enfaixada junto ao peito e Saga estava sentada na beira da cama, parecendo igualmente furiosa e vulnerável.

— Eles já são parte da família — Pia diz, antes de abrir seu livro.

91

Às nove da noite, os funcionários apagam a luz. Saga está sentada na beira da cama. O microfone ainda escondido na barra da calça. Parece mais seguro mantê-lo próximo até que consiga instalá-lo. Sem o microfone, toda a missão perderia o propósito. Ela espera e, pouco depois, um retângulo cinza se torna visível na escuridão. É a janela de vidro grosso na porta. As formas no quarto se iluminam numa paisagem enevoada. Saga se levanta e vai até o canto mais escuro, deita no piso frio e começa a fazer abdominais. Depois de trezentos, ela se vira de bruços, alonga suavemente os músculos abdominais e começa a fazer flexões.

De repente, tem a impressão de que está sendo observada. Algo está diferente. Ela para e levanta os olhos. A janela de vidro está mais escura, sombreada. Às pressas, ela enfia os dedos na barra da calça e tira o microfone, mas o derruba no chão.

Ela escuta passos, depois um risco metálico na porta.

Saga apalpa rapidamente o chão, encontra o microfone e o coloca na boca exatamente quando a lâmpada no teto se acende.

— Fique na cruz — uma mulher diz com a voz dura.

Saga ainda está de quatro com o microfone na boca. Devagar, ela se levanta enquanto tenta juntar saliva.

— Rápido.

Ela demora a andar até a cruz, erguendo os olhos para o teto, depois voltando a baixar para o chão. Ela para na cruz, vira as costas para a porta com o ar indiferente, ergue a cabeça e engole. Sua garganta dói muito quando o microfone desce.

— Já nos encontramos antes — um homem diz com a voz arrastada. — Sou o encarregado deste lugar, e o responsável pela sua medicação.

— Quero ver um advogado — Saga diz.

— Tire a blusa e caminhe devagar até a porta — a primeira voz diz.

Ela tira a blusa e a deixa cair no chão, se vira e vai até a porta de sutiã desbotado.

— Pare. Erga as duas mãos, vire os braços e abra bem a boca.

A portinha de metal se abre e ela espera receber um copinho com as pílulas.

— Alterei suas medicações, aliás — diz o homem da voz arrastada.

Saga vê o médico encher uma seringa com uma emulsão branca leitosa e de repente entende todo o significado de estar sob o poder dessas pessoas.

— Coloque o braço esquerdo na portinhola — diz a mulher.

Ela percebe que não pode recusar, mas seu coração se acelera enquanto obedece. Uma mão pega seu braço e o médico passa o polegar sobre o músculo de seu antebraço. Ela suprime o instinto aterrorizado de tentar se soltar.

— Sei que você está tomando Trilafon — o médico diz, lançando-lhe um olhar que ela não consegue interpretar. — Oito miligramas, três vezes ao dia. Mas estava pensando em experimentar...

— Não quero — ela diz.

Ela tenta puxar o braço para trás, mas a guarda segura com firmeza, e Saga pode ver que ela é capaz de quebrar seu braço. A guarda força o braço dela para baixo, fazendo com que fique na ponta dos pés.

Saga se obriga a respirar calmamente. O que vão dar para ela? Uma gota turva pinga da ponta da agulha. Ela tenta puxar o braço para trás de novo. Um dedo alisa a pele fina sobre o músculo. Há uma picadinha, e a agulha entra. Ela não consegue mover o braço. Um calafrio se espalha por seu corpo. Ela olha para as mãos do médico enquanto a agulha é puxada e uma compressa pequena estanca o sangue. Ela puxa o braço e se afasta das duas figuras atrás do vidro.

— Agora vai sentar na cama — a guarda diz com a voz ríspida.

Seu braço arde onde a agulha entrou, como se a tivesse queimado. Uma exaustão imensa se espalha por seu corpo. Ela não tem energia para pegar a blusa do chão, só cambaleia e dá um passo em direção à cama.

— Dei Stesolid para ajudar você a relaxar — o médico diz.

O quarto balança, e ela tateia em busca de apoio, mas não consegue alcançar a parede.

— Merda — Saga engasga.

O cansaço a domina. Quando acha que precisa deitar na cama, as pernas cedem. Ela cai no chão, o impacto percorrendo seu corpo e fazendo o pescoço repuxar.

— Volto daqui a pouco — o médico continua. — Estava pensando que podíamos tentar uma droga neuroléptica que às vezes funciona muito bem. Chama-se Haldol.

— Não quero — ela fala baixinho, tentando se virar de lado.

Abre os olhos e pisca em meio à tontura. Seu quadril está latejando pela queda. Uma sensação de formigamento sobe de seus pés, deixando-a cada vez mais sonolenta. Ela não tem energia para se levantar. Seus pensamentos estão mais lentos. Ela tenta erguer a cabeça de novo, mas está completamente impotente.

92

As pálpebras estão pesadas, mas ela se força a olhar. A luz da lâmpada no teto está estranhamente turva. A porta de metal se abre e um homem de jaleco branco entra. É o jovem médico. Ele segura alguma coisa em suas mãos pequenas. A fechadura da porta trava. Ela pisca com os olhos secos e vê o médico colocar dois frascos de óleo amarelo na mesa. Com cuidado, ele abre a embalagem plástica de uma seringa. Saga tenta rastejar para debaixo da cama, mas está lenta demais. O médico a pega pelo tornozelo e começa a puxá-la para fora. Ela tenta se segurar, e rola de costas. Seu sutiã desliza para cima, descobrindo os seios enquanto ele a puxa.

— Você parece uma princesa — ela o ouve sussurrar.

— Quê?

Ela ergue a cabeça para ver os olhos úmidos dele e tenta cobrir os seios, mas suas mãos estão muito fracas.

Ela fecha os olhos de novo e só fica deitada, esperando.

De repente, o médico a vira de bruços. Ele baixa a calça e a calcinha dela. Ela apaga e é despertada por uma picada penetrante no alto da nádega direita, depois outra, mais embaixo.

Saga acorda no escuro no piso frio e percebe que foi coberta por uma manta. A cabeça dói, e ela não sente direito as mãos. Ela se senta, arruma o sutiã, e se lembra do microfone no estômago.

Ela tem muito pouco tempo.

Pode ter dormido durante horas.

Ela se arrasta até o ralo no chão, enfia dois dedos na garganta e vomita um pouco de líquido ácido. Engole em seco e tenta outra vez. Seu estômago se aperta, mas não sai nada.

— Merda.

Ela precisa estar com o microfone no dia seguinte para colocá-lo na sala de recreação. Não pode deixar que ele desapareça. Ela se levanta com as pernas trêmulas e toma um pouco de água da torneira, depois se ajoelha e tenta de novo. A água volta, mas ela mantém os dedos na garganta. O conteúdo escasso de seu estômago escorre pelo antebraço. Respirando com dificuldade, enfia os dedos mais fundo, provocando o reflexo de vômito. Vomita bile até a boca estar cheia do gosto amargo. Tosse e enfia os dedos de novo. Desta vez, finalmente sente o microfone subir pela garganta até a boca. Ela o pega e o esconde, mesmo com o quarto escuro, então se levanta, lava o microfone sob a torneira e o enfia na barra da calça outra vez. Cospe uma mistura de bile e muco, enxágua a boca e o rosto, cospe de novo, bebe um pouco d'água e deita na cama.

Seus pés e as pontas dos dedos estão gelados. Ela sente um leve formigamento nos dedos dos pés. Enquanto arruma a calça, percebe que a calcinha está do avesso. Ela não sabe se ela mesma a colocou do jeito errado ou se aconteceu alguma outra coisa. Ela se cobre e, com cuidado, desliza a mão para a virilha. Não está dolorida, mas parece estranhamente dormente.

93

Mikael Kohler-Frost está sentado à mesa da sala do refeitório da ala do hospital. Ele segura um copo de chá morno enquanto conversa com Magdalena Ronander do DNIC. Reidar está agitado demais para se sentar, mas fica parado perto da porta e observa o filho por um tempo antes de ir à entrada para se encontrar com Veronica Klimt.

Magdalena sorri para Mikael, depois pega os grossos protocolos de interrogatório e os coloca em cima da mesa. Eles enchem quatro fichários. Ela folheia até a página marcada, depois pergunta se ele está pronto para continuar.

— Só vi o lado de dentro da cápsula — Mikael explica, como já fez tantas vezes.

— Pode descrever a porta de novo? — ela pergunta.

— É de metal, e é completamente lisa. No começo, dava para tirar lascas de tinta com as unhas. Não tinha fechadura nem maçaneta.

— De que cor era?

— Cinza, pelo que eu lembro.

— E tinha uma portinhola que...

Ela para de falar quando o vê secar as lágrimas da bochecha e virar o rosto.

— Não posso falar pro meu pai — ele diz, os lábios trêmulos. — Mas, se Felicia não voltar...

Magdalena faz uma pausa, dá a volta na mesa e o abraça. Diz que tudo vai ficar bem.

— Eu sei — ele diz —, eu sei que me mataria.

Reidar Frost mal saiu do hospital Södermalm desde que Mikael deu entrada. Ele está alugando um quarto no hospital, no mesmo andar que Mikael, para poder ficar com o filho.

Mesmo sabendo que não adianta muita coisa, é tudo que pode fazer para não sair correndo e se juntar à busca por Felicia. Ele comprou anúncios nos jornais nacionais para todos os dias, implorando por informações e prometendo recompensa. Contratou uma equipe dos melhores detetives particulares do país para procurar por ela. A ausência dela o dilacera, tira seu sono e o faz vagar pelos corredores por horas a fio.

A única coisa que o acalma é ver Mikael ficar mais forte a cada dia que passa. O inspetor Joona Linna disse que ajudaria muito a investigação se Reidar ficasse com o filho, deixando-o falar no próprio ritmo, escutando e anotando cada lembrança, cada detalhe.

Quando Reidar chega à entrada, Veronica já está esperando por ele do lado de dentro das portas de vidro que dão para o estacionamento coberto de neve.

— Não é meio cedo para mandar Micke para casa? — ela pergunta, passando as sacolas.

— Disseram que não tem problema. — Reidar sorri.

— Comprei uma calça, e moletom, camisas, camisetas, uma blusa grossa e mais alguns...

— Como estão as coisas lá em casa? — Reidar pergunta.

— Muita neve — diz Veronica, rindo.

Ela conta que os últimos hóspedes finalmente foram embora.

— Até meus cavaleiros? — Reidar pergunta.

— Não, eles ainda estão lá... Você vai ver.

— Como assim?

Veronica só balança a cabeça e sorri.

— Falei para Berzelius que eles não podiam vir aqui, mas estão muito ansiosos para conhecer Mikael — ela responde.

— Você vai subir? — Reidar pergunta, sorrindo e ajeitando o colarinho.

— Outra hora — Veronica responde, olhando nos olhos dele.

94

Enquanto Reidar dirige, Mikael está no banco de passageiro com as roupas novas, trocando as estações no rádio. Ele para de repente. Uma música para balé de Satie enche o carro como uma chuva morna de verão.

— Pai, não lembro desta paisagem — Mikael diz.

— Você nunca esteve aqui. Precisei me mudar.

— Mas e o meu quarto? E o da Felicia?

— Guardei todas as coisas de vocês.

Reidar comprou a mansão arruinada porque não aguentava mais os vizinhos barulhentos de Tyresö.

Os campos nevados se estendem diante deles. Eles viram na longa entrada de carros, onde os três amigos de Reidar acenderam tochas até a casa. Quando param e saem do carro, Wille Strandberg, Berzelius e David Sylwan aparecem na escada.

Berzelius dá um passo à frente e hesita, como se não soubesse se abraçava ou apertava as mãos do rapaz. Então ele abraça Mikael com força.

Wille seca as lágrimas atrás dos óculos.

— Como você está grande, Micke — ele diz. — Eu...

— Vamos entrar — Reidar interrompe, vindo em resgate do filho. — Precisamos comer.

David cora e encolhe os ombros como quem pede desculpas:

— Organizamos uma festa de trás para a frente.

— O que é isso? — Reidar pergunta.

— A gente começa pela sobremesa e termina com a entrada. — Sylwan sorri, um pouco envergonhado.

Mikael é o primeiro a atravessar a porta imponente. Ele para e apoia a mão na parede, como se estivesse prestes a desmaiar. As tábuas largas de carvalho no corredor cheiram como se tivessem sido lavadas há pouco tempo.

Há balões pendurados no teto da sala de jantar e, sobre a mesa, um bolo decorado com um boneco do Homem-Aranha feito de marzipã colorido.

— A gente sabe que você cresceu, mas você gostava do Homem-Aranha e adorava bolo, então a gente pensou…

— A gente pensou errado — Wille conclui.

— Eu adoraria experimentar um pedaço — Mikael diz, e baixa os olhos.

— Esse é o espírito! — David ri.

— Depois tem pizza, e sopa de letrinhas para finalizar — Berzelius diz.

Eles se sentam em volta da enorme mesa oval.

— Lembro de uma vez em que você comentou que ficou cuidando do bolo na cozinha até os convidados chegarem — Berzelius diz, cortando uma fatia grande para Mikael. — Ele estava completamente oco quando fomos acender as velinhas.

Reidar pede licença e sai da mesa. Tenta sorrir para os outros, mas seu coração está batendo forte de angústia. Ele sente tanta falta da filha que chega a doer, o suficiente para querer gritar. Vendo Mikael sentado ali com aquele bolo infantil, pálido e trêmulo como se tivesse sido ressuscitado dos mortos. Reidar respira fundo algumas vezes e sai para o corredor, relembrando o dia em que enterrou os caixões vazios dos filhos perto das cinzas de Roseanna e depois voltou para casa. Convidou todos para uma festa, e nunca mais ficou sóbrio.

Ele para no corredor, olhando para a sala de jantar, onde Mikael se obriga a comer enquanto os amigos de Reidar tentam conversar com o garoto perdido. Reidar sabe que não deveria continuar fazendo isso, mas pega o celular e telefona para Joona.

— É Reidar — ele diz.

Uma leve pressão crescendo em seu peito.

— Soube que Mikael recebeu alta — o detetive diz.

— Mas Felicia. Preciso saber. Ela é, ela é tão…

— Eu sei, Reidar — Joona diz com a voz branda.

— Você está fazendo o possível — Reidar sussurra.

Ele precisa se sentar.

Ouve o detetive perguntar alguma coisa, mas desliga o telefone no meio de uma frase.

95

Reidar se apoia na parede e sente a textura do papel de parede sob a mão. Ele nota alguns mosquitos mortos na base empoeirada do abajur.

Mikael tinha dito que Felicia não achava que ele procuraria por ela, que tinha certeza de que ele não se importava com o desaparecimento dela.

A pressão no peito de Reidar cresce. Ele olha para o corredor, onde jogou o casaco com o spray de nitroglicerina. Tenta respirar fundo, dá alguns passos e para. Ele foi um pai injusto. Sabe disso.

Felicia tinha completado oito anos naquele mês de janeiro.

Mikael sempre foi tão alerta e consciente. Ouvia com atenção e fazia tudo que esperavam dele.

Felicia era diferente.

Reidar era cheio de si na época. Escrevia o dia todo, respondia cartas dos leitores, dava entrevistas, sentava para sessões fotográficas e viajava o mundo para lançamentos de livros. Nunca achava que tinha tempo suficiente e odiava quando o faziam esperar.

Felicia estava sempre atrasada.

Aquele dia — quando o inimaginável aconteceu, quando Reidar foi abandonado por qualquer deus que pudesse existir — começou com uma manhã perfeitamente comum. O sol brilhava.

Felicia era sempre lenta e desconcentrada. Roseanna já tinha separado as roupas para ela naquela manhã, mas era função de Reidar garantir que os filhos chegassem à escola a tempo. Roseanna tinha de sair cedo para dirigir para Estocolmo antes que o trânsito do horário de pico tornasse o trajeto interminável.

Mikael estava pronto para ir quando Felicia se sentou à mesa da cozinha. Reidar passou manteiga na torrada dela, serviu um pouco de cereal e separou o achocolatado, o leite e um copo. Ela se sentou e ficou lendo a parte de trás da caixa de cereal, cortou um cantinho da torrada e o rolou numa bolinha amanteigada.

— A gente está com um pouco de pressa — Reidar disse com a voz contida.

Ela enfiou a colher no achocolatado do pacote sem aproximá-lo do copo e conseguiu derramar a maior parte na mesa. Apoiada nos cotovelos, começou a puxar com os dedos o pó derrubado. Reidar mandou que ela limpasse a mesa, mas ela não respondeu, apenas lambeu o dedo coberto de chocolate em pó.

— Você sabe que a gente tem de sair antes de dez para as oito para chegar a tempo?

— Sei — ela murmurou, depois se levantou da mesa.

— Vai escovar os dentes — Reidar disse. — Sua mãe separou suas roupas no seu quarto.

Ele decidiu não lhe dar bronca por não colocar o copo na pia nem limpar a mesa.

O peito de Reidar se aperta. A dor desce por seu braço e ele tenta respirar com dificuldade. Mikael e David Sylwan estão ao lado dele de repente. Ele tenta dizer que está bem. Berzelius corre para pegar seu casaco, e eles vasculham os bolsos atrás do remédio dele.

Ele pega o frasco, borrifa embaixo da língua e o deixa cair no chão enquanto a pressão em seu peito vai aliviando. Ele os escuta discutindo se devem chamar uma ambulância. Reidar faz que não com a cabeça e percebe que o spray de nitroglicerina provocou uma dor de cabeça crescente.

— Vão comer — ele diz. — Estou bem. Só... preciso ficar um pouco sozinho.

96

Reidar está sentado no chão com as costas apoiadas na parede. Ele seca a boca com a mão trêmula e se obriga a confrontar a memória de novo. Eram oito horas quando ele entrou no quarto de Felicia. Ela estava sentada no chão, lendo. O cabelo dela estava uma bagunça, e ela tinha uma mancha de chocolate na boca e numa das bochechas. Tinha amarrotado a blusa e a saia recém-passadas para formar uma almofada onde sentar. Estava com uma perna na meia-calça de lã e ainda estava chupando os dedos sujos.

— Você precisa estar na sua bicicleta em nove minutos — ele disse para ela. — Sua professora avisou que você não pode mais se atrasar neste semestre.

— Eu sei — ela disse com a voz monótona, sem tirar os olhos do livro.

— E vai lavar o rosto. Está imundo.

— Me deixa em paz — ela murmurou.

— Não quero ser chato — ele tentou dizer. — Só não quero que você se atrase. Você entende?

— Você é tão chato que me dá vontade de vomitar — ela disse olhando para o livro.

Ele não aguentou mais. Pegou o braço dela e a puxou até o banheiro. Abriu a torneira e esfregou o rosto dela com força.

— Qual é o seu problema, Felicia? Por que nunca consegue fazer nada direito? — ele gritou. — Seu irmão já está pronto. Está esperando você, e vai se atrasar por sua causa. Mas você não está nem ligando. Não passa de uma malcriada. Não merece ter uma casa bonita e arrumada como esta.

Ela começou a chorar, o que só o deixou ainda mais furioso.

— Qual é o seu problema? — ele continuou.

Ele começou a escovar o cabelo dela, as mãos agressivas de raiva. Ela gritou e soltou um palavrão, e ele parou.

— O que você disse?

— Nada — ela murmurou.

— Parece que disse alguma coisa.

— Parece que seu ouvido está com problema — ela sussurrou.

Ele a arrastou para fora do banheiro, abriu a porta da frente e a empurrou para fora com tanta força que ela caiu no chão.

Mikael estava na porta da garagem, esperando com as bicicletas. Ele tinha se recusado a sair sem a irmã.

Reidar segura a cabeça entre as mãos. Felicia era uma criança e estava agindo como uma. Estar atrasada e ter o cabelo bagunçado não importavam para ela.

Ele se lembra de Felicia se levantando na entrada apenas de calcinha. Seu joelho direito estava sangrando, seus olhos vermelhos, e ela ainda tinha chocolate em pó no pescoço. Reidar estava tremendo de raiva. Ele entrou de novo e buscou sua blusa, a saia e a jaqueta, e as jogou no chão na frente dela.

— O que eu fiz? — ela chorou.

— Você está destruindo esta família — ele respondeu.

— Mas eu...

— Peça desculpas. Peça desculpas agora.

— Desculpa — ela disse enquanto chorava. — Me desculpa.

Ela olhou para ele com lágrimas escorrendo pelas bochechas.

— Agora, vista-se — ele mandou.

Ele a observou se vestir, os ombros tremendo enquanto chorava. Ele a observou secar as lágrimas do rosto e montar na bicicleta, a blusa meio enfiada dentro da saia e o casaco aberto. Ficou ali enquanto a raiva passava e ouviu a filhinha chorar enquanto saía de bicicleta para a escola.

Conseguiu esquecer a discussão. Passou o dia escrevendo e se sentiu satisfeito com seu progresso. Não tinha se dado ao trabalho de se vestir, só se sentou de roupão na frente do computador. Não tinha escovado os dentes nem se barbeado. Não tinha feito a cama nem limpado a mesa de jantar. Pensou em dizer tudo isso para Felicia e explicar que era igualzinho a ela, mas nunca teve a chance.

Ele ficou fora até tarde, jantando com o editor alemão, e, quando voltou para casa à noite, as crianças já estavam dormindo. Ele e Roseanna encontraram as camas vazias na manhã seguinte. Não há nada nessa vida de que ele se arrependa mais do que a maneira como tratou Felicia.

É insuportável pensar nela sozinha naquele quarto terrível.

97

Saga acorda na manhã seguinte quando a luz no teto se acende. Sua cabeça parece pesada, e ela não consegue se focar em nada. Por baixo da coberta, apalpa o microfone com os dedos dormentes.

A mulher de piercing nas bochechas está na porta, gritando que é hora do café da manhã. Saga se levanta, pega a bandeja estreita pela portinhola e se senta na cama. Ela se obriga a comer os sanduíches.

A situação está ficando insuportável. Não vai conseguir aguentar por muito tempo.

Ela toca o microfone com cautela e se pergunta se deve pedir para cancelar a missão.

Vai até a pia com as pernas trêmulas, escova os dentes e lava o rosto com a água gelada.

Não posso abandonar Felicia, ela pensa.

Saga se senta na cama e fica encarando a porta até a trava para a sala de recreação se abrir. Conta até cinco, se levanta e bebe água da torneira. Não pode parecer ansiosa demais. Seca a boca com o dorso da mão, depois vai para a sala de recreação.

É a primeira a chegar, mas a televisão está ligada atrás do vidro reforçado como se nunca tivesse sido desligada. Ela consegue escutar os gritos raivosos da cela de Bernie Larsson. Parece que ele está tentando destruir a mesa. Ela escuta a bandeja de café da manhã cair no chão. Ele está gritando enquanto atira a cadeira de plástico na parede.

Saga sobe na esteira e a liga, dá alguns passos, depois pausa e se senta na beirada, perto da palmeira. Tira um sapato, fingindo que tem alguma coisa errada com a palmilha. Suas mãos ainda estão frias e um pouco dormentes. Sabe que precisa se apressar, mas deve tomar cuidado para não se mover rápido demais. Bloqueia o campo de visão da câmera com o corpo e com os dedos trêmulos puxa o microfone da calça.

— Putas do caralho! — Bernie grita.

Saga tira o invólucro protetor do microfone. O objeto pequeno escapa de sua mão, mas ela o pega contra a coxa. Ela escuta passos enquanto pressiona o microfone na face inferior da folha de baixo. Ela o segura ali por alguns segundos a mais antes de soltar.

Bernie abre a porta e entra na sala de recreação. A folha de palmeira ainda está balançando pelo toque dela, mas o microfone está enfim posicionado.

— Obrahiim — ele sussurra, e para de repente quando a vê.

Saga continua sentada, puxa a meia, alisando um vinco, depois volta a calçar o sapato.

— Puta que pariu — ele diz, tossindo.

Ela se levanta e volta para a esteira. Suas pernas estão fracas, e o coração acelerado.

— Tiraram fotos de mim — Bernie diz, arfando enquanto se senta no sofá. — Odeio aquelas putas...

O corpo de Saga está estranhamente exausto. O suor escorre por suas costas e seu coração está latejando nos ouvidos. Deve ser por causa da medicação. Ela diminui a velocidade da esteira, mas ainda tem dificuldade de continuar.

Bernie se deita com os olhos fechados, sacudindo a perna, inquieto.

— Merda! — ele exclama.

Ele cambaleia até a esteira e para bem na frente de Saga.

— Eu era o primeiro da turma — ele diz, espirrando saliva no rosto de Saga. — Meu professor me dava passas nos intervalos.

— Bernie Larsson, para trás — diz uma voz pelo alto-falante.

Ele tropeça para o lado e dá um passo para trás, trombando na palmeira.

98

Bernie quase cai em cima da palmeira. Em vez disso, ele chuta a planta, dá a volta na esteira e se aproxima de Saga outra vez.

— Eles têm tanto medo de mim que me enchem de Suprefact. Porque sou uma verdadeira máquina de sexo, um puta garanhão.

Saga ergue os olhos para a câmera. Ela estava certa. A visão da câmera é bloqueada pela caixa de vidro em volta da televisão. Há uma faixa cega estreita que a câmera não alcança, não mais do que um metro no máximo.

Bernie está respirando atrás dela, que o ignora e continua andando.

— Branca de Neve, sua bunda está suando — ele diz. — Sua boceta deve estar bem suadinha. Posso te arranjar uns lenços.

Na televisão, um homem vestido de chef está falando animadamente enquanto coloca caranguejos num molho.

A porta mais distante se abre, e Jurek entra na sala de recreação. Saga entrevê seu rosto franzido e baixa os olhos imediatamente, parando a esteira. Ela desce, ofegante pelo esforço, e caminha até o sofá. Jurek não demonstra sinal de ter notado. Sobe na esteira e a liga. Seus passos pesados abafam o som da televisão.

Saga olha para o chef, que está fritando cebolas roxas numa frigideira. Bernie se aproxima, limpando o suor do pescoço.

— Você pode ficar com a boceta quando for minha escrava esqueleto — ele diz, aproximando-se por trás dela. — Vou arrancar o resto da carne e…

— Quieto — Jurek diz.

Bernie para de falar e olha para ela, formando a palavra "puta" com a boca, depois lambendo os dedos e agarrando o peito dela. Ela reage na hora, pegando a mão dele e o puxando para o ponto cego da câmera. Ela lhe dá um forte soco no nariz. A cartilagem estala, e ela consegue ouvir o nariz dele se quebrar. Então faz um giro, ganhando impulso com o movimento, e acerta Bernie na orelha com um rápido gancho de direita. Ele está prestes a cambalear para o alcance da câmera, mas ela o segura com a mão esquerda. Ele a encara pelos óculos tortos. O sangue escorre pelo bigode e sobre sua boca.

Ainda consumida pela raiva, Saga o segura no ponto cego e o acerta com outro gancho de direita. A cabeça dele tomba para o lado, suas bochechas murcham e os óculos voam para longe e acertam a parede.

Bernie cai de joelhos, a cabeça pendendo, enquanto sangue pinga no chão.

Saga ergue a cabeça dele, vê que ele está prestes a desmaiar e mete outro soco no nariz dele.

— Eu avisei — ela rosna, soltando-o.

Bernie cai para a frente e estende os braços para se segurar. Sangue pinga de seu rosto pelas mãos e sobre o piso de vinil.

Saga se afasta, respirando com dificuldade. Jurek Walter saiu da esteira e a observa com os olhos claros. Seu rosto é inexpressivo, o corpo estranhamente relaxado.

Enquanto passa por Jurek na direção do quarto, o pensamento que passa pela cabeça de Saga é que ela estragou tudo.

99

A ventoinha do computador zumbe enquanto Anders faz login. A outra mão se move rápido sobre um relógio com uma imagem do rosto de Bart Simpson no visor. Anders lembra que precisa sair cedo porque vai a uma aula sobre diálogos socráticos no Centro de Educação sobre Autismo.

Um post-it perto do teclado diz que é semana de reciclagem. Ele não faz ideia do que isso significa.

Quando o programa de fichas médicas da unidade de segurança máxima abre, ele digita seu nome de usuário e senha. Olha a lista e clica no número de identificação de Saga Bauer, para tomar nota da medicação dela.

Vinte e cinco miligramas de Haldol, ele escreve. Duas injeções intramusculares no quadrante superior da região glútea.

Foi a decisão certa, ele pensa, e, em sua mente, consegue vê-la se contorcendo no chão com os seios à mostra.

Seus mamilos claros tinham se enrijecido. A boca estava trêmula.

Se isso não ajudá-la, ele pode tentar Cisordinol, embora possa ter alguns efeitos colaterais graves. Possíveis sintomas extrapiramidais, combinados com problemas de visão, equilíbrio e orgasmo.

Anders fecha os olhos e se lembra de como baixou a calcinha da paciente.

"Não quero", ela havia repetido várias vezes.

Mas ele não tinha dado ouvidos. Fez o que tinha de fazer. Pia Madsen havia supervisionado a intervenção.

Ele deu as duas injeções nas nádegas e ficou olhando entre as pernas dela para os pelos pubianos loiros e a vagina rosa fechada.

Anders vai até a sala de vigilância. My já está sentada à mesa de controle. Lança um olhar simpático ao vê-lo entrar.

— Eles estão na sala de recreação — ela diz.

Anders se debruça e olha para a sala de recreação. Jurek está na esteira. Saga está em pé assistindo à televisão. Parece pouco afetada pela medicação nova. Bernie vai até ela, diz alguma coisa e para atrás dela.

— O que ele está fazendo? — Anders pergunta.

— Bernie parece agitado — My diz, franzindo a testa.

— Queria mesmo ter aumentado a dosagem dele ontem. Talvez eu devesse.

— Ele fica seguindo a paciente nova, falando de forma maníaca...

— Saco — Anders diz, a voz estressada.

— Eu e Leif podemos intervir — My o tranquiliza.

— Mas não deveriam ter de intervir — ele diz. — Quer dizer que a medicação está errada. Vou aumentar a dose dele hoje à noite de duzentos para quatrocentos miligramas.

Anders observa Bernie rodear Saga. As outras câmeras mostram as portas de segurança, os corredores e as celas vazias. Num quadrado, Sven Hoffman está com uma caneca de café na mão ao lado da porta de segurança que dá para a sala de recreação. Está falando com os dois guardas.

— Merda — My grita de repente, e aperta o alarme de emergência.

100

Um ruído áspero e pulsante ecoa pela sala. Anders ainda está olhando para a sala de recreação pelo monitor. A luz no teto é refletida pelo vidro empoeirado da tela. Ele se inclina para a frente. Consegue ver apenas dois pacientes. Jurek está em pé ao lado da televisão, e Saga está a caminho da própria cela.

My está em pé, gritando algo no aparelho de rádio de emergência. A luminária na mesa tomba e a cadeira de escritório dela bate no armário de arquivos. Ela está gritando que Bernie Larsson está ferido e que a equipe de resposta deve entrar imediatamente.

Só agora Anders nota que Bernie foi ocultado atrás da parte protuberante da parede.

Tudo que consegue ver é uma mão ensanguentada no chão. Bernie deve estar bem na frente de Jurek.

— Vocês precisam entrar — My repete para o aparelho de rádio algumas vezes, depois sai correndo.

Anders continua sentado e observa Jurek se inclinar e arrastar Bernie pelo cabelo até o meio da sala.

Um rastro de sangue cintila no piso.

Ele vê Leif dar instruções a dois guardas do lado de fora da porta de segurança enquanto My corre para se juntar a eles.

O alarme ainda está soando.

O rosto de Bernie está coberto de sangue. Seus olhos se contorcem espasmodicamente, e seus braços se debatem no ar.

Anders tranca a porta do quarto de paciente 3, depois verifica a situação com Sven pelo rádio. Um grupo de guardas está sendo enviado da ala 30.

Alguém desliga o alarme.

O rádio de Anders bipa, e ele consegue ouvir alguém respirando com dificuldade.

— Estou abrindo a porta agora, repito, abrindo a porta agora — My avisa.

Dá para ver o rosto impassível de Jurek pela tela. Ele está em pé diante de Bernie enquanto o paciente ferido tosse, espalhando sangue pelo piso.

Guardas e assistentes hospitalares com cassetetes estão se reunindo à porta da sala de recreação, os rostos tensos.

A porta externa se abre com um estrondo.

Jurek fala alguma coisa para Bernie, depois se inclina e o atinge com força na boca.

— Jesus — Anders murmura.

A equipe de emergência entra na sala de recreação e se espalha. Jurek se empertiga e sacode o sangue da mão, dá um passo para trás e fica esperando.

— Dá quarenta miligramas de Stesolid para ele — Anders diz a My.

— Quatro ampolas de Stesolid — My repete pelo rádio.

Três guardas se aproximam de direções diferentes com os cassetetes erguidos. Gritam para Jurek se afastar e mandam que se ajoelhe no chão.

Jurek olha para eles, se ajoelha devagar e fecha os olhos. Leif dá passos rápidos à frente e bate com o cassetete na nuca de Jurek. É um golpe forte. A cabeça de Jurek voa para a frente, e o corpo acompanha. Ele cai no chão e fica ali.

O segundo guarda apoia um joelho na coluna de Jurek enquanto pega seus braços e os torce atrás das costas. My está desembalando uma seringa. Na tela, Anders pode ver que suas mãos estão tremendo.

Jurek está deitado de bruços. Dois guardas o imobilizam, algemam seus punhos e baixam suas calças para que My possa dar a injeção diretamente no músculo.

101

Anders olha nos olhos castanhos da médica de emergência e a agradece calmamente. O jaleco branco dela está manchado pelo sangue de Bernie.

— O osso nasal dele foi reparado. Dei pontos na sobrancelha, mas nos outros lugares a fita deu conta do recado. Ele deve ter uma concussão, então você precisa deixá-lo em observação constante.

— Sempre deixamos — Anders responde, olhando para Bernie pelo monitor.

Ele está deitado na cama, o rosto coberto de curativos. A boca está entreaberta, e a barriga protuberante se move no ritmo da respiração.

— Ele fala umas coisas muito revoltantes — comenta a médica enquanto sai.

Leif volta à sala de vigilância e passa a mão no cabelo ondulado.

— Isso foi inesperado.

— Examinei a ficha — Anders diz. — É a primeira vez em treze anos que Jurek comete um ato violento.

— Talvez não goste de companhia — Leif sugere.

— Jurek é velho e está acostumado a ter as coisas do jeito dele, mas precisa entender que não vai ser mais assim daqui para a frente.

— Como vamos enfiar isso na cabeça dele? — Leif pergunta com um sorriso sombrio.

Anders passa o cartão na leitora e deixa Leif passar na frente. Eles passam pelos quartos de paciente 3 e 2 e param diante da cela de Jurek.

Anders olha dentro da cela, Jurek está deitado na cama, amarrado.

Leif tira um par de tampões de ouvido e os oferece a Anders, mas ele faz que não com a cabeça.

— Tranca a porta depois que eu entrar e fique preparado para soar o alarme.

— Só entra e faz o que precisa fazer. Não fale com ele e finja não escutar o que ele diz — Leif diz.

Anders entra e ouve Leif trancar a porta rapidamente. Os punhos e tornozelos de Jurek estão presos nas extremidades da cama. Faixas de tecido grosso estão esticadas sobre suas coxas, seu quadril e seu tronco. Ele ainda parece cansado pelo tranquilizante emergencial, e o sangue escorre de uma orelha. O sangue do nariz coagulou, e suas narinas parecem estranhamente pretas.

— Decidi alterar sua medicação, considerando o que houve na sala de recreação — Anders diz.

— Sim. Estava esperando uma punição — Jurek diz com a voz rouca.

— Sinto muito que prefira ver dessa maneira, mas é minha responsabilidade evitar a violência nesta ala.

102

Anders enfileira na mesa os frascos de líquido amarelo para a injeção. Os cintos de contenção fixam o corpo de Jurek na cama, mas seus olhos acompanham cada movimento do médico.

— Não consigo sentir meus dedos — Jurek diz, tentando soltar a mão direita.

— Você sabe que precisamos tomar medidas emergenciais às vezes — Anders diz.

— Na primeira vez em que nos encontramos, você parecia assustado. Agora, tenta encontrar medo nos meus olhos — Jurek diz.

— O que faz você pensar isso? — Anders questiona.

Jurek respira algumas vezes, umedece a boca e olha nos olhos de Anders.

— Posso ver que está preparando trezentos miligramas de Cisordinol, mesmo sabendo que é uma quantidade excessiva, e que essa combinação com minha medicação normal é arriscada.

— Cheguei a uma conclusão diferente — Anders diz, sentindo as bochechas corarem.

— No entanto, vai escrever na minha ficha que tentou apenas cinquenta miligramas.

Anders não responde. Prepara a seringa e confirma que a agulha está completamente seca.

— Você sabe que uma overdose pode ser fatal — Jurek continua. — Mas sou forte, então provavelmente vou ficar bem. Mesmo assim, vou gritar, sofrer câibras terríveis e perder a consciência.

— Sempre há o risco de efeitos colaterais — Anders diz, lacônico.

— A dor não me incomoda.

Anders extrai algumas gotas da agulha. Uma escorre pela seringa.

— Os outros pacientes parecem ter incomodado você — Anders diz, sem olhar para Jurek.

— Não precisa inventar desculpas para mim — Jurek diz.

Anders enfia a agulha na coxa de Jurek, injeta trezentos miligramas de Cisordinol e espera.

Jurek arfa. Seus lábios estremecem e suas pupilas se contraem até virarem pequenos pontinhos. A saliva escorre por sua bochecha e seu pescoço. O corpo se contorce e se debate até ficar completamente rígido, a cabeça esticada para trás, as costas arqueadas acima da cama, as faixas distendidas sobre seu corpo.

Ele fica nessa posição, sem respirar.

O estrado da cama range.

Anders o encara. Ele está tendo uma convulsão prolongada.

De repente, o estado tônico acaba e o corpo de Jurek começa a sofrer espasmos. Ele está se debatendo descontroladamente, mordendo a língua e soltando rugidos guturais de dor.

Anders tenta apertar as faixas sobre o corpo dele. Os braços de Jurek estão puxando com tanta força que os punhos começam a sangrar.

Ele volta a cair, gemendo, enquanto o sangue escorre de seu rosto.

Anders se afasta e não consegue deixar de sentir satisfação ao ver lágrimas escorrendo pelas bochechas de Jurek.

— Logo você vai se sentir melhor — ele mente.

— Não posso dizer o mesmo por você — Jurek arfa.

— O que você disse?

— Quando eu arrancar sua cabeça e jogar no…

Jurek é interrompido por uma nova onda de espasmos. Ele grita enquanto a cabeça se torce para um lado. Um leque de veias fica saliente em sua garganta e os ossos em seu pescoço estalam. Seu corpo todo volta a tremer, fazendo a cama sacudir.

103

Saga deixa a água gelada escorrer pelas mãos. Seus nós dos dedos estão inchados e doloridos, e ela tem três pequenos cortes neles.

Deu tudo errado.

Ela perdeu o controle e atacou Bernie, e Jurek levou a culpa.

Pela porta, escutou os guardas gritando sobre quatro ampolas de Stesolid antes de o arrastarem para a cela.

Acharam que foi ele quem atacou Bernie.

Saga fecha a torneira, deixa a água pingar de suas mãos sobre o chão e se senta na cama. A adrenalina foi substituída por um peso trêmulo em seus músculos.

Uma médica de emergência foi chamada para cuidar de Bernie. Ela o ouviu balbuciar febrilmente até a porta se fechar.

Saga fica tão frustrada que está à beira de lágrimas. Sua completa incapacidade de controlar a porra das emoções. Sua maldita raiva estragou tudo. Ela sente um calafrio. É possível que Jurek queira se vingar por ter levado a culpa.

As portas de segurança ecoam, e ela ouve passos rápidos no corredor, mas ninguém vem a sua cela.

Silêncio.

Saga fica sentada na cama de olhos fechados enquanto gemidos começam a reverberar pelas paredes. Seu coração bate mais rápido. Ela escuta Jurek soltar um uivo gutural e gritar de dor. Pensa ouvir alguém chutando os calcanhares dele contra o aço reforçado do estrado da cama. É como o barulho de um soco num saco de pancadas.

Saga fica olhando para a porta, pensando em eletrochoques e lobotomias.

A voz de Jurek embarga enquanto ele grita. Ela ouve baques pesados.

Depois silêncio.

Agora só consegue ouvir o estalido suave das tubulações de água na parede. Saga se levanta e olha pelo vidro grosso da janela na porta. O jovem médico passa. Ele para e olha para ela com o rosto inexpressivo.

Viver ali é muito mais difícil do que ela imaginava. Em vez de chorar, ela repassa a missão na cabeça, relembrando as regras da infiltração prolongada e o objetivo de toda a operação.

Felicia Kohler-Frost está completamente sozinha num quarto trancado. Pode estar morrendo de fome e ter a doença dos legionários.

O tempo está se esgotando.

Saga sabe que Joona está procurando a garota, mas, sem uma pista de Jurek, as chances de alguma descoberta não são boas.

Saga precisa aguentar por mais tempo.

A vida que deixou para trás a havia deixado primeiro. Stefan foi embora. Ela não tem família.

Quando a luz se apaga, ela fecha os olhos e sente as lágrimas.

104

Joona está com parte da equipe de investigação num dos grandes escritórios da delegacia. As paredes estão cobertas por mapas, fotografias e impressões de pistas sendo priorizadas no momento. Num mapa da floresta de Lill-Jan, os locais das várias descobertas estão marcados de maneira clara.

Com uma caneta amarela, Joona traça a ferrovia do porto até a floresta.

— Jurek trabalhava com aparelhos de mudança de via — ele diz. — É possível que as vítimas tenham sido enterradas na floresta de Lill-Jan por causa dessa ferrovia.

— Como o Assassino da Estrada de Ferro, Ángel Reséndiz — Benny Rubin comenta.

— Então por que não vamos até lá e interrogamos Jurek? — Petter Näslund questiona.

— Não daria certo — Joona responde.

— Petter, você leu o relatório psiquiátrico? — Magdalena Ronander pergunta. — De que adiantaria interrogar alguém que é esquizofrênico e psicótico e que…

— Temos dezoito mil quilômetros de ferrovias na Suécia — Petter interrompe. — É melhor já começarmos a escavar.

Joona não consegue deixar de pensar que Petter Näslund tem um pouco de razão. Jurek é a única pessoa que pode guiá-los a Felicia antes que seja tarde. Estão checando todas as linhas da investigação antiga e verificando todas as pistas que chegam, mas não fizeram qualquer avanço. Saga Bauer é a única esperança real. Ontem ela bateu em outro paciente e Jurek levou a culpa. Mas isso não é necessariamente ruim, Joona pensa. Talvez até ajude a aproximá-los.

* * *

Está escurecendo do lado de fora e flocos de neve pousam no rosto de Joona quando ele sai do carro e entra às pressas no hospital Södermalm. Assim que entra, avista a dra. Goodwin. A porta de um dos consultórios está aberta. Uma mulher com o lábio cortado e uma ferida sangrando no queixo está sentada em silêncio enquanto a dra. Goodwin fala com ela.

O lugar cheira a lã molhada, e o piso está escorregadio pela neve derretida. Um operário está sentado num dos bancos com um pé envolvido numa sacola plástica.

Joona espera até a dra. Goodwin sair da sala, depois caminha com ela pelo corredor até o consultório seguinte.

— É a terceira vez que ela vem aqui em três meses — a dra. Goodwin diz.

— Você deveria encaminhá-la para um abrigo de mulheres — Joona diz.

— Já fiz isso. Mas de que adianta?

— Pode ajudar — Joona insiste.

— Então, o que posso fazer por você? — ela pergunta, parando diante da porta.

— Preciso saber sobre a progressão da doença dos legionários...

— Ele vai ficar bem — ela interrompe, abrindo a porta.

— Sim, mas e se ele não tivesse sido tratado? — Joona diz.

— O que você quer dizer? — ela pergunta.

— Estamos tentando encontrar a irmã dele — Joona diz. — E é provável que tenha sido infectada na mesma época que Mikael.

— Nesse caso, o estado seria grave — a dra. Goodwin diz.

— Grave como?

— Sem tratamento... depende do estado geral, mas agora deve estar com febre alta.

— E depois?

— Já deve estar tossindo e com dificuldade de respirar. É impossível dizer com precisão, mas eu diria que, até o fim da semana, vai estar correndo risco de lesão cerebral. E, bem, você sabe que a doença dos legionários pode ser fatal.

105

Na manhã seguinte, Saga está ainda mais preocupada com o que aconteceu na sala de recreação. Está sem apetite.

Não consegue parar de pensar em seu fracasso. Em vez de ganhar confiança, conseguiu mais uma vez gerar um conflito.

Agora Jurek deve odiá-la.

Ela não está exatamente temendo por sua vida, porque a segurança na ala é muito grande.

Mas vai ter de tomar cuidado extremo, sem demonstrar qualquer sinal de medo.

Quando a fechadura estala, ela caminha para a sala de recreação, afastando esses pensamentos da mente. A televisão já está ligada. Três pessoas estão sentadas num estúdio aconchegante e conversam sobre jardins de inverno.

Ela é a primeira a entrar na sala de recreação e sobe imediatamente na esteira.

Suas pernas parecem desajeitadas, as pontas de seus dedos estão dormentes, e, a cada passo, as folhas da palmeira chacoalham.

Bernie está gritando no quarto dele.

Alguém limpou o sangue no chão.

A porta de Jurek se abre. Sua entrada é precedida por uma sombra. Saga se obriga a não olhar para ele. Com passadas longas, ele vai direto para a esteira.

Saga sai da máquina e dá um passo para o lado para ele passar. Ele tem crostas pretas de feridas nos lábios e seu rosto está cinza. Ele sobe na máquina, depois fica parado ali.

— Você levou a culpa por algo que eu fiz — ela diz.

— Você acha?

As mãos de Jurek estão tremendo quando ele liga a esteira. Ela consegue sentir as vibrações no piso. A palmeira treme a cada passo.

— Por que não o matou? — ele pergunta, olhando de relance para ela.

— Porque não quis — ela responde.

Ela encara os olhos claros dele por um momento e sente seu sangue pulsar. Ela se dá conta de que está em contato direto com Jurek Walter.

— Teria sido interessante ver você matá-lo — ele diz em voz baixa.

Ele olha para ela com uma curiosidade sincera.

— Você está aqui, o que significa que já deve ter matado gente — ele diz.

— Sim — ela responde depois de uma pausa.

Ele assente.

— É inevitável.

— Não quero falar sobre isso — Saga murmura.

— Matar não é bom nem ruim — Jurek diz calmamente. — Mas dá uma sensação estranha nas primeiras vezes, como comer algo que você não achava que fosse comestível.

De repente, Saga se lembra da primeira vez que matou uma pessoa. O sangue do homem havia esguichado sobre o tronco de uma bétula. Embora não houvesse necessidade, ela havia disparado um segundo tiro e observado pela mira telescópica a bala acertar um centímetro mais ou menos acima da anterior.

— Fiz o que precisava fazer — ela sussurra.

— Assim como ontem.

— Sim, mas não queria que você tivesse sido punido.

Jurek para a máquina.

— Faz muito tempo que estava esperando por isso, devo admitir — ele explica.

— Eu podia ouvir você gritando através das paredes — Saga diz.

— Aqueles gritos — ele responde — foram o resultado de uma overdose de Cisordinol dada por nosso médico novo. São a reação natural à dor. Alguma coisa dói, e o corpo grita, embora não haja por quê. Além disso, nesse caso, mais parecia um luxo, porque eu sabia que essa oportunidade nunca viria de outra forma.

— Que oportunidade?

— Eles nunca vão me deixar ver um advogado, mas há outras possibilidades, outras formas de sair daqui.

Os olhos dele são estranhamente pálidos, quase parecendo metálicos.

— Você acha que posso ajudar você — ela sussurra. — É por isso que assumiu a culpa.

— Não posso deixar que o médico tenha medo de você — ele diz.

— Por quê?

— Todos que vêm parar aqui são violentos — Jurek diz. — Os funcionários sabem que você é perigosa. Sua ficha médica diz isso, e o relatório da psiquiatria forense também. Mas não é isso que as pessoas veem quando olham para você.

— Não sou tão perigosa assim.

Embora ela não tenha dito nada de que se arrependa — só disse a verdade, sem revelar nada —, ela se sente estranhamente exposta.

— Por que está aqui? O que você fez? — ele pergunta.

— Nada — ela responde apenas.

— O que disseram para você no tribunal?

— Nada.

A sombra de um sorriso perpassa o rosto dele.

— Você é uma verdadeira sereia, não é?

106

Os membros da Atena Promacos estão escutando a conversa em tempo real.

Joona está ao lado do grande alto-falante, escutando a escolha de palavras de Jurek, sua formulação, as nuances de sua voz, sua respiração.

Johan Jönson monitora a qualidade de áudio em seu laptop.

Corinne transcreve a conversa no laptop para que possam ver as palavras na tela grande. O som que suas unhas compridas fazem ao bater no teclado é estranhamente relaxante.

O rabo de cavalo grisalho de Nathan Pollock cai sobre o colete. Ele faz anotações.

O grupo está em silêncio total. O sol entra pelas portas da sacada, que dá para os telhados cintilantes cobertos de neve.

Eles ouvem Jurek dizer a Saga que ela é uma verdadeira sereia e então sair da sala.

Depois de alguns segundos de silêncio, Nathan se recosta na cadeira e bate palmas. Corinne está balançando a cabeça, impressionada.

— Saga é um gênio — Pollock murmura.

— Mesmo sem ouvir nada que possa nos levar a Felicia — Joona diz, virando para encarar os outros —, foi feito o contato, o que é um trabalho excelente. E acho que ela o deixou curioso.

— Devo admitir que fiquei preocupada quando ela se deixou provocar pelo outro paciente — Corinne diz, espremendo uma rodela de limão num copo d'água e passando-a para Pollock.

— Mas Jurek assumiu intencionalmente a responsabilidade pelo ataque — Joona diz devagar.

— Sim. Por que ele fez isso? Deve tê-la ouvido anteontem, quando ela falou para o guarda que queria ver um advogado — Pollock diz. — É por isso que Jurek não pode deixar que o médico fique com medo dela, porque nesse caso ela não teria permissão de receber nenhuma visita de…

— Ele é novo — Joona interrompe. — Jurek disse que o médico é novo.

— E daí? — Johan pergunta.

— Quando falei com o médico-chefe Brolin na segunda, ele disse que não tinha havido nenhuma mudança na unidade de segurança máxima.

— É verdade — Pollock diz.

— Pode não ser nada — Joona diz. — Mas por que Brolin me diria que eles estão com a mesma equipe de sempre?

107

Joona Linna dirige para o norte na rodovia E4. Um concerto para violino de Max Bruch está tocando no rádio. As sombras e a neve caindo diante dos carros se fundem à música. Corinne liga.

Ela diz a ele que, de todos os médicos que foram adicionados à folha de pagamento no hospital Löwenströmska nos últimos dois anos, apenas um trabalha no campo de psiquiatria.

— O nome dele é Anders Rönn. Antes desse trabalho, só teve cargos temporários numa unidade psiquiátrica em Växjö.

— Anders Rönn — Joona repete.

— Casado com Petra Rönn, que trabalha na administração recreativa da prefeitura. Uma filha com autismo moderado. Não sei se isso tudo é útil, mas é você quem sabe — ela diz.

— Obrigado, Corinne — Joona diz.

Ele sai da rodovia na Upplands Väsby. A estrada velha para Uppsala é ladeada por carvalhos pretos. Os campos depois das árvores se inclinam em direção a um lago.

Ele estaciona o carro na entrada principal do hospital e entra correndo, atravessando a recepção vazia do Departamento de Psiquiatria Geral.

Passa pela secretária e vai direto para a porta fechada do médico-chefe. Ele abre e entra. Roland Brolin ergue os olhos do computador e tira os óculos bifocais. Joona abaixa um pouco a cabeça, mas ainda assim consegue esbarrar na lâmpada do teto baixo. Ele mostra seu distintivo policial para Roland, depois começa a fazer as mesmas perguntas de antes.

— Como está o paciente?

— Sinto muito, estou ocupado no momento, mas...

— Jurek Walter fez algo fora do comum recentemente? — Joona interrompe com a voz dura.

— Já respondi isso — Roland diz, voltando o olhar para o computador.

— E as rotinas de segurança não foram alteradas?

O médico corpulento suspira, exaurido.

— O que está fazendo?

— Ele ainda está tomando Risperdal intramuscular? — Joona pergunta.

— Sim — Brolin responde.

— E os funcionários na unidade de segurança máxima continuam os mesmos?

— Sim, como eu disse...

— Os funcionários na unidade de segurança máxima são os mesmos? — Joona repete.

— Sim — Roland diz com um sorriso hesitante.

— Tem um médico novo chamado Anders Rönn trabalhando na unidade de segurança máxima?

— Bom, sim...

— Então por que disse que os funcionários continuam os mesmos?

Um rubor aparece no rosto cansado do médico.

— Ele é só temporário — Roland explica. — Certamente você entende que precisamos contratar médicos temporários às vezes.

— Quem ele está substituindo?

— Susanne Hjälm. Ela está de licença.

— Há quanto tempo ela saiu?

— Três meses.

— O que ela está fazendo?

— Não sei, na verdade. Os funcionários não precisam dar motivos para pedir licenças.

— Anders Rönn está trabalhando hoje?

Roland olha para o relógio e diz friamente:

— Acho que o horário dele já acabou.

Joona tira o celular do bolso e sai da sala. Anja Larsson atende.

— Preciso de endereços e números de telefone para Anders Rönn e Susanne Hjälm — ele diz bruscamente.

108

Joona acabou de sair do estacionamento do hospital e está acelerando pela estrada principal antiga quando Anja retorna a ligação.

— O endereço de Anders Rönn é rua Balders, 3, em Upplands Väsby — ela diz a ele.

— Vou achar — ele diz, pisando no freio ao virar para o sul.

Ela diz calmamente que vai verificar Susanne Hjälm.

Joona volta para o cruzamento da Upplands Väsby na E4 e acaba de entrar na estrada Sanda para procurar a casa de Anders quando Anja liga de novo.

— Está meio estranho isso — ela diz em um tom sério. — O telefone de Susanne Hjälm está desligado. O do marido também. Ele não aparece no trabalho há três meses, e os dois filhos deles também não estão indo à escola. As duas meninas estão doentes, com atestados médicos, mas a escola entrou em contato com o Serviço Social.

— Onde eles moram?

— Rua Biskop Nils, 23, em Stäket, a caminho de Kungsängen.

Joona entra no acostamento e deixa um caminhão passar.

— Manda uma viatura ao endereço — Joona diz, depois faz um retorno.

A roda dianteira direita bate no meio-fio, a suspensão do carro chacoalha e o porta-luvas se abre.

Ele está tentando não tirar conclusões precipitadas nem fazer suposições, mas continua com o pé no acelerador e ignora os sinais fechados. Quando chega na rampa de acesso da rodovia, já está a 160 quilômetros por hora.

109

Joona ultrapassa um Volvo antigo na rota 267. Os pneus rolam suavemente sobre o monte de neve entre as pistas. Ele acende os faróis altos, e a estrada deserta se transforma num túnel de luz com um teto preto sobre um piso branco. Ele passa em alta velocidade pelos campos, onde a neve assume um tom azulado na escuridão profunda. Depois a estrada passa pela floresta densa até as luzes de Stäket estarem cintilando à frente dele e a paisagem se abrir em direção ao lago Mälaren.

O que aconteceu com a família da psiquiatra?

Joona freia e vira à direita, entrando numa pequena área residencial com árvores frutíferas cobertas de neve e tocas de coelho nos gramados na frente das casas.

O clima está piorando. A neve grossa se amontoa no lago.

O número 23 da rua Biskop Nils é a última casa. Depois dela, não há nada além de floresta e terreno acidentado.

A casa de Susanne Hjälm é uma grande *villa* branca com janelas azul-claras e um telhado vermelho.

As luzes da casa estão apagadas, e a entrada está cheia de neve intocada.

Joona para logo depois da casa e mal tem tempo de pisar no freio quando a viatura da polícia de Upplands-Bro para a uma distância curta.

Joona sai do carro, pega o casaco e o cachecol do banco de trás e vai até os colegas uniformizados abotoando o casaco.

— Joona Linna, Departamento Criminal — diz, estendendo a mão.

— Eliot Sörenstam.

Eliot tem a cabeça raspada, olhos castanhos e uma barbicha fina.

A outra policial aperta a mão de Joona com firmeza e se apresenta como Marie Franzén. Tem o rosto sardento e jovial, sobrancelhas loiras e um rabo de cavalo alto.

— É um prazer conhecer você pessoalmente — ela diz, sorrindo.

— Vocês vieram rápido — Joona diz.

— Preciso voltar para casa depois e trançar o cabelo da minha filha Elsa — ela diz com simpatia. — Ela está desesperada para ter o cabelo encaracolado na escolinha amanhã.

— É melhor a gente se apressar então — Joona diz enquanto começam a andar em direção à casa.

— Marie cuida sozinha da filha há cinco anos, mas nunca tirou um dia de folga nem saiu mais cedo — Eliot diz. — É a melhor parceira que já tive.

— Que fofo você dizer isso... considerando que é capricorniano — ela acrescenta com um afeto sincero na voz.

As janelas da maioria das casas na rua estão acesas, mas as do número 23 estão tão escuras que chegam a ser sinistras.

— Deve haver uma boa explicação — Joona fala para os dois policiais. — Mas nenhum dos pais vai ao trabalho nos últimos meses, e as crianças não estão indo à escola.

A sebe baixa que dá para a rua está coberta de neve e a caixa de correio de plástico verde está transbordando de envelopes e catálogos.

— O Serviço Social está envolvido? — Marie pergunta.

— Eles já vieram aqui, mas dizem que a família está fora — Joona responde. — Vamos tentar bater na porta. Depois podemos interrogar os vizinhos.

— Existe a suspeita de ter acontecido algum crime? — Eliot pergunta, olhando para a neve virgem na rua.

É impossível não pensar em Samuel Mendel. A família dele toda desaparecera. O Homem de Areia os levou, como Jurek havia previsto. Mas isso é diferente. Susanne Hjälm havia dito à escola que as crianças estavam doentes, e tinha assinado os atestados com o próprio punho.

110

Os dois policiais acompanham Joona até a casa. A neve faz barulho sob seus pés.

Faz semanas que ninguém anda por ali.

Uma mangueira de jardim enrolada desponta na neve perto de uma caixa de areia infantil.

Eles sobem os degraus para o pórtico e tocam a campainha, esperam um pouco, tocam de novo.

Tentam ouvir algum barulho da casa. Nuvens de vapor saem de suas bocas. O pórtico range sob seus pés.

Joona toca outra vez.

Ele tem um mau pressentimento que não consegue deixar de lado, mas não comenta. Não tem por que assustar os colegas.

— O que fazemos agora? — Eliot pergunta.

Apoiando-se em um banquinho, Joona se debruça e espia pela janela estreita do corredor. Consegue ver um piso de pedra marrom e um papel de parede listrado. Os prismas de vidro pendurados nas lâmpadas no teto estão imóveis. Ele olha para o chão. As bolas de poeira estão paradas. Ele está pensando que o ar dentro da casa não parece estar se movendo quando uma das bolas de poeira rola para baixo da cômoda. Joona se aproxima da janela, com as mãos em concha na vidraça, e vê um vulto escuro no corredor.

Alguém de pé com as mãos erguidas.

Joona leva um segundo para se dar conta de que está vendo o próprio reflexo no espelho do corredor, mas a adrenalina já está correndo por seu corpo. No reflexo, ele vê guarda-chuvas num suporte, o trinco de segurança no lado de dentro da porta e o tapete vermelho do corredor. Não parece haver nenhum sapato ou casaco de inverno.

Joona bate na janela, mas nada acontece.

Está tudo parado.

— Vamos conversar com os vizinhos — ele diz.

Mas, em vez de voltar à estrada, ele começa a contornar a casa. Seus colegas ficam na garagem, olhando para ele com curiosidade.

Joona passa por um trampolim coberto de neve, depois para. Há pegadas de algum animal seguindo através dos jardins. A luz de uma janela na casa ao lado se estende como um lençol dourado sobre a neve.

Tudo está completamente silencioso.

Onde o jardim termina, começa a floresta. Pinhas e gravetos estão caídos sobre a neve mais fina sob as árvores.

— Não vamos falar com os vizinhos? — Eliot pergunta, confuso.

— Já vou — Joona diz.

— O quê?

— O que ele disse?

— Um segundo.

Joona vai andando devagar pela neve, seus pés e tornozelos ficando frios. Um comedouro de pássaros balança fora da janela escura da cozinha.

Ele dá a volta na casa. Tem alguma coisa errada.

A neve caiu contra a parede da casa, e pingentes de gelo cintilantes pendem do parapeito embaixo da janela mais próxima da floresta.

Mas por que só daquela?

Enquanto se aproxima, ele vê a luz do pórtico dos vizinhos refletida na janela.

São quatro pingentes de gelo longos e uma série de outros menores.

Ele está quase na janela quando nota um afundamento na neve, perto de uma saída de ar no chão. O que significa que, de vez em quando, passa ar quente por ali.

É por isso que tem pingentes de gelo naquele ponto.

Joona se inclina para a frente e tenta escutar. Tudo que consegue ouvir é o som do vento atravessando as copas das árvores.

O silêncio é quebrado por vozes da casa vizinha. Duas crianças gritam alto uma com a outra. Uma porta bate, e as vozes ficam mais baixas.

Um ruído baixo de algo sendo arrastado faz Joona se agachar perto da saída de ar outra vez. Ele está prendendo a respiração e pensa ouvir um sussurro rápido da saída de ar que soa como uma ordem.

Por instinto, ele recua, sem saber se imaginou o sussurro. Ele dá meia-volta e vê os outros oficiais, na entrada de carros sob as árvores escuras, quando percebe o que viu um momento antes.

Quando olhou pela janela estreita do corredor e se viu no espelho, ficou tão assustado que deixou escapar o detalhe mais importante.

A corrente de segurança estava fechada, o que só pode ser feito de dentro da casa.

Joona corre de volta à entrada da casa. Neve solta esvoaça em torno das suas pernas. Ele tira do bolso a ferramenta para forçar a fechadura e sobe os degraus para o pórtico.

— Tem alguém aí dentro — ele diz em voz baixa.

Os colegas o observam espantados enquanto ele arromba a fechadura, puxa a porta com cuidado, fecha de novo e depois a empurra com força para estourar o trinco de segurança.

Joona faz sinal para que o sigam.

— Polícia! — ele grita para dentro da casa. — Estamos entrando!

111

Os três policiais entram no corredor e são surpreendidos imediatamente pelo cheiro azedo de lixo velho. A casa está silenciosa e tão fria quanto do lado de fora.

— Tem alguém em casa? — Joona grita.

Tudo que conseguem ouvir são os próprios movimentos. Os sons da casa vizinha não chegam dentro da casa. Joona estende a mão para acender a luz, mas o interruptor não funciona.

Marie acende a lanterna atrás dele. Aponta nervosa em direções diferentes enquanto vão entrando na casa. Joona nota a própria sombra crescer e passar pelas cortinas fechadas.

— Polícia — ele grita de novo. — Só queremos conversar.

Eles entram na cozinha e veem um monte de embalagens vazias embaixo da mesa: cereais, macarrão, farinha e açúcar.

— Que porcaria é essa? — Eliot murmura.

A geladeira e o congelador estão escuros e vazios. Todas as cadeiras da cozinha sumiram e, nos parapeitos das janelas, perto das cortinas fechadas, as plantas murcharam.

Não é só do lado de fora que parece que a família abandonou a casa.

Eles entram numa sala de televisão com um sofá de canto. Joona passa por cima das almofadas retiradas do móvel.

Marie sussurra algo que ele não consegue ouvir.

As cortinas grossas que cobrem as janelas vão até o piso.

Pela porta do corredor, eles veem uma escada que dá para um porão.

Param quando veem um cachorro morto com um saco plástico em volta da cabeça. O animal está deitado no chão na frente do móvel da televisão.

Joona continua na direção do corredor e da escada. Consegue ouvir os passos dos colegas atrás.

A respiração de Marie está mais rápida.

O feixe da lanterna dela está tremendo. Joona se move para o lado para conseguir ver o corredor não iluminado. No fim do corredor, a porta do banheiro está entreaberta.

Joona faz sinal para os outros pararem, mas Marie já está ao lado dele, apontando a lanterna para a escada. Ela dá um passo para perto e tenta ver mais abaixo no corredor.

— O que é aquilo? — ela sussurra, sem conseguir controlar o nervosismo na voz.

Tem alguma coisa caída no chão do banheiro. Ela aponta a lanterna naquela direção. É uma boneca de cabelo loiro.

A luz paira sobre o rosto brilhante de plástico do brinquedo.

De repente, a boneca é puxada para detrás da porta.

Marie sorri e dá um passo longo à frente, mas, no mesmo momento, há um estrondo de revirar o estômago.

O clarão quando a espingarda dispara enche o corredor como um raio.

Marie é atingida com força nas costas, e um estilhaço atravessa seu pescoço.

A cabeça dela voa para trás e o sangue esguicha pelo ferimento em sua garganta.

A lanterna cai no chão.

Marie já está morta quando dá um último passo com a cabeça pendendo. Ela cai estatelada com uma perna dobrada atrás do corpo, o quadril erguido num ângulo estranho.

Joona saca a pistola e solta a trava de segurança. O corredor que leva à escada está vazio. Não tem ninguém lá. Quem quer que tenha disparado o tiro deve ter desaparecido no porão.

Sangue borbulha do pescoço de Marie, soltando vapor no ar frio.

A lanterna está rolando devagar no chão.

— Ah, meu Deus, ah, meu Deus — Eliot sussurra.

Os ouvidos de Joona estão zumbindo pela explosão.

Uma criança aparece de repente com a boneca nos braços. Escorrega no sangue, cai de costas e desaparece na escuridão perto da escada. Passos ecoam pela escada e desaparecem com um estrépito.

112

Joona se ajoelha e dá uma olhada rápida em Marie. Não há nada que possam fazer.

Eliot está gritando e chorando pelo rádio, chamando uma ambulância e reforços.

— Polícia — Joona grita na direção da escada. — Abaixe a arma e...

A espingarda dispara outra vez, e o tiro atinge os degraus de madeira, fazendo voar uma cascata de lascas.

Joona ouve o estalo metálico enquanto a arma é recarregada. Ele corre. Assim que chega à escada, ouve o suspiro baixo do cartucho anterior sendo retirado.

Pulando degraus, Joona se lança escada abaixo, a pistola em punho.

Eliot pega a lanterna para lançar um pouco de luz e o feixe ilumina a base da escada bem a tempo de Joona se deter antes que fosse empalado.

Ao pé da escada, cadeiras de cozinha foram empilhadas de modo a formar uma barricada. As pernas salientes foram afiadas como lanças e facas de cozinha foram fixadas com fita adesiva.

Joona aponta a Colt Combat por sobre a barricada para um cômodo com uma mesa de bilhar.

Não há sinal de ninguém. Tudo está silencioso de novo.

A adrenalina em seu corpo o deixa estranhamente calmo, como se estivesse numa nova versão mais aguçada da realidade. Ele tira o dedo do gatilho e afrouxa a corda amarrada à ponta do corrimão para dar a volta pela barricada.

— O que a gente faz? — Eliot pergunta em pânico enquanto desce.

— Você está usando um colete à prova de balas?

— Sim.

— Aponta a lanterna para o fundo do porão — Joona diz.

Há dois cartuchos de espingarda vazios no chão, cercados por cacos de vidro e latas de comida vazias. Eliot respira rápido, segurando a lanterna junto da pistola enquanto ilumina os cantos. É mais quente ali embaixo, e há um cheiro forte de suor e urina.

Há um arame pendurado no corredor na altura do pescoço, obrigando-os a se abaixar. Atrás deles, os arames batem um contra o outro.

Eles escutam sussurros. Joona para e faz sinal para Eliot. Um som de estalo, seguido por passos.

— Corre, corre — alguém insiste.

O ar frio entra, e Joona se apressa à frente enquanto o feixe trêmulo da lanterna de Eliot percorre o porão. Tem uma sala de caldeiras à esquerda; do outro lado, degraus de concreto levam a uma porta aberta.

A neve cai sobre os degraus.

Joona identifica o vulto escondido assim que o feixe de luz se reflete na lâmina da faca.

Ele dá outro passo à frente e escuta uma respiração baixa seguida por um gemido súbito.

Uma mulher alta de rosto sujo sai correndo com uma faca na mão, e, por instinto, Joona aponta a pistola para o tronco dela.

— Cuidado! — Eliot grita.

Numa fração de segundo, Joona decide não atirar. Sem pensar, avança na direção dela e dá um passo rápido para o lado enquanto ela ataca. Ele bloqueia o braço dela, o segura e deixa os ombros acompanharem o movimento, acertando o lado esquerdo do pescoço da mulher com o braço direito. O golpe é tão firme e rápido que a faz tombar para trás.

Joona agarra o braço que empunha a faca. Há um estalo, como duas pedras batendo uma contra a outra embaixo d'água, quando o cotovelo dela quebra. A mulher cai no chão, uivando de dor.

A faca cai com estrépito no chão. Joona a chuta para longe, depois aponta a pistola para a sala de caldeiras.

113

Um homem de meia-idade está deitado sobre a bomba geotérmica. Está amarrado com corda e fita adesiva e tem um pano na boca.

Eliot algema a mulher a um cano de água e Joona se aproxima do homem com cuidado, explica que é policial e retira a mordaça.

— As meninas — o homem arfa. — Elas fugiram. Por favor, não machuque as meninas, elas estão...

— Tem mais alguém aqui?

Eliot já desapareceu escada acima.

— Só as meninas.

— Quantas?

— Duas. Susanne deu a espingarda para elas. Elas só estão assustadas. Nunca usaram uma arma antes. Por favor, não as machuque — o homem implora desesperado. — Elas só estão com medo.

Joona corre pelos degraus que levam ao jardim dos fundos. Atrás dele, o homem grita várias vezes, dizendo-lhe para não machucar as meninas.

Pegadas atravessam o jardim direto para a floresta. Um feixe de luz brilha entre as árvores.

— Eliot — Joona grita. — Só tem crianças aqui fora!

Ele segue o rastro para a floresta e sente o suor no rosto esfriando.

— Elas estão armadas! — Joona grita.

Ele corre na direção da luz entre as árvores. Gravetos estalam sob seu peso. À sua frente, consegue ver Eliot atravessando a neve correndo com a pistola e a lanterna.

— Espere! — Joona grita.

Eliot não parece ouvir.

A neve solta cai de uma árvore com baques surdos.

Sob a luz fraca, ele consegue distinguir as pegadas das crianças entre as árvores, em ângulos diferentes, e depois a linha reta dos passos de Eliot as seguindo.

— São só crianças! — Joona grita de novo, tentando alcançá-lo descendo por um barranco íngreme.

Ele escorrega de quadril, arrastando pedras e pinhas, e raspa as costas em alguma coisa, mas se levanta de novo ao chegar embaixo.

Pela folhagem densa, consegue ver o feixe perscrutador da lanterna. Perto da luz, uma menina magra está atrás de uma árvore, segurando uma espingarda com as duas mãos.

Joona corre pelo emaranhado de galhos secos. Tenta proteger o rosto, mas suas bochechas são arranhadas. Vê a figura de Eliot se movendo entre os troncos das árvores; então, a garotinha sai de trás da árvore e dispara um tiro contra o policial.

A névoa do disparo acerta a neve um metro à frente do cano. A coronha voa para trás, e o corpo magro da garota é atingido pelo coice. Eliot dá meia-volta e aponta a pistola para ela.

— Espere! — Joona grita, tentando abrir caminho à força pelos galhos.

Ele acaba com neve sobre todo o corpo e dentro do casaco, mas os galhos cedem. Ele sai do outro lado e para abruptamente.

Eliot Sörenstam está sentado no chão com os braços em volta da menina chorando. A alguns passos, a irmãzinha dela está parada olhando para eles.

114

Os braços de Susanne Hjälm são algemados atrás das costas. O cotovelo quebrado se projeta em um ângulo estranho. Ela está gritando histericamente e oferecendo forte resistência enquanto dois policiais a arrastam para subir a escada. As luzes azuis dos veículos de emergência fazem a paisagem nevada ondular como água. Os vizinhos observam os acontecimentos de longe, como fantasmas silenciosos.

Susanne para de gritar quando vê Joona e Eliot saírem da floresta. Joona está carregando a menina mais nova, e Eliot segura a mão da outra.

Susanne arregala os olhos e respira com dificuldade na noite gelada de inverno. Joona coloca a menina no chão para que ela e a irmã possam ir até a mãe. Elas se abraçam por um longo tempo, e ela tenta acalmar as duas.

— Vai ficar tudo bem agora — ela diz. — Vai ficar tudo bem.

Uma policial mais velha começa a falar com as meninas, tentando explicar que a mãe delas precisa ir com a polícia.

O pai é tirado do porão pelos paramédicos, mas está tão fraco que precisa ser colocado numa maca.

Joona acompanha enquanto os policiais levam Susanne pela neve profunda até uma das viaturas na entrada. Eles a colocam no banco traseiro enquanto um oficial superior conversa com um promotor pelo telefone.

— Ela precisa ir para o hospital — Joona diz, tirando a neve dos sapatos.

Ele vai até Susanne. Ela está sentada em silêncio no carro, o rosto virado para a casa enquanto tenta avistar as filhas.

— Por que você fez isso? — Joona pergunta.

— Você nunca entenderia — ela diz. — Ninguém consegue entender.

— Talvez eu consiga — ele diz. — Fui eu que prendi Jurek Walter treze…

— Você deveria ter matado aquele homem — ela interrompe, olhando nos olhos dele pela primeira vez.

— O que aconteceu?

— Eu nunca deveria ter falado com ele — ela diz entre dentes. — A gente não podia, mas nunca imaginei…

— O que ele disse?

— Ele… mandou que eu colocasse uma carta no correio — ela sussurra.

— Uma carta?

— Tem um monte de restrições limitando o que ele pode fazer, então eu não podia, mas eu, eu…

— Você não conseguiu enviar? Onde está a carta agora?

— Acho melhor eu falar com um advogado — ela diz.

— Você ainda tem a carta?

— Eu queimei — ela diz, e desvia os olhos de novo.

Lágrimas escorrem por seu rosto exausto e sujo de terra.

— O que dizia na carta?

— Quero ver um advogado antes de responder mais perguntas — ela diz, firme.

— É importante, Susanne — Joona insiste. — Você vai receber tratamento médico e pode ver um advogado, mas primeiro preciso saber para onde a carta deveria ser enviada. Me dá um nome, um endereço.

— Não lembro. Era uma caixa postal.

— Onde?

— Não lembro. Tinha um nome — ela diz, balançando a cabeça.

Joona observa enquanto a filha mais velha é levada de maca para uma ambulância. Ela parece assustada e está tentando soltar as cintas que a seguram.

— Você lembra do nome?

— Não era russo — Susanne sussurra. — Era…

A menina entra em pânico na ambulância e começa a gritar.

— Ellen! — Susanne grita. — Estou aqui, estou aqui!

Susanne tenta sair do carro, mas Joona a força a ficar onde está.

— Me deixa em paz!

Ela se debate para se soltar e sair. As portas da ambulância se fecham e tudo fica em silêncio novamente.

— Ellen! — ela grita.

A ambulância vai embora e Susanne vira para o lado com os olhos fechados.

115

Quando Anders Rönn chega em casa do grupo de apoio de autismo e Asperger, Petra está sentada na frente do computador, pagando contas. Ele se aproxima e dá um beijo na nuca dela, mas ela o repele. Ele tenta sorrir e dá um tapinha na bochecha da esposa.

— Para — ela diz.

— A gente pode fazer as pazes?

— Você foi longe demais ontem — ela diz.

— Eu sei. Me desculpa. Pensei que você queria…

Ela o interrompe.

— Pois pensou errado.

Anders assente e vai olhar Agnes. A filha está sentada na frente da casinha de bonecas de costas para ele e com uma escova na mão. Ela escovou o cabelo de todas as bonecas e as empilhou na cama da casinha.

— Ótimo trabalho — Anders diz.

Agnes se vira, mostra a escova para ele e encontra seus olhos por alguns segundos. Ele se senta perto dela e coloca o braço em torno dos ombrinhos finos da filha. Ela recua.

— Agora elas estão todas dormindo — Anders diz animado.

— Não — ela responde.

— O que elas estão fazendo, então?

— Estão olhando.

Ela aponta para os olhos pintados das bonecas, arregalados.

— Quer dizer que elas não podem dormir de olhos abertos? Mas dá para fazer de conta…

— Elas estão olhando — ela repete e começa a mexer a cabeça, ansiosa.

— Entendi — ele diz com a voz reconfortante. — Mas elas estão deitadas na cama, como deveriam, e isso é um ótimo…

— Ai, ai, ai...

Agnes mexe a cabeça bruscamente, depois bate palmas três vezes. Anders a segura nos braços, beija sua cabeça e sussurra que ela fez um ótimo trabalho com as bonecas. O corpo dela relaxa, e ela começa a enfileirar Legos no chão.

A campainha toca e Anders vai atender, lançando um olhar para Agnes antes de sair do quarto.

A luz do lado de fora mostra um homem alto de terno, com a calça molhada e o bolso rasgado. O cabelo do homem é encaracolado e está desgrenhado. Ele tem covinhas nas bochechas e um olhar sério.

— Anders Rönn? — ele pergunta com um sotaque finlandês.

— Posso ajudar? — Anders pergunta.

— Sou do Departamento Nacional de Investigação Criminal — ele diz, mostrando o distintivo policial. — Posso entrar?

116

Anders encara o homem. Por um momento fugaz, sente um calafrio de medo. Ele abre a porta e deixa o homem entrar. Mil pensamentos passam por sua cabeça enquanto ele pergunta se o convidado quer café.

Petra ligou para um centro de atendimento à mulher e contou.

Roland Brolin inventou algum tipo de queixa contra ele.

Descobriram que ele não é qualificado de verdade para o trabalho.

O detetive diz que se chama Joona Linna e recusa o café com educação. Entra na sala de estar e se senta numa poltrona. Lança um olhar simpático mas avaliador que o faz se sentir um convidado em sua própria casa.

— Você está substituindo Susanne Hjälm na unidade de segurança máxima — diz o detetive-inspetor.

— Sim — Anders responde.

— Qual é sua opinião sobre Jurek Walter?

Jurek Walter, Anders pensa. É apenas sobre Jurek Walter? Ele relaxa.

— Não posso discutir pacientes — ele diz, com firmeza.

— Já conversou com ele? — o homem pergunta, com um olhar penetrante em seus olhos cinza.

— Não temos terapia conversacional na unidade de segurança máxima — Anders diz, passando a mão no cabelo curto. — Mas é claro que os pacientes falam.

Joona Linna se inclina para a frente.

— Você está ciente de que a Suprema Corte aplicou restrições específicas a Jurek Walter porque ele é considerado extremamente perigoso?

— Sim — Anders responde. — Mas tudo se torna uma questão

de interpretação. É minha responsabilidade como médico avaliar as opções de restrições e tratamento.

O detetive concorda com a cabeça.

— Ele pediu para você enviar uma carta, não pediu?

Anders perde o controle por um momento, depois lembra a si mesmo que é ele quem detém o poder, quem toma as decisões relativas aos pacientes.

— Sim. Enviei uma carta para ele — ele responde. — Considerei um jeito importante de criar confiança entre nós.

— Você leu a carta antes de enviá-la?

— Sim, claro. Ele sabia que eu leria. Não havia nada fora do comum.

Os olhos cinza do detetive escurecem e suas pupilas se dilatam.

— O que dizia na carta?

Anders não sabe se Petra entrou, mas ele sente como se ela estivesse logo atrás dele, os observando.

— Não lembro exatamente — ele diz, incomodado por saber que está vermelho. — Era uma carta formal para um escritório de advocacia, algo que considero um direito humano.

— Certo — o detetive diz, sem tirar os olhos dele.

— Jurek Walter queria que um advogado fosse visitá-lo na unidade, para ajudá-lo a avaliar as possibilidades de conseguir um novo julgamento. Era mais ou menos o que ele queria. E, se houvesse um novo julgamento, queria que um advogado de defesa particular o representasse.

A sala fica em silêncio.

— Qual o endereço? — o detetive-inspetor pergunta.

— Escritório Jurídico Rosenhane… uma caixa postal em Tensta.

— Você conseguiria reformular as palavras exatas da carta?

— Só a li uma vez. Como eu disse, era muito formal e rebuscada, mas tinha vários erros de ortografia.

— Erros de ortografia?

— Mais como erros disléxicos — Anders explica.

— Você discutiu a carta com o médico-chefe Brolin?

— Não — Anders responde. — Por que eu faria isso?

117

Joona volta para o carro e parte em direção a Estocolmo. Liga para Anja e pede que ela verifique o Escritório de Advocacia Rosenhane.

— Você tem ideia de que horas são?

— Horas — ele repete. Ele lembra que se passaram só algumas horas desde que Marie Franzén levou um tiro e morreu. — Desculpe. Vamos fazer isso amanhã.

Ele percebe que ela já terminou a chamada. Poucos minutos se passam antes de ela retornar.

— Não existe Rosenhane — ela diz. — Nem escritório nem advogado.

— Tinha um endereço de caixa postal — Joona insiste.

— Sim, em Tensta, eu achei — ela responde. — Mas foi fechada, e o advogado que a alugava não existe.

— Entendi.

— Rosenhane é o sobrenome de uma família aristocrática extinta — ela diz.

— Desculpa ter ligado tão tarde.

— Pode ligar quando quiser.

O endereço é um rastro que não leva a lugar nenhum, Joona pensa. Nem caixa postal, nem escritório de advocacia, nem nome.

De repente passa por sua cabeça como é estranho que Anders Rönn tenha chamado Jurek Walter de disléxico.

Já vi ele escrever, Joona pensa.

O que Anders interpretou como dislexia podia ser resultado da medicação prolongada, mas é mais provável que seja um código para se comunicar com o cúmplice.

Seus pensamentos voltam a Marie. Agora há uma criança esperando por uma mãe que nunca mais vai voltar para casa.

Ela não deveria ter avançado correndo, mas ele sabe que poderia ter cometido o mesmo erro se seu treinamento operacional não fosse tão profundamente enraizado. Ele teria sido morto, assim como seu pai.

A essa altura talvez a filha de Marie já tenha recebido a notícia. Joona sabe que o mundo nunca mais será o mesmo para ela. Quando Joona tinha onze anos, seu pai, um policial, foi morto por um tiro de espingarda. Ele tinha sido chamado a um apartamento onde houvera denúncias de violência doméstica. Joona se lembra de estar sentado na sala de aula quando o diretor o chamou naquele dia. O mundo nunca mais foi o mesmo para ele.

118

É manhã, e Jurek está caminhando na esteira. Saga consegue ouvir sua respiração pesada. Na televisão, um homem está fazendo as próprias bolas de borracha. Esferas coloridas flutuam em copos de água.

O instinto está lhe dizendo que ela deveria evitar qualquer contato com Jurek, mas toda conversa que tiver com ele aumenta as chances de seus colegas encontrarem Felicia.

O homem na televisão está avisando para os telespectadores não usarem purpurina demais, porque pode afetar a capacidade da bola de quicar.

Saga vai até Jurek. Ele desce da esteira e faz sinal para ela subir.

Ela agradece, sobe e começa a andar. Jurek fica ao lado, observando. As pernas dela ainda estão cansadas, e as articulações, doloridas. Ela tenta acelerar o passo, mas já está com dificuldade de respirar.

— Você tomou sua injeção de Haldol? — Jurek pergunta.

— Tomei no primeiro dia — ela responde.

— Do médico?

— Sim.

— Ele entrou e baixou suas calças?

— Me deram Stesolid primeiro — ela responde baixinho.

— Ele foi antiético?

Ela dá de ombros.

— Ele entrou na sua cela outras vezes?

Bernie entra na sala de recreação e caminha direto para a esteira. O nariz quebrado foi coberto com fita de tecido branca. Um olho está inchado. Ele olha para ela e tosse baixo.

— Sou seu escravo agora. Puta que pariu. Estou aqui, e vou seguir você por toda a eternidade, como o mordomo do papa, até que a morte nos separe.

Ele seca o suor do lábio superior e parece fraco.

— Vou obedecer tod…

— Senta no sofá — Saga corta sem olhar para ele.

Ele arrota e engole em seco várias vezes.

— Vou deitar no chão e aquecer seus pés. Sou seu cão — ele diz, e se ajoelha com um suspiro. — O que quer que eu faça?

— Vai sentar no sofá — Saga repete.

Ela está caminhando devagar no aparelho. As folhas de palmeira balançam. Bernie rasteja, inclina a cabeça e ergue os olhos para ela.

— Qualquer coisa, eu vou obedecer — ele diz. — Se seus seios estiverem suados, posso secar…

— Vai sentar no sofá — Jurek diz, com a voz impassível.

Bernie sai rastejando e deita no chão na frente do sofá. Saga precisa diminuir um pouco a velocidade do aparelho. Ela se obriga a não olhar para a folha de palmeira balançando e tenta não pensar no microfone.

Jurek está olhando para ela. Ele seca a boca, depois passa a mão no cabelo grisalho curto.

— Podemos sair juntos do hospital — ele diz calmamente.

— Não sei se quero — ela responde.

— Por que não?

— Não tenho nada lá fora.

— Nada? — ele repete calmamente. — Voltar nunca é uma opção. Mas há lugares melhores do que este.

— E provavelmente alguns piores.

Ele parece sinceramente surpreso e desvia os olhos com um suspiro.

— O que você disse? — ela pergunta.

— Só suspirei, porque percebi que consigo me lembrar de um lugar pior — ele diz, olhando para ela com um brilho distante nos olhos. — O ambiente era preenchido pelo zumbido dos fios elétricos de alta voltagem. As estradas eram destruídas por escavadeiras grandes. E os trilhos eram cheios de água e barro vermelho até a cintura. Mas pelo menos eu ainda conseguia abrir a boca e respirar.

— O que quer dizer com isso?

— Que lugares piores podem ser preferíveis a lugares melhores.

— Você está pensando na sua infância?

— Acho que sim — ele diz.

Saga para a esteira e se apoia nas alças. Suas bochechas estão coradas, como se tivesse corrido dez quilômetros. Ela sabe que deveria continuar a conversa sem parecer ansiosa demais para fazer com que ele revele mais.

— Você tem um esconderijo? Ou vai encontrar um novo? — ela pergunta, sem olhar para ele.

Na mesma hora, percebe que a pergunta é direta demais. Ela se obriga a encarar os olhos dele.

— Posso te dar uma cidade inteira se quiser — ele responde, sério.

— Onde?

— A escolha é sua.

Saga balança a cabeça com um sorriso. Ela se lembra de repente de um lugar em que não pensa há muitos anos.

— Quando penso em outros lugares... só consigo pensar na casa do meu avô — ela diz. — Tinha um balanço numa árvore... Não sei, mas ainda gosto de balanços.

— Você não pode ir para lá?

— Não — ela responde, e sai da esteira.

119

Os membros de Atena Promacos estão ouvindo a conversa entre Jurek e Saga.

Nathan Pollock anotou as palavras "fios elétricos de alta voltagem", "escavadeiras grandes", "barro vermelho".

Joona está ao lado do alto-falante. Um calafrio percorre sua espinha quando Saga fala do avô. Ela não pode deixar que Jurek entre em sua cabeça, ele pensa. A imagem de Susanne Hjälm passa por sua memória. O rosto sujo e o olhar aterrorizado dela no porão.

— Por que não pode voltar se é o que você quer? — ele escuta Jurek perguntar.

— A casa é do meu pai agora — Saga responde.

— E você não o vê faz um tempo?

— Não quis vê-lo — ela responde.

— Se ele está vivo, está esperando que você lhe dê outra chance — Jurek diz.

— Não — ela diz.

— É claro que depende do que aconteceu, mas...

— Eu era pequena. Não lembro de muita coisa — ela explica. — Mas sei que eu ligava para ele o tempo todo, jurando que nunca mais o incomodaria se ele ao menos viesse para casa. Eu dormiria na minha própria cama e me comportaria à mesa e... Não quero falar sobre isso.

— Eu entendo — Jurek diz.

Suas palavras são quase abafadas por um ruído estridente.

Há um gemido, depois passos rítmicos na esteira.

120

Jurek está de volta na esteira. Ele parece mais forte de novo. Suas passadas são vigorosas, mas seu rosto pálido está sereno.

— Você se desapontou com seu pai porque ele era ausente — ele diz.

— Lembro de todas as vezes em que liguei para ele. Quer dizer, eu precisava dele.

— Mas sua mãe… onde ela estava?

Saga faz uma pausa. Está falando demais, mas, ao mesmo tempo, precisa responder com franqueza. É uma troca, senão a conversa corre o risco de voltar a ser superficial. Está na hora de ela dizer algo pessoal, mas, desde que diga a verdade, vai continuar em território seguro.

— Minha mãe ficou doente quando eu era pequena. Só lembro mesmo do fim — Saga responde.

— Ela morreu?

— Câncer. Tinha um tumor maligno no cérebro.

— Sinto muito.

Saga se lembra das lágrimas escorrendo para sua boca, o cheiro plástico do telefone, sua orelha quente, a luz entrando pela janela imunda da cozinha.

Talvez seja pela medicação, por estar nervosa ou pelo olhar penetrante de Jurek. Faz anos que ela não fala sobre isso. Não sabe por que está falando agora.

— Era só que meu pai… ele não conseguia lidar com a doença dela. Não conseguia ficar em casa.

— Daí vem sua raiva.

— Eu era muito pequena para cuidar da minha mãe. Procurava ajudá-la com o remédio, e tentava confortá-la. Ela ficava com dores de cabeça à noite e só ficava deitada no quarto, chorando.

Bernie se aproxima rastejando e tenta farejar entre as pernas de Saga. Ela o empurra para longe, e ele rola direto contra a palmeira artificial.

— Também quero fugir — ele diz. — Vou com você. Posso morder...

— Cala a boca — ela interrompe.

Jurek se vira e olha para Bernie, que está sentado sorridente com os olhos erguidos para Saga.

— Vou ter de sacrificar você? — Jurek pergunta.

— Desculpa, desculpa — Bernie sussurra e se levanta.

Jurek volta a andar. Bernie se senta no sofá e assiste à televisão.

— Vou precisar da sua ajuda — Jurek diz.

Saga não responde.

— Acredito que os seres humanos são mais ligados à família do que qualquer outra criatura — Jurek continua. — Fazemos de tudo para evitar a separação.

— Talvez.

— Você era apenas uma criança, mas cuidou da sua mãe.

— Sim.

— Ela conseguia comer sozinha?

— Na maioria das vezes. Mas, perto do fim, ela não tinha mais apetite — Saga diz.

— Ela passou por alguma operação?

— Acho que só quimioterapia.

— Com comprimidos?

— Sim. Eu a ajudava todo dia.

Bernie está sentado no sofá, mas fica olhando para eles. De vez em quando, toca cuidadosamente o curativo no nariz.

— Como eram os comprimidos? — Jurek pergunta, e acelera um pouco o passo.

— Eram comprimidos normais.

Ela se sente apreensiva de repente. Por que ele está perguntando sobre os remédios? Não há motivo para isso. Talvez ele a esteja testando? O coração dela acelera enquanto diz a si mesma que não é um problema, porque ela só está falando a verdade.

— Consegue descrevê-los? — ele pergunta.

Saga abre a boca para dizer que isso foi há muito tempo, mas se lembra de repente dos comprimidos brancos em meio aos fios marrons compridos do tapete felpudo. Ela tinha derrubado o frasco e estava agachada perto da cama, catando os comprimidos.

A memória é nítida.

Ela tinha juntado os comprimidos na mão em concha e limpado os pelinhos do tapete. Devia estar segurando uns dez comprimidinhos redondos na mão. Em um lado, eles tinham duas letras gravadas em um quadrado.

— Brancos, redondos — ela diz. — Com letras num lado. "KO." Não faço ideia de como me lembro disso.

121

Jurek desliga a esteira, depois fica parado sorrindo por um bom tempo enquanto recupera o fôlego.

— Você diz que deu remédios citostáticos para sua mãe, isto é, quimioterapia. Mas não.

— Sim, eu dei — ela retruca.

— Os remédios que você descreveu são fosfato de codeína — ele diz.

— Analgésicos? — ela pergunta.

— Não se prescreve codeína para o câncer… só opiatos fortes, como morfina e Ketogan.

— Mas lembro perfeitamente dos comprimidos. Tinham uma ranhura num lado.

— Exato — ele diz.

— Minha mãe dizia…

Ela fica em silêncio, e seu coração bate tão forte que ela fica com medo de que ele escute. Sua ansiedade deve estar transparecendo no rosto. Joona me alertou, ela pensa. Ele me disse para não falar sobre os meus pais.

Ela engole em seco e baixa os olhos para o piso desgastado.

Não importa, ela pensa, e sai em direção ao quarto.

Aconteceu. Ela falou demais. Mas disse a verdade o tempo todo.

Ela não teve escolha. Não responder às perguntas teria sido evasivo demais. Foi uma troca necessária, mas ela não vai falar mais nada.

— Espera — Jurek diz, gentilmente.

Ela para, ainda sem olhar para ele.

— Eu sabia que a decisão judicial nunca seria revisada, e tenho consciência de que nunca vou conseguir condicional. Mas, agora que você está aqui, posso finalmente sair deste hospital.

Saga se vira e examina o rosto magro dele.

— O que eu poderia fazer? — ela questiona.

— Vai precisar de alguns dias para preparar tudo — ele responde. — Mas, se você conseguir alguns comprimidos para dormir… cinco pílulas de Stesolid…

— Como vou conseguir isso?

— Fique acordada, diga que não consegue dormir, peça dez miligramas de Stesolid, esconda o comprimido, depois vá para a cama.

— Por que você mesmo não faz isso?

Um sorriso se abre nos lábios rachados de Jurek.

— Eles nunca me dariam nada. Têm muito medo de mim. Mas você é uma sereia. Todo mundo vê a sua beleza, não o seu perigo.

Esse pode ser o preço para ganhar a confiança de Jurek. Ela decide concordar com o plano, desde que não fique arriscado demais.

— Já que levou a punição pelo que eu fiz, vou te ajudar — ela responde.

— Mas não quer vir?

— Não tenho para onde ir.

— Vai ter.

— Diga onde — ela pergunta, arriscando um sorriso.

— A sala de recreação vai fechar agora — ele diz, e sai andando.

Ela se sente estranhamente desorientada, como se ele já soubesse tudo a respeito dela, mesmo antes de ela contar.

É óbvio que não eram medicamentos de quimioterapia. Ela apenas presumiu que fossem, sem nunca parar para pensar. Não se administram remédios de quimioterapia daquela forma. Eles precisam ser tomados em intervalos controlados. O câncer já devia estar em um estágio avançado demais. Tudo que restava era aliviar a dor.

Quando ela volta para a cela, sente como se tivesse segurado a respiração durante todo o seu diálogo com Jurek Walter.

Ela deita na cama, completamente exausta.

Vai se manter passiva de agora em diante e deixar que Jurek revele seus planos para a polícia.

122

São apenas cinco para as oito da manhã, mas todos os membros do grupo Atena estão reunidos no sótão. Pollock lavou as canecas e as deixou viradas para baixo numa toalha quadriculada azul.

Ontem, depois que as portas da sala de recreação foram fechadas, eles se reuniram analisando os materiais até as sete da noite. Escutaram a conversa entre Jurek Walter e Saga Bauer, organizando e avaliando as informações que juntaram.

— Estou com medo de que Saga esteja revelando demais — Corinne diz enquanto Pollock lhe passa uma xícara de café. — Claro, ela está andando numa corda bamba porque, sem oferecer uma parte dela, não tem como ganhar a confiança dele.

— Ela está no controle da situação — Pollock diz, abrindo o caderno preto.

— Tomara — Joona murmura.

— Saga é brilhante — Johan Jönson diz. — Ela está fazendo o homem falar.

— Mas ainda não sabemos nada sobre Jurek — Pollock diz, batendo com a caneta na mesa. — Além do fato de que esse não é o verdadeiro nome dele.

— E que ele quer fugir — Corinne diz, erguendo as sobrancelhas.

— Sim — Joona diz.

— Mas o que ele tem em mente? Para que quer cinco comprimidos para dormir? Para quem está planejando dar esses remédios? — Corinne pergunta com a testa franzida.

— Ele não pode drogar os funcionários, porque eles não têm permissão de pegar nada dele — Pollock diz.

— Vamos deixar que Saga continue fazendo o mesmo — Corinne diz depois de uma pausa breve.

— Não gosto disso — Joona diz.

Ele se levanta e vai até a janela. Começou a nevar de novo.

— Antes de voltarmos — Joona continua, virando para olhar para a sala —, queria ouvir a gravação de novo, em especial a parte em que Saga diz que talvez não queira sair do hospital.

— Só escutamos isso trinta e cinco vezes até agora — Corinne suspira.

— Eu sei, mas tenho a impressão de que estamos deixando passar alguma coisa — ele explica, com a voz mais segura. — Para começo de conversa, Jurek parece igual quando diz que há lugares melhores que o hospital, mas, quando Saga responde que deve haver lugares piores, ela consegue pegá-lo de surpresa.

— Talvez — Corinne diz, olhando para baixo.

— Não tem nada de "talvez" — Joona insiste. — Passei horas conversando com Jurek e sei quando a voz dele muda. Ele fica reflexivo, mas só por alguns instantes, quando está descrevendo o lugar com o barro vermelho.

— E os fios elétricos de alta voltagem e as escavadeiras grandes — Pollock completa.

— Sei que tem alguma coisa aí — Joona diz. — Não só Jurek pareceu ficar surpreso consigo mesmo quando começou a descrever o que parece uma lembrança sincera, mas...

— Mas isso não leva a nada — Corinne interrompe.

— Quero ouvir a gravação de novo — Joona diz, virando para Johan.

123

Johan se inclina para a frente e move o cursor na tela sobre a sequência de ondas sonoras. Os alto-falantes crepitam e chiam. O som rítmico de passos na esteira se torna audível.

— Podemos sair juntos do hospital.

Há uma batida, depois um farfalhar que vai ficando mais alto.

— Não sei se quero.

— Por que não?

— Não tenho nada lá fora.

— Nada? Voltar nunca é uma opção. Mas há lugares melhores do que este.

— E provavelmente alguns piores.

Mais uma batida, depois um suspiro.

— O que você disse? — ela pergunta.

— Só suspirei, porque percebi que consigo me lembrar de um lugar pior.

A voz dele é estranhamente suave e hesitante enquanto continua:

— O ambiente era preenchido pelo zumbido dos fios elétricos de alta voltagem. As estradas eram destruídas por escavadeiras grandes. E os trilhos eram cheios de água e barro vermelho até a cintura. Mas pelo menos eu ainda conseguia abrir a boca e respirar.

— O que quer dizer com isso? — Saga pergunta.

Aplausos e mais risos da televisão.

— Que lugares piores podem ser preferíveis a lugares melhores — Jurek responde, muito baixo.

O som de respiração e passos pesados se misturam ao zumbido da esteira.

— Você está pensando na sua infância? — Saga pergunta.

— Acho que sim — Jurek sussurra.

Eles ficam em silêncio e Johan para a gravação e franze a testa na direção de Joona.

— Não vamos muito longe com isso — Pollock diz.

— E se Jurek estiver dizendo algo que não conseguimos ouvir? — Joona persiste, apontando para a tela. — Tem um intervalo na gravação, não tem? Logo depois que Saga diz que há lugares piores fora do hospital.

— Ele suspira — Pollock diz.

— É o que parece, mas dá para ter certeza de que é isso mesmo? — Joona pergunta.

Johan coça a barriga, move o cursor de volta, aumenta o volume e reproduz o trecho.

— Preciso de um cigarro — Corinne diz, pegando a bolsa brilhosa do chão.

Os alto-falantes chiam, e há um estalo alto seguido de uma expiração.

— Não falei? — Pollock diz.

— Tenta passar mais devagar — Joona insiste.

Pollock está tamborilando os dedos na mesa. O trecho é reproduzido de novo na metade da velocidade, e agora o suspiro soa como uma tempestade varrendo a terra.

— Ele está suspirando — Corinne diz.

— Sim, mas tem alguma coisa nessa pausa, e o tom da voz dele depois — Joona diz.

— Me fala o que eu deveria estar procurando — Johan diz, frustrado.

— Não sei. Quero que imagine que ele está realmente falando alguma coisa, mesmo que não seja audível. — Joona não consegue evitar sorrir diante da própria resposta enigmática.

— Posso tentar.

— Não é possível isolar e amplificar o som até termos certeza se tem ou não alguma coisa nesse silêncio?

— Se eu aumentar a pressão e a intensidade do som em algumas centenas, os passos na esteira estourariam nossos tímpanos.

— Então tira os passos.

Johan Jönson dá de ombros e faz um loop do trecho, então o estende e depois divide o som em trinta curvas diferentes, ordenadas por hertz e decibéis. Seleciona algumas curvas e as deleta.

Cada curva removida aparece em uma tela menor.

Corinne e Pollock vão tomar um ar na sacada. Olham para os telhados e para a igreja Filadélfia.

Joona continua sentado e observa o trabalho minucioso.

Depois de trinta e cinco minutos, Johan se recosta e escuta o loop limpo em diversas velocidades, então remove outras três curvas e toca o resultado.

O que resta parece o ruído de um pedregulho sendo arrastado por um chão de concreto.

— Jurek Walter suspira — Johan declara, e pausa a reprodução.

— Essas não deveriam estar alinhadas também? — Joona diz, apontando para três das curvas deletadas na tela menor.

— Não, é só um eco que removi — Johan diz, depois parece pensativo de repente. — Na verdade, eu poderia tentar remover tudo menos o eco.

— Talvez ele estivesse olhando para a parede — Joona diz.

Johan Jönson seleciona e move as curvas do eco de volta, multiplica a pressão do som e a intensidade por trezentos e volta a reproduzir o loop. Então, quando é repetido na velocidade normal, o som arrastado lembra uma expiração trêmula.

— Tem alguma coisa aí? — Joona pergunta com concentração renovada.

— Pode ter — Johan diz.

— Não consigo escutar — Corinne diz.

— Bom, não parece mais um suspiro — Johan admite. — Mas não há mais o que fazer: depois desse ponto, as ondas sonoras longitudinais começam a se confundir com as transversais e, como correm em níveis diferentes, elas vão se cancelar.

— Tente mesmo assim — Joona pede, impaciente.

124

Johan Jönson retorce os lábios enquanto avalia as quinze curvas diferentes.

— Não se faz esse tipo de coisa — ele murmura.

Com uma precisão cirúrgica, ele ajusta o tempo das curvas e estende alguns dos picos em planos mais longos.

Reproduz o trecho, e a sala se enche de estranhos sons subaquáticos. Corinne se levanta com a mão sobre a boca enquanto Jönson pausa, faz alguns ajustes, afasta algumas partes, depois reproduz novamente o trecho.

Suor irrompe pela testa de Pollock.

Há um estrondo grave vindo dos alto-falantes, seguido por uma expiração longa dividida em sílabas indistintas.

— Prestem atenção — Joona diz.

O que eles conseguem ouvir é um suspiro lento formado inconscientemente a partir de um pensamento. Jurek Walter não está usando a laringe, apenas movendo os lábios e a língua enquanto expira.

Johan move ligeiramente uma das curvas, depois se levanta da cadeira com um sorriso largo enquanto o loop do sussurro se repete de novo e de novo.

— O que ele está dizendo? — Pollock diz com a voz tensa. — Parece "Lênin".

— Leninsk — Corinne diz, os olhos arregalados.

— Quê? — Pollock diz.

— Há uma cidade chamada Leninsk-Kuznetsky — ela diz. — Mas, como ele falou do barro vermelho, acho que ele está se referindo à cidade secreta.

— Cidade secreta? — Pollock murmura.

— O cosmódromo de Baikonur é famoso — ela explica —, mas

cinquenta anos atrás a cidade era chamada de Leninsk, e era uma cidade ultrassecreta.

— Leninsk no Cazaquistão — Joona diz. — Jurek tem uma memória de infância de Leninsk.

Corinne se senta à mesa, ajeita o cabelo atrás da orelha e explica:

— O Cazaquistão era parte da União Soviética naquela época e tão pouco povoado que deu para construir toda uma cidade sem o resto do mundo notar. Havia uma corrida armamentista em andamento, e eles precisavam de bases de pesquisa e locais de lançamento para os foguetes.

— O Cazaquistão é membro da Interpol — Pollock diz.

— Se puderem nos dar o verdadeiro nome de Jurek, podemos começar a descobrir a história dele — Joona diz. — Aí a caçada começaria de verdade.

— Não deve ser impossível — Corinne diz. — Agora temos uma localização e uma idade aproximada. Sabemos que ele chegou à Suécia em 1994. Temos fotos dele, verificamos as cicatrizes no corpo e...

— Temos o DNA e o tipo sanguíneo dele — Pollock diz.

— Então ou a família de Jurek era parte da população local do Cazaquistão, ou estava entre os cientistas, engenheiros e militares enviados da Rússia para lá.

— Vou organizar tudo isso — Pollock diz rápido.

— Vou tentar entrar em contato com o Comitê de Segurança Nacional do Cazaquistão — Corinne diz. — Joona? Quer que eu...

Ela para e lhe lança um olhar questionador. Joona a encara e faz que sim com a cabeça. Pega o casaco da cadeira e começa a caminhar em direção ao corredor.

— Aonde você vai? — Pollock pergunta.

— Preciso conversar com Susanne Hjälm — Joona murmura.

125

Quando Corinne falava sobre os cientistas enviados para o centro de teste no Cazaquistão, Joona lembrou de sua conversa com Susanne Hjälm na viatura. Logo antes de a filha dela começar a gritar na ambulância, ele havia perguntado se Susanne conseguia se lembrar do endereço na carta de Jurek.

Ela havia dito que era um endereço de caixa postal, e estava tentando lembrar o nome quando disse que não era russo.

Por que ela tinha falado isso?

Joona mostra o distintivo para o guarda. Eles atravessam juntos a ala feminina da prisão Kronoberg.

O guarda para diante da grossa porta de metal. Joona olha pela janela. Susanne está sentada imóvel, os olhos fechados. Os lábios se movem, como se estivesse rezando baixinho.

Quando o guarda destranca a porta, ela se assusta e abre os olhos. Começa a balançar o corpo para a frente e para trás quando vê Joona entrar. Seu braço quebrado está num gesso, e o outro aperta a barriga.

— Preciso conversar com você sobre...

— Quem vai proteger minhas meninas? — ela pergunta em desespero.

— Elas estão com o pai agora — Joona diz, olhando em seus olhos angustiados.

— Não. Não. Ele não entende... ele não sabe. Ninguém sabe. Você precisa fazer alguma coisa. Não pode simplesmente largar as duas.

— Você leu a carta que Jurek te deu? — Joona pergunta.

— Sim — ela sussurra. — Li.

— Era endereçada a um advogado?

Ela olha para ele e começa a respirar com mais calma.

— Sim.

Joona se senta perto dela na cama.

— Por que não a enviou? — ele pergunta baixo.

— Porque não queria que ele saísse — ela diz, com a voz aflita. — Não queria dar a menor chance para ele. Você não vai conseguir entender. Ninguém consegue.

— Fui eu quem o prendi, mas...

— Todo mundo me odeia — ela continua, sem prestar atenção. — Eu me odeio. Não consegui ver nada. Não queria machucar aquela policial, mas vocês não deveriam ter entrado lá. Não deveriam ter me procurado, não deveriam...

— Você se lembra do endereço na carta? — Joona interrompe.

— Eu queimei. Pensei que assim acabaria. Não sei o que eu estava pensando.

— Ele queria que ela fosse enviada a um escritório de advocacia?

O corpo de Susanne treme com violência.

— Quando posso ver minhas filhas? — ela geme. — Preciso contar para elas que fiz tudo por elas, mesmo que elas nunca entendam, mesmo que me odeiem...

— Escritório de Advocacia Rosenhane?

Ela se vira para ele, os olhos febris, como se tivesse se esquecido de que ele estava ali.

— Sim, era isso — ela diz.

— Quando perguntei antes, você disse que o nome no endereço não era russo — Joona diz. — Por que seria russo?

— Porque Jurek falou em russo comigo uma vez.

— O que ele disse?

— Não aguento mais, não...

— Tem certeza de que ele estava falando em russo?

— Ele disse coisas tão terríveis...

126

Susanne se levanta na cama. Está fora de si. Vira para a parede enquanto soluça de tanto chorar, tentando esconder o rosto com a mão que não está machucada.

— Por favor, senta — Joona diz com a voz suave.

— Ele não pode, ele não pode...

— Você escondeu sua família no porão porque tinha medo de Jurek.

Susanne olha para ele, depois começa a andar de um lado para o outro em cima da cama.

— Ninguém me ouviria, mas sei que ele falou a verdade. Senti o fogo dele no meu rosto.

— Eu teria feito o mesmo que você — Joona diz, sério. — Se acreditasse que pudesse proteger minha família de Jurek dessa forma, teria feito igual.

Ela para com curiosidade nos olhos.

— Eu tinha de dar uma injeção de Zypadhera em Jurek. Ele havia recebido um sedativo e estava deitado na cama. Não conseguia se mexer. Sven Hoffman abriu a porta, entrei e apliquei a injeção nas nádegas de Jurek. Enquanto colocava um curativo, expliquei que não queria ter nada a ver com a carta dele. Não iria enviar. Não disse que já a tinha queimado, só disse...

Ela fica em silêncio e tenta se recompor antes de continuar. Fica com a mão sobre a boca por um tempo, depois a deixa cair:

— Jurek abriu os olhos e olhou diretamente para mim, e começou a falar em russo. Não sei se ele sabia que eu entendia. Nunca contei para ele que já morei em São Petersburgo...

Ela para de falar e baixa a cabeça.

— O que ele disse?

— Ele prometeu cortar Ellen e Anna no meio... e me deixar escolher qual sangraria até a morte — ela diz, depois sorri para tentar não desmoronar. — Os pacientes dizem as coisas mais terríveis. Você tem de aguentar todo tipo de ameaça. Mas era diferente com Jurek.

— Tem certeza de que ele falou em russo, e não em cazaque?

— Ele falava um russo extremamente refinado, como se fosse um professor em Lomonosov.

— Você falou para ele que não queria ter nada a ver com a carta — Joona diz. — Houve alguma outra carta?

— Só a que ele estava respondendo.

— Então ele recebeu uma carta antes? — Joona pergunta.

— Foi endereçada a mim, de um advogado que estava se oferecendo para examinar os direitos e opções dele.

— E você a entregou para Jurek?

— Não sei por quê. Acho que eu estava pensando que era um direito humano, mas ele não é humano.

Ela começa a chorar e dá alguns passos para trás sobre o colchão.

— Tenta lembrar o que...

— Quero minhas filhas. Não aguento isso — ela choraminga, voltando a andar de um lado para o outro na cama. — Ele vai machucá-las.

— Você sabe que Jurek está encarcerado na unidade de segurança...

— Só quando ele quer — ela interrompe e cambaleia. — Ele engana todo mundo. Pode entrar e sair.

— Não é verdade, Susanne — Joona diz com a voz calma. — Jurek não saiu da unidade de segurança máxima nenhuma vez em treze anos.

Ela olha para ele, depois diz com os lábios brancos rachados:

— Você não sabe de nada.

Por um momento parece que ela está prestes a começar a rir.

— Sabe? — ela diz. — Você realmente não sabe de nada.

Ela pisca os olhos secos, e sua mão treme quando a ergue para tirar o cabelo da frente do rosto.

— Eu o vi no estacionamento na frente do hospital — ela diz baixo. — Ele estava lá parado, olhando para mim.

A cama range sob seus pés, e ela estende a mão para se equilibrar na parede. Joona tenta acalmá-la:

— Entendo que as ameaças dele foram…

— Você é tão idiota — ela grita. — Vi seu nome escrito no vidro…

Ela dá um passo à frente, escorrega da cama, bate o pescoço na beira da cama e cai estatelada no chão.

127

Corinne põe o celular na mesa e balança a cabeça, lançando uma lufada de perfume caro na direção de Pollock.

Ele estava esperando que ela concluísse a ligação, e pensava em perguntar se ela gostaria de jantar com ele alguma noite.

— Ninguém parece saber nada sobre Jurek — ela diz. — Falei com Anton Takirov no Comitê de Segurança Nacional do Cazaquistão. Ele me disse na lata que Jurek Walter não é um cidadão cazaque. Fui muito educada e pedi para eles realizarem uma nova busca, mas esse tal de Takirov pareceu ofendido e disse que eles realmente tinham computadores no Cazaquistão.

— Talvez ele não seja bom em falar com mulheres.

— Quando tentei dizer ao sr. Takirov que achar a combinação genética pode levar um tempinho, ele disse que tinham o sistema mais moderno do mundo. Só queria se livrar de mim.

— Então eles nem se esforçaram.

— Mas temos atualmente uma boa relação com o Serviço de Segurança Federal da Federação Russa. Dmitry Urgov acabou de retornar minha ligação. Infelizmente, eles não têm nada que corresponda ao que enviei. Disse que tinha pedido pessoalmente à polícia nacional para examinar todas as fotos e verificar o registro de DNA.

Corinne fecha os olhos e massageia o pescoço. Pollock tenta conter o impulso de oferecer ajuda.

— Minhas mãos estão quentes — Pollock se arrisca, bem na hora em que Joona Linna entra.

— Posso pegar nelas? — Joona pergunta com a voz grossa.

— O Cazaquistão não está facilitando para nós — Corinne diz a ele. — Mas eu…

— Jurek é da Rússia — Joona diz, pegando um punhado de doces de uma tigela.

— Rússia — ela repete.

— Ele fala um russo perfeito.

— Será que Dmitry Urgov mentiria para mim? Sinto muito, mas conheço aquele homem, e não consigo acreditar nisso.

— Ele não deve saber de nada — Joona diz, colocando os doces no bolso. — Jurek tem idade suficiente para ser dos tempos da KGB.

128

Pollock, Joona e Corinne estão debruçados sobre a mesa, examinando suas anotações. Até pouco tempo antes, não tinham nada. Agora, graças à infiltração de Saga, têm por onde começar. Jurek deixou algo escapar quando sussurrou "Leninsk". Ele crescera no Cazaquistão, mas como Susanne Hjälm o tinha ouvido falar em um russo perfeito, parecia muito provável que a família dele tivesse vindo da Rússia.

— Mas a polícia de segurança não sabe de nada — Corinne reitera.

Joona pega o telefone e começa a procurar um contato com quem não fala há muitos anos. Consegue sentir que está ficando animado quando percebe que pode finalmente estar no rastro do mistério de Jurek Walter.

— O que você está fazendo? — Corinne questiona.

— Vou falar com um velho conhecido.

— Você vai ligar para Nikita Karpin! — Pollock exclama. — Não vai?

Joona se afasta, encostando o telefone na orelha. Ele toca com um eco sibilante, e então há um estalido.

— Não agradeci a você pela sua ajuda com Pichushkin? — Karpin pergunta abruptamente.

— Sim, você me mandou umas barrinhas de sabonete…

— Não foi o suficiente? — ele interrompe. — Você é o cara mais persistente que já conheci. Devia ter imaginado que me ligaria do nada para perturbar.

— Estamos trabalhando num caso muito complexo aqui, que…

— Nunca falo por telefone — Nikita interrompe.

— E se eu preparar uma linha criptografada?

— Não há nada que não possamos decifrar em vinte segundos

— o russo diz, rindo. — Mas essa não é a questão. Estou fora. Não tenho como ajudar.

— Mas você deve ter contatos? — Joona arrisca.

— Não sobrou ninguém, e eles não sabem nada sobre Leninsk. E, se soubessem, não diriam.

— Você já sabia o que eu iria pedir — Joona suspira.

— Claro. A Rússia é um país pequeno.

— Com quem devo falar para conseguir uma resposta?

— Tente os simpáticos do Serviço de Segurança Federal daqui a um mês mais ou menos. Sinto muito — Karpin boceja —, mas tenho que levar Zean para passear. Costumamos ir ao Klyazma, no gelo, até o píer dos banhistas.

— Entendi — Joona diz.

Ele desliga o telefone e sorri com a cautela exagerada do velho. O ex-agente da KGB não parece confiar que a Rússia mudou. Talvez ele esteja certo.

Não foi exatamente um convite formal, mas, vindo de Nikita Karpin, foi quase generoso.

O velho cachorro da raça samoieda de Nikita, Zean, morrera quando Joona estava fazendo uma visita oito anos antes. Joona tinha sido convidado para dar três palestras sobre o trabalho que havia levado à captura de Jurek Walter. Na época, a polícia moscovita estava no meio da perseguição ao serial killer Alexander Pichushkin.

Joona sabe que o cachorro está morto. E Nikita sabe que Joona sabe onde encontrá-lo se ele for passear no gelo no rio Klyazma.

129

São dez para as sete da noite e Joona Linna está sentado no último voo para Moscou. Quando o avião pousa na Rússia, é quase meia-noite. O país está tomado pelo frio, e as temperaturas baixas deixam a neve muito seca.

Joona está em um táxi pelos vastos e monótonos subúrbios. No começo, parece que está preso numa malha de habitações sociais enormes, mas, quando chega ao centro da cidade, a vista da janela finalmente muda. Ele avista uma das Sete Irmãs de Stálin — os belos arranha-céus — antes de o táxi entrar numa rua lateral e parar na frente do hotel.

Seu quarto é bem básico e pouco iluminado. O pé-direito é alto e as paredes são amareladas por fumaça de cigarro. Na mesa há um samovar elétrico de plástico marrom. A placa de incêndio atrás da porta tem uma queimadura de cigarro sobre a saída de emergência.

Ao parar diante da única janela, olhando para baixo na direção do beco, Joona consegue sentir o frio do inverno através do vidro. Ele se deita na colcha marrom áspera, fica olhando para o teto e escuta vozes e risos abafados no quarto ao lado. Pensa que é muito tarde para ligar para Disa e desejar boa-noite.

Os pensamentos giram em sua mente, e as imagens o embalam até o sono. Uma menina esperando pela mãe para trançar seu cabelo. Saga Bauer olhando para ele, a cabeça coberta de cortes. Disa deitada na banheira, cantarolando, os olhos semicerrados.

Às cinco e meia da manhã, o celular de Joona começa a vibrar na mesa de cabeceira. Ele dormiu de roupa, embaixo de todas as mantas e cobertas. A ponta de seu nariz está congelando, e ele precisa soprar os dedos antes de conseguir desligar o alarme.

Fora da janela, o céu ainda está escuro.

Joona desce para o saguão e solicita que a moça da recepção alugue um carro para ele. Ele se senta a uma das mesas com louças decoradas, toma chá e come pão quente com manteiga derretida e fatias grossas de queijo.

Uma hora depois, está dirigindo uma BMW X3 na rodovia M2 perto de Moscou. O asfalto preto reluzente corre embaixo do carro. O trânsito é intenso em Vidnoye, e já são oito horas quando ele sai para as ruas brancas sinuosas.

Os troncos das bétulas parecem anjos jovens e magros na paisagem nevada. A Rússia é tão bela, é quase assustador.

Está frio e claro, e Liubimova está banhada pelo sol de inverno quando Joona entra no jardim na frente da casa. Certa vez lhe disseram que o lugar era a residência de verão da lenda do teatro russo Stanislavski.

Nikita Karpin sai para a varanda.

— Você lembrou do meu cachorro velho. — Ele sorri, apertando a mão de Joona.

Nikita Karpin é um homem baixo e corpulento, com um rosto envelhecido mas atraente, um olhar implacável e um corte de cabelo militar. Era um homem assustador na época em que era agente.

Embora Nikita Karpin já não seja formalmente membro do FSB, ainda é empregado do Ministério da Justiça. Joona sabe que, se alguém é capaz de descobrir se Jurek Walter tem alguma relação com a Rússia, esse alguém é Karpin.

— Temos um interesse em comum por serial killers — Nikita diz, chamando Joona para entrar. — Por mim, eles podem ser vistos como poços vazios que podem ser enchidos com crimes não solucionados... o que, claro, é muito prático. Mas, por outro lado, temos de prendê-los para não parecer incompetentes, o que torna toda a questão mais complicada.

Joona segue Karpin para uma sala grande e bonita cujo interior parece ter permanecido intocado por cem anos. O papel de parede de medalhão brilha como um creme espesso. Um retrato emoldurado de Stanislavski está pendurado sobre um piano de cauda preto.

O agente serve uma bebida de um jarro de vidro gelado. Na mesa há uma caixa de cartolina cinza.

— Licor de flor de sabugueiro — ele diz, batendo na barriga.

Joona pega o copo, e eles se sentam frente a frente. O rosto de Nikita se transforma. Seu sorriso amigável desaparece.

— Na última vez em que nos vimos, quase tudo ainda era secreto. Naqueles tempos, eu estava no comando de um grupo especialmente treinado que atendia pelo nome de Pequeno Bastão, em tradução literal — Nikita diz com a voz baixa. — Éramos bem durões, meus dois homens e eu.

Ele se recosta na cadeira, fazendo-a ranger.

— Talvez eu queime no inferno por causa disso? — ele diz, pensativo. — A menos que tenha um anjo que proteja as pessoas que defendem a pátria.

As mãos envelhecidas de Nikita estão pousadas sobre a mesa entre a caixa cinza e o jarro de licor.

— Queria ter pegado mais pesado com os terroristas chechenos — ele continua, sério. — Tenho orgulho das nossas ações em Beslan, e, na minha opinião, Anna Politkovskaia foi uma traidora.

Ele coloca o copo na mesa e respira fundo.

— Olhei o material que sua Polícia de Segurança enviou para a FSB. Vocês não conseguiram encontrar muita coisa, Joona Linna.

— Não — Joona admite.

— Chamávamos os jovens engenheiros e operários enviados ao cosmódromo em Leninsk de "combustível de foguete".

— Combustível de foguete?

— Tudo em torno do programa espacial tinha de ser mantido em segredo. Todos os relatórios foram cuidadosamente criptografados. A intenção era que os engenheiros nunca voltassem de lá. Eles eram os cientistas com a melhor formação da época, mas eram tratados como gado.

O agente da KGB faz uma pausa. Joona ergue o copo e bebe.

— Minha mãe me ensinou a fazer licor de flor de sabugueiro.

— É muito bom.

— Você fez a coisa certa vindo até mim, Joona Linna — Karpin diz. — Peguei uma pasta emprestada dos arquivos do Pequeno Bastão.

130

O velho puxa uma pasta cinza da caixa de cartolina, a abre e coloca uma fotografia na mesa na frente de Joona. É uma foto em grupo de vinte e dois homens diante de uma escada de pedra polida.

— Isso foi tirado em Leninsk em 1955 — Karpin diz.

No meio da primeira fileira está o lendário Sergei Korolev, sorrindo em um dos bancos, o engenheiro-chefe por trás do primeiro homem no espaço e do primeiro satélite do mundo.

— Olhe os homens no fundo.

Joona se inclina e olha ao longo das fileiras de rostos. Quase escondido atrás de um homem de cabelo desgrenhado está um homem magro de rosto fino e olhos pálidos.

Joona balança a cabeça, em choque.

Ele encontrou o pai de Jurek Walter.

— Eu vejo ele — Joona diz.

— O governo de Stálin selecionou os engenheiros mais jovens e talentosos — Nikita diz, jogando um velho passaporte soviético na frente de Joona. — E Vadim Levanov era sem dúvida um dos melhores.

Enquanto abre o passaporte, Joona sente o coração acelerar.

A fotografia em preto e branco mostra um homem que se parece com Jurek Walter, mas com olhos mais calorosos e menos rugas. Então… o nome do pai de Jurek era Vadim Levanov.

Sua viagem até lá não foi em vão. Agora podem começar a investigar o passado de Jurek.

Nikita mostra uma série de dez impressões digitais, algumas pequenas fotografias pessoais do batismo e da infância do pai de Jurek, anuários escolares e um desenho infantil de um carro com uma chaminé no capô.

— O que você quer saber sobre ele? — Karpin sorri. — Temos

praticamente tudo. Todos os endereços em que já morou, nomes de namoradas antes do casamento com Elena Mishailova, cartas para os pais em Novosibirsk.

— O filho dele — Joona sussurra.

— A mulher dele também era engenheira, mas morreu no parto dois anos após se casarem.

— O filho — Joona repete.

Karpin se levanta, abre o armário de madeira, tira um estojo pesado e o coloca em cima da mesa. Quando ergue a tampa, Joona vê que é um projetor de filmes de dezesseis milímetros.

Nikita Karpin pede para Joona fechar as cortinas, depois tira um rolo de filme da caixa.

— Este é um vídeo amador particular de Leninsk que acho que você deveria ver.

O projetor começa a estalar, e a imagem é projetada diretamente no papel de parede de medalhões. Karpin ajusta o foco, depois volta a se sentar.

A saturação da imagem varia, mas a qualidade é boa. A câmera devia estar em um tripé.

O vídeo fora feito pelo pai de Jurek Walter durante seu trabalho em Leninsk. A imagem na parede mostra os fundos de uma casa e um jardim verdejante. A luz do sol é filtrada pelas folhas. Em segundo plano, dá para ver linhas de energia.

A imagem treme um pouco, então o pai de Jurek entra no campo de visão. Ele coloca um estojo pesado na grama alta, abre-o e tira quatro cadeiras de acampamento. Um menino com o cabelo bem penteado entra no quadro pela esquerda. Parece ter cerca de sete anos de idade e tem o rosto bem esculpido e grandes olhos pálidos.

Não há dúvida de que é Jurek. Joona mal se atreve a respirar.

O menino fala alguma coisa, mas tudo que dá para ouvir são os cliques do projetor.

Pai e filho ajudam a desdobrar as pernas de metal do estojo, que se transforma numa mesa de tampo de madeira quando eles o viram.

O jovem Jurek desaparece de vista, mas retorna com um jarro d'água do lado oposto do quadro. Acontece tão rápido que Joona pensa que deve ter sido algum tipo de truque.

Jurek morde o lábio e aperta as mãos com firmeza enquanto o pai fala com ele.

Ele desaparece de vista de novo, e o pai caminha atrás dele.

A água no jarro cintila sob o sol.

Um pouco depois, Jurek retorna com um saco de papel branco, e então seu pai volta com outro menino nos ombros.

O pai está balançando a cabeça e trotando como um cavalo.

Joona não consegue ver o rosto do outro menino.

A cabeça da criança está fora do quadro, mas Jurek acena para ele.

Pés com sapatos pequenos batem no peito do pai.

Jurek grita algo.

E, quando o pai coloca o segundo menino no chão de grama diante da mesa, Joona vê que ele também é Jurek.

O menino idêntico olha para a câmera com o rosto sério. Uma sombra passa pelo jardim. O pai pega o saco de papel e desaparece da imagem.

— Gêmeos idênticos. — O agente sorri, parando o projetor.

— Gêmeos — Joona repete.

— Foi por isso que a mãe deles morreu.

131

Joona está olhando para o papel de parede de medalhão, repetindo mentalmente que o Homem de Areia é irmão gêmeo de Jurek Walter.

É ele quem está mantendo Felicia em cativeiro.

Foi ele quem sua filha, Lumi, viu no jardim quando ia acenar para o gato.

E foi por isso que Susanne Hjälm viu Jurek no estacionamento do hospital.

O projetor quente está emitindo estalidos.

Levando o copo consigo, Joona vai até a janela e abre as cortinas. Olha para a superfície coberta de gelo do rio Klyazma.

— Como conseguiu encontrar tudo isso? — ele pergunta quando se sente seguro de que sua voz não vai falhar. — Quantos arquivos teve de pesquisar? Quero dizer, você deve ter materiais sobre milhões de pessoas.

— Sim, mas só tivemos um desertor de Leninsk para a Suécia — Karpin responde.

— O pai deles fugiu para a Suécia?

— O verão de 1957 foi um período difícil em Leninsk — Nikita diz, enigmático, acendendo um cigarro.

— O que aconteceu?

— Fizemos duas tentativas de disparar o Semyorka. Na primeira vez, o foguete auxiliar pegou fogo e o míssil caiu a quatrocentos quilômetros de distância. Na segunda... o mesmo fiasco. Fui mandado para lá para remover os responsáveis. Dar a eles um gostinho do Pequeno Bastão. Não se esqueça de que cinco por cento de todo o PIB da União Soviética ia para a instalação em Leninsk. A terceira tentativa de lançamento foi bem-sucedida, e os engenheiros puderam respirar em paz, até a catástrofe de Nedelin três anos depois.

— Já li sobre isso — Joona diz.

— Mitrofan Nedelin apressou o desenvolvimento de um foguete intercontinental — Nikita diz, olhando para a ponta acesa do cigarro. — O foguete explodiu no meio do cosmódromo, e mais de cem pessoas morreram queimadas. Vadim Levanov e os gêmeos não foram encontrados. Durante meses, pensamos que tinham sido mortos junto com os outros.

— Mas não — Joona diz.

— Não — Nikita diz. — Ele fugiu porque ficou com medo de represálias, e com certeza teria ido parar no gulag. Provavelmente no campo de trabalhos forçados Siblag. Em vez disso, foi para a Suécia.

Nikita apaga o cigarro num pires de porcelana.

— Mantivemos Vadim Levanov e os gêmeos sob vigilância constante e estávamos preparados para liquidá-lo — Karpin continua. — Mas não foi preciso. Porque a Suécia o tratou como lixo e arranjou um gulag especial para ele. O único trabalho que ele conseguiu arranjar foi como trabalhador braçal numa pedreira.

Havia um brilho cruel nos olhos de Nikita.

— Se vocês tivessem demonstrado algum interesse no que ele sabia, a Suécia poderia ter sido a primeira no espaço.

Ele ri.

— Talvez — Joona diz.

— Sim.

— Então Jurek e o irmão chegaram à Suécia por volta dos dez anos de idade?

— Mas só ficaram uns dois anos — Nikita diz.

— Por quê?

— Não se vira um serial killer sem motivo.

— Você sabe o que aconteceu? — Joona pergunta.

— Sim.

Nikita se vira para a janela e umedece os lábios. A luz baixa de inverno brilha através do vidro desnivelado.

132

Hoje Saga é a primeira a entrar na sala de recreação. Ela corre por quatro minutos e acaba de diminuir a velocidade e começar a andar quando Bernie sai de seu quarto.

— Vou começar a dirigir um táxi quando estiver livre. Porra, como um maldito Fittipaldi. Você pode andar de graça, e vou tocar você no meio das...

— Cala a boca — ela o interrompe.

Ele assente, parecendo magoado, depois vai direto para a folha de palmeira, a vira, e aponta para o microfone com um sorriso.

— Agora você é minha escrava — ele diz, rindo.

Saga dá um forte soco nele, fazendo-o cambalear para trás e cair sentado no chão.

— Também quero fugir — ele sussurra com raiva. — Quero dirigir um táxi e...

— Cala a boca — Saga diz, olhando por sobre o ombro para ver se os guardas estão a caminho da porta de segurança.

Mas parece que ninguém os observa do monitor de vigilância.

— Você vai me levar com você quando fugir, está me ouvindo...

— Cala a boca — Jurek interrompe atrás deles.

— Desculpa — Bernie sussurra no chão.

Saga não escutou Jurek entrar na sala de recreação. Um calafrio desce por sua espinha quando ela se dá conta de que ele pode ter visto o microfone embaixo da folha de palmeira.

Talvez seu disfarce tenha sido descoberto.

Talvez aconteça agora, ela pensa. A crise que ela temia está acontecendo. Ela sente a adrenalina percorrer o corpo e tenta visualizar a planta da unidade de segurança máxima. Em sua mente, atravessa rápido as portas marcadas, as diferentes zonas, os melhores lugares para encontrar um abrigo temporário.

Se Bernie estragar seu disfarce, ela vai ter de se barricar na cela. De preferência, pegaria o microfone e pediria reforços imediatos.

Jurek para na frente de Bernie, que está deitado no chão, murmurando pedidos de desculpa.

— Arranque o fio da esteira, vá até seu quarto e se pendure do alto da porta — Jurek diz a ele.

Bernie ergue a cabeça para Jurek com medo nos olhos.

— Quê? Mas que merda?

— Amarre o fio à maçaneta do lado de fora, jogue o fio por cima da porta e puxe sua cadeira de plástico — Jurek instrui.

— Não quero. Não quero — Bernie diz, os lábios tremendo.

— Não podemos mais deixar você vivo — Jurek diz.

— Mas... que porra, eu só estava brincando. Sei que não posso ir com vocês. Sei que o lance é só de vocês... só de vocês...

133

Pollock e Corinne se levantam da mesa quando a situação na sala de recreação fica crítica. Eles percebem que Jurek decidiu executar Bernie e estão torcendo para que Saga não se esqueça de que não tem nenhuma responsabilidade policial.

— Não há nada que possamos fazer — Corinne sussurra.

Sons retumbantes e lentos saem dos alto-falantes. Johan ajusta os níveis de volume e coça a cabeça, angustiado.

— Me pune em vez disso — Bernie choraminga. — Mereço uma punição.

— Posso quebrar as duas pernas dele — Saga diz.

Corinne se envolve em seus próprios braços e tenta controlar a respiração.

— Não faça nada — Pollock sussurra para o alto-falante. — Você precisa confiar nos guardas. Você é só uma paciente.

— Por que ninguém interveio? — Johan diz. — Os guardas não notaram o que está acontecendo, pelo amor de Deus?

— Se ela agir, Jurek vai matá-la — Corinne sussurra.

— Não faça nada — Pollock implora. — Não faça nada.

134

O coração de Saga acelera. Ela não consegue entender os próprios pensamentos ao sair da esteira. Não é sua obrigação proteger outros pacientes. Ela sabe que não deve sair do papel.

— Posso quebrar as rótulas dele — ela arrisca. — Posso quebrar os braços e os dedos e…

— Seria melhor se ele morresse de uma vez — Jurek conclui.

— Venha aqui — ela diz rápido para Bernie. — A câmera está escondida aqui…

— Mas que porra, Branca de Neve? — Bernie gira, aproximando--se dela.

Ela apanha o punho dele, puxa-o para perto e quebra seu dedo mindinho. Ele grita e cai de joelhos, aninhando a mão na barriga.

— Próximo dedo — ela diz.

— Vocês dois são malucos — Bernie diz sem parar de chorar. — Vou pedir ajuda. Meus escravos esqueletos vão vir.

— Fique quieto — Jurek diz.

Ele vai até a esteira e tira o cabo elétrico, arrancando-o do rodapé e fazendo uma chuva de pó de concreto se espalhar pelo chão.

— Próximo dedo — Saga tenta.

— Fique longe — Jurek diz, olhando nos olhos dela.

Saga fica parada, a mão na parede, enquanto Bernie segue Jurek. A situação lhe parece absurda. Ela observa Jurek amarrar o cabo em volta da maçaneta no lado da porta de Bernie que dá para a sala de recreação e o jogar por cima da porta.

Ela sente vontade de gritar.

Bernie olha para ela suplicante enquanto sobe na cadeira de plástico e coloca o laço em volta do pescoço.

Ele tenta falar com Jurek, sorrindo e repetindo algo.

Ela fica parada, achando que a equipe certamente deve vê-los agora. Mas nenhum guarda vem. Jurek está na unidade há tanto tempo que decorou as rotinas dos funcionários. Talvez saiba que esse é o momento em que fazem uma pausa para o café ou trocam de turnos.

Saga recua devagar em direção ao quarto. Ela não sabe o que fazer e não entende por que ninguém está vindo.

Jurek diz algo para Bernie, espera, repete as palavras, mas Bernie está balançando a cabeça enquanto lágrimas brotam em seus olhos.

Saga continua andando para trás. Uma sensação de irrealidade se espalha por seu corpo.

Jurek chuta a cadeira, depois atravessa a sala de recreação e vai direto para o próprio quarto.

Bernie está pendurado no ar com os pés pouco acima do chão. Tenta se puxar para cima pelo fio, mas não tem força suficiente.

Saga entra na cela e vai até a porta com a janela de vidro reforçado do outro lado. Ela a chuta com toda a força, mas tudo que consegue ouvir é um baque abafado do metal. Recua, se vira e chuta de novo, recua e chuta de novo, e de novo. A porta sólida vibra de leve, mas o som pesado de seus chutes percorre as paredes de concreto. Ela continua chutando até, finalmente, ouvir vozes agitadas no corredor, seguidas por passos rápidos e pelo zumbido da trava elétrica.

135

As luzes no teto se apagam. Saga está deitada de lado na cama, de olhos abertos.

O que eu deveria ter feito?

Seus pés e tornozelos doem por causa dos chutes.

Ela não sabe se deveria ter intervindo. Talvez devesse. Talvez Jurek não tivesse conseguido impedi-la. Mas não há dúvida de que teria se exposto ao perigo e aniquilado todas as chances de salvar Felicia.

Por isso, ela entrou na cela e chutou a porta. Chutou a porta com toda a força, na esperança de que os guardas se perguntassem de onde vinha aquele barulho e finalmente olhassem para os monitores.

Mas nada aconteceu. Eles não a escutaram por um bom tempo. Ela deveria ter chutado com mais força.

Pareceu uma eternidade até as vozes e os passos se aproximarem. Ela está deitada na cama e tenta dizer a si mesma que os funcionários chegaram lá a tempo, que Bernie está agora em tratamento intensivo, que sua condição é estável.

Pensa que talvez Jurek tenha feito um laço fraco, mesmo sabendo que não é verdade.

Saga fica deitada no escuro, lembrando do rosto de Bernie enquanto balançava a cabeça com expressão de completo desespero. Jurek se movia como uma sombra. Havia conduzido a execução com serenidade, simplesmente fazendo o que tinha de fazer. Tinha chutado a cadeira para longe e depois saído, sem pressa, para o quarto.

Saga acende a luz ao lado da cama, se senta e coloca os pés no chão. Vira o rosto para a câmera do circuito interno no teto, na direção do olho escuro, e espera.

Como de costume, Joona estava certo, pensa ela, enquanto encara a lente circular da câmera. Ele achou que havia a chance de Jurek abordá-la. Jurek tinha começado a conversar com ela em um tom tão pessoal que até Joona ficaria surpreso.

Saga quebrou a regra sobre não falar dos pais, da sua família, mas dera certo. Só restava torcer para que os policiais na escuta não achassem que ela perdeu o controle da situação.

Em momento algum ela se esquecera do que Jurek Walter tinha feito, mas não se sentiu ameaçada por ele. Bernie a assustara mais. Até o momento em que Jurek o enforcou com o cabo.

Saga esfrega o pescoço com a mão e continua a encarar o olho da câmera. Fica sentada assim por mais de uma hora.

136

Anders Rönn fez login e está sentado em sua sala tentando resumir os acontecimentos do dia para os registros médicos.

Por que tudo está acontecendo agora?

No mesmo dia todo mês, a equipe esvazia o depósito de remédios. Não leva mais do que quarenta minutos.

Ele, My e Leif estavam na frente do depósito quando ouviram o barulho.

Estrondos graves, ecoando pelas paredes. My derrubou a lista de inventário no chão e correu até a sala de controle de vigilância. Anders a seguiu. My chegou ao monitor e gritou ao ver a imagem do quarto de paciente 2. Bernie estava pendurado na porta para a sala de recreação. Urina pingava de seus pés, formando uma poça embaixo dele.

Anders ainda está arrepiado. Como resultado do suicídio na ala, ele convocou uma reunião de emergência do comitê do hospital. O diretor do hospital veio direto de uma festa de aniversário infantil, irritado pela convocação. O diretor olhou para ele e disse que talvez tivesse sido um erro permitir que alguém inexperiente assumisse o cargo de médico-chefe.

Anders cora ao lembrar de como pedira desculpas, balbuciando e tentando explicar que, segundo suas anotações clínicas, Bernie Larsson era extremamente deprimido, e que havia sentido dificuldades com a transferência.

— Ainda está aqui?

Ele ergue os olhos e vê My na soleira da porta, dando um sorriso exausto para ele.

— A administração do hospital quer o relatório amanhã de manhã, então acho que você vai ter de me aguentar por mais algumas horas.

— Que merda — ela diz com um bocejo.

— Pode ir tirar um cochilo na sala dos funcionários se quiser — ele sugere.

— Não se preocupe.

— É sério. Preciso ficar aqui de qualquer maneira.

— Tem certeza? É realmente muito gentil.

Ele sorri para ela.

— Vai dormir um pouco. Acordo você quando estiver saindo.

Anders a escuta caminhar pelo corredor, passar pelo vestiário e entrar na sala de funcionários.

A luz da tela do computador preenche a salinha de Anders. Ele abre o calendário, depois acrescenta algumas reuniões recém-marcadas com parentes e assistentes sociais.

Seus dedos pairam sobre o teclado enquanto pensa na nova paciente. Não consegue esquecer aquele momento, os segundos em que estava no quarto dela, baixando as calças e a calcinha dela. A pele branca tinha ficado vermelha depois das duas injeções. Ele havia tocado nela como médico, mas tinha chegado a olhar seus genitais entre as pernas, os pelos loiros e a vagina fechada.

Anders digita uma anotação sobre a reunião remarcada. Não consegue se concentrar direito.

Trabalha no relatório para a Assistência Social, se levanta e vai até a sala de controle de vigilância.

Ao se sentar na frente da tela grande para olhar para os nove quadrados, nota imediatamente que Saga está acordada. A luz ao lado da cama dela está acesa. Ela está olhando para a câmera, diretamente para ele.

Sentindo um peso estranho dentro de si, Anders olha para as outras câmeras. Os quartos dos pacientes 1 e 2 estão escuros. As portas de segurança e a sala de recreação estão em silêncio. A câmera diante da porta em que My está descansando não mostra nada além de uma porta fechada. Os seguranças estão atrás da primeira porta de segurança.

Anders seleciona o quarto de paciente 3, e a imagem enche a segunda tela. Ele puxa a cadeira para perto. Saga ainda está sentada lá, olhando para ele.

Ele se pergunta o que ela quer.

O rosto pálido dela está iluminado.

Ela massageia a nuca com uma das mãos, se levanta da cama e dá alguns passos para a frente, sem tirar os olhos da câmera.

Anders tira a imagem, se levanta e olha para os guardas e a porta fechada da sala dos funcionários.

Ele vai até a porta de segurança, passa o cartão na leitora e entra no corredor. A iluminação noturna tem um tom fraco de cinza. As três portas brilham opacas, como chumbo. Ele vai até a porta de Saga e olha pelo vidro reforçado. Ela ainda está em pé no meio do quarto, mas se vira na direção da porta quando ele abre a portinhola.

A luz da lâmpada na cabeceira brilha atrás dela, entre suas pernas.

— Não consigo dormir — ela diz, com os olhos grandes e suplicantes.

— Está com medo do escuro? — ele pergunta, sorrindo.

— Preciso de dez miligramas de Stesolid. É o que eu sempre tomava em Karsudden.

Ele pensa que ela é ainda mais bonita e esguia em carne e osso. Ela se move como se tivesse consciência de si mesma, confiante em seu corpo, como se fosse uma ginasta de elite ou uma bailarina. Ele consegue ver que sua camiseta justa e fina está molhada de suor. A curva perfeita de seus ombros, seus mamilos sob o tecido.

Ele tenta se lembrar se leu alguma coisa sobre problemas para dormir na ficha dela de Karsudden. Depois pensa que isso não importa. É ele quem toma as decisões sobre medicação.

— Espera aí — ele diz, depois vai buscar um comprimido.

Quando volta, consegue sentir o suor entre suas escápulas. Ela estende a mão pela portinhola para pegar o copo de plástico, mas ele não consegue evitar provocá-la:

— Posso ganhar um sorriso?

— Me dá o comprimido — ela diz, ainda com a mão para fora.

Ele ergue o copo de plástico no ar, longe do alcance da mão estendida de Saga.

— Só um sorrisinho — ele diz, fazendo cócegas na palma da mão dela.

137

Saga sorri para o médico e mantém contato visual até conseguir o copo de plástico. Ele fecha e tranca a portinhola, mas continua atrás da porta. Ela recua para o interior do quarto, finge colocar o comprimido na boca e engole, inclinando a cabeça para trás. Não está olhando para ele, não sabe se ainda está lá, mas se senta na cama por um tempo, depois apaga a luz. Sob a proteção da escuridão, esconde o comprimido sob a palmilha de um dos sapatos.

Antes de pegar no sono, volta a se lembrar do rosto de Bernie, as lágrimas enchendo os olhos dele enquanto colocava o laço em volta do pescoço.

Os pequenos baques dos calcanhares dele acertando a porta a acompanham enquanto ela mergulha num sono profundo.

A ampulheta vira.

Então, como ar quente, ela volta à vigília e abre os olhos no escuro. Não sabe o que a despertou. Em seu sonho, eram os pés de Bernie se debatendo inutilmente.

Um som estridente e distante, talvez, ela pensa.

Mas tudo que ela consegue ouvir é o próprio sangue em seus ouvidos.

Ela pisca e tenta escutar.

O vidro reforçado na porta surge gradualmente como um retângulo de água do mar congelada.

Ela fecha os olhos e tenta voltar a dormir. Seus olhos estão ardendo de exaustão, mas não consegue relaxar.

Os aquecedores de água nas paredes estalam. Ela abre os olhos novamente e fica olhando para a janela cinza.

De repente um vulto negro surge contra o vidro.

No mesmo instante, ela desperta por completo, gelada de pavor.

Um homem está olhando para ela pelo vidro reforçado. É o jovem médico. Ele esteve ali o tempo todo?

Ele não consegue ver nada no escuro.

Mas ainda está ali parado no meio da noite.

A cabeça dele acena de leve.

Agora ela percebe que o ruído estridente que a despertou foi a chave entrando na fechadura.

O ar entra com tudo. O som expande, fica mais grave, e desaparece.

A porta pesada se abre. Ela sabe que deve ficar completamente imóvel. Deveria estar dormindo profundamente por causa do remédio. A luz do corredor é difusa sobre os ombros do jovem médico.

Ela se pergunta se ele a viu apenas fingir tomar o comprimido, se está vindo para tirá-lo do sapato dela. Mas os funcionários não têm permissão de entrar sozinhos nos quartos dos pacientes, ela pensa.

Então ela entende: o médico está ali porque pensa que ela tomou o remédio e está dormindo profundamente.

138

Isto é loucura, Anders pensa ao passar e fechar a porta. Na calada da noite, ele entrou para ver uma paciente. Agora está parado em seu quarto escuro. Seu coração bate tão forte que chega a doer.

Ele mal consegue distinguir a silhueta dela na cama.

Ela vai dormir profundamente por horas, quase inconsciente.

A porta da sala de funcionários onde My está cochilando está fechada. Há dois guardas perto da porta de segurança mais distante. Todos os outros estão dormindo.

Ele não sabe direito o que está fazendo no quarto de Saga. Tudo que sabe é que ele teve de vir e olhar para ela de novo, teve de inventar uma desculpa para sentir o calor da pele dela em seus dedos.

Ele não consegue deixar de pensar nos seios dela transpirando e no olhar resignado que ela lhe lançou quando tentou fugir e seu sutiã escapou.

Ele repete a si mesmo que está apenas confirmando se está tudo bem com uma paciente que acabou de tomar um sedativo.

Se alguém o vir, pode dizer que notou sinais de apneia do sono e decidiu entrar para verificar, já que ela estava fortemente medicada.

Vão dizer que foi um erro não acordar My, mas a intrusão em si vai ser considerada justificável.

Ele só quer confirmar se está tudo bem.

Anders dá alguns passos para dentro do quarto. De repente, se pega pensando em redes de arrasto e armadilhas para lagostas, aberturas grandes levando a aberturas menores até, finalmente, não ter como voltar atrás.

Ele engole em seco e diz a si mesmo que não fez nada de errado. É excepcionalmente cuidadoso com o bem-estar de seus pacientes. Nada além disso.

Ele anda devagar e olha para ela no escuro. Ela está deitada de lado.

Com cuidado, ele se senta na beira da cama e tira as cobertas sobre as pernas e as nádegas dela. Tenta escutar a respiração, mas seu próprio batimento é alto demais em seus ouvidos.

O corpo dela irradia calor.

Ele acaricia a coxa dela de leve, um gesto que diz a si mesmo que qualquer médico poderia fazer. Seus dedos chegam à borda da calcinha.

Suas mãos estão frias, e ele está nervoso demais para ficar sexualmente excitado.

Está muito escuro para a câmera no teto conseguir registrar o que ele está fazendo.

Ele deixa os dedos deslizarem com cuidado sobre a calcinha e entre as coxas dela, sentindo o calor de sua parte íntima.

De leve, pressiona um dedo no algodão da calcinha dela, passando ao longo dos lábios da vagina.

Ele gostaria de acariciá-la até o orgasmo, até todo o corpo dela estar implorando pela penetração, mesmo dormindo.

Seus olhos se acostumaram com a escuridão, e ele consegue distinguir as coxas macias de Saga e a linha perfeita de seus quadris.

Ele lembra a si mesmo que ela está dormindo profundamente. Ele sabe disso. Baixa a calcinha dela sem cerimônia. Ela geme em seu sono, mas continua sem se mexer.

O corpo dela está brilhando no escuro.

Os pelos pubianos loiros, a parte sensível dentro das coxas, o abdome firme.

Ela vai continuar dormindo, não importa o que ele faça.

Não faz diferença para ela.

Ela não vai dizer não. Não vai lançar um olhar de quem implora para que ele pare.

Uma onda de excitação sexual o domina, preenchendo-o, fazendo--o arfar para respirar. Ele consegue sentir o pênis inchando, pressionando suas roupas. Ele o ajeita com uma das mãos.

Consegue ouvir a própria respiração e as batidas do coração. Precisa estar dentro dela. Suas mãos tateiam os joelhos dela, tentando separar suas coxas.

Ela se vira de lado, se debatendo de leve enquanto dorme.

Ele se refreia, se debruça sobre ela, forçando as mãos entre as coxas dela e tentando abri-las.

Não consegue — parece que ela está resistindo.

Ele a vira de bruços, mas ela escorrega para o chão, se senta e olha para ele com os olhos arregalados.

Anders sai correndo do quarto, dizendo a si mesmo que ela não estava totalmente acordada. Não vai se lembrar de nada. Vai achar que tudo não passou de um sonho.

139

Uma cortina de neve cai sobre a rodovia diante do café à beira da estrada. Os veículos que passam em alta velocidade fazem as janelas balançarem. O café na xícara de Joona treme com as vibrações.

Joona olha para os homens à mesa. Suas expressões são calmas, ainda que um pouco cansadas. Depois de pegarem o celular, o passaporte e a carteira dele, eles parecem estar aguardando instruções. O lugar cheira a trigo-sarraceno e porco frito.

Joona olha o relógio e vê que seu avião saindo de Moscou parte em nove minutos.

A vida de Felicia está por um fio.

Um dos homens está tentando resolver um sudoku, enquanto o outro lê sobre uma corrida de cavalos no jornal.

Joona repassa sua conversa com Nikita Karpin.

O velho agia como se tivessem todo o tempo do mundo, até serem interrompidos. Ele sorriu e secou com o polegar as gotas de condensação do jarro de licor. Disse que Jurek Walter e seu irmão gêmeo tinham ficado na Suécia por apenas dois anos.

— Por quê? — Joona havia questionado.

— Não se vira um serial killer sem motivo.

— Você sabe o que aconteceu?

— Sim.

O velho tinha passado o dedo sobre a pasta cinza. Disse que o engenheiro altamente capacitado estava mais do que disposto a vender o que sabia.

— Mas o Departamento de Estrangeiros Sueco estava mais interessado em saber se Vadim Levanov podia ou não trabalhar. Não entenderam nada. Mandaram um engenheiro espacial de primeira linha para trabalhar numa pedreira.

— Talvez ele tenha descoberto que vocês estavam observando e teve o bom senso de guardar segredo sobre o que sabia — Joona disse.

— O mais sensato teria sido não sair de Leninsk. Ele poderia ter pegado dez anos no campo de trabalhos forçados, mas...

— Mas ele tinha de pensar nos filhos.

— Por isso deveria ter ficado — Nikita disse, olhando nos olhos de Joona. — Os meninos foram extraditados da Suécia, e Vadim Levanov não conseguiu localizá-los. Entrou em contato com todos que podia, mas era impossível. Não havia muito que pudesse fazer. Ele sabia que o prenderíamos se ele voltasse para a Rússia, e aí é que não haveria jeito de ele encontrar os filhos, por isso ficou esperando pelos dois. Era tudo que podia fazer. Ele deve ter pensado que, se os meninos tentassem encontrá-lo, começariam procurando no lugar onde tinham estado juntos da última vez.

— E onde era isso? — Joona perguntou, enquanto percebia um carro preto se aproximando da casa.

— No alojamento para trabalhadores imigrantes, barracão 4 — Nikita respondeu. — Foi também onde tirou a própria vida, muito tempo depois.

Antes que Joona tivesse tempo de perguntar o nome da pedreira onde o pai dos meninos havia trabalhado, Nikita recebeu outras visitas. Um Chrysler preto reluzente entrou e parou na frente da casa, e não houve dúvidas de que a conversa tinha chegado ao fim. Sem demonstrar urgência, o velho substituiu todo o material em cima da mesa relativo ao pai de Jurek por informações sobre Alexander Pichushkin, conhecido como o "Assassino do Tabuleiro de Xadrez" — um serial killer em cuja captura Joona havia desempenhado um pequeno papel.

Os quatro homens entraram, foram até Joona e Nikita, apertaram suas mãos com educação e falaram por um tempo em russo. Em seguida, os dois conduziram Joona para o carro preto do lado de fora enquanto os outros dois continuaram com Nikita.

Joona foi guiado para o banco traseiro. Um dos homens, que tinha o pescoço grosso e olhos pretos pequenos, pediu para ver seu passaporte com uma voz que não chegava a ser hostil, e em seguida pediu o celular. Eles revistaram sua carteira e ligaram para o seu hotel e para empresa de aluguel de carro. Prometeram que o levariam para o aeroporto, mas não tão cedo.

Agora estavam sentados num café, esperando.

Joona dá outro gole em seu café frio.

Se ao menos estivesse com o celular, poderia ligar para Anja e pedir que ela fizesse uma pesquisa sobre o pai de Jurek. Deveria haver algo sobre os filhos, sobre onde eles moraram. Ele contém o impulso de virar a mesa, sair correndo para o carro e ir para o aeroporto. Eles estão com seu passaporte, além de sua carteira e seu celular.

O homem de pescoço grosso está tamborilando os dedos de leve na mesa e cantarolando. O outro, com cabelo grisalho cortado rente, parou de ler e está mandando mensagens pelo celular.

Há um estrépito dentro da cozinha.

De repente, o celular do homem grisalho toca, e ele se levanta e se afasta alguns passos para atender.

Depois de um tempo, ele desliga e diz que é hora de partir.

140

A visita noturna do médico deixou Saga tensa. Sua medicação faz com que fique estranhamente distante da realidade, mas ela tem a sensação muito forte de que está perdendo o controle e que seu disfarce está prestes a ser revelado.

Aquele médico teria me estuprado se eu estivesse dormindo de verdade, ela pensa. Não posso deixar que ele encoste em mim de novo.

Ela só precisa de um pouco mais de tempo para completar a missão. Está muito perto agora.

Ela vai salvar a menina sequestrada.

As regras são simples. Em nenhuma circunstância pode permitir que Jurek escape. Mas pode planejar a fuga com ele. Pode demonstrar interesse e fazer perguntas.

O problema mais comum com fugas é que as pessoas não têm para onde ir depois que saem. Jurek não vai cometer esse erro. Ele sabe para onde está indo.

A fechadura na porta para a sala de recreação se abre. Saga se levanta da cama, gira os ombros como se estivesse se preparando para uma briga, depois sai.

Jurek Walter está na parede do outro lado, esperando por ela. Ela não consegue entender como ele entrou tão rápido na sala de recreação.

Não há motivos para ficar perto da esteira agora que o cabo se foi. Só resta torcer para que o alcance do microfone seja grande o bastante.

A televisão não está ligada, mas ela se senta no sofá.

Jurek está em pé diante dela.

Ela sente como se não tivesse pele, como se ele tivesse uma estranha capacidade de olhar diretamente para sua carne exposta.

Ele se senta ao lado dela, e ela lhe passa discretamente o comprimido.

— Só precisamos de mais quatro — ele diz, olhando para ela com os olhos pálidos.

— Sim, mas eu…

— E aí podemos sair deste lugar horrível.

— Talvez eu não queira.

Quando Jurek Walter estende a mão e encosta no braço dela, ela quase tem um sobressalto. Ele nota o seu medo e olha para ela impassível.

— Conheço um lugar que acho que você adoraria — ele diz. — Não é tão longe daqui. É só uma casa antiga atrás de uma fábrica velha de tijolos, mas à noite você pode sair e ficar no balanço.

— Um balanço de verdade? — ela pergunta, tentando sorrir.

Ela precisa que Jurek continue falando. Suas palavras são pecinhas que vão formar um desenho no quebra-cabeça que Joona está montando.

— É um balanço comum — ele diz. — Mas você pode balançar nele sobre a água.

— O quê, como um lago ou…

— Você vai ver. É lindo.

141

O coração de Saga está batendo tão alto que lhe parece que Jurek deve estar notando. Se o microfone estiver funcionando, seus colegas vão identificar o prédio de tijolos abandonado. Talvez até já estejam a caminho de lá.

— É um bom lugar para se esconder até a polícia desistir da busca — ele continua. — E você pode ficar com a casa se gostar…

— Mas você vai embora de lá? — ela pergunta.

— Eu preciso.

— E não posso ir com você?

— Você quer?

— Depende do lugar aonde você vai.

Saga tem consciência de que o pressionou demais, mas agora ele parece decidido a envolvê-la em sua tentativa de fuga.

— Você precisa confiar em mim — ele diz apenas.

— Parece que você está planejando me largar na primeira casa que encontrarmos.

— Não.

— É o que parece — ela insiste, fingindo estar magoada. — Acho que vou ficar aqui até receber alta.

— E quando isso vai acontecer?

— Não sei.

— Tem certeza de que vão deixar você sair?

— Sim — ela responde com sinceridade.

— Porque você é uma boa menina que ajudou sua mãe doente quando ela…

— Eu não era boa — Saga interrompe, puxando o braço para longe. — Você acha que eu queria estar lá? Eu era só uma criança. Estava fazendo o que tinha de fazer.

Ele se recosta no sofá e assente.

— Compulsão é interessante.

— Não fui obrigada a ajudar — ela contesta.

Ele sorri para ela.

— Você fala como se tivesse sido.

— Não é bem assim. Quero dizer, eu podia ajudar — ela explica. — Ela só sentia dor à noite, e de madrugada.

Saga pensa numa manhã depois de uma noite especialmente difícil, quando sua mãe fez café da manhã para ela. Fritou ovos, fez sanduíches e serviu dois copos de leite. Elas saíram de pijama. A grama no jardim estava molhada pelo orvalho, e elas levaram as almofadas das cadeiras da sala de jantar até a rede.

— Você lhe dava codeína — Jurek diz, com um tom de voz estranho.

— Ajudava.

— Mas aqueles comprimidos não eram muito fortes. Quantos ela teve de tomar na última noite?

— Muitos. Ela estava com uma dor terrível.

Saga esfrega a mão na testa e percebe que está transpirando muito. Não quer falar sobre esse assunto. Faz anos que não pensa nisso.

— Mais de dez, imagino? — Jurek pergunta com a voz tranquila.

— Ela tomava dois toda noite, mas naquela precisou de muito mais. Eu os derrubei no tapete, mas... não sei, devo ter dado uns doze ou treze para ela.

Saga sente os músculos do rosto ficarem tensos. Está com medo de começar a chorar se ficar parada, por isso levanta e caminha rápido em direção ao quarto.

— Sua mãe não morreu de câncer — Jurek diz.

Ela para e se vira para ele.

— Chega — ela diz.

— Ela não tinha um tumor no cérebro — ele continua.

— Eu estava com a minha mãe quando ela morreu. Você não sabe nada sobre ela. Não tem como...

— As dores de cabeça — Jurek interrompe. — As dores de cabeça não melhoram na manhã seguinte se você tem um tumor.

— Para ela melhoravam — ela diz com firmeza.

— A dor é causada pela pressão no tecido cerebral e nos vasos sanguíneos à medida que o tumor cresce. A dor não passa. Só piora.

Ela olha nos olhos de Jurek e sente um calafrio percorrer sua espinha.

— Eu…

Sua voz não passa de um sussurro. Ela sente vontade de gritar, berrar, mas está sem forças.

Para ser honesta, sempre soube que havia algo de errado com suas memórias. Ela se lembra de gritar com o pai quando era adolescente, dizendo que ele mentia sobre tudo, que era o maior mentiroso que ela já conhecera.

Ele havia dito que a mãe dela não tinha câncer.

Ela sempre pensou que ele estava mentindo para ela numa tentativa de justificar sua traição à mãe dela. Agora, parada ali, não sabe mais de onde veio essa certeza de que a mãe tinha um tumor cerebral. Não se lembra de sua mãe dizendo que tinha câncer, e elas nunca foram a um hospital.

Mas por que sua mãe chorava toda noite se não estava doente? Não faz sentido. Por que a fazia ligar para o pai toda vez e dizer que ele tinha de voltar para casa? Por que sua mãe tomava codeína se não sentia dor? Por que deixou a própria filha lhe dar todos aqueles comprimidos?

O rosto de Jurek é uma máscara rígida e sombria. Saga se vira e começa a andar em direção à porta. Ela quer correr. Não quer escutar o que ele está prestes a dizer.

— Você matou sua própria mãe — ele diz calmamente.

142

Saga para abruptamente. Sua respiração se torna superficial, mas ela se força a não demonstrar seus sentimentos. Precisa lembrar a si mesma de quem está no controle da situação. Ele pode achar que a está enganando, mas na verdade é ela quem o está enganando.

Saga assume uma expressão neutra, depois se vira devagar para encará-lo.

— Codeína — Jurek diz, com um sorriso sem alegria. — Codeína só vem na forma de comprimidos de vinte e cinco miligramas. Sei exatamente de quanto é necessário para matar um ser humano.

— Minha mãe me pediu os comprimidos — ela diz.

— Mas acho que você sabia que ela iria morrer — ele diz. — Tenho certeza de que sua mãe achava que você sabia. Ela pensou que você queria que ela morresse.

— Vai se foder — ela sussurra.

— Talvez você mereça ficar trancada aqui para sempre.

— Não.

Ele olha para ela com uma gravidade assustadora nos olhos, com uma precisão metálica.

— Talvez seja o bastante você conseguir só mais um remédio para dormir — ele diz. — Porque ontem Bernie disse que tinha uns Stesolids enrolados num papel, numa rachadura embaixo da pia. A menos que ele tenha dito isso apenas para ganhar tempo.

O coração dela acelera. Bernie tinha comprimidos para dormir no quarto dele? O que ela vai fazer agora? Precisa impedir isso. Não pode deixar que Jurek pegue os comprimidos. E se houver o suficiente para colocar o plano de fuga em prática?

— Você vai entrar no quarto dele? — ela pergunta.

— A porta está aberta.

— Seria melhor eu entrar — ela diz rápido.

— Por quê?

Jurek está olhando quase divertido para ela, enquanto ela busca desesperadamente uma resposta razoável.

— Se me pegarem — ela diz —, vão pensar que só sou viciada e...

— E não vão te dar mais comprimidos — ele retruca.

— Acho que eu poderia conseguir mais com o médico mesmo assim — ela diz.

Jurek reflete sobre isso, depois assente.

— Ele olha para você como se ele fosse o prisioneiro.

Ela abre a porta do quarto de Bernie e entra.

Sob a luz da sala de recreação, consegue ver que o quarto dele é uma réplica exata do dela. Quando a porta se fecha, fica tudo escuro. Ela vai até a parede, apalpando o caminho, sentindo o cheiro de urina velha do vaso sanitário. Alcança a pia, cujas bordas estão úmidas, como se tivesse sido limpa há pouco tempo.

As portas para a sala de recreação vão ser fechadas em poucos minutos.

Ela diz a si mesma para não pensar na mãe, apenas se concentrar no trabalho diante dela. Seu queixo começa a tremer, mas ela consegue se recompor, segurando as lágrimas. Ela se ajoelha e passa os dedos pela lateral gelada da pia. Estende a mão para a parede e apalpa ao longo da vedação de silicone, mas não encontra nada. Uma gota d'água pinga no pescoço dela. Ela abaixa a mão e toca o chão. Outra gota cai entre suas escápulas. Ela nota que a pia está um pouco desnivelada. É por isso que a água das beiradas está pingando nela em vez de escoar para dentro da cuba.

Ela vai apalpando a parte inferior da pia onde esta se une à parede. Seus dedos encontram uma rachadura. Lá está. Um pacotinho minúsculo, enfiado ali dentro. A pia range enquanto ela tenta pegar o pacote. Com cuidado, consegue puxá-lo para fora. Jurek tinha razão. Comprimidos. Enrolados com firmeza em papel higiênico. Ela respira com dificuldade enquanto sai se arrastando, esconde o pacote na calça e se levanta.

Enquanto vai apalpando para encontrar o caminho até a porta, fica apreensiva sobre mentir e dizer a Jurek que não encontrou nada, que Bernie devia estar mentindo sobre as pílulas. Mas ela não pode deixar que ele fuja. Ela alcança a parede e se move ao longo dela até encontrar a porta e sair para a sala de recreação.

Piscando com força para se proteger da luz forte, Saga olha ao redor. Jurek não está lá. Deve ter voltado para a cela. O relógio atrás do vidro reforçado lhe diz que as portas para a sala de recreação vão ser trancadas em poucos segundos.

143

Anders Rönn dá uma batidinha leve na porta da sala de vigilância. My está sentada ali lendo uma cópia da revista *Expo*, sem prestar atenção no monitor grande.

— Veio dar boa-noite? — ela pergunta.

Anders sorri para ela, senta ao seu lado e observa Saga sair da sala de recreação e entrar no quarto. Jurek já está deitado na cama, e, obviamente, o quarto de Bernie está escuro. My boceja e se recosta na cadeira giratória.

Leif está na soleira da porta, virando as últimas gotas de uma lata de coca-cola.

— Como são as preliminares masculinas? — ele pergunta.

— Isso sequer existe? — My pergunta.

— Uma hora de pedidos, súplicas e convencimento.

Anders ri baixo, e My gargalha tanto que o piercing na língua dela cintila.

— Está faltando pessoal na ala 30 hoje — Anders comenta.

— Curioso estarmos com tão poucos funcionários enquanto há tanto desemprego — Leif suspira.

— Eu disse que poderia emprestar você — Anders diz.

— É necessário ter sempre duas pessoas aqui — Leif diz.

— Sim, mas vou ter de ficar e trabalhar até a uma pelo menos.

— Está bem. Volto nessa hora.

— Ótimo — Anders diz.

Leif joga a lata de refrigerante no lixo e sai da sala.

Anders fica sentado ao lado de My por um tempo. Não consegue tirar os olhos de Saga. Ela está andando de um lado para o outro, os braços finos em volta do corpo.

Ele sente que está ardendo de desejo. Só consegue pensar em

como entrar no quarto dela de novo. Vai ter de dar vinte miligramas de Stesolid desta vez.

É ele quem toma as decisões. É o médico no comando. Pode mandar colocá-la numa camisa de força ou amarrada à cama. Pode fazer o que quiser. Ela é psicótica e paranoica, e não há ninguém com quem ela possa falar.

My se espreguiça e fala algo que Anders não escuta.

Ele olha o relógio. Apenas duas horas até as luzes se apagarem e ele poder dizer para My dormir um pouco.

144

Saga está andando de um lado para o outro da cela, sentindo o pacotinho tirado do quarto de Bernie se mover em seu bolso. Atrás dela, ela escuta a fechadura eletrônica zumbir e travar. Ela deveria lavar o rosto, mas não consegue se dar ao trabalho. Vai até a porta para o corredor e olha pelo vidro, depois descansa a testa na superfície fria e fecha os olhos.

Se Felicia estiver na casa atrás da fábrica de tijolos, vou estar livre amanhã. Caso contrário, tenho mais uns dias antes de pôr um fim à tentativa de fuga, ela pensa.

Ela está se obrigando a não se entregar.

Ela não se permite sentir a dor. Só pensa em completar sua missão.

Está respirando rápido e batendo a cabeça de leve no vidro frio.

Estou no controle desta situação, diz a si mesma. Jurek pensa que está me controlando, mas eu o fiz falar. Ele precisa de remédios para dormir para escapar, mas entrei no quarto de Bernie e encontrei o pacote, e vou escondê-lo, dizer que não estava lá.

As palmas das mãos dela estão suando.

Enquanto Jurek acreditar que está me manipulando, vai se entregar, pouco a pouco.

Ela tem certeza de que ele vai revelar o plano de fuga no dia seguinte.

Só preciso ficar aqui mais alguns dias. Preciso manter a calma e não deixar que ele entre na minha cabeça de novo.

Ele disse que ela havia matado a mãe de propósito. Que queria matar a mãe.

Saga bate as mãos contra a porta.

Será que sua mãe poderia ter pensado que…?

Ela se vira, pega a cadeira de plástico e a bate na pia. Ela a deixa escapar e a cadeira cai no chão, mas ela a pega de novo e a bate na parede, depois na pia.

Senta na cama, ofegante.

— Vou ficar bem — ela sussurra.

Está prestes a perder o controle da situação. Não consegue acalmar os pensamentos. Sua memória só lhe mostra os fios longos do tapete, os comprimidos, os olhos úmidos da mãe, as lágrimas escorrendo por suas bochechas, os dentes batendo na borda do copo enquanto engolia as pílulas.

Saga se lembra da mãe gritando com ela quando ela disse que o pai não podia vir. Lembra da mãe a obrigando a ligar para ele, por mais que Saga não quisesse.

Talvez eu estivesse com raiva dela, ela pensa. Cansada dela.

Ela tenta se acalmar.

Vai até a pia e joga água no rosto, esfregando os olhos.

Precisa recuperar o controle.

Talvez a injeção neuroléptica seja o que a impede de simplesmente surtar e chorar.

Saga se deita na cama e decide esconder o pacote de Bernie, dizer a Jurek que não encontrou nada. Assim ela não vai ter de pedir os sedativos para o médico. Pode apenas dar a Jurek os que encontrou no quarto de Bernie.

Um por vez, um a cada noite.

Saga se vira de lado e fica de costas para a câmera do circuito interno de televisão no teto. Sob a proteção do próprio corpo, tira o pacote do bolso. Com cuidado, desenrola o papel higiênico, pouco a pouco, até ver que contém apenas três chicletes.

Chicletes.

Ela respira fundo, traça com os olhos os riscos de sujeira nas paredes e pensa com uma clareza vaga que acabou fazendo exatamente o que Joona a havia alertado para não fazer.

Deixei Jurek entrar na minha cabeça, e tudo mudou.

Não aguento mais.

Seu estômago se revira de angústia quando ela pensa no corpo frio da mãe naquela manhã. Um rosto triste, imóvel, com uma espuma estranha no canto da boca.

Sente como se estivesse caindo.

Não posso enlouquecer agora, pensa. Ela se esforça para recuperar o controle da respiração.

Não estou doente, lembra a si mesma. Estou aqui apenas por um motivo. É tudo em que tenho de pensar. Minha missão é encontrar Felicia. Isso não é sobre mim. Não ligo para mim mesma. Estou disfarçada, fingindo concordar com o plano, e vou continuar fazendo Jurek falar sobre rotas de fuga e esconderijos pelo tempo que for possível.

145

Faz quase vinte e quatro horas desde que Joona foi levado da casa de Nikita Karpin pelos homens do Serviço de Segurança russo. Eles não responderam a nenhuma de suas perguntas e não explicaram por que ele está detido.

Depois de esperar num café por horas, eles o levaram para um prédio frio de concreto e o guiaram por uma das passarelas externas até um apartamento de dois cômodos.

Joona foi levado até o cômodo dos fundos, que continha um sofá sujo, uma mesa com duas cadeiras e um banheiro pequeno. A porta de aço foi trancada atrás dele, e nada aconteceu até que, algumas horas depois, lhe deram um saco de papel quente com uma refeição gordurosa do McDonald's.

Joona precisa entrar em contato com os colegas e pedir para investigarem Vadim Levanov e seus filhos gêmeos, Igor e Roman. Talvez os nomes levem a endereços novos. Talvez consigam identificar a pedreira onde o pai deles trabalhava.

Mas a porta de metal continua trancada, e as horas estão passando. Ele ouviu os homens falarem ao telefone algumas vezes, mas, fora isso, está tudo em silêncio.

Joona cochilou algumas vezes, deitado no sofá, mas acorda de repente perto do amanhecer com o som de passos e vozes no cômodo ao lado.

Ele acende a luz e espera a entrada dos homens.

Alguém tosse, e ele escuta vozes falando com irritação. De repente a porta se abre e os dois homens do dia anterior entram. Os dois estão com pistolas nos coldres dos ombros e absortos numa conversa rápida em russo.

O homem grisalho puxa uma das cadeiras e a coloca no meio da sala.

— Sente aqui — ele diz.

Joona se levanta do sofá e nota que o homem recua enquanto ele anda devagar até a cadeira e se senta.

— Você não está aqui em caráter oficial — o homem de pescoço grosso e olhos pretos diz. — Diga por que foi ver Nikita Karpin.

— Estávamos discutindo o serial killer Alexander Pichushkin — Joona responde.

— E a que conclusões chegaram? — o homem grisalho pergunta.

— A primeira vítima foi considerada cúmplice dele — Joona diz. — Estávamos falando sobre ele, Mikhail Odichuk.

O homem inclina a cabeça, assente, depois diz com simpatia:

— Obviamente você está mentindo.

O homem de pescoço grosso e olhos pretos se virou e sacou a pistola. É difícil ver, mas talvez seja uma Glock de alto calibre. Ele está escondendo a arma com o corpo enquanto coloca uma bala na câmara.

— O que Nikita Karpin contou para você? — o grisalho insiste.

— Nikita acredita que o papel do cúmplice foi...

— Não minta! — o homem de olhos pretos rosna e dá meia-volta, segurando a pistola atrás das costas. — Nikita Karpin não tem mais nenhuma autoridade. Ele não é do Serviço de Segurança.

— Você sabia disso, não? — o grisalho pergunta.

Joona pode conseguir dominar os dois homens, mas, sem o passaporte e o dinheiro, seria impossível sair do país.

Os agentes trocam algumas palavras em russo. O homem de cabelo grisalho diz bruscamente:

— Vocês discutiram materiais considerados confidenciais e precisamos saber exatamente o que foi contado a você antes de podermos levá-lo ao aeroporto.

Por um bom tempo, ninguém se mexe. O homem grisalho olha para o celular, diz algo para o outro em russo e recebe em resposta um aceno negativo com a cabeça.

— Você precisa nos contar — ele insiste, guardando o celular no bolso.

— Ou vou dar um tiro nos seus joelhos — o outro diz.

— Então... você foi de carro até Liubimova, encontrou Nikita Karpin e...

O homem grisalho para de falar quando o telefone toca. Ele parece estressado. Atende, troca algumas palavras breves, depois diz algo para o colega. Eles têm uma conversa breve e acalorada.

146

O homem de pescoço grosso e olhos pretos se move de lado e aponta a pistola para Joona. O piso range sob seus pés. Uma sombra se afasta e a luz do abajur chega à sua mão. Joona pode ver agora que a pistola preta é uma Strizh.

O homem grisalho passa a mão na cabeça e vocifera uma ordem. Olha para Joona por alguns segundos, depois sai da sala e tranca a porta.

O outro homem dá a volta por Joona e para atrás dele.

— O chefe está a caminho — ele diz com a voz baixa.

Gritos furiosos podem ser escutados atrás da porta de aço. O cheiro de lubrificante de armas e suor fica de repente muito perceptível na salinha.

— Preciso saber. Você entende? — o homem insiste.

— Estávamos falando sobre o serial killer...

— Não minta! — ele berra. — Me conte o que Karpin disse.

Joona consegue ouvir os movimentos impacientes do homem atrás de suas costas. Vê a sombra do homem se mover no chão e consegue senti-lo se aproximando mais.

— Preciso ir para casa agora — Joona diz.

O homem de olhos pretos se move rápido, pressionando o cano da pistola com força na nuca de Joona de uma posição logo à direita dele.

Sua respiração é rápida e sonora.

Num único movimento, Joona tira a cabeça do caminho, gira o corpo e empurra a arma de lado com a mão direita. Ele se levanta e bate no homem, que perde o equilíbrio. Pega o cano da pistola e o torce para baixo antes de o empurrar para cima e quebrar os dedos do homem.

O homem berra, e Joona finaliza acertando o joelho em seus rins e costelas. Uma das pernas do homem se ergue com a força do golpe e ele tomba, caindo na cadeira atrás de si.

Joona já saiu do caminho e virou a pistola para ele quando ele rolou para o lado, tossindo e abrindo os olhos. Ele tenta se levantar mas tosse de novo, depois fica caído com a bochecha no chão, avaliando os dedos machucados.

Joona remove a câmara da arma e a coloca sobre a mesa. Tira a bala e desmonta toda a pistola.

— Senta — Joona diz.

O homem de olhos pretos geme de dor enquanto se levanta. Sua testa está molhada de suor, e ele se senta.

Joona coloca a mão no bolso e tira um doce.

— Isto pode ajudar um pouco — ele diz enquanto desenrola o celofane e enfia o doce na boca do homem.

O homem olha para Joona com espanto.

A porta se abre, e dois homens entram. Um é o homem grisalho e o outro, um homem mais velho de barba cerrada e terno cinza.

— Perdão pelo mal-entendido — o homem mais velho diz.

— Preciso urgentemente voltar para casa — Joona diz.

— Claro.

O homem mais velho acompanha Joona para fora do apartamento. Eles pegam o elevador para descer, encontram um carro esperando e são levados juntos para o aeroporto.

O motorista carrega a mala de Joona, e o homem mais velho passa junto com ele pelo check-in e pela segurança. Ele escolta Joona durante todo o caminho até o portão e o avião. Só quando o embarque está completo é que Joona recebe seu celular, passaporte e carteira de volta.

Antes de o homem barbudo sair do avião, ele entrega para Joona um saco de papel contendo sete barrinhas de sabonete e um ímã de geladeira de Vladimir Pútin.

Joona mal tem tempo de enviar uma mensagem para Anja antes de lhe falarem para desligar o celular. Ele fecha os olhos e pensa sobre as barras de sabonete. Não há dúvida de que se trata de um presente de Nikita Karpin. Joona recebeu o mesmo tipo de sabonete da última vez em que o visitou. Nikita é um homem duro e cauteloso. Todo o interrogatório deve ter sido planejado por ele como um teste para ver se Joona tinha o bom senso de proteger sua fonte.

147

É noite quando o avião de Joona pousa em Estocolmo. Ele liga o celular e lê uma mensagem de Carlos, informando-lhe que uma grande operação policial está em andamento.

Talvez Felicia já tenha sido encontrada?

Joona tenta entrar em contato com Carlos ao se apressar pelo free shop até a saída pela área de bagagens, depois atravessa a ponte para o estacionamento. No compartimento do estepe está escondido o coldre de ombro com a Colt Combat Target .45 ACP preta.

Ele dirige para o sul enquanto espera Carlos atender o telefone.

Nikita havia dito que Vadim Levanov achava que os meninos iriam para o lugar onde estiveram juntos da última vez se algum dia tentassem encontrá-lo.

— E onde era isso? — Joona havia questionado.

— No alojamento para trabalhadores imigrantes, barracão 4. Foi também onde tirou a própria vida, muito tempo depois.

Joona está descendo a rodovia na direção de Estocolmo a cento e quarenta quilômetros por hora. As peças do quebra-cabeça estão se formando rapidamente, e ele está confiante de que, em breve, vai conseguir ver o quadro geral.

Irmãos gêmeos forçados a deixar o país. O pai comete suicídio.

O pai deles era um engenheiro altamente capacitado, mas estava executando trabalhos manuais em uma das muitas pedreiras da Suécia.

Joona acelera enquanto volta a tentar contato com Carlos. Antes que tenha tempo de clicar no número, seu telefone toca.

— Você deveria agradecer por eu estar aqui — Anja diz. — Todos os policiais de Estocolmo estão em Norra Djurgården.

— Encontraram Felicia?

— Estão ocupados vasculhando a floresta atrás do complexo industrial em Albano. Estão com cachorros e ...

— Você recebeu minha mensagem? — Joona interrompe, os dentes cerrados de estresse.

— Sim, e estou tentando descobrir o que aconteceu — Anja diz. — Não está sendo fácil, mas acho que consegui localizar Vadim Levanov, embora a grafia do nome dele tenha sido ocidentalizada. Parece que ele chegou à Suécia em 1960, sem passaporte, vindo da Finlândia.

— E os filhos?

— Infelizmente não há qualquer menção aos filhos nos registros.

— Ele não poderia tê-los trazido clandestinamente?

— Nos anos 1950 e 1960, a Suécia recebeu um número enorme de trabalhadores imigrantes com a expansão do Estado de bem-estar social, mas os regulamentos ainda eram muito antiquados. Os trabalhadores imigrantes eram considerados incapazes de cuidar dos próprios filhos, e a Assistência Social muitas vezes os colocava em famílias adotivas ou orfanatos.

— Mas esses meninos foram extraditados — Joona diz.

— Isso não era incomum, ainda mais se houvesse suspeita de que eles eram ciganos. Vou conversar com os Arquivos Nacionais amanhã. Não havia departamento de imigração na época, então a polícia, o Comitê de Bem-Estar Infantil e o Departamento de Estrangeiros tomavam as decisões de maneira bem arbitrária.

Ele vira na Häggvik para encher o tanque.

Isto não pode escapar, ele pensa. Deve haver algo aqui que vai solucionar a investigação.

— Você sabe onde o pai trabalhava? — ele pergunta.

— Comecei a investigar todas as pedreiras na Suécia, mas pode levar um tempo, porque estamos lidando com registros muito antigos — ela diz e suspira.

Joona agradece Anja algumas vezes e termina a ligação.

De repente ele se lembra das palavras confusas de Mikael sobre o Homem de Areia. Ele falou sobre os dedos de porcelana e disse três vezes que o Homem de Areia tem cheiro de areia. Pode ser apenas algo tirado de contos de fadas antigos. Mas e se houvesse uma ligação com uma pedreira ou um tanque de areia?

Um carro buzina atrás de Joona, e ele volta a dirigir, mas para no acostamento pouco depois e telefona para Reidar Frost.

— O que está acontecendo? — Reidar pergunta.

— Gostaria de conversar com Mikael. Como ele está?

— Ele se sente mal por não conseguir lembrar de mais coisas. A polícia passa várias horas por dia aqui.

— Todo pequeno detalhe pode ser importante.

— Não estou reclamando — Reidar diz rápido. — Vamos fazer qualquer coisa, você sabe disso. É o que sempre digo: estamos aqui, vinte e quatro horas por dia.

— Ele está acordado?

— Posso acordá-lo. O que você queria perguntar?

— Ele comentou algumas vezes que o Homem de Areia tem cheiro de areia. É possível que a cápsula seja perto de uma pedreira? Em algumas pedreiras eles quebram as pedras, e em outras...

— Eu cresci perto de uma pedreira, no monte Estocolmo, e...

— Você cresceu perto de uma pedreira?

— Em Antuna — Reidar responde, um pouco desnorteado.

— Que pedreira?

— Rotebro. Tem uma grande fábrica de cascalho ao norte da estrada Antuna, depois de Smedby.

Joona sobe na rampa de acesso oposta e volta a seguir para o norte na rodovia. Já está relativamente perto de Rotebro, então a pedreira não deve ser longe.

Joona ouve a voz rouca e exausta de Reidar enquanto a voz de Mikael se repete em sua cabeça: "*Tem cheiro de areia... As pontas dos dedos dele eram de porcelana e, quando ele tira a areia do saco, elas tilintam umas nas outras... e, um segundo depois, você está dormindo...*".

148

O trânsito diminui conforme ele acelera para o norte.

Depois de todos esses anos, três grandes peças do quebra-cabeça estão finalmente se encaixando.

O pai de Jurek trabalhou numa pedreira e se matou em sua casa lá.

Mikael diz que o Homem de Areia tem cheiro de areia.

E Reidar cresceu perto de uma pedreira em Rotebro.

E se for a mesma pedreira? Não pode ser coincidência. As peças têm de se encaixar de alguma forma. Se for verdade, é lá que Felicia está, não onde todos os seus colegas estão procurando, ele pensa.

Os sulcos de neve semiderretida entre as pistas fazem o carro dar umas guinadas. Água suja espirra no para-brisa.

Ele acelera de novo, passa pelo shopping center de Rotebro e sobe pela estradinha Norrviken, paralela ao monte.

Ele chega ao topo e vê a entrada da fábrica de cascalho um segundo tarde demais. Faz uma curva abrupta e freia diante de duas barreiras de metal pesado. Os pneus derrapam na neve, Joona gira o volante, o carro roda e o para-choque traseiro bate numa das barreiras.

O vidro vermelho da luz de freio se estilhaça sobre a neve.

Joona empurra a porta com força, sai do carro e passa correndo pelo barracão azul que abriga o escritório.

Ele desce correndo pelo declive em direção à vasta cratera escavada ao longo dos anos. Os holofotes nas torres altas iluminam essa estranha paisagem lunar, com suas escavadeiras estáticas e grandes montes de areia peneirada.

Ninguém poderia ser enterrado ali. Seria impossível esconder qualquer corpo, porque tudo é escavado constantemente. Uma pedreira é um buraco que fica mais largo e mais fundo a cada dia.

A neve cai pesada através da luz artificial. Ele passa correndo por trituradoras com lagartas gigantes. Está na área mais recente da pedreira. A areia está à mostra, e fica óbvio que ainda há trabalho sendo feito todos os dias ali. Depois da maquinaria, há vários contêineres azuis e três trailers. Um holofote o atinge de trás de uma pilha de areia. A meio quilômetro de distância, ele consegue ver uma área coberta de neve na frente de um desfiladeiro íngreme. Aquela deve ser a parte mais antiga da pedreira.

Ele sobe por uma ladeira onde as pessoas jogaram geladeiras velhas, móveis quebrados e lixo. Seus pés escorregam na neve, mas ele continua em frente, fazendo cascatas de pedras caírem atrás dele.

Ele chega ao nível original do monte, a mais de quarenta metros acima do nível do solo, e tem uma boa visão da paisagem escavada. O ar frio trespassa seus pulmões enquanto ele observa a paisagem de areia iluminada com suas máquinas e estradas improvisadas.

Ele começa a correr pela faixa estreita de campina entre a encosta e a estrada Älvsunda.

Há um carro destroçado ao lado da estrada na frente da cerca de arame com placa de "Entrada proibida". Joona para e espia a neve que cai lá dentro. No canto da parte mais antiga da pedreira há uma área asfaltada, onde se localiza uma fileira de prédios térreos, compridos e estreitos como barracões militares.

149

Joona passa por cima do arame farpado enferrujado e segue na direção dos antigos barracões. As janelas estão quebradas, e há pichações nas paredes de tijolos.

Está escuro ali. Joona pega a lanterna e aponta o feixe para o primeiro prédio.

Não há porta. A neve foi soprada para dentro nos primeiros metros do piso de madeira escurecida. O feixe passa rápido por latas antigas de cerveja, lençóis sujos, camisinhas e luvas de látex.

Ele vai de porta a porta, espiando pelas janelas quebradas ou faltando. O antigo alojamento de trabalhadores imigrantes foi abandonado há muitos anos. Nada além de sujeira e descuido. Em alguns lugares, o teto cedeu e partes inteiras das paredes estão faltando.

Ele diminui a velocidade quando vê que as janelas do penúltimo prédio estão intactas. Um carrinho de compras velho está caído de lado perto da parede.

Em um dos lados do prédio, o chão se inclina na direção do fundo da pedreira.

Joona desliga a lanterna quando se aproxima do prédio, onde para e escuta antes de acendê-la novamente.

Tudo que consegue ouvir é o vento soprando pelos telhados.

A uma curta distância na escuridão, ele consegue distinguir o último prédio da fileira. Parece ser pouco mais do que uma ruína coberta de neve.

Ele vai até a janela do penúltimo prédio e aponta a lanterna pelo vidro imundo. O feixe passa por uma placa aquecedora suja conectada a uma bateria de carro, uma cama estreita com cobertores grossos, um rádio com uma antena brilhante, vários tanques de água e uma dezena de latas de comida.

Quando chega à porta, consegue distinguir um número "4" quase corroído no canto superior esquerdo.

Esse deve ser o prédio que Nikita Karpin havia mencionado.

Com cuidado, Joona empurra a maçaneta para baixo, e a porta se abre. Ele entra sem fazer barulho, fechando a porta. O espaço cheira a panos úmidos e velhos. Uma Bíblia repousa numa prateleira caindo aos pedaços. Há apenas um cômodo, com uma janela e uma porta.

Joona se dá conta de que pode ser visto por quem está do lado de fora.

O piso de madeira range sob seu peso.

Ele aponta a lanterna ao longo das paredes e vê pilhas de livros estragados pela umidade. Num canto, a luz é refletida de volta para ele.

Ele vê centenas de frasquinhos de vidro alinhados no chão.

Frascos de vidro escuro, com tampas de borracha.

Sevoflurano, um sedativo altamente eficaz.

Joona tira o celular do bolso e liga para a Sala de Controle de Emergências. Pede reforço policial e uma ambulância para serem enviados à sua localização.

Em seguida, tudo fica em silêncio de novo. Tudo que ele consegue ouvir é a própria respiração e o rangido do piso sob ele.

De repente, pelo canto do olho, ele vê movimento do lado de fora da janela. Saca sua Colt Combat e solta a trava de segurança num instante.

Não há nada lá, apenas um pouco de neve solta caindo do telhado.

Ele baixa a pistola de novo.

Na parede perto da cama está um recorte de jornal amarelado sobre o primeiro homem no espaço — o "Russo Espacial", como o descreve a manchete do *Expressen*.

Deve ter sido aqui que o pai se matou.

Joona está pensando que deveria revistar os outros prédios quando avista o contorno de algo protuberante sob o tapete de retalhos imundo. Ele puxa o tapete e expõe um grande alçapão no piso de madeira.

Ele se deita e encosta o ouvido no alçapão, mas não consegue ouvir nada.

Olha para a janela, depois empurra o tapete de lado e abre o alçapão.

O cheiro empoeirado de areia surge da escuridão.

Ele se inclina e aponta a lanterna para a abertura, onde vê um lance íngreme de degraus de concreto.

150

Os sapatos de Joona esmagam a areia nos degraus enquanto ele desce no escuro. Depois de dezenove degraus, ele entra em um grande cômodo de concreto. O feixe da lanterna reluz nas paredes e no teto. Há um banquinho no meio do cômodo e, na parede, uma placa de espuma com algumas tachinhas e uma pasta de plástico vazia.

Joona percebe que deve estar em um dos muitos abrigos antiaéreos construídos na Suécia durante a Guerra Fria.

O silêncio ali embaixo é perturbador.

O cômodo se afunila um pouco, e, sob a escada, há uma pesada porta de aço.

Deve ser este o lugar.

Joona volta a travar a pistola e a coloca no coldre para liberar as mãos. A porta de aço tem grandes travas que deslizam quando uma roda no centro da porta é girada.

Ele gira a roda no sentido anti-horário. Há um estrondo metálico enquanto as travas pesadas saem de seus suportes.

A porta é difícil de puxar, o metal tem quinze centímetros de espessura.

Ele aponta a lanterna para o abrigo e vê um colchão sujo no piso, um sofá e uma torneira na parede.

Não há ninguém ali.

O cômodo fede a urina velha.

Ele aponta a luz para o sofá de novo e se aproxima com cautela. Para e tenta escutar, depois se aproxima mais.

Ela pode estar escondida.

De repente ele tem a impressão de estar sendo seguido. Ele pode acabar preso no cômodo. Ele se vira e, nesse instante, vê a porta pesada se fechando. As dobradiças imensas rangem. Ele reage imediatamente, lançando-se para trás e enfiando a lanterna na abertura. Há um som de esmagamento enquanto ela é espremida e o vidro se estilhaça.

Joona empurra a porta com o ombro, saca a pistola de novo e entra no cômodo escuro.

Não há ninguém ali.

O Homem de Areia se moveu com um silêncio aterrador.

Estranhas formações de luz cintilam diante dos olhos de Joona enquanto ele tenta distinguir contornos na escuridão. A lanterna está emitindo um brilho tênue agora, quase insuficiente para iluminar qualquer coisa.

Tudo que ele consegue ouvir são os próprios passos e a própria respiração.

Ele olha para a escada de concreto que dá para o cômodo principal. O alçapão ainda está aberto. Ele balança a lanterna, mas sua luz continua se esvaindo.

De repente, Joona ouve um tilintar e prende a respiração ao pensar em dedos de porcelana. Ao mesmo tempo, sente um pano frio sendo pressionado em sua boca e seu nariz.

Joona gira e ataca com força, mas não acerta nada e perde o equilíbrio.

Ele se vira, erguendo a pistola. O cano raspa na parede de concreto. Não há ninguém ali.

Ofegando, ele fica parado com as costas na parede, apontando a lanterna no escuro.

O tilintar deve ter vindo dos frasquinhos de sedativo quando o Homem de Areia os pegou para entornar o líquido no pano.

Joona está se sentindo zonzo. Quer desesperadamente sair para o ar fresco, mas se obriga a ficar onde está.

O silêncio é absoluto. Não há ninguém ali.

Joona espera alguns segundos, depois volta para a cápsula. Seus movimentos parecem estranhamente lentos, e ele olha de um lado para o outro sem parar. Antes de entrar, gira a roda da fechadura para que as travas fiquem para fora, impedindo a porta de se fechar.

Sob a luz fraca da lanterna, ele entra mais uma vez. Chega ao sofá e o afasta da parede com cuidado. Uma mulher magra está deitada no chão.

— Felicia? Sou policial — ele sussurra. — Vou tirar você daqui.

Quando encosta nela, consegue sentir que ela está ardendo. A febre é extremamente alta e ela não está mais consciente. Enquanto a pega do chão, ela começa a tremer com calafrios febris.

Joona sobe a escada correndo com ela nos braços. Ele deixa a lanterna cair e a escuta deslizar com estrépito pelos degraus. Ela vai morrer em breve a menos que ele consiga conter a febre. Seu corpo está completamente mole. Ele não sabe se ela está respirando enquanto atravessa o alçapão.

Joona corre pelo galpão principal, abre a porta com um chute, a coloca deitada na neve e percebe que ela ainda está respirando.

— Felicia, você está com uma febre muito alta.

Ele a cobre com neve, falando com ela com uma voz reconfortante, sempre mantendo a pistola apontada para a porta do galpão.

— A ambulância está a caminho — ele diz. — Vai ficar tudo bem, Felicia, prometo. Seu irmão e seu pai vão ficar muito felizes. Eles sentiram muito a sua falta, sabia?

151

A ambulância chega, as luzes azuis cintilando na neve. Joona se levanta quando a maca é empurrada diante dos galpões antigos. Ele explica a situação para os paramédicos e mantém a pistola apontada para a entrada do barracão 4.

— Rápido — ele grita. — Ela está inconsciente e com uma febre perigosamente alta.

Dois paramédicos erguem Felicia da neve. Seu cabelo pende em cachos pretos suados sobre a testa inacreditavelmente pálida.

Ele caminha na direção da porta aberta com a arma em punho.

Está prestes a voltar para dentro quando olha para a luz azul trêmula da ambulância iluminando as ruínas do último galpão. Há pegadas frescas na neve, saindo do prédio rumo à escuridão.

Joona corre na direção delas, pensando que deve haver outra saída, que os dois galpões podem ter uma passagem subterrânea.

Ele segue as pegadas correndo, através de trechos de grama e arbustos.

Ao dar a volta por um tanque de combustível antigo, vê uma figura magra mancando ao longo da beira da pedreira.

Joona se move o mais silenciosamente possível.

O vulto se apoia numa bengala. Parece perceber que está sendo seguido e tenta andar mais rápido pelo penhasco íngreme.

Há sirenes ao longe.

Joona corre pela grossa camada de neve.

Vou capturá-lo, ele pensa. Vou prendê-lo e arrastá-lo de volta às viaturas.

Eles se aproximam de uma área clara da pedreira contendo uma grande fábrica de concreto. Um único holofote ilumina o fundo da cratera.

O homem para, se vira e olha para Joona. Sua boca está aberta e ele respira com dificuldade. Está bem na beirada.

Joona se aproxima, a pistola apontada para o chão.

O rosto do Homem de Areia é quase idêntico ao de Jurek, só que mais magro.

Ao longe, Joona consegue ouvir as viaturas de polícia chegarem aos velhos barracões.

— Fiz tudo errado com você, Joona — o Homem de Areia diz. — Meu irmão me falou para sequestrar Summa e Lumi, mas elas morreram antes que eu tivesse a chance. Às vezes o destino escolhe o próprio caminho.

Feixes de lanterna rodeiam os barracões.

— Escrevi para meu irmão e perguntei a ele sobre você, mas nunca descobri se ele queria que eu tirasse algo mais de você — ele diz.

Joona sente o peso da arma em seu braço cansado e olha no fundo dos olhos pálidos do Homem de Areia.

— Pensei que você iria se enforcar depois do acidente de carro, mas você ainda está vivo — o Homem de Areia diz, balançando a cabeça. — Esperei, mas você continuou vivendo.

Ele pausa, sorri de repente, ergue os olhos e diz:

— Você ainda está vivo porque sua família não está morta de verdade.

Joona ergue a pistola, aponta para o coração do Homem de Areia e dispara três tiros. As balas atravessam seu corpo magro. O sangue escuro esguicha dos ferimentos entre as escápulas. Os disparos ecoam pela pedreira.

O irmão gêmeo de Jurek tomba para trás. Sua bengala continua onde está, cravada na neve.

O Homem de Areia morre antes de cair no chão. Seu corpo esquelético rola ladeira abaixo até bater em um fogão jogado fora.

152

Joona está sentado no banco traseiro do carro com os olhos fechados. O chefe, Carlos Eliasson, dirige seu carro de volta a Estocolmo.

— Ela vai ficar bem. Falei com um médico no Karolinska. O estado de Felicia é grave, mas não crítico. Eles não deram nenhuma certeza, mas ainda assim é uma ótima notícia. Acho que ela vai sobreviver, eu…

— Contou para Reidar? — Joona pergunta, sem abrir os olhos.

— O hospital está cuidando disso. Você só precisa ir para casa e descansar um pouco, e…

— Tentei entrar em contato com você.

— Sim, eu sei, vi um monte de chamadas perdidas. Você deve ter ouvido falar que Jurek mencionou uma velha fábrica de tijolos para Saga. Nunca houve muitas, mas tinha uma em Albano. Quando entramos na floresta, os cães identificaram sepulturas por toda parte. Ficamos ocupados vasculhando toda a maldita área.

— Mas não encontraram ninguém vivo?

— Por enquanto não, mas ainda estamos procurando.

— Acho que você só vai encontrar sepulturas. — Ele faz uma pausa. — Está tudo bem na prisão?

— O pesadelo acabou, Joona — Carlos diz. — Estamos trabalhando para fazer o Comitê do Serviço Penitenciário aprovar a decisão de transferir Saga de novo. Vamos buscá-la assim que aprovarem e limparem a ficha dela.

Eles chegam a Estocolmo. A luz em volta dos postes parece bruma por causa da neve. Um ônibus para ao lado deles, esperando o sinal mudar. Rostos exaustos olham pelas janelas esfumaçadas.

— Falei com Anja — Carlos diz. — Ela encontrou os registros de Jurek e do irmão dele nos arquivos do Comitê de Bem-Estar Infantil no arquivo do conselho e localizou a decisão do Departamento de Estrangeiros no Arquivo Nacional em Marieberg.

— Anja é brilhante — Joona diz.

— O pai de Jurek recebeu permissão de ficar no país com um visto de trabalho provisório — Carlos diz. — Mas não tinha permissão de manter os filhos com ele. Depois que eles foram descobertos, o Comitê de Bem-Estar Infantil foi notificado e os meninos foram levados em custódia. Ao que tudo indica, as autoridades pensaram estar fazendo a coisa certa. A decisão foi apressada, mas, como um dos meninos estava doente, os casos foram tratados separadamente.

— Eles foram mandados para lugares diferentes.

— O Departamento de Estrangeiros enviou o menino saudável de volta para o Cazaquistão, e depois um assistente social diferente tomou a decisão de mandar o outro para a Rússia... para o Orfanato 67, para ser exato.

— Entendi — Joona sussurra.

— Jurek cruzou a fronteira para a Suécia em janeiro de 1994. Talvez seu irmão já estivesse na pedreira nessa época, talvez não. Mas, a essa altura, o pai deles já estava morto.

Carlos estaciona numa vaga na rua Dala, não muito longe do apartamento de Joona na rua Wallin, 31. Os dois saem do carro, caminham pela calçada coberta de neve e param na porta de Joona.

— Como havia dito, eu conheci Roseanna Kohler — Carlos diz com um suspiro. — E, quando os filhos dela desapareceram, fiz tudo que pude, mas não foi o suficiente.

— Não.

— Contei para ela sobre Jurek. Ela queria que eu contasse tudo para ela, queria ver fotos dele e...

— Mas Reidar não sabia.

— Não. Ela disse que era melhor assim. Sei lá... Roseanna se mudou para Paris depois disso. Ela me ligava o tempo todo. Andava bebendo demais.

Carlos esfrega o pescoço.

— Que foi? — Joona pergunta.

— Uma noite, Roseanna me ligou de Paris, gritando que tinha visto Jurek Walter na porta do hotel, mas não dei ouvidos. Na mesma noite, ela se matou.

— Você deveria ter me falado dessa ligação — Joona diz.

— Não acreditei nela.

— Isso causou muito sofrimento… você sabe disso?

Carlos faz que sim com a cabeça e devolve as chaves do carro para Joona.

— Vai dormir um pouco — Carlos diz.

153

My pareceu um pouco confusa quando Anders disse que ela podia tirar um cochilo na sala de funcionários de novo.

— Só não vejo motivo para nós dois ficarmos acordados — ele disse. — Não tenho opção... ainda tenho algumas horas de trabalho pela frente. Depois, você e Leif podem dividir as coisas como quiserem.

Agora ele está sozinho. Caminha pelo corredor, para na frente da sala dos funcionários e tenta escutar.

Silêncio.

Ele continua até a sala de vigilância e se senta na cadeira de operação. Finalmente, está na hora de apagar as luzes. O monitor grande exibe nove cenas diferentes. Jurek parece ter ido para a cama cedo. Anders consegue ver a silhueta de seu corpo magro sob as cobertas. Ele está tão imóvel que chega a ser angustiante, quase como se não respirasse. Saga está sentada na cama com os pés no chão. A cadeira está caída de lado no piso.

Ele se inclina perto da tela e olha para ela. Seus olhos seguem o contorno de sua cabeça raspada, seu pescoço e seus ombros esguios e os músculos em seus braços finos.

Não há nada que o impeça.

Ele não sabe por que ficou com tanto medo na noite anterior quando entrou no quarto. Não havia ninguém vigiando os monitores, e, mesmo se houvesse, o quarto estava tão escuro que não daria para ver nada.

Ele poderia ter transado dez vezes com ela. Poderia ter feito o que quisesse.

Anders respira fundo, insere o cartão no computador, digita a senha e faz login. Abre o programa administrativo da unidade, seleciona a zona dos pacientes e clica em iluminação noturna.

Agora todos os quartos de paciente ficam escuros.

Segundos depois, Saga liga o abajur ao lado da cama e ergue o rosto na direção da câmera.

É como se ela estivesse olhando para ele porque sabe que ele está olhando para ela.

Anders verifica os dois guardas. Eles estão conversando perto da entrada. O guarda fala alguma coisa que faz a mulher alta rir. Ele sorri enquanto finge tocar um violino.

Anders se levanta e olha para Saga de novo na tela.

Ele pega um comprimido do depósito e o coloca num copo plástico, depois vai até a porta de segurança e passa o cartão na leitora. Enquanto se aproxima da porta de Saga, seu coração começa a bater mais forte. Ele abre a portinhola e a vê virar a cabeça em sua direção. Ela se levanta e caminha até ele.

— Dormiu bem na última noite? — ele pergunta com a voz simpática, mas ela não responde.

Quando ela estende a mão pela portinhola, ele segura os dedos dela por alguns instantes antes de lhe dar o copo plástico.

Ele fecha a portinhola e a observa andar em direção à pia. Ela enche o copo com água, coloca o comprimido na boca e o engole. Desliga o abajur ao lado da cama e se deita.

Anders busca as amarras para a cama, tira da embalagem de plástico e para diante da porta de aço, observando-a através do vidro reforçado.

154

Protegida pela escuridão, Saga esconde a pílula no sapato e deita na cama. Ela não sabe se o médico ainda está atrás da porta, mas tem certeza de que ele planeja vir ao quarto assim que achar que ela está dormindo. Ela viu muito claramente nos olhos dele que aquilo não havia chegado ao fim.

No dia anterior ela ficara tão espantada pelo abuso de poder que o deixou ir longe demais. Hoje ela nem sabe se vai se importar com o que acontecer.

Ela está aqui por Felicia, e talvez tenha de aguentar esse lugar por mais alguns dias.

Amanhã ou depois, Jurek vai revelar tudo para ela. Então estará terminado, e ela vai poder ir para casa e esquecer tudo que aconteceu.

Saga se vira de lado, olha para a porta e no mesmo instante vê a silhueta atrás do vidro. O coração começa a acelerar. O médico está esperando atrás da porta até ela apagar com a medicação.

Ela está pronta para se permitir ser estuprada a fim de esconder sua missão? Seus pensamentos estão confusos demais para que consiga se preparar para o que parece prestes a acontecer.

Ela ouve o ruído quando a chave abre a fechadura.

Ar frio entra pela porta.

Ela observa o médico andar até a cama.

Ela fecha os olhos e escuta.

Nada acontece.

Talvez ele só queira olhar para ela.

Ela tenta expirar sem fazer barulho, então espera dez segundos antes de inspirar de novo. Em sua mente, imagina um quadrado em que cada lado é um momento.

O médico põe a mão em sua barriga, acompanhando o movimento de sua respiração. Ela sente a mão dele deslizar até o quadril e pegar sua calcinha. Ela deixa que ele tire sua calça, puxando-a sobre seus pés.

Ela consegue sentir o calor do corpo dele.

Ele acaricia sua mão direita e a ergue delicadamente sobre a cabeça. A princípio ela pensa que ele vai medir seu pulso, mas então percebe que não consegue se mexer. Quando tenta soltar a mão, ele coloca uma faixa larga sobre suas coxas e a aperta antes que ela tenha a chance de se contorcer para fora da cama.

— Que diabos você está fazendo?

Ela não consegue chutar. Ele deve ter amarrado seus tornozelos enquanto ela tentava soltar a mão direita com a esquerda. Ele acende o abajur e a encara com olhos arregalados. Os dedos da mão livre dela tentam freneticamente pegar a faixa grossa sobre o punho direito.

Ele a impede, puxando rapidamente sua mão livre.

Ela se sacode para se soltar e tenta se contorcer, mas é impossível.

Ela cai de volta na cama, e ele começa a prender outra faixa sobre seus ombros, mas, quando ele se debruça, ela dá um soco em sua boca. Quando o golpe acerta, ele cambaleia para trás e cai de joelhos no chão. Tremendo, ela começa a desamarrar a mão direita.

Ele volta para perto da cama, afastando a mão dela.

O sangue escorre do queixo dele enquanto ele berra para que fique parada. Ele aperta a amarra no punho direito de novo, depois se move para trás dela.

— Eu vou matar você — ela grita, tentando segui-lo com os olhos.

Ele é rápido e pega o braço esquerdo dela com as duas mãos, mas ela se solta, agarra o cabelo dele e o puxa na direção dela. Bate a testa dele no estrado com toda a força. Ela o puxa para a frente de novo e tenta morder seu rosto, mas ele dá um tapa tão forte no pescoço dela que ela o deixa escapar.

Usando toda a sua força, ela estica a mão livre na direção dele e tenta virar o corpo, mas está completamente presa.

O médico segura a cabeça dela e a torce com força para o lado, quase deslocando seu ombro. A cartilagem na articulação faz um estalo, e ela berra de dor. Ela tenta soltar um pé, mas a amarra corta a sua pele. Ela acerta a bochecha dele com a mão livre, mas sem nenhuma força real. Ele pressiona a mão dela no alto da cama, fixa a amarra em torno do punho e a aperta.

Ele limpa o sangue da boca com o dorso da mão, ofegante, depois dá dois passos para trás e só fica olhando para ela.

155

O médico vai devagar até ela e amarra a última faixa sobre seu peito. A mão esquerda de Saga arde depois dos golpes desesperados. Ele fica parado por um tempo, depois vai até o pé da cama. O sangue escorre do nariz dele sobre os lábios. Ela consegue ouvir as respirações rápidas e excitadas. Sem pressa, ele abre suas coxas, puxando as amarras. Ela olha nos olhos dele. Não pode permitir que isso aconteça.

Ele acaricia suas panturrilhas com as mãos trêmulas e olha entre suas coxas.

— Não faça isso — ela tenta falar com a voz calma.

— Só fica quieta — ele diz, tirando o jaleco sem desviar os olhos dela.

Saga vira o rosto de lado. Não quer olhar para ele. Não consegue acreditar que isso está acontecendo.

Ela fecha os olhos, tentando desesperadamente pensar numa saída.

Então escuta um estranho ruído embaixo da cama. Abre os olhos e vê um vulto refletido na pia de aço inoxidável.

— Sai daqui, porra — ela exclama.

O médico pega a calcinha na cama e a enfia com agressividade em sua boca. Ela tenta gritar quando percebe o que é o reflexo no metal reluzente da pia.

É Jurek.

Ele deve ter se escondido no quarto dela enquanto ela procurava os soníferos de Bernie.

Com um pânico crescente, ela se debate para se soltar.

Ela consegue ouvir os botões da camisa de Jurek estalarem contra o estrado do colchão quando ele se move.

Um botão se solta e desliza pelo piso. O médico olha surpreso para o botão, que rola num arco e para rodopiando.

— Jurek — o médico murmura no momento em que a mão pega sua perna e o puxa para o chão.

Anders bate com a nuca e arfa, mas consegue rolar de bruços e sair rastejando.

Corra, Saga pensa. Tranque a porta e chame a polícia.

Jurek rola no chão e se levanta ao mesmo tempo que o médico. Anders tenta chegar à porta, mas Jurek chega primeiro.

Saga está se debatendo para tirar a calcinha da boca. Ela tosse, inspira fundo e começa a ficar nauseada.

Anders tropeça na cadeira de plástico e recua, encarando o paciente idoso.

— Não me machuque — ele implora.

— Não?

— Por favor. Faço qualquer coisa.

Jurek se aproxima, e seu rosto enrugado é completamente inexpressivo.

— Vou matar você, meu rapaz — ele diz. — Mas antes você vai sofrer muito.

Saga grita através da mordaça e se debate contra as amarras.

Ela não consegue entender o que está acontecendo, por que Jurek se escondeu em seu quarto, por que mudou o plano.

O médico está balançando a cabeça, recuando e tentando se defender de Jurek com as mãos.

O suor escorre pelo seu rosto.

Jurek o segue devagar, então de repente agarra sua mão e o força a se deitar no chão. Com uma força terrível, ele pisa no braço, perto do ombro. Há um estalo, e o jovem médico grita. Com uma precisão militar, Jurek puxa na direção oposta e torce o braço dele. Agora está completamente solto da articulação, preso apenas pelo músculo e pela pele.

Jurek levanta o médico, segurando-o contra a parede, e o estapeia várias vezes para impedir que perca a consciência. O braço flácido do médico está escurecendo por hemorragia interna. Ele choraminga como uma criança.

Saga está com dificuldades para respirar. Ela consegue mudar um pouco de posição, e puxa o braço esquerdo com tanta força que sua visão começa a ficar escura antes de a amarra se soltar. Ela arranca o tecido da boca e toma ar.

— Não podemos fugir agora, não tinha nenhum sonífero no quarto de Bernie — Saga diz a Jurek.

A mão que ela acabou de soltar dói terrivelmente. Ela não sabe o quanto se machucou. Seus dedos queimam como fogo.

Jurek começa a apalpar as roupas do médico, encontra as chaves da porta da cela e as enfia no bolso.

— Você quer assistir enquanto corto a cabeça dele? — ele pergunta, olhando para Saga.

— Não faça isso, por favor. Não há necessidade.

— Nunca há necessidade de fazer nada — Jurek diz, pegando o médico pelo pescoço.

— Espera.

— Está bem. Vou esperar. Dois minutos, por você, policialzinha.

— O que você quer dizer?

— O único erro que você cometeu foi quando só quebrou um dos dedos de Bernie — Jurek explica, pegando o cartão do médico.

— Eu ia matar Bernie devagar — ela tenta, mesmo sabendo que não adianta.

Jurek dá outro tapa no médico.

— Só preciso das duas senhas — ele diz.

— Senhas — o médico murmura. — Eu não me lembro, eu...

Saga tenta soltar as outras amarras, mas os dedos de sua mão esquerda estão tão gravemente machucados que é impossível.

— Como você soube que sou policial? — Saga pergunta.

— Graças a ele, consegui mandar uma carta.

— Não — o médico choraminga.

— Imaginei que a polícia colocaria alguém aqui dentro quando Mikael Kohler-Frost escapasse e fosse encontrado vivo.

Jurek encontra o celular do médico, deixa-o cair no chão e o esmaga com o pé.

— Mas por que...

— Não tenho tempo — ele interrompe. — Vou destruir Joona Linna.

Saga observa enquanto Jurek Walter arrasta o médico para fora da cela. Ela ouve os passos deles no corredor, depois o som do cartão sendo passado na leitora e os toques do teclado enquanto o código é digitado, seguido pelo zunido da fechadura.

156

Joona toca a própria campainha e sorri ao escutar passos se aproximando. A fechadura gira e a porta se abre. Ele entra na meia-luz do corredor e tira os sapatos.

— Você parece completamente destruído — Disa diz.

— Estou bem.

— Quer comer alguma coisa? Tem umas sobras que posso esquentar.

Joona faz que não com a cabeça e a abraça com força. Ele está exausto demais para falar agora, mas depois vai pedir que ela cancele a viagem ao Brasil. Não há mais necessidade agora.

Uma pequena nuvem de areia sobe quando ela o ajuda a tirar as roupas.

— Você estava brincando numa caixa de areia? — ela pergunta, rindo.

— Só um pouco — ele responde.

Ele vai ao banheiro e entra embaixo do chuveiro. O corpo dói. Com a água quente escorrendo, ele se encosta nos ladrilhos e sente os músculos aos poucos começarem a relaxar.

A mão que puxou o gatilho e atirou num homem desarmado treme.

Se eu puder viver com o que fiz, vou poder ser feliz de novo, ele pensa.

Embora Joona saiba que o Homem de Areia está morto, embora tenha visto as balas atravessarem seu corpo, embora o tenha visto deslizar pela pedreira como um cadáver em uma cova coletiva, ainda assim desceu atrás do corpo. Escorregou pela encosta, afundando os calcanhares para não deslizar rápido demais, e foi até o corpo. Mantendo a pistola apontada para a nuca do homem, apalpou o pescoço dele com a outra mão. O Homem de Areia estava morto. Seus olhos não o haviam enganado. As três balas tinham passado diretamente através do coração.

A ideia de que ele não precisa mais ter medo do cúmplice de Jurek é tão quente e reconfortante que ele não consegue conter um suspiro.

Joona se seca e escova os dentes, para de repente e escuta. Parece que Disa está falando ao telefone.

Quando entra no quarto, vê Disa se vestindo.

— O que você está fazendo? — ele pergunta, deitando-se nos lençóis limpos.

— Meu chefe ligou — ela diz com um sorriso exausto. — Uma empresa está escavando um porto de petróleo antigo em Loudden. Estão trabalhando dia e noite para descontaminar o terreno. E parece que encontraram um artefato, algum tipo de jogo de tabuleiro antigo. Preciso ir lá e parar a escavação porque, se for mesmo...

— Fica — Joona implora, sentindo os olhos arderem de exaustão.

Disa cantarola enquanto tira uma blusa dobrada da primeira gaveta da cômoda.

— Você tomou conta da minha cômoda agora? — ele brinca, fechando os olhos.

Disa anda de um lado para o outro do quarto. Ele a escuta pentear o cabelo e tirar o casaco do cabide.

Então se deita de lado e sente lembranças e sonhos começarem a se unir como flocos de neve.

O corpo do Homem de Areia rola pela inclinação íngreme e para quando bate num fogão velho.

Samuel Mendel coça a cabeça e diz:

— Não há nada que sugira que Jurek Walter tenha um cúmplice. Mas a gente precisa levantar a dúvida e dizer: talvez seja o contrário.

157

Saga faz outra tentativa de afrouxar a amarra no punho direito, mas falha e se deixa afundar novamente.

Jurek Walter está fugindo, ela pensa.

O pânico cresce em seu peito.

Ela precisa alertar Joona.

Mesmo se gritar, a porta para a sala de recreação é grossa demais para o microfone registrar qualquer som.

Saga contorce o corpo para a direita, mas desiste.

Ao longe, consegue ouvir um barulho.

Prende a respiração e escuta.

Há um rangido, depois vários baques surdos, antes de tudo ficar em silêncio de novo.

Saga percebe que Jurek nunca havia precisado dos soníferos. Tudo que ele queria era que ela atraísse o médico para o quarto dela. Jurek tinha notado as intenções do médico e entendido que ele não resistiria à tentação de entrar no quarto dela se ela pedisse os medicamentos para dormir.

Esse tinha sido o plano desde o princípio.

Foi por isso que ele se permitiu ser punido pelas ações dela, porque era preciso esconder o fato de ela ser perigosa.

Ela era uma sereia, como ele dissera no primeiro dia.

Ela choraminga de dor enquanto se estica de lado e puxa a fivela da amarra em seus ombros. Agora, consegue mover o ombro e erguer a cabeça.

Caímos todos em sua armadilha, ela pensa. Achamos que o estávamos enganando, mas na verdade ele me encomendou. Ele sabia que alguém seria enviado e, hoje, teve a certeza de que eu era seu cavalo de Troia.

Ela junta forças e estica o pescoço para o lado, tentando pegar com a boca a amarra em torno do punho direito.

Ela se deixa cair, ofegante. Precisa alertar os funcionários e ligar para a polícia.

Saga respira fundo e tenta outra vez. Esforçando-se para manter a posição, consegue cravar os dentes na amarra grossa, afrouxa a fivela e solta mais um centímetro. Cai para trás, sentindo enjoo, depois se contorce e puxa a mão até soltar.

Ela não demora muito para remover as amarras restantes. A parte interna de suas coxas está dolorida, e seus músculos tremem enquanto ela veste a calça.

Ela sai descalça da cela para o corredor. Um dos sapatos do médico está encaixado na porta de segurança para impedir que ela se fechasse.

Ela abre a porta com cautela e tenta escutar. A unidade de segurança está num silêncio fantasmagórico. Ela consegue ouvir o som de seus pés grudando no piso de vinil enquanto entra na sala à direita e vai até a mesa de operação. As telas estão escuras, e as luzes na unidade de alarme estão todas apagadas. O fornecimento de energia da sala de vigilância foi cortado.

Em algum lugar ali deve haver um telefone ou alarme que funcione. Saga passa correndo por várias portas fechadas até chegar à cozinha dos funcionários. As gavetas de facas estão abertas, e tem uma cadeira virada no piso.

Na pia, há uma faca de legumes e cascas de maçã envelhecidas. Saga pega a faquinha, confirma que a lâmina é afiada e segue em frente.

Ela escuta um zumbido estranho e baixo.

Sua mão direita aperta a faca com muita força.

Deveria haver seguranças ali, mas ela não se atreve a gritar. Tem medo de que Jurek a escute.

O zumbido está ficando mais próximo enquanto ela desce o corredor. É o som de um inseto preso num mata-moscas. Ela passa em silêncio pela sala de inspeção, cada vez mais apreensiva.

A porta da sala de funcionários está entreaberta. A luz está acesa. Ela estende a mão e abre mais a porta.

Vê a ponta de um colchão. Tem alguém deitado ali. Dois pés de meias brancas.

— Olá? — ela diz, hesitante.

Saga diz a si mesma que a pessoa deitada ali estava ouvindo música e perdeu tudo que estava acontecendo.

Ela dá um passo à frente. A cama está completamente encharcada de sangue.

A garota de piercings na bochecha está deitada de costas, o corpo trêmulo. Seus olhos cravados no teto.

O rosto dela se contorce. Dos lábios retorcidos uma mistura de sangue e ar borbulha com um silvo.

— Ah, meu Deus.

A garota tem uma dezena de facadas no peito, cortes profundos nos pulmões e no coração. Não há nada que Saga possa fazer. Ela precisa conseguir ajuda o mais rápido possível.

O sangue goteja no chão, perto dos restos do celular quebrado.

— Vou buscar ajuda — Saga diz.

Os lábios da menina sibilam quando uma bolha de sangue brota.

158

Saga sai correndo da sala com uma terrível sensação de vazio.

— Por favor, Deus, por favor, Deus...

Ela está entorpecida pelo choque quando se aproxima de outro par de portas de segurança. O guarda está sentado no outro lado da última porta. O vidro grosso o faz parecer quieto e indistinto.

Escondendo a faquinha de legumes na mão para não assustá-lo, Saga bate no vidro.

— Socorro! Precisamos de ajuda aqui!

Ela bate mais alto, mas ele não reage. Ela se move para o lado, em direção à porta, e vê que está aberta.

Todas as portas estão abertas, ela pensa enquanto atravessa.

Saga está prestes a dizer algo quando vê que o guarda está morto. Sua garganta foi cortada de maneira tão brutal que está partida até as vértebras. A cabeça parece estar pendendo frouxa de um cabo de vassoura. O sangue escorre de seu corpo, formando uma poça em volta da cadeira.

Ela escorrega no piso úmido com a faca na mão, depois sobe a escada correndo e atravessa o portão aberto.

Ela empurra a porta da ala 30 de psiquiatria forense de segurança máxima. Está trancada. É madrugada. Ela bate na porta algumas vezes, depois continua pelo corredor em direção à entrada principal.

— Ei — ela grita. — Tem alguém aí?

O outro sapato do médico está no chão sob o brilho forte da luz fluorescente do teto.

Saga vê movimento mais à frente, através de várias vidraças. É um homem parado, fumando. Ele joga o cigarro fora e desaparece pela esquerda. Saga corre o mais rápido que pode, na direção da saída envidraçada e da passagem que leva ao edifício principal do hospital. Vira na esquina e nota que o piso está molhado sob seus pés.

No começo, parece ser um piso preto. Então o cheiro de sangue se torna tão tangível que ela precisa fazer força para não vomitar.

Há uma grande poça. Pegadas partem dali em direção à saída.

Ela vê a cabeça do jovem médico. Está caída de lado no chão, perto da lata de lixo encostada à parede a sua direita.

Jurek mirou e errou, ela pensa, distraída. Ela respira rápido e se sente zonza.

Continua se movendo e seus pensamentos vagam, sem que encontre sentido em nada.

É impossível aceitar que isso está acontecendo.

Por que ele perdeu tempo fazendo tudo isso?

Porque não queria apenas fugir, diz a si mesma. Queria se vingar.

Ela ouve passos pesados vindos do corredor que dá para o prédio central. Dois guardas correm em sua direção com coletes à prova de balas, armas e uniformes pretos.

— Precisamos de médicos na unidade de segurança máxima — Saga grita.

— Para o chão — o mais jovem diz.

— É só uma garotinha — o outro diz.

— Sou policial — ela diz, jogando a faca no chão.

A faca desliza no piso de vinil e para na frente deles. Eles olham para ela, abrem os coldres e sacam suas pistolas de serviço.

— Para o chão!

— Vou para o chão — ela diz. — Mas vocês precisam avisar...

— Merda — o mais novo exclama quando vê a cabeça. — Merda, merda...

— Vou atirar — o outro diz com uma voz trêmula.

Saga se ajoelha e o guarda corre, tirando as algemas do cinto. O outro guarda dá um passo para ao lado. Saga ergue as mãos e se levanta.

— Bem devagarzinho agora — o guarda diz com a voz entrecortada.

Ela fecha os olhos, escuta botas no piso, sente os movimentos e dá um pequeno passo para trás. O guarda se inclina para a frente para algemar suas mãos, então Saga abre os olhos na mesma hora em que dá um gancho de direita. Ela ouve algo se quebrar enquanto acerta com força a orelha dele. Ela gira e acerta o cotovelo esquerdo em sua cabeça.

O único som é um baque curto.

A saliva escorre da boca aberta do guarda.

As pernas dele cedem, e Saga tira sua pistola. Ela solta a trava de segurança e atira nele antes que ele caia no chão.

Saga atira duas vezes no outro guarda, bem no colete à prova de balas. Os tiros ecoam na passagem estreita e o guarda cambaleia para trás. Saga corre até ele e golpeia a pistola com a coronha da sua. A arma desliza, fazendo barulho pelo piso na direção das pegadas ensanguentadas.

Saga dá uma rasteira nele, que cai estatelado no chão com um gemido. O outro guarda vira de lado, com a mão na cabeça. Saga pega um dos rádios e dá alguns passos para longe.

159

Joona é despertado pelo som do telefone tocando. Ele nem tinha percebido que havia apagado. Caiu em um sono profundo enquanto Disa trocava de roupa para trabalhar. O quarto está escuro, mas a luz do telefone lança uma forma elíptica clara na parede.

— Joona Linna — ele atende com um suspiro sonolento.

— Jurek fugiu. Ele conseguiu sair d…

— Saga? — Joona pergunta, saltando da cama.

— Ele matou um monte de gente — ela diz, um tom de histeria na voz.

— Você está ferida?

Joona anda pelo apartamento, a adrenalina percorrendo seu corpo enquanto absorve as palavras de Saga.

— Não sei onde ele está. Ele só disse que iria machucar você. Falou…

— Disa? — Joona chama.

Suas botas sumiram. Ele abre a porta da frente e grita o nome dela na escada, sua voz ecoando na escuridão. Ele tenta lembrar o que ela disse antes de ele pegar no sono.

— Disa foi para Loudden — ele diz.

— Desculpa por…

Joona desliga, veste a roupa, pega a pistola e o coldre e sai do apartamento.

Desce a escada correndo e sai para a calçada, depois vira na direção da rua Dala, onde Carlos estacionou o carro. Está nevando muito. Enquanto corre, ele encontra o nome de Disa em seus contatos e telefona para ela. Ela não atende.

Joona corre até o carro, entra e passa por cima de um banco de neve, raspando a lateral em um carro estacionado.

Enquanto acelera pela Tegnérlunden e segue na direção da avenida Svea, a neve solta voa do carro em nuvens leves.

Joona está ciente de que tudo que ele mais teme pode irromper como uma tempestade de fogo aquela noite.

Disa está sozinha no carro, a caminho de Frihamnen.

O coração de Joona bate contra o coldre.

Ele dirige rápido, lembrando que o chefe de Disa ligou e pediu para ela dar uma olhada em algo que havia sido encontrado. A esposa de Samuel, Rebecka, tinha recebido uma ligação de um carpinteiro, pedindo para que fosse até a casa de veraneio antes do previsto.

O Homem de Areia deve ter mencionado Disa na carta que Susanne Hjälm deu a Jurek. Suas mãos tremem enquanto ele liga de novo para Disa. Ele escuta o telefone tocar e sente o suor escorrer pelas costas.

Ela não atende.

Não deve ser nada, ele tenta se convencer. Só precisa alcançar Disa e pedir para que ela volte para casa. Ele vai escondê-la em algum lugar até Jurek ser recapturado.

O carro derrapa na neve marrom derretida sobre o asfalto e um caminhão sai violentamente de seu caminho. Ele liga de novo. Nada ainda.

Ele passa em alta velocidade pelo Humlegården. A estrada está cercada por bancos de neve escurecidos, e os postes se refletem no asfalto úmido.

Ele liga para Disa de novo.

O sinal ficou vermelho, mas Joona vira à direita no bulevar Valhalla. Uma betoneira sai da sua frente, e um carro vermelho para abruptamente cantando pneu. O motorista buzina quando Disa finalmente atende.

160

Disa passa cuidadosamente sobre os trilhos ferroviários enferrujados e sobe para o enorme porto de Frihamnen, com seu movimento de navios e contêineres.

O brilho amarelo de um poste suspenso balança em um prédio semelhante a um hangar.

As pessoas andam de cabeça baixa para evitar que a neve caia em seus olhos. Ao longe, através da neve, ela consegue distinguir o grande navio de Tallinn, iluminado mas nebuloso como se saído de um sonho.

Disa vira à direita, para longe da área iluminada de uma das grandes importadoras de frutas, passa por uma sucessão de unidades industriais térreas e espreita na escuridão.

Caminhões começam a embarcar na balsa para São Petersburgo. Um grupo de estivadores fuma no estacionamento vazio. A escuridão e a neve fazem o mundo ao redor do grupo parecer abafado e isolado.

Disa passa pelo armazém 5 e atravessa os portões para o terminal de contêineres. Cada contêiner é do tamanho de um pequeno chalé e pode pesar mais de trinta toneladas. Eles estão ali empilhados, somando quinze metros de altura.

As pilhas de contêineres formam uma rede de corredores largos o bastante para os enormes caminhões. Disa entra em uma das ruelas. Parece estranhamente estreita porque as laterais são muito altas. Ela consegue ver pelos rastros na neve que outro carro passou recentemente por ali. Uns cinquenta metros à frente, a passagem se abre para a doca. O enorme volume do tanque de combustível de Loudden pode ser visto através da neve, à frente dos guindastes que carregam contêineres para um navio. Os homens com o jogo de tabuleiro antigo devem estar esperando por ela mais adiante.

Ao longe, uma grande máquina semelhante a um escorpião se

move de lado, mas para no meio do giro. Um contêiner vermelho balança da garra, pouco acima do chão.

Ela aproxima o carro.

A porta do contêiner está entreaberta.

E não há ninguém no banco do condutor. As rodas estão sendo rapidamente obscurecidas pela neve.

Ela se assusta quando o telefone toca e sorri ao atender.

— Era para você estar dormindo — ela diz, jovial.

— Me fala onde você está agora — Joona diz, a voz intensa.

— Estou no carro, a caminho do...

— Quero que falte à reunião e volte direto para casa.

— O que aconteceu?

— Jurek Walter fugiu.

— O que você disse?

— Quero que volte para casa agora.

Os faróis formam um aquário de neve rodopiante na frente do carro.

— Você precisa me escutar — Joona diz. — Dê meia-volta e vá para casa.

— Está bem, então.

Ele espera e fica ouvindo pelo telefone.

— Deu meia-volta?

— Agora não dá. Parece que tem algum problema aqui. Tem um contêiner aberto da Hamburg Süd me bloqueando, e não tenho espaço suficiente para dar meia-volta — ela diz enquanto avista algo estranho pelo retrovisor.

— Disa, eu sei que estou parecendo um pouco...

— Espera aí — ela interrompe.

— O que você está fazendo?

Pelo retrovisor, ela vê um grande pacote caído no chão no meio da passagem. Não estava lá um minuto antes, ela pensa. Parece uma coberta cinza amarrada com fita adesiva.

— O que está acontecendo, Disa? — Joona pergunta, a voz agitada. — Você já deu a volta?

— O contêiner ainda está no caminho — ela diz ao parar o carro. — Não consigo passar.

— Você precisa dar ré.

— Só me dá um segundo. Tem um pacote ou coisa assim no chão atrás de mim — ela diz, e coloca o celular no banco.

— Disa! — ele grita. — Não saia do carro! Passa de ré por cima do pacote e saia daí! Disa!

Ela não consegue ouvi-lo. Já está fora do carro e caminha em direção ao pacote. Não se escuta nada, e a luz dos guindastes altos não chega ao canal profundo entre as pilhas de contêineres.

As rajadas de vento entre os contêineres provocam sibilos agudos.

Ao longe, ela consegue ver as luzes de alerta de uma enorme empilhadeira.

Ela vai arrastar o pacote para o lado para poder voltar de ré e ir para casa.

A empilhadeira desaparece ao virar uma esquina, deixando apenas a luz fria dos faróis traseiros do carro para guiá-la.

Disa pisca e tenta focar a visão. Parece que tem alguma coisa se mexendo embaixo do cobertor cinza. Nesse momento tudo é incrivelmente silencioso.

Ela hesita, então segue em frente.

161

Joona está dirigindo rápido demais quando vira à esquerda na rotatória, e o para-choque dianteiro bate no banco de neve. Os pneus ribombam sobre o gelo acumulado. Ele briga com o volante enquanto o carro derrapa. Ele o endireita e dirige pela estrada Lindarängs sem perder muita velocidade.

A vasta extensão do Gärdet se estende como um mar branco em direção do Norra Djurgården.

Ele ultrapassa um ônibus, chega a 160 quilômetros por hora e passa voando pelos conjuntos habitacionais de tijolos amarelos. O carro derrapa na neve quando ele freia para virar à esquerda na direção do porto. Pela cerca alta de arame, ele consegue ver um navio comprido e estreito sendo carregado com contêineres sob a luz turva de um guindaste.

Um trem de carga cor de ferrugem está entrando em Frihamnen.

Joona examina as sombras lúgubres em volta dos armazéns desertos. Passa por cima de um canteiro, fazendo a neve voar em volta do carro e os pneus girarem.

Ele chega a um cruzamento ferroviário. As cancelas já estão começando a se fechar, mas Joona acelera pelos trilhos e consegue passar por pouco, a última cancela raspando no capô do carro.

Ele dirige o mais rápido possível através de Frihamnen. Há pessoas saindo do terminal de balsas de Tallinn, uma fila dispersa de vultos escuros sumindo na noite.

Ela não deve estar longe. Parou o carro e saiu. Alguém a fez vir até aqui. Conseguiu que saísse do carro.

Ele aperta a buzina, e as pessoas saem do caminho. Uma mulher deixa a mala cair, e Joona passa por cima da mala.

Um caminhão desce devagar uma rampa para a balsa de São Petersburgo.

Joona passa por um estacionamento vazio entre os armazéns 5 e 6 e atravessa os portões do terminal de contêineres.

O estaleiro, com ruelas e prédios altos sem janelas, é como uma cidade. Ele vê algo pelo canto do olho e freia imediatamente.

O carro de Disa está na passagem à sua frente. Uma camada fina de neve se acumulou sobre ele. A porta do motorista está aberta. Joona corre até lá e olha dentro. Não há sinal de violência ou luta. O motor ainda está quente.

Ele inspira o ar gelado.

Disa desceu e andou na direção de algo atrás do carro. Joona vê suas pegadas. A neve as preenche devagar.

— Não — ele sussurra.

Há um trecho de neve compacta dez metros atrás do carro e um rastro largo que segue por cerca de um metro entre os contêineres antes de parar. Parece que alguém foi arrastado para o lado.

Gotas de sangue estão parcialmente visíveis sob a neve fina.

Depois delas, a neve é lisa e intocada.

Joona se contém para não gritar o nome de Disa.

Ele dá alguns passos para trás e vê cinco contêineres pendendo no alto. O de baixo tem palavras brancas escritas contra um fundo vermelho: "Hamburg Süd".

Exatamente como o que estava bloqueando o caminho de Disa.

Um contêiner aberto da Hamburg Süd.

Deve ter sido para lá que Jurek a levou.

Joona começa a correr na direção do guindaste que segura o contêiner.

Ele chega à doca 5, o coração martelando no peito.

Um estivador de capacete está falando num walkie-talkie. Um guindaste enorme sobre trilhos está carregando um porta-contêineres.

Joona avista o contêiner vermelho e corre em sua direção.

Centenas de contêineres, de inúmeras cores, com nomes de companhias de navegação diferentes, já foram embarcados.

Dois estivadores estão andando rápido ao longo da costa com coletes amarelos brilhantes. Um deles aponta para a ponte alta do navio.

162

Joona pula sobre a barreira de concreto até a beira do cais. Gelo lamacento flutua na água negra. O cheiro do mar se mistura ao da fumaça de diesel que sai dos quatro caminhões Caterpillar.

Joona sobe no passadiço do navio. Corre ao longo da grade, empurrando uma caixa de correntes no caminho e encontrando uma pá.

— Você aí! — um homem grita atrás dele.

Joona corre adiante e vê uma marreta ao lado do corrimão, entre chaves inglesas, ganchos e uma corrente enferrujada. Ele larga a pá, pega a marreta e corre na direção do contêiner vermelho. Dá uma batida com a mão, e o metal ecoa surdo.

— Disa — ele grita, correndo em volta do contêiner.

Um cadeado pesado prende as portas duplas. Ele segura a marreta com as duas mãos e bate no cadeado com uma força incrível. Há um estrondo quando o cadeado estoura. Ele solta a marreta e abre as portas.

Disa não está ali.

Tudo que ele consegue ver na penumbra são dois BMW esportivos.

Joona não sabe o que fazer. Olha para as enormes pilhas de contêineres atrás, na direção da doca.

Ao longe, avista o tanque de combustível de Loudden através da forte nevasca.

Pega a marreta e começa a correr de volta.

Na extremidade do porto, um caminhão coberto com lona suja embarca para São Petersburgo em uma balsa de carros.

Sobre a rampa, atrás do primeiro caminhão, há um segundo, puxando um contêiner vermelho.

Na lateral do contêiner também estão as palavras “Hamburg Süd”.

Joona tenta pensar no caminho mais rápido até lá.

— Você não tem autorização para estar aqui — um homem grita atrás dele.

— Departamento Criminal — Joona explica. — Estou procurando...

— Não me importa quem você é — o homem interrompe —, não pode subir a bordo de um...

— Liga para o seu chefe e fala isso.

— Você vai esperar bem aqui e explicar tudo para os seguranças, que estão...

— Não tenho tempo para isso — Joona diz, dando as costas.

O estivador pega seu ombro. Por reflexo, Joona dá a volta, enrola o braço no do homem e torce o cotovelo dele para cima.

Tudo acontece muito rápido.

A dor no ombro faz o estivador se inclinar para trás, e Joona lhe dá uma rasteira.

Em vez de quebrar o braço do estivador, Joona o solta e o deixa cair no convés.

O guindaste enorme ronca, e tudo fica escuro de repente quando o brilho dos holofotes é obscurecido pela carga pendurada no guindaste logo acima.

Joona se afasta rápido, mas um estivador mais jovem com roupas de alta visibilidade está em seu caminho, segurando uma grande chave inglesa.

— Tome muito cuidado — Joona avisa.

— Você precisa esperar até que os guardas cheguem aqui — o estivador diz, parecendo nervoso

Joona o empurra para passar. O estivador dá um passo para trás, depois ataca com a chave inglesa. Joona bloqueia com o braço, mas o golpe o acerta no ombro. Ele geme de dor e solta a marreta, que cai no convés com um estrondo. Joona arranca o capacete do homem e bate com força em sua orelha, fazendo-o cair de joelhos e uivar de dor.

163

Joona pega a marreta e salta do navio. Corre ao longo da beira do quebra-mar. Consegue ouvir gritos atrás dele. Grandes blocos de gelo flutuam na água lamacenta. A água espirra para cima ao bater na doca.

Joona sobe correndo a rampa para a balsa. Atrás de um contêiner cinza, na direção da popa, ele vê um vermelho.

Joona está ficando cansado. Os braços tremem pelo esforço. A balsa está cheia, e a proa está sendo baixada. O convés ressoa quando a balsa se afasta da costa. O gelo bate contra o casco. Ele está seguindo na direção da popa rumo ao contêiner vermelho com as palavras "Hamburg Süd" na lateral.

— Disa — grita novamente.

Ele corre ao redor da cabine e para quando vê o cadeado azul no contêiner. Limpa o suor do rosto e segue em sua direção, mas não nota quando uma pessoa se aproxima por trás.

Joona ergue a marreta e está prestes a bater quando sente uma dor súbita nas costas. Seus pulmões ardem e ele quase desmaia. Cai para a frente, batendo a testa no contêiner e desabando no convés. Ele rola de lado e se levanta. O sangue escorre em um de seus olhos, e ele cambaleia e encosta em um carro próximo para se apoiar.

A sua frente, há uma mulher alta com um taco de beisebol no ombro. A jaqueta acolchoada está justa no peito. Ela sopra uma mecha loira da frente do rosto e ergue o taco de novo.

— Deixa minha carga em paz, porra! — ela berra.

Ela ataca outra vez, mas Joona se move rápido, segurando sua garganta com uma das mãos e chutando a parte de trás de seu joelho para a perna ceder. Ele a lança no convés e aponta a pistola para ela.

— Departamento Criminal — ele diz.

Ela geme e ergue os olhos para ele enquanto ele pega a marreta do chão e quebra o cadeado. Um pedaço de revestimento metálico cai com um estalo na frente do rosto dela.

Esse contêiner está cheio de caixas grandes de televisão. Ele tira algumas, mas Disa não está lá. Ele limpa o sangue do rosto e sobe alguns degraus correndo para o convés aberto.

A balsa está a vinte metros da costa. Na frente do navio, ele consegue ver através do gelo o canal para o mar aberto.

Uma sensação de angústia o domina quando ele olha para o estaleiro e avista um trem com contêineres vermelhos semelhantes em três vagões.

Ele tira o celular do bolso e liga para o controle de emergência. Pede para todo o tráfego de Frihamnem em Estocolmo ser interrompido. O oficial de serviço sabe quem é Joona e transfere a ligação para a comissária de polícia regional.

— Todo o tráfego ferroviário de Frihamnem precisa ser interrompido — ele repete, ofegante.

— É impossível — ela responde.

— Precisamos interromper todo o tráfego — Joona insiste.

— Não tem como — a comissária diz. — O melhor que podemos fazer é…

— Eu mesmo vou fazer isso — Joona diz abruptamente, e salta da balsa.

Cair na água gelada é como ser atingido por um raio gélido, como receber uma injeção de adrenalina direto no coração. Seus ouvidos estão rugindo. Ele afunda na água negra e perde a consciência por alguns segundos, sonhando com uma grinalda de raízes de bétula entrelaçadas. Mesmo não sentindo as mãos e os pés, ele se esforça para bater as pernas e finalmente consegue parar de afundar.

164

Joona chega à superfície, emergindo através do gelo derretido.

A temperatura abaixo de zero faz sua cabeça latejar, mas ele está consciente.

Sua experiência como paraquedista o salvou — ele conseguiu resistir ao impulso de abrir a boca e inspirar quando mergulhara na água.

Com os braços dormentes e as roupas pesadas, ele nada pela água escura. Não está longe da doca, mas sua temperatura corporal está despencando com uma rapidez preocupante. Pedaços de gelo caem ao seu redor.

Ele tosse, sentindo as forças se esgotarem. A visão está escurecendo, mas ele se obriga a dar mais braçadas e finalmente chega às estacas ao longo da costa. Ele se segura nas aberturas estreitas entre as placas de metal do quebra-mar. Quase desmaiando, ele as escala até chegar a uma escada.

A água espirra embaixo dele quando começa a subir. Suas mãos grudam no metal e ele precisa ficar puxando.

Ele rola para cima da doca com um gemido, se levanta e anda em direção ao trem.

Ele baixa os olhos para confirmar que não perdeu a pistola.

Então ele emerge no brilho dos faróis de um caminhão. Vê que aquele também carrega um contêiner vermelho da Hamburg Süd.

O motorista está atrás do veículo, verificando se as luzes de freio estão funcionando, quando nota Joona se aproximar.

— Você estava na água? — ele pergunta, dando um passo para trás. — Meu Deus, você vai morrer de frio se não entrar.

— Abre o contêiner vermelho — Joona balbucia. — Sou policial. Preciso...

— Isso é com a Alfândega. Não posso simplesmente abrir.

— Departamento Nacional de Investigação Criminal — Joona diz, a voz fraca.

Ele está com dificuldade de manter os olhos focados e tem noção de como soa incoerente enquanto tenta explicar sua autoridade.

— Não tenho as chaves — o motorista diz, olhando para ele com compaixão. — Só um alicate e…

— Rápido — Joona diz.

O motorista dá a volta correndo no caminhão, sobe e se inclina dentro da cabine. Um guarda-chuva cai no chão quando ele tira um alicate de cabo longo.

Joona bate no contêiner, gritando o nome de Disa.

O motorista volta correndo, e suas bochechas ficam coradas enquanto aperta o cabo.

O cadeado quebra com um estalo.

A porta do contêiner se abre com um rangido das dobradiças. Está cheio de caixas sobre paletes de madeira, amarrados com cordas, até o teto.

Sem dizer uma palavra ao motorista, Joona pega o alicate e sai andando. Suas mãos doem terrivelmente.

— Você precisa ir para o hospital — o homem grita atrás dele.

165

O trem perto do armazém acabou de começar a se mover, as rodas guincham enquanto ele avança. Joona tenta correr, mas seu peito arde. Ele sobe com dificuldade na barragem ferroviária coberta de neve, escorrega, bate o joelho no cascalho. Derruba o alicate, mas consegue ficar em pé e subir na ferrovia. Ele não sente mais os pés ou as mãos. Agora o tremor é incontrolável, e ele experimenta uma assustadora sensação de confusão de tanto frio.

Seus pensamentos são estranhos, lentos e fragmentados. Tudo que ele sabe é que precisa deter o trem.

Joona se levanta no meio dos trilhos, ergue os olhos para a luz e levanta a mão. O trem toca o apito e ele quase consegue distinguir a silhueta do maquinista do lado de dentro. O trilho está vibrando sob seus pés. Joona saca a pistola, a ergue e atira no ar.

O tiro ecoa áspero entre os contêineres.

Há um guincho retumbante quando o trem freia e para com um chiado a apenas três metros de distância.

Joona quase cai ao descer dos trilhos. Ele pega o alicate e vira para o maquinista.

— Abra os contêineres vermelhos — Joona diz.

— Não tenho autoridade para...

— Apenas abra — Joona grita, jogando o alicate no chão.

O maquinista desce e pega o alicate. Joona o segue ao longo do trem e aponta para o primeiro contêiner vermelho. Sem dizer uma palavra, o maquinista sobe no engate cor de ferrugem e arromba o cadeado.

Joona cambaleia para a frente e abre a trava, e a grande porta de metal se abre.

Disa está caída no chão enferrujado do contêiner. Seu rosto está pálido, os olhos arregalados com uma expressão de desorientação. Está sem uma das botas, e o cabelo está congelado.

Há um corte profundo no lado direito de seu pescoço longo e esguio. A poça de sangue sob sua garganta já está coberta por uma camada de gelo.

Delicadamente, Joona a leva para fora e dá alguns passos para longe dos trilhos.

— Eu sei que você está viva — ele diz, caindo de joelhos com ela nos braços.

O sangue escorre sobre a mão dele, mas o coração dela parou. Acabou. Não há como voltar atrás.

— Não — Joona sussurra encostado à bochecha dela. — Você não.

Ele a embala devagar enquanto a neve cai. Não percebe o carro parando perto nem Saga correndo em sua direção. Ela está descalça, usando apenas calça e camiseta.

— Tem gente a caminho — ela grita ao se aproximar. — Meu Deus, o que aconteceu? Você precisa de ajuda.

Saga grita no rádio e pragueja. Como num sonho, Joona a escuta obrigar o maquinista a tirar a jaqueta e sente quando ela a coloca sobre seus ombros. Ela o abraça enquanto o som de sirenes invade a área do porto.

Um grande círculo de neve se ergue quando um helicóptero amarelo do Serviço de Emergência pousa. O som é ensurdecedor, e o maquinista se afasta do homem caído com a mulher morta nos braços.

As hélices ainda estão girando quando os paramédicos saltam e vêm correndo. A corrente de ar do helicóptero sopra o lixo contra a cerca alta. Parece que todo o ar está sendo sugado para longe.

A visão de Joona começa a embaçar quando os paramédicos o obrigam a soltar o corpo de Disa. Ele murmura de modo incoerente e resiste quando tentam convencê-lo a se deitar.

Saga está chorando e observando os paramédicos o levarem de maca para o helicóptero. Ela não faz ideia se ele vai sobreviver.

O barulho dos rotores muda quando o helicóptero sai do chão, balançando em um vento lateral que o atingiu. O ângulo dos rotores se ajeita. O helicóptero se inclina para a frente e desaparece pela cidade.

Enquanto cortam suas roupas, Joona começa a mergulhar em um torpor fatal. Ele chegou a um estado de grave hipotermia. A temperatura corporal caiu para menos de trinta e dois graus ao pousarem no heliporto do edifício P8 no hospital Karolinska.

166

A polícia chega rápido ao local em Frihamnen e emite um alerta para um Citroën Evasion cinza-prateado capturado pelas várias câmeras de vigilância chegando ao porto quinze minutos antes do carro de Disa. As mesmas câmeras gravaram o carro saindo da área sete minutos depois da chegada de Joona Linna.

Todas as viaturas de Estocolmo estão envolvidas na busca, além de dois Eurocopters 135. É uma mobilização em massa, e apenas quinze minutos após o alarme soar o veículo é visto na ponte Central antes de desaparecer no túnel Söderleden.

As viaturas estão a caminho, com sirenes e luzes piscando, e bloqueios de estrada estão sendo instalados nas saídas quando uma enorme explosão acontece na entrada do túnel.

O helicóptero pairando acima sofre um solavanco, e o piloto consegue escapar com dificuldade da força da onda de choque. Poeira e escombros se espalham na rodovia e nos trilhos ferroviários adjacentes, chegando até o Riddarfjärden.

São quatro e meia da madrugada, e Saga Bauer está sentada numa maca enquanto um médico costura seus ferimentos.

— Preciso ir — ela diz, olhando a notícia na televisão empoeirada de tela plana.

O médico está enfaixando seu punho esquerdo quando aparece o grande acidente na estrada. Um repórter explica que uma perseguição policial no centro de Estocolmo chegou ao fim. Um único carro bateu com consequências fatais dentro do túnel Söderleden.

— O acidente aconteceu às duas e meia desta madrugada — o repórter diz —, o que pode explicar por que nenhum outro veículo foi envolvido. A polícia garantiu que a estrada será reaberta a tempo para a hora do rush matinal, mas se recusou a comentar mais sobre o incidente.

A tela mostra uma nuvem escura de fumaça saindo da entrada do túnel. A nuvem envolve o Hilton Hotel em véus ondulantes, depois se dispersa devagar sobre Södermalm.

Saga se recusou a ir ao hospital até receber a confirmação de que Jurek Walter estava morto. Dois dos colegas de Joona do Departamento Nacional contaram para ela. Para poupar tempo, os peritos forenses haviam acompanhado os bombeiros até o túnel. A explosão violenta havia arrancado os braços e a cabeça do corpo de Jurek Walter.

Na tela, um político está sentado no estúdio com uma apresentadora. Com os rostos carregados de sono, eles discutem os perigos de perseguições policiais.

— Tenho de ir — Saga repete, descendo para o chão.

— Seus machucados nas pernas precisam…

— Não se preocupe — ela diz e sai do consultório.

167

Joona acorda no hospital. Seus braços estão coçando onde um líquido quente é transferido lentamente para dentro dele. Um enfermeiro está ao lado da cama e sorri quando ele abre os olhos.

— Como está se sentindo? — o enfermeiro pergunta, inclinando-se para a frente.

Joona tenta ler o crachá, mas não consegue se fixar nas letras por tempo suficiente.

— Estou congelando — ele diz.

— Em duas horas sua temperatura corporal vai voltar ao normal. Vou lhe dar uma sopa quente.

Joona tenta se sentar para tomar, mas sente uma dor aguda na bexiga. Ergue o cobertor isolante e vê que duas agulhas grossas estão enfiadas em seu abdome.

— O que é isso? — ele pergunta.

— Uma lavagem peritoneal — o enfermeiro explica. — Estamos aquecendo seu corpo de dentro para fora. Você está com dois litros de líquido quente no abdome.

Joona fecha os olhos e tenta se lembrar. Contêineres vermelhos, lama gelada. O choque ao saltar do navio na água incrivelmente gélida.

— Disa — Joona sussurra e sente arrepios em seus braços.

Ele se recosta nos travesseiros e olha para o aquecedor acima dele. Não consegue sentir nada além de frio.

Depois de um tempo, a porta se abre e uma mulher alta usando uma blusa de seda sob o jaleco entra. É a dra. Daniella Richards. Ele já a encontrou muitas vezes antes.

— Joona Linna — ela diz. — Sinto muito…

— Daniella — Joona interrompe. — O que está acontecendo?

— Você estava a ponto de congelar até a morte, caso não tenha notado. Achamos que estava morto quando chegou aqui.

Ela se senta na beira da cama.

— Você não faz ideia da sorte que tem — ela diz devagar. — Nenhuma lesão grave, pelo visto. Estamos aquecendo seus órgãos internos.

— Cadê a Disa? Preciso...

A voz falha. Há algo em seus pensamentos, seu cérebro. Ele não consegue juntar as palavras corretamente. Todas as suas lembranças são como gelo picado na água escura.

A médica baixa os olhos e balança a cabeça. Ela usa um coque elegante e um colar delicado de diamantes.

— Sinto muito — Daniella repete devagar.

Enquanto lhe conta sobre Disa, o rosto da médica começa a se agitar. Joona olha para as veias na mão dela e observa seu peito subir e descer. Tenta entender o que ela está dizendo e, de repente, se lembra de tudo. O rosto branco de Disa, o corte no pescoço, a expressão de pavor em sua boca. O pé fino na meia-calça de náilon.

— Me deixe sozinho — ele diz com a voz rouca.

168

Joona Linna está deitado sem se mexer, sentindo a glicose correr por suas veias e o ar quente do aquecedor sobre a cama, mas não se sente mais aquecido. Ondas de frio percorrem seu corpo e às vezes sua visão se escurece.

Um impulso de pegar a arma, colocar o cano na boca e atirar atravessa seus pensamentos.

Jurek Walter escapou.

Joona sabe que nunca vai poder ver a filha ou a esposa de novo. Elas lhe foram tiradas para sempre, assim como Disa foi arrancada de suas mãos. O irmão gêmeo de Jurek deduziu que Summa e Lumi ainda estavam vivas. Joona sabe que é apenas questão de tempo até Jurek descobrir o mesmo.

Joona tenta se sentar, mas não tem forças.

É impossível.

Ele não consegue escapar da sensação de que está afundando cada vez mais no mosaico de água gelada.

A porta se abre, e Saga Bauer entra, usando uma jaqueta preta e uma calça jeans escura.

— Jurek Walter está morto — ela diz. — Acabou. Encontramos o corpo dele no túnel Söderleden.

Ela para ao lado da cama e olha para Joona. Os olhos dele se fecham de novo. Ela sente o coração se apertar. Ele parece terrivelmente doente, o rosto quase branco, seus lábios de um cinza pálido.

— Estou indo ver Reidar Frost — Saga conta. — Ele precisa saber que Felicia está viva. Os médicos dizem que ela vai sobreviver. Você salvou a vida dela.

Ele escuta o que ela diz e vira o rosto, mantendo os olhos fechados para conter as lágrimas. De repente, ele entende o padrão.

Jurek está fechando um círculo de vingança e sangue.

Joona repete o pensamento para si mesmo, umedece a boca, faz várias respirações profundas, depois diz:

— Jurek está indo ao encontro de Reidar.

— Jurek está morto — Saga diz. — Acabou finalmente…

— Jurek vai levar Mikael de novo. Ele não sabe que Felicia está livre. Não podemos deixar que ele descubra que ela…

Saga parece perplexa.

— Estou indo ver Reidar para dizer que você salvou a vida dela.

— Jurek só soltou Mikael por um tempo. Ele vai capturá-lo de novo.

— Do que você está falando?

Joona olha para ela, e a expressão nos olhos cinzentos é tão fria que a faz sentir um calafrio.

— As verdadeiras vítimas não são aquelas que foram sequestradas ou mortas — ele diz. — As vítimas são os que ficaram para trás, os que ficaram esperando até não suportar mais a espera.

Ela coloca a mão sobre a dele.

— Preciso ir agora. Reidar precisa saber sobre Felicia. O hospital não conseguiu entrar em contato com ele.

— Não esqueça de ir armada — ele diz.

— Só vou contar para Reidar e…

— Faça o que estou mandando — ele ordena.

169

Ainda nem amanheceu quando Saga chega à mansão. Há apenas uma luz acesa, numa janela do térreo.

Saga sobe a estradinha, tremendo. A neve está intocada, e a escuridão se estende pelos campos. Não há estrela visível no céu noturno. Os únicos sons vêm de um rio próximo.

Enquanto ela se aproxima da casa, vê um homem sentado à mesa da cozinha de costas para a janela. Há um livro na mesa perto dele. Ele bebe devagar de uma xícara.

Saga continua a subir os degraus de pedra até a grande porta da frente e toca a campainha. O homem que estava sentado na cozinha abre a porta.

É Reidar Frost. Ele está usando calças listradas de pijama e uma camiseta branca. Está com a barba branca por fazer.

— Oi. Meu nome é Saga Bauer. Trabalho para a Polícia de Segurança.

— Entre — ele diz.

Ela entra no corredor mal iluminado com sua ampla escada. Reidar dá um passo para trás com o rosto assustado.

— Não, não Felicia, não…

— Nós a encontramos — Saga o tranquiliza. — Ela está viva, e vai ficar bem.

— Eu… eu tenho que…

— Ela está gravemente doente — Saga explica. — Sua filha está em um estágio avançado da doença dos legionários. Mas vai ficar bem.

— Ela vai ficar bem — Reidar repete. — Preciso ir. Preciso vê-la.

— Ela vai ser transferida do tratamento intensivo para a unidade de doenças infecciosas às sete horas.

Ele olha para ela com lágrimas escorrendo pelo rosto.

— Então vou ter tempo de me vestir e acordar Mikael.

Saga o segue até a cozinha. A iluminação do teto lança uma luz agradável sobre a mesa.

Uma música suave de piano sai do rádio ligado.

— Estávamos tentando ligar para você — ela diz. — Mas seu telefone...

— Isso é culpa minha — Reidar diz, secando as lágrimas das bochechas. — Tive de começar a desligar o celular à noite. Sei lá, muita gente doida ligando com pistas, gente que...

— Entendo.

— Felicia está viva — Reidar diz, hesitante.

— Sim — Saga diz.

Sua expressão se abre, e ele olha para ela com os olhos injetados. Parece prestes a repetir a pergunta, mas só balança a cabeça e respira fundo. Pega um bule grande de café do fogão preto e serve uma xícara para Saga.

— Um pouco de leite quente?

— Não, obrigada — ela diz, pegando a xícara.

— Preciso acordar Mikael e contar para ele.

Ele começa a seguir para o corredor, mas para e se volta para ela.

— Preciso saber. Vocês o pegaram? O Homem de Areia? — ele pergunta. — O homem que Mikael chama de...

— Ele e Jurek Walter estão mortos — Saga diz. — Eram irmãos gêmeos.

— Irmãos gêmeos?

— Sim, estavam trabalhando junt...

A luz do teto se apaga, e a música no rádio para. Fica completamente escuro e silencioso.

— Falta de energia — Reidar murmura, testando o interruptor. — Tenho velas no armário.

— Felicia estava presa em um velho abrigo antiaéreo — Saga explica.

Enquanto os olhos deles se ajustam, o brilho da neve do lado de fora parece penetrar a escuridão da cozinha, e Saga consegue ver Reidar tateando em direção a um armário grande.

— Onde era o abrigo? — ele pergunta.

Saga ouve barulhos de talheres enquanto Reidar revira uma gaveta.

— Na antiga pedreira perto de Rotebro — ela responde.

Saga o vê parar, pensativo, e dar um passo para trás.

— Eu sou de lá — ele fala devagar. — E lembro que tinha dois gêmeos. Brincava com eles quando era pequeno. Será que… será que poderia ser Jurek Walter e o irmão? Não lembro os nomes. Mas por quê, por que eles…

— Não sei se existem respostas — ela diz.

Reidar encontra os fósforos e acende uma vela.

— Eu morava bem perto da pedreira quando era pequeno — ele diz. — Os gêmeos eram um ano ou dois mais velhos. Estavam sentados na grama atrás de mim um dia enquanto eu pescava no rio que dá para o laguinho da região.

Reidar pega uma garrafa de vinho vazia de baixo da pia, enfia a vela acesa dentro e a coloca em cima da mesa.

— Eles eram meio esquisitos. Mas a gente começou a brincar, e até fui à casa deles uma vez. Lembro que era primavera, e me deram uma maçã.

A luz da vela deixa as janelas opacas.

— Eles me levaram até a pedreira — Reidar continua. — Era proibido, mas eles tinham achado um buraco na cerca, e nos encontrávamos lá para brincar toda noite. Era emocionante. A gente corria nos montinhos, rolava na areia e…

Reidar fica em silêncio.

— O que você ia dizer?

— Faz muito tempo que não penso nisso, mas, numa noite, eu os ouvi cochichando, e depois eles simplesmente sumiram. Desci sozinho, e estava prestes a procurar por eles quando o capataz apareceu. Ele me pegou e começou a gritar… sabe, falando que contaria para os meus pais e tudo mais. Fiquei morrendo de medo. Falei que não sabia que era proibido, que os meninos tinham dito que a gente podia brincar lá. Ele perguntou quem eram esses meninos, e apontei para a casa deles.

Reidar acende outra vela na chama da primeira. A luz se reflete nas paredes e no teto. Um cheiro de cera se espalha pela cozinha.

— Nunca vi os gêmeos de novo depois disso — ele diz, depois sai da cozinha para acordar Mikael.

170

Saga fica na mesa da cozinha, tomando o café forte e olhando distraidamente para os reflexos das duas velas no vidro reforçado da janela.

Joona está tão mal, ela pensa. Ele nem entendeu quando ela disse que Jurek estava morto. Só ficava repetindo que Jurek estava a caminho para buscar Mikael.

Saga sente a Glock 17 junto ao corpo, depois se move para longe da janela e ouve os sons do casarão.

Alguma coisa a deixa subitamente alerta.

Ela dá alguns passos na direção da porta, para e pensa ter escutado um leve ruído de metal raspando.

Pode ser qualquer coisa. Uma veneziana solta se movendo ao vento. Um galho na janela.

Ela dá um gole de café. Olha a hora, tira o celular do bolso e liga para o Agulha.

— Nils Åhlén, Laboratório Forense — ele atende depois de alguns toques.

— É Saga Bauer — ela diz.

— Bom dia, bom dia.

Uma rajada de ar frio sopra pelo chão em volta das pernas de Saga. Ela se encosta na parede.

— Você já viu o corpo do túnel Söderleden? — ela pergunta.

A luz da vela treme.

— Sim, estou com ele. Me tiraram da cama para resolver isso.

Ela observa a vela bruxulear de novo e escuta o eco da voz anasalada do Agulha nas paredes da sala de autópsia.

— O corpo sofreu queimaduras graves. Está todo quebrado, praticamente carvão. O calor o encolheu muito. A cabeça sumiu, os dois braços também...

— Mas conseguiu identificá-lo?

— Estou aqui há apenas quinze minutos e vai demorar alguns dias até eu chegar a algum tipo de identificação confiável.

— Claro, mas queria saber…

— Tudo que posso dizer agora — o Agulha continua — é que esse homem tinha cerca de vinte e cinco anos e estava…

— Então não é Jurek Walter?

— Jurek Walter? Não, esse… Vocês acharam que era Jurek?

Saga ouve passos rápidos no andar de cima. Ergue os olhos e vê a lâmpada da cozinha tremer. Iluminada pela luz da vela, ela lança uma sombra trêmula no teto. Saca a pistola do coldre e fala com a voz baixa:

— Estou na casa de Reidar Frost. Você precisa me ajudar a conseguir uma ambulância e reforço policial para cá, o mais rápido possível.

171

Reidar está atravessando os cômodos silenciosos no andar de cima. Sua mão esquerda protege a chama da vela. A luz bruxuleia pelas paredes e pelos móveis, seu reflexo multiplicado por fileiras de janelas negras.

Ele pensa ouvir passos atrás de si, mas, quando se vira, só consegue ver o móvel de couro brilhante e a grande estante com portas de vidro.

A entrada da sala é um enorme retângulo escuro. É impossível saber se tem alguém lá. Algo cintila nas sombras, depois desaparece.

Cera quente escorre sobre seus dedos.

O piso range sob seus pés. Ele sente uma inquietação ao parar diante do quarto de Mikael.

Reidar olha para o longo corredor com suas fileiras de retratos antigos.

Bate de leve na porta de Mikael, depois a abre.

— Mikael? — ele chama.

Aponta a vela na direção da cama. A parede parece balançar sob a luz amarela. As cobertas estão amontoadas e caindo da beira da cama sobre o tapete.

Ele olha ao redor, mas Mikael desapareceu. Gotas de suor irrompem em sua testa enquanto ele se agacha para olhar embaixo da cama.

Escuta um ruído atrás de si e gira tão rápido que a vela quase se apaga. A chama se encolhe num azul trêmulo antes de voltar a crescer.

Seu batimento acelera e o peito começa a doer.

Algo range dentro do guarda-roupa. Reidar se aproxima devagar e hesita antes de abrir uma das portas.

Mikael está encolhido no meio das roupas.

— O Homem de Areia está aqui — ele murmura, encolhendo-se ainda mais.

— É só uma queda de luz — Reidar diz. — Vamos...

— Ele está aqui — Mikael insiste. — Ele está aqui.

— O Homem de Areia está morto — Reidar diz, erguendo a mão. — Felicia está a salvo. Ela vai ficar bem. Vai receber o mesmo tratamento que você. Vamos lá agora visitar…

Um grito atravessa as paredes. É abafado, mas soa bestial, como o grito de um homem com uma dor terrível.

O coração de Reidar se aperta quando um calafrio percorre sua espinha. Ele tira o filho do guarda-roupa. Cera pinga no chão.

— Pai…

— Vai ficar tudo bem, Mikael — Reidar diz, tentando manter a voz calma. — Estou aqui. Vamos ficar bem, mas precisamos sair da casa.

— Não, não, não… não consigo…

Mikael tenta se deitar no chão, mas Reidar o puxa para ficar em pé.

O suor escorre pelas costas de Reidar. Ele consegue sentir o filho tremendo de medo enquanto o guia para fora do quarto e pelo corredor.

— Espera — Reidar sussurra ao ouvir um rangido adiante na sala de estar.

Uma figura esguia surge na soleira da porta do outro lado do corredor. É Jurek Walter. Seus olhos reluzem no seu rosto cruel, e a faca na mão direita cintila com um brilho intenso. Reidar recua e perde o sapato. Mikael está paralisado. Reidar atira a vela na direção de Jurek. A chama se apaga em pleno ar e a vela cai no chão.

— Vem comigo — Reidar diz, puxando Mikael pela mão.

Eles correm pelo corredor sem olhar para trás. Está escuro, e Mikael tropeça numa cadeira, batendo a mão no papel de parede.

Um quadro cai no chão, e o vidro se quebra, estilhaçando pelo corredor.

Eles abrem uma porta pesada e entram cambaleando na velha sala de jantar.

Reidar precisa parar. Está tossindo e tateando em busca de algo em que se apoiar. Passos rápidos se aproximam pelo corredor.

— Pai!

— Fecha a porta, fecha a porta! — ele arfa.

Mikael bate a porta pesada e vira a chave três vezes na fechadura. Um momento depois, a fechadura é empurrada para baixo e a porta range.

Mikael recua através do assoalho de madeira, os olhos fixos na porta.

— Não deixa ele me pegar, pai — Mikael diz, chorando.

A dor se espalha pelo peito de Reidar até o braço esquerdo.

— Preciso de um momento — ele diz sem forças.

Suas pernas estão trêmulas.

Jurek bate na porta com o ombro, mas ela não cede.

Mikael está encolhido contra o corpo do pai.

— Ele não vai conseguir entrar — Reidar murmura. — Prometo. Só preciso de alguns segundos.

A pressão no peito é tão forte que ele mal consegue falar.

172

Saga aponta a pistola para o corredor ao se aproximar em silêncio da escada da entrada.

Ela precisa alcançar Mikael e Reidar e levá-los para o carro.

O céu começou a clarear e agora é possível ver os quadros nas paredes e as formas dos móveis. O som de seus passos é abafado enquanto ela anda sobre um tapete e passa pelo piano de cauda preto. Algo cintila no canto de sua visão. Ela vira e vê um violoncelo equilibrado no suporte.

Saga vai se esgueirando com a pistola apontada para baixo. Aos poucos, leva o dedo ao gatilho, apertando-o com cautela, só o primeiro entalhe.

Ela ouve um chiado atrás dela e, ao girar, vê neve caindo do telhado pela janela panorâmica.

Seu coração bate forte.

Quando vira em direção corredor, vê uma mão numa das portas. Os dedos magros de alguém estão no batente.

Saga aponta a pistola para a porta, pronta para atirar, mas de repente escuta um grito terrível. A mão desce e some. Há um baque enquanto algo cai no chão.

Saga entra correndo e vê um homem caído, uma perna se contorcendo com espasmos. Ela o reconhece como o ator Wille Strandberg. Ele está arfando com a mão no estômago.

O sangue borbulha entre seus dedos.

Ele fita Saga, confuso, depois pisca rápido.

— Sou policial — ela diz ao ouvir a escada ranger. — A ambulância está a caminho.

— Ele quer o Mikael — o ator geme.

173

Mikael está sussurrando e olhando fixamente para a porta trancada quando a chave é empurrada de repente e cai no assoalho de madeira com um estalo abafado.

Reidar está em pé com a mão pressionada no peito. Está em agonia. Tentou várias vezes mandar Mikael correr, mas o menino não se mexe.

— Me salva — Mikael sussurra.

— Mikael, pode vir aqui e me ajudar a andar?

Há o som de alguém raspando a fechadura enquanto Mikael coloca o braço do pai sobre o ombro e tenta puxá-lo na direção da biblioteca.

Atrás deles, o ruído na fechadura continua.

Eles seguem devagar, passando por um armário alto ao longo de uma parede coberta de tapeçarias grandes estendidas em armações de madeira.

Reidar para, tossindo.

— Espere — ele diz.

Ele coloca os dedos atrás da borda da terceira tapeçaria. É uma porta escondida que leva a uma escada de serviço para a cozinha. Eles se esgueiram para dentro da passagem estreita e deixam a tapeçaria cair suavemente atrás deles.

Reidar se apoia na parede. Tosse o mais baixo possível, sentindo a dor irradiar pelo braço.

— Continue descendo a escada — ele sussurra.

Mikael está prestes a dizer algo quando a porta do outro cômodo é arrombada.

Jurek entrou.

Eles ficam paralisados e o observam através do tecido que cobre a porta secreta.

Ele avança devagar, agachado, com a faca comprida na mão, avaliando o cômodo ao redor como um predador. Sua respiração calma é audível.

Agora Jurek está tão perto que um cheiro nauseante de suor os alcança através da tapeçaria.

Eles prendem a respiração quando Jurek passa pela porta de tapeçaria, seguindo em direção à biblioteca.

Com lágrimas escorrendo pelo rosto, Mikael olha para o pai quando Reidar aponta para baixo da escada, fazendo sinal para ele ir antes que Jurek perceba que foi enganado.

Reidar segura uma tosse, tenta dar um passo na direção de Mikael, depois cambaleia. Uma tábua do assoalho range sob seu pé direito. Mikael olha para ele, angustiado.

Jurek se vira e olha direto para a porta escondida. Seus olhos pálidos ficam estranhamente calmos quando ele entende para o que está olhando.

Há um estrondo no corredor, e lascas do canto do armário alto voam pelo ar.

Jurek desvia para o lado como uma sombra e se esconde.

Mikael puxa Reidar pela escada estreita em direção à cozinha.

Atrás deles, Berzelius entra no corredor que dá para a biblioteca. Ele está segurando a velha Colt de Reidar na mão. As bochechas do pequeno homem estão vermelhas e ele ajeita os óculos em cima do nariz e avança.

— Deixe o Micke em paz! — ele berra, passando na frente do armário alto.

A morte chega tão rápido que a principal reação de Berzelius é a surpresa. Ele sente um aperto forte no punho que segura o revólver, depois uma dor ardente na barriga quando a lâmina da faca penetra suas costelas e atinge seu coração.

Não há muita dor depois disso.

É mais como uma câibra prolongada, embora uma quantidade enorme de sangue quente escorra por seu quadril quando a lâmina volta a sair.

Berzelius cai de lado, pensando que deveria tentar rastejar e se esconder em algum lugar, mas uma exaustão assombrosa o assoma.

Ele nem nota quando Jurek crava a faca em seu corpo uma segunda vez. A lâmina entra em outro ângulo, direto através das costelas, e fica ali.

174

Saga chega ao topo da escada e atravessa correndo os cômodos do último andar. Taticamente, tenta verificar todos os ângulos perigosos e cada área enquanto atravessa, mas ela precisa se arriscar para poder se mover mais rápido.

Ela aponta a pistola para um sofá de couro brilhante enquanto passa, depois a aponta para o batente, depois para a esquerda, depois para dentro.

Há uma vela de cera no chão do longo corredor cercado por quadros.

A porta de um dos quartos está escancarada, e os lençóis estão no piso. Saga passa correndo, vendo sua sombra de relance na janela à esquerda.

Ouve um ruidoso tiro de uma arma de fogo em um dos cômodos à frente. Mantendo-se perto da parede à direita, Saga começa a correr na direção do barulho com a pistola erguida.

— Deixe o Micke em paz! — um homem grita.

Saga salta por cima de uma cadeira virada, atravessa o espaço que falta e para em frente a uma porta fechada.

Ela empurra a maçaneta para baixo e deixa a porta se abrir nas dobradiças.

O cheiro de uma arma recém-disparada é forte no ar.

O cômodo está escuro e silencioso.

Saga se move com cautela.

Ela começa a sentir o peso da pistola em seu ombro. Seu dedo treme no gatilho. Ela tenta respirar com calma ao se inclinar para a direita e ter uma visão melhor.

Há um baque surdo com um eco metálico.

Algo se move — uma sombra desaparecendo.

Ela vê uma poça de sangue reluzindo no chão perto de um armário alto.

Ela dá um passo para a frente e vê um homem no chão com uma faca cravada. Ele está caído de lado, completamente paralisado, o olhar fixo. Seu primeiro impulso é correr até o homem, mas algo a detém.

É muito difícil saber o que está acontecendo.

Ela baixa a pistola e descansa o braço por alguns segundos antes de erguê-la novamente e se mover mais para a direita.

Uma parte da parede com tapeçarias está aberta. Através da passagem, Saga vê um patamar pequeno que dá para uma escada estreita. Consegue ouvir passos e o som de algo sendo arrastado lá embaixo, e ergue a Glock na direção da abertura antes de se aproximar.

A porta no outro lado do cômodo dá para uma biblioteca escura.

Há um som tênue, como se alguém estivesse umedecendo a boca.

Ela não consegue ver nada.

A pistola treme em sua mão.

Ela dá um passo à frente, prende a respiração e ouve alguém respirando atrás dela.

Saga reage no mesmo instante e se vira. Ainda assim, é tarde demais. Uma mão forte envolve sua garganta e a arrasta com força na direção do armário no canto.

O aperto de Jurek em seu pescoço é tão forte que chega a interromper a circulação de sangue para seu cérebro. Ele olha para ela inexpressivo, mantendo-a imobilizada. A visão dela começa a escurecer e a Glock escapa de sua mão.

Impotente, Saga se debate para se libertar. Pouco antes de perder a consciência, escuta Jurek sussurrar:

— Pequena sereia...

Ele bate a cabeça dela no canto do armário, depois acerta a têmpora contra a parede de pedra. Ela cai, os olhos tremulando. Ela vê Jurek se curvar sobre o homem morto e arrancar a faca de seu corpo. Um momento depois, tudo fica escuro.

175

Eles desistiram de tentar ser silenciosos. Mikael agarra Reidar enquanto cambaleiam pela escada até o corredor de serviço. Viram à esquerda e caminham devagar, passando pelo armário antigo com o jogo de jantar natalino e entrando na cozinha.

Reidar precisa parar. Não consegue mais andar. As pontadas em seu peito são insuportáveis. Ele precisa se deitar.

— Você tem que sair daqui — diz, ofegante. — Fuja. Fuja para a estrada principal.

— Sozinho não — Mikael diz. — Não consigo, papai, por favor…

Reidar respira fundo. Ele precisa conseguir. Dá um passo, depois outro. Seus olhos ardem enquanto se apoia na parede, entortando um quadro grande.

Eles atravessam a sala de música. Reidar mal consegue sentir o chão sob os pés descalços.

Há sangue no assoalho. A porta da frente está aberta e a neve cai sobre o tapete persa.

Eles passam na frente do closet, e Reidar tateia em busca do spray de nitroglicerina dentro do casaco. Ele borrifa um pouco embaixo da língua, dá alguns passos e borrifa outra vez.

A vasilha com as chaves do carro está do outro lado da sala.

Eles escutam passos pesados por perto. Não há tempo. Saem correndo para a manhã de inverno.

O frio queima os pés descalços de Reidar, mas a dor em seu peito diminuiu um pouco e eles conseguem se mover mais rápido. Eles correm juntos até o carro de Saga Bauer.

Reidar abre a porta, olha do lado de dentro e vê que as chaves não estão ali.

Jurek Walter sai pela porta da frente e os avista na penumbra. Ele sacode a faca para limpar o sangue e segue na direção deles.

Eles correm pela neve na direção dos estábulos, mas Jurek é mais rápido. Reidar olha para os campos. O gelo escuro do rio é uma faixa através da neve, curvando-se na direção das corredeiras estrondosas.

176

Ao acordar, Saga sente sangue escorrendo nos olhos. Ela pisca e se vira de lado. Sua têmpora está latejando. Ela tem uma dor de cabeça lancinante, a garganta parece inchada, e ela está com dificuldade para respirar.

Ela encosta na ferida da têmpora e geme. Com o rosto no chão, consegue ver que sua Glock está caída em meio à poeira embaixo da grande cômoda perto da janela.

Ela fecha os olhos de novo e tenta entender o que aconteceu. Joona estava certo, ela pensa: Jurek quer Mikael de volta.

Ela não faz ideia de quanto tempo ficou inconsciente. Ainda está escuro na sala.

Ela vira de bruços e geme.

— Ai, Deus.

Com um grande esforço, ela fica de quatro. Seus braços tremem enquanto ela passa pela poça de sangue do homem morto para chegar à cômoda.

Ela estica o braço, mas não consegue alcançar a arma.

Saga se deita, estende o braço o máximo possível, mas acaba empurrando a Glock com a ponta dos dedos. É impossível. Ela está tão zonza que o quarto balança violentamente, e ela precisa fechar os olhos.

A luz atravessa suas pálpebras fechadas. Ela olha para cima e nota um estranho brilho branco. Está pulando pelo teto.

Saga se obriga a levantar, arfando ao se apoiar na cômoda. Um fio de saliva ensanguentada escorre de sua boca. Ela olha pela janela e vê um homem correndo, segurando um sinalizador flamejante. A luz forte se espalha num círculo chamejante ao seu redor.

Tudo mais está preto.

A luz do sinalizador alcança até o estábulo ao longe.

É então que Saga avista as costas de Jurek.

Ela bate na janela e tenta abrir os trincos, mas eles se enferrujaram e são impossíveis de mover.

177

Com os dedos enrijecidos, Reidar tenta abrir a fechadura com senha na porta do estábulo. Seus dedos estão grudando no metal congelado. Mikael sussurra para ele se apressar.

Jurek está atravessando a neve com a faca na mão. Reidar sopra os dedos e consegue acertar o último dígito. Ele abre a fechadura, puxa a trava e tenta abrir a porta.

Há neve demais no chão.

Enquanto ele puxa a porta, consegue ouvir os cavalos se movendo em suas baias. Eles bufam baixo e batem os cascos no escuro.

— Rápido, pai — Mikael grita, puxando-o.

Reidar empurra a porta com mais força, se vira e vê Jurek Walter logo atrás.

Com um gesto que demonstra prática, Jurek limpa a faca nas calças.

É tarde demais para correr.

Reidar ergue as mãos para se defender, mas Jurek o pega pelo pescoço e o empurra para trás, contra a parede do estábulo.

— Desculpe — Reidar consegue dizer. — Desculpe por…

Com uma força imensa, Jurek enfia a faca através do ombro de Reidar e o prende na parede. Reidar grita de dor. Os cavalos relincham, seus corpos pesados roçando nas divisórias das baias.

Reidar está imobilizado. Seu ombro está ardendo. Cada segundo é insuportável. Ele consegue sentir o sangue escorrer por seu braço e sua mão.

Mikael está tentando se espremer para entrar no estábulo, mas Jurek o alcança. Ele pega o cabelo do menino por trás, o puxa para fora e dá um tapa tão forte em seu rosto que ele cai na neve.

— Por favor — Reidar implora ao ver uma luz forte se aproximando.

É David Sylwan, correndo na direção deles com um sinalizador de emergência na mão. Está crepitando com luz branca.

— A ambulância está a caminho — ele grita, mas para ao ver Jurek se virar.

178

Saga puxa a cômoda e consegue arrastá-la alguns centímetros para longe da parede. Ela cospe o sangue, depois segura a base da cômoda com as mãos e a vira com um grunhido. Ela pega a pistola e quebra a vidraça com a coronha. Cacos de vidro caem no chão e deslizam para fora pelo parapeito da janela.

Ela vê a luz brilhante tremeluzindo pela neve. Jurek está caminhando na direção do homem com o sinalizador. O homem recua e tenta acertá-lo com o sinalizador incandescente, mas Jurek pega o braço do homem e o quebra.

Saga derruba os cacos de vidro da base da janela.

Jurek está diante da presa como um leão, movendo-se de maneira rápida e eficiente, acertando o homem no pescoço e nos rins.

Saga ergue a pistola e pisca para tirar o sangue dos olhos e conseguir enxergar.

O homem está caído de costas na neve, o corpo se debatendo. O sinalizador ao seu lado ainda emite uma luz forte.

Jurek sai do caminho exatamente quando Saga dispara a pistola. Ele se afasta da luz e entra nas sombras.

O sinalizador ilumina um círculo de neve branca. O homem para de se mover e jaz completamente imóvel. É possível ver o estábulo vermelho apenas por rápidos instantes. Fora isso, não há nada além de escuridão.

179

Reidar está pregado na parede. A dor causada pela facada é excruciante. Parece que aquele único ponto ardente é tudo que existe. O sangue quente se condensa ao escorrer pelo seu corpo.

Ele vê Jurek desaparecer logo após o tiro. David está imóvel na neve. Não há como saber o quanto está ferido.

Ao leste, o céu clareou um pouco, e Reidar consegue ver Saga Bauer numa janela no primeiro andar.

Foi ela quem atirou e errou.

Reidar está respirando rápido demais. Está perdendo muito sangue. Percebe que está entrando em choque.

Mikael se levanta cambaleante, mas não tem tempo de fugir antes de Jurek voltar. Ele derruba o garoto de novo, então o pega por uma perna e começa a arrastá-lo para a escuridão.

— Mikael — Reidar grita.

Jurek arrasta o filho de Reidar pela neve. Mikael está agitando os braços, tentando encontrar algo em que se segurar. Eles desaparecem na direção das corredeiras. Agora Reidar consegue vê-los apenas como sombras difusas.

Jurek veio atrás de Mikael, ele pensa, confuso.

Ainda está escuro demais para Saga conseguir distinguir os vultos de seu ponto alto na janela.

Reidar uiva de dor ao pegar o cabo da faca e puxar. Está presa. Ele puxa de novo, mudando o ângulo um pouco para baixo para ter uma pegada melhor, e ela corta sua carne.

Ele grita e puxa outra vez, e, finalmente, a ponta sai da parede. A faca desliza para fora, e Reidar cai para a frente na neve. A dor é tão intensa que ele chora enquanto rasteja.

— Mikael!

Ele rasteja até o sinalizador na neve, ergue-o e sente as faíscas queimarem sua mão. Ele olha na direção das corredeiras e consegue distinguir o vulto de Jurek contra a neve. Reidar começa a segui-los, mas não lhe restam forças. Ele sabe que Jurek está planejando arrastar Mikael para a floresta e desaparecer com ele para sempre.

180

Saga aponta a pistola pela janela e vê Reidar segurando o sinalizador. Ele o pegou do chão, e há sangue escorrendo por seu corpo. Ele cambaleia e parece prestes a cair, depois o atira.

Saga acompanha a luz com os olhos enquanto o sinalizador gira pela escuridão em um arco largo e pousa na neve. Agora ela consegue localizar claramente Jurek Walter. Ele está arrastando Mikael. Estão a mais de cem metros de distância, mas Saga apoia o braço no batente e mira.

A mira da pistola não para de tremer. O vulto escuro se mantém fora da linha de fogo.

Respirando devagar, ela pressiona o gatilho, passa pelo primeiro entalhe e vê a cabeça de Jurek desviar para o lado.

Ela fica perdendo o foco e pisca rápido.

Um momento depois, o ângulo de tiro é melhor, e ela aperta o gatilho três vezes à medida que a mira vai baixando.

Os tiros ecoam entre a mansão e os estábulos.

Saga vê que pelo menos uma das balas acerta Jurek no pescoço. O sangue esguicha, caindo como uma névoa vermelha na frente dele sob a forte luz branca.

Ela dispara vários outros tiros e o vê soltar Mikael e cair nas sombras.

Saga se afasta da janela e corre pela porta secreta.

Desce a escada às pressas, atravessa o grande hall e sai para a neve. Ofegante, ela se aproxima da luz brilhante com a pistola em punho. Ao longe, vê a água escura das corredeiras cintilarem como uma fratura metálica na paisagem branca.

Ela atravessa a camada de neve profunda com dificuldade.

A luz do sinalizador está enfraquecendo e vai se apagar logo.

Mikael está deitado em posição fetal. Há sangue espalhado na extremidade do círculo trêmulo de luz, mas o corpo não está ali.

— Jurek — ela sussurra, avistando as pegadas na neve.

A cabeça de Saga dói quando ela pega o sinalizador e o ergue. Sombras e luz brincam pela neve. De repente, ela vê movimento ao lado.

Jurek se levanta e se afasta pela neve.

Saga atira antes de ter tempo de mirar direito. A bala atravessa a parte de cima de seu braço e ele dá um solavanco para o lado, depois dá alguns passos pela inclinação íngreme que leva às correntezas.

Saga vai atrás, o sinalizador erguido. Ela o localiza de novo, mira e acerta três tiros em seu peito.

Jurek cai para trás, por sobre a margem de gelo diretamente para a água escura das corredeiras. Saga dispara enquanto ele cai e o acerta na bochecha e na orelha.

Ele é sugado para baixo da água. Ela corre e atira de novo, no pé, antes de ele desaparecer. Saga troca o pente da arma e desliza pela encosta íngreme. Cai e bate as costas no chão, derrapando sob a neve, mas consegue se levantar e atira na água escura. A luz do sinalizador atravessa a superfície das corredeiras, passando pelas bolhas rodopiantes até o fundo marrom-escuro. Alguma coisa grande está lá embaixo. Ela avista um rosto enrugado entre as pedras e algas que balançam.

Saga dispara de novo, e uma mancha de sangue se ergue pela água escura. Ela caminha ao longo da costa, seguindo a corrente, e continua atirando até não ter mais munição e o corpo de Jurek Walter desaparecer sob o gelo onde as corredeiras se espalham.

Arfando, Saga para na margem enquanto o sinalizador vai se apagando num brilho vermelho cintilante.

Ela apenas olha para a água enquanto as lágrimas escorrem por seu rosto.

Os primeiros raios de sol estão começando a alcançar a copa das árvores e a luz morna do amanhecer se espalha pela paisagem cintilante. Ela escuta o som dos helicópteros se aproximando. Finalmente acabou.

181

Saga foi levada de ambulância para o hospital Danderyd, onde foi examinada e encaminhada para um leito. Ela se deitou por um tempo no quarto, mas foi embora de táxi do hospital antes de receber tratamento.

Agora está mancando por um corredor no hospital Karolinska, para onde Reidar e Mikael foram levados de helicóptero. Suas roupas estão sujas e molhadas, seu rosto está manchado de sangue, e tudo que ela consegue escutar pelo ouvido direito é um zumbido alto.

Reidar e o filho estão no quarto de emergência 12. Ela abre a porta e vê o escritor deitado numa cama.

Mikael está a seu lado. Ele se recusa a soltar a mão do pai.

Reidar está falando para o enfermeiro repetidas vezes que precisa ver a filha.

No momento em que vê Saga, ele fica em silêncio.

O enfermeiro pega compressas limpas do carrinho e as entrega para Saga. Ele aponta para a testa dela, onde o sangue voltou a pingar da ferida enegrecida em seu supercílio.

— Sou policial — Saga diz, procurando o distintivo.

— Você precisa de ajuda — o enfermeiro tenta dizer, mas Saga o interrompe e pede para que os três sejam levados ao quarto de Felicia Kohler-Frost na unidade de doenças infecciosas.

— Precisamos vê-la — ela diz, com gravidade.

O enfermeiro dá um telefonema, recebe a aprovação e empurra a cama de Reidar rumo ao elevador.

As rodas guincham no piso de vinil.

Saga vai atrás, sentindo uma vontade terrível de chorar.

Reidar está deitado de olhos fechados, e Mikael está caminhando ao lado, ainda segurando a mão do pai.

Uma enfermeira jovem os encontra e os guia para um quarto de tratamento intensivo com a luz fraca. O único som é o do chiado lento e dos bipes dos monitores.

Na cama está uma mulher extremamente magra. O cabelo preto comprido está espalhado sobre o travesseiro. Seus olhos estão fechados, e suas mãos pequenas repousam ao lado do corpo.

Sua respiração é superficial, e seu rosto está coberto de gotas de suor.

— Felicia — Reidar murmura, tentando alcançá-la com a mão.

Mikael aproxima a bochecha da irmã e sussurra algo para ela com um sorriso.

Saga fica atrás deles, olhando para Felicia, a menina prisioneira que foi resgatada das trevas.

Epílogo

Dois dias depois, Saga está atravessando o parque na direção da sede da Polícia de Segurança. Há pássaros cantando nos arbustos e nas árvores cobertas de neve.

Seu cabelo começou a crescer de novo. Ela tem doze pontos retos na têmpora e cinco no supercílio esquerdo.

Ontem, seu chefe, Verner Zandén, ligara e pedira para que ela comparecesse ao seu escritório às oito horas desta manhã para receber a Medalha de Honra da Polícia de Segurança.

A cerimônia lhe parece bem estranha. Três homens morreram na mansão Råcksta, e o corpo de Jurek Walter fora levado pela água, nas profundezas abaixo do gelo do rio.

Antes de ser dispensada, ela conseguiu visitar Joona no hospital. Ele respondeu pacientemente às perguntas dela sobre por que Jurek e o irmão tinham feito o que fizeram.

Vadim Levanov fugiu de Leninsk com os dois filhos, Igor e Roman, depois do acidente desastroso de 1960, quando um míssil intercontinental explodiu na plataforma de lançamento. Ele chegou à Suécia, recebeu um visto de trabalho e um emprego na pedreira em Rotebro, com acomodações no alojamento de trabalhadores imigrantes. Os filhos moravam com ele em segredo. Ele lhes dava aula à noite e os mantinha escondidos durante o dia, na esperança de que um dia acabasse recebendo cidadania sueca e a oportunidade de uma vida nova para ele e os filhos.

Joona havia pedido um copo d'água, e, quando Saga se aproximou para ajudá-lo a beber, pôde senti-lo tremer como se estivesse com frio, embora seu corpo irradiasse calor.

Saga se lembra do relato de Reidar de como conhecera os gêmeos perto de Rotebro. Os gêmeos tinham levado Reidar para a pedreira, onde eles brincaram nos grandes montes de areia peneirada. Uma noite, Reidar foi pego por um dos capatazes. Ele ficou com tanto medo de represálias que botou toda a culpa nos meninos mais velhos e apontou para onde eles moravam.

Os gêmeos foram levados sob custódia do Comitê de Bem-Estar Infantil, e, como não estavam listados em nenhum registro sueco, o caso foi passado para o Departamento de Estrangeiros.

Joona explicou para Saga que o irmão de Jurek tinha pneumonia e estava sendo tratado num hospital quando Jurek foi extraditado para o Cazaquistão. Como Jurek não tinha família lá, ele foi parar num orfanato em Pavlodar.

Desde os treze anos, ele trabalhou nas barcaças navegando pelo rio Irtysh, e, durante as turbulências após a morte de Stálin, foi recrutado à força por um grupo de milícia checheno. Eles levaram Jurek, com quinze anos, para a periferia de Grozny e o transformaram num soldado.

— Os irmãos foram mandados para países diferentes — Joona disse com a voz baixa.

— Que loucura — Saga sussurrou.

A Suécia tinha pouca experiência com imigrantes na época e não tinha uma forma efetiva de lidar com eles. Erros foram cometidos, e o irmão gêmeo de Jurek foi enviado para a Rússia assim que ficou bem de saúde. Ele foi parar no Orfanato 67, no distrito Kuzminki, no sudeste de Moscou, e foi diagnosticado com deficiência mental como sequela da doença. Quando Jurek, depois de muitos anos como soldado, saiu da Chechênia e conseguiu localizar o irmão, ele tinha sido transferido para um hospital psiquiátrico, o Instituto Serbsky, e estava completamente acabado.

Saga está tão absorta em pensamentos sobre os gêmeos que não nota Corinne Meilleroux andando na direção das portas de segurança. Elas quase se trombam. Corinne está com o cabelo preso, um sobretudo preto e botas de salto alto. Pela primeira vez, Saga sente vergonha da maneira como está vestida. Talvez devesse ter escolhido algo diferente da calça jeans e da jaqueta grossa de sempre.

— Muito impressionante — Corinne diz, sorrindo, e dá um abraço nela.

* * *

Saga e Corinne saem do elevador e caminham lado a lado pelo corredor que leva ao escritório do chefe delas. Nathan Pollock, Carlos Eliasson e Verner Zandén já estão à espera. Na mesa há uma garrafa de Taittinger e cinco taças de champanhe.

A porta se fecha, e Saga aperta as mãos dos três.

— Vamos começar com um momento de silêncio em memória de nosso colega Samuel Mendel e sua família, e de todas as outras vítimas — Carlos diz.

Saga baixa a cabeça e tem dificuldade de manter o olhar firme. À sua frente, consegue ver as primeiras fotos da operação policial no complexo industrial onde ficava a velha fábrica de tijolos. Perto da manhã, tinha ficado evidente que nenhuma vítima seria encontrada viva. Na neve lamacenta, os policiais forenses haviam começado colocando placas numeradas ao lado de catorze covas. Os dois filhos de Samuel Mendel tinham sido encontrados juntos amarrados a uma coluna, cobertos por uma folha de metal corrugado. Os restos de Rebecka foram enterrados a dez metros de distância, em um tambor equipado com um tubo plástico de ar.

As vozes foram abafadas pelo zumbido nos ouvidos de Saga. Ela fecha bem os olhos e tenta entender.

Os gêmeos traumatizados chegaram à Polônia, onde Roman matou um homem, roubou seu passaporte e se tornou Jurek Walter. Juntos, eles pegaram uma balsa de Świnoujście para Ystad, e então viajaram por todo o país.

Já na meia-idade, os irmãos voltaram ao lugar onde tinham sido separados do pai, o barracão 4 no alojamento de trabalhadores imigrantes numa pedreira em Rotebro.

O pai tinha passado décadas tentando localizar os meninos, mas não podia viajar para a Rússia porque seria mandado para o gulag. Ele havia escrito centenas de cartas, em um esforço de encontrar os filhos, e havia esperado pela volta deles, mas apenas um ano antes de os irmãos chegarem à Suécia o velho havia desistido e se enforcado.

Saber do suicídio do pai destruiu o pouco que restou da alma de Jurek.

— Ele começou a elaborar um círculo de sangue e vingança — Joona disse.

Todos que haviam contribuído para a separação da família sofreriam o mesmo destino. Jurek tiraria seus filhos, seus netos e esposas, irmãs e irmãos. Os culpados ficariam sozinhos, assim como o pai deles tinha ficado na pedreira. Eles teriam de esperar, ano após ano. Só depois que tivessem se matado, os parentes que tivessem sobrevivido poderiam voltar.

Era por isso que os gêmeos não matavam as vítimas. Não eram as pessoas enterradas que Jurek queria punir, mas aquelas deixadas para trás. Os prisioneiros eram colocados em caixões ou tambores com tubos de ar. A maioria morria depois de poucos dias, mas alguns sobreviveram por anos.

Os corpos descobertos na floresta de Lill-Jan e na região do complexo industrial de Albano deram detalhes cruéis da terrível vingança de Jurek. Ele estava seguindo uma lógica implacável, que era o motivo por que suas ações e sua escolha de vítimas não pareciam se encaixar no padrão estabelecido por outros serial killers.

Levaria um tempo para a polícia descobrir todos os detalhes, mas estava ficando bem clara a forma como as vítimas estavam conectadas. Com exceção de Reidar Frost, que revelou a existência dos meninos ao capataz na pedreira, elas incluíam os responsáveis pelo destino da família no Comitê de Bem-Estar Infantil e os agentes responsáveis pelo caso no Departamento de Estrangeiros.

Saga pensa em Jeremy Magnusson, que era um rapaz quando tratou do caso dos gêmeos no Departamento de Estrangeiros. Jurek levou sua esposa, seu filho e seu neto, e finalmente sua filha, Agneta. Quando Jeremy se enforcou na cabana de caça, Jurek foi à cova onde Agneta estava sendo mantida viva para soltá-la.

Saga se dá conta de que Jurek na verdade estava no processo de desenterrá-la, exatamente como havia afirmado para Joona. Ele tinha aberto o caixão, sentado ao lado da cova e a observado tatear às cegas. Na cabeça de Jurek, ela era uma versão dele, uma criança condenada a voltar para o nada.

Joona explicou que o irmão de Jurek tinha sofrido tantos traumas psicológicos que vivia em meio às posses antigas do pai no barracão abandonado. Ele fez tudo que Jurek mandou, aprendeu a aplicar sedativos e ajudou o irmão a capturar as pessoas e a cuidar das covas. O abrigo que o pai deles havia construído para o caso de uma guerra nuclear funcionava como uma espécie de cela temporária antes de as vítimas poderem ser levadas para as covas.

Saga é arrancada de seus pensamentos quando o chefe quebra o silêncio e bate numa taça. Com grande solenidade, ele retira uma caixa azul do cofre, abre e puxa uma medalha de ouro. A estrela coroada numa fita azul e amarela.

Saga sente o coração apertar subitamente quando ouve Verner dizer que ela demonstrou coragem, valentia e inteligência extraordinárias. Os olhos de Carlos se enchem de lágrimas, e Nathan sorri para ela com um olhar sério.

Saga dá um passo à frente, e Verner afixa a medalha em seu peito.

Corinne bate palmas e sorri. Carlos estoura o champanhe, lançando a rolha para o alto. Alguém faz um brinde, e Saga recebe os parabéns.

— O que você vai fazer agora? — Pollock pergunta.

— Estou de licença médica, mas depois… não sei.

Ela sabe que não tem como ficar sentada em seu apartamento empoeirado com suas plantas murchas, apenas com sua culpa e suas memórias.

— Saga Bauer, você realizou um grande feito pelo seu país — Verner diz, depois explica que, infelizmente, vai ter de manter a medalha trancada no cofre, considerando que todo o caso é confidencial e já foi apagado de todos os registros públicos.

Ele tira cuidadosamente a medalha de Saga, põe de volta na caixa e fecha a porta do cofre.

O sol está brilhando no céu nublado quando Saga sai da estação de metrô.

Samuel Mendel e Joona Linna terminaram na lista de vingança de Jurek Walter após terem feito a sua prisão. O irmão gêmeo de Jurek sequestrou a família de Samuel e estava fechando o cerco sobre Summa e Lumi quando elas morreram em um acidente de carro.

Mikael e Felicia foram mantidos na cápsula. Talvez Jurek nunca tenha tido a oportunidade de ordenar ao irmão que os enterrasse. Não é exatamente claro por que Mikael e Felicia foram mantidos em cativeiro durante todos os anos em que Jurek esteve em confinamento solitário na unidade psiquiátrica de segurança máxima. Seu irmão lhes dava restos de comida e garantiu que não escapassem. Talvez ele estivesse aguardando ordens de Jurek, como de costume.

Provavelmente, Jurek não tinha previsto o grau de restrição do veredito do Tribunal de Recursos: uma prisão perpétua sem contato com o mundo exterior.

Jurek aguardou seu momento e formulou um plano enquanto os anos passavam. Cada um dos irmãos provavelmente vinha tentando encontrar uma solução quando Susanne Hjälm decidiu dar a Jurek a carta de um advogado. É impossível saber o que dizia a carta codificada, mas as evidências sugerem que o irmão de Jurek lhe dizia como entrar em contato e lhe dava um relatório sobre Joona Linna e os dois cativos sobreviventes.

Jurek precisava sair e percebeu que poderia criar uma oportunidade se conseguisse enviar clandestinamente uma carta para a caixa postal indicada na carta do seu irmão.

Jurek conseguiu fazer a carta parecer um pedido de ajuda jurídica. Na realidade, era uma ordem para liberar Mikael. Jurek sabia que a notícia chegaria a Joona, e que a polícia o envolveria na busca por Felicia. Naquele momento ele não sabia que forma essa missão assumiria, mas estava convencido de que lhe daria a oportunidade pela qual havia esperado.

Como ninguém tentou negociar com ele para encontrar a menina, ele desconfiou que um dos novos pacientes da unidade poderia ser um policial infiltrado. Quando Saga tentou salvar Bernie Larsson, ele teve certeza de que ela era uma policial.

Jurek vinha observando o jovem médico, Anders Rönn, enquanto ele abusava de sua autoridade e usava o poder que detinha na unidade de segurança máxima. Quando Jurek entendeu que o jovem médico estava fascinado por Saga, vislumbrou como poderia realizar sua fuga. Bastava que ele atraísse o jovem médico — com suas chaves e seu cartão — para a cela de Saga. O médico não teria como resistir àquela bela adormecida. Jurek passou várias noites molhando papel higiênico, secando em seu rosto e criando uma cabeça que faria parecer que ele estava dormindo na cama.

Saga para diante da padaria no vento frio. Ela lembra que Joona havia falado que Jurek mentira para todos. Jurek escutou e juntou todas as peças que encontrou, usando em benefício próprio e misturando mentiras com verdades como forma de fortalecer suas mentiras.

Saga vira e caminha pela praça Maria.

Ela não queria matar a mãe. Ela sabe disso. Não foi intencional.

Saga caminha devagar, pensando no pai. Lars-Erik Bauer. Um cardiologista no hospital Sankt Göran. Ela não fala com ele desde que tinha treze anos. Mas Jurek a fez se lembrar de como ele costumava empurrá-la no balanço na casa dos avós quando ela era pequena, antes de sua mãe ficar doente.

Um calafrio desce por seu pescoço e pelos braços.

Passa um homem, puxando uma garotinha num trenó.

Jurek mentira para todos.

Por que ela acha que ele estava falando a verdade para ela?

Saga se senta num banco do parque com alguns flocos de neve, tira o celular do bolso e liga para o Agulha.

— Nils Åhlén, Departamento de Medicina Forense.

— Oi, Saga Bauer aqui — ela diz. — Queria...

— O corpo do acidente de carro já foi identificado — o Agulha interrompe. — O nome dele era Anders Rönn.

Um breve silêncio se segue.

— Não era isso que eu ia perguntar.

— O que era então?

Saga observa a neve cair da estátua de Thor erguendo seu martelo contra a Serpente de Midgard. Ela se escuta perguntar:

— Precisa de quantos comprimidos de codeína para matar uma pessoa?

— Criança ou adulto? — o Agulha pergunta, sem nem mesmo parecer surpreso.

— Adulto — Saga responde, engolindo em seco.

Ela escuta o Agulha inspirar pelo nariz enquanto digita no teclado.

— Dependeria do tamanho e da tolerância, mas entre trinta e cinco e quarenta e cinco provavelmente seriam uma dose fatal.

— Quarenta e cinco? — Saga pergunta. — Mas e se ela só tiver tomado treze, isso poderia matar? Ela poderia morrer com treze comprimidos?

— Improvável. Ela pegaria no sono e acordaria com...

— Então ela mesma pegou o resto — Saga murmura.

Ela consegue sentir as lágrimas de alívio em seus olhos. Jurek era um mentiroso. Era isso que ele fazia. Destruía as pessoas com suas mentiras.

Por toda a sua vida, ela odiara o pai por abandoná-las. Por nunca ir para casa. Por deixar sua mãe morrer.

Ela precisa descobrir a verdade. Não há outro jeito.

Então liga para a telefonista e pede para ser transferida para Lars-Erik Bauer em Enskede.

Ela caminha devagar pela praça enquanto o telefone toca.

— É a Pellerina — diz uma voz infantil.

Saga fica sem palavras e desliga o telefone sem dizer nada. Ela ergue os olhos para o céu branco sobre a igreja Sankt Pauls.

— Meu Deus — ela murmura, e liga para o número de novo.

Ela espera sob a neve até a voz da criança atender pela segunda vez.

— Oi, Pellerina — ela diz. — Queria falar com Lars-Erik, por favor.

— Quem gostaria? — a menina pergunta.

— Meu nome é Saga — ela sussurra.

— Ah! Eu tenho uma irmã mais velha chamada Saga — Pellerina diz. — Mas nunca a conheci.

Saga não consegue falar. Ela sente um nó na garganta. Escuta Pellerina passar o telefone para outra pessoa e dizer que Saga quer falar com ele.

— Lars-Erik falando — diz uma voz familiar.

Saga respira fundo. É tarde demais para algo além da verdade.

— Pai... sou eu. Queria perguntar... quando minha mãe morreu... vocês dois eram casados?

— Não — ele responde imediatamente. — Tínhamos nos divorciado dois anos antes, quando você tinha cinco. Ela nunca me deixou ver você. Eu tinha um advogado que ia me ajudar a...

Ele fica em silêncio. Saga fecha os olhos e tenta parar de tremer.

— Minha mãe disse que você nos abandonou — ela diz. — Disse que você não conseguia lidar com a doença dela e que não me queria.

— Maj era doente. Era mentalmente doente, bipolar e... Sinto muito por você ter tido de passar por aquilo.

— Eu liguei para você naquela noite — ela diz.

— Sim — o pai suspira. — Sua mãe te obrigava a ligar. Ela ligava também, a noite toda, umas trinta vezes, mais até.

— Não sabia disso.

— Onde você está? Só me fala onde está. Me deixa ir te buscar.

— Obrigada, pai, mas… agora não posso.

— Por favor — ele diz. — Quando… quando estiver pronta.

— Eu ligo.

— Por favor, Saga. Por favor, ligue — ele diz.

Ela desliga o telefone, depois anda até a rua Horns e chama um táxi.

Saga está no saguão no hospital Karolinska. Joona não está mais na unidade de tratamento intensivo e foi transferido para um quarto menor. Enquanto caminha na direção dos elevadores, ela se lembra do olhar de Joona depois da morte de Disa.

A única coisa que ele lhe pediu quando ela o visitou pela última vez foi para encontrar o cadáver de Jurek Walter e deixar que ele o visse.

Ela sabe que matou Jurek, mas ainda precisa dizer a Joona que Carlos enviou mergulhadores da polícia para baixo do gelo por vários dias e não encontrou o corpo.

A porta do quarto dele no oitavo andar está entreaberta. Saga para no corredor quando escuta uma mulher dizer que vai buscar uma manta térmica. Um momento depois, uma enfermeira sorridente sai, mas vira de novo na direção do quarto.

— Você tem olhos muito incomuns, Joona — ela diz, e sai andando.

Saga fecha as pálpebras ardentes por um momento antes de entrar.

Ela bate na porta aberta, entra no quarto e para num quadrado de luz do sol que brilha através da janela suja.

Saga encara a cama vazia. O gotejador está pendurado no suporte com sangue na agulha. O tubo ainda está balançando no ar. Há um relógio de pulso quebrado no chão, mas o quarto está vazio.

Cinco dias depois, a polícia emite um alerta. Joona Linna desapareceu. Depois de seis meses, a busca é interrompida. A única pessoa que não para de procurar é Saga Bauer, porque ela sabe que ele não está morto.

1ª EDIÇÃO [2018] 3 reimpressões

ESTA OBRA FOI COMPOSTA PELA ABREU'S SYSTEM EM ADOBE GARAMOND
E IMPRESSA EM OFSETE PELA GEOGRÁFICA SOBRE PAPEL PÓLEN NATURAL
DA SUZANO S.A. PARA A EDITORA SCHWARCZ EM JUNHO DE 2023